俄罗斯精短文学经典译丛
诗意人生系列

爬满常春藤的塔楼

汪剑钊 主编
【俄】茨维塔耶娃 著
董晓 译

读者出版传媒股份有限公司
敦煌文艺出版社

图书在版编目（CIP）数据

爬满常春藤的塔楼 /（俄罗斯）茨维塔耶娃著；董晓译. -- 兰州：敦煌文艺出版社，2013.12(2023.4重印)
（俄罗斯精短文学经典译丛）
ISBN 978-7-5468-0615-0

Ⅰ.①爬… Ⅱ.①茨… ②董… Ⅲ.①回忆录—作品集—俄罗斯—现代 Ⅳ.①I512.55

中国版本图书馆CIP数据核字（2013）第288743号

爬满常春藤的塔楼

汪剑钊　主编

〔俄〕茨维塔耶娃　著

董　晓　译

责任编辑：曾　红

敦煌文艺出版社出版、发行

本社地址：(730030)兰州市城关区曹家巷1号

0931-8773084(编辑部)　　0931-2131387(发行部)

三河市嵩川印刷有限公司

开本 787 毫米×1092 毫米　1/16　印张 19.75　插页 1　字数 280 千

2014 年 6 月第 1 版　2023 年 4 月第 3 次印刷

ISBN 978-7-5468-0615-0

定价：59.80 元

如发现印装质量问题，影响阅读，请与出版社联系调换。

本书所有内容经作者同意授权，并许可使用。
未经同意，不得以任何形式复制转载。

出版说明

2013年,我社开始策划出版"世界精短文学经典译丛",这套丛书约请国内最优秀的翻译家担任主编和译者,将世界几大主要语言写成的短篇作品择优选入,并按照一定的主题和体裁进行分类,以独特的视角呈现出各国文学的基本面貌,为我国读者了解世界文学提供了一个较为广阔的平台。"俄罗斯精短文学经典译丛"即是这套选题中的一种。

俄罗斯文学影响了中国几代人的成长,让他们形成了特有的精神风貌和对世界的认知方式,但因为复杂的历史原因,这一精神资源的承续和发展出现了断裂。为重新深入挖掘、整理俄罗斯经典文学的优秀资源,我们倾心推出"俄罗斯精短文学经典译丛"(20册),分为"诗意自然""诗意人生""诗意心灵"和"诗意生活"等四个系列,让读者再一次感受俄罗斯文学的独特魅力,在阅读中汲取有益的精神养分,提升对诗意生活的自觉追求,丰富人们的内心精神世界。

敦煌文艺出版社
2014年5月

诗歌与十字架(代序)

□汪剑钊

1992年秋天,在关于茨维塔耶娃的一次国际研讨会上,诺贝尔文学奖获得者布罗茨基宣称,茨维塔耶娃是20世纪最伟大的诗人。当有人问道:是俄罗斯最伟大的诗人吗?他答道:是全世界最伟大的诗人。有人又问道:那么,里尔克呢?布罗茨基便有点气恼地说道:在我们这个世纪,再没有比茨维塔耶娃更伟大的诗人了。瑞典皇家科学院诺贝尔评奖委员会主席埃斯普马克则认为,茨维塔耶娃没有获得诺贝尔文学奖,既是她的遗憾,更是评奖委员会的遗憾,由此可以看出这位女诗人在20世纪世界文学史上的重要地位。

玛琳娜·伊万诺夫娜·茨维塔耶娃于1892年10月8日出生于莫斯科。父亲伊·弗·茨维塔耶夫是莫斯科大学的艺术史教授,普希金国家造型艺术馆的创始人之一。母亲玛·亚·梅伊恩有德国和波兰血统,具有很高的音乐天赋,是著名钢琴家鲁宾斯坦的学生。在"音乐和博物馆"中,茨维塔耶娃度过了幸福的童年生活。根据妹妹阿斯塔西娅的回忆,"我们在阁楼上聆听着下面大厅里传来妈妈那充满音乐激情的美妙演奏入睡。通过妈妈的演奏,我们熟悉了所有古典作曲家的作品,……'妈妈演奏过的……'。贝多芬、莫扎特、海顿、舒曼、肖邦和格林卡,……我们伴着他们的音乐进入梦乡"。除音乐熏陶以外,母亲还给孩子们讲故事,诵读诗歌,教导她们不要在乎物质的贫困,而要崇拜神圣的美。正是在母亲的影响下,茨维塔耶娃逐渐滋长了对诗歌的信念:"有了这样一位母亲,我就只能做一件事了:成为一名诗人。"

1906年秋天,茨维塔耶娃被送进女子寄宿学校学习。正是在这里,她开始深入地阅读19世纪俄罗斯经典诗人的作品,如普希金、莱蒙托夫、涅克拉索夫等人的诗歌,重温童年时妈妈灌输到耳朵里的韵律和节奏,接触到歌德、海涅和其他德国浪漫主义诗人的作品,在灵魂深处滋生了终生不衰的浪漫精神。她后来声称,当时自己最喜爱的书籍是《伊戈尔远征记》《伊利亚特》《尼伯龙根之歌》,而最喜爱的诗歌是普希金的《致大海》、莱蒙托夫的《相会》和歌德的《林妖》。此外,她还尝试着翻译法国浪漫派作家罗斯坦的《雏鹰》。像许多同龄少女一样,这个阶段的茨维塔耶娃充满了浪漫主义的幻想,满怀对现实生活的叛逆渴望,憧憬着美好的未来。据说,她爱上了一位大学生尼伦德尔,为他写下了大量的抒情诗,而对方表现出的冷漠却使其痛不欲生。于是,她买了一把手枪,到一家曾经上演过她心爱的戏剧《雏鹰》的剧院自杀,幸亏枪中所装是一颗哑弹,才没有酿成悲剧,但由此也可看出诗人孤傲、刚烈、极端的性格。

根据茨维塔耶娃的自述,她六岁时便开始诗歌练习,此后一直没有中断。1910年,这位18岁的少女自费出版了诗集《黄昏纪念册》,它引起了不少文学前辈的关注,其中有勃柳索夫、古米廖夫、沃洛申等。勃柳索夫从中看到了象征主义的遗风,古米廖夫则为其中所流露出的关注日常性而欣喜,因为它们恰好吻合了阿克梅主义的创作原则,至于沃洛申,除了对这部"年轻而幼稚的书"加以鼓励外,还亲自拜访了诗集的作者,这一举动成了他们真挚友谊的开始。在这部诗集中,茨维塔耶娃几乎是无意识地实践着她后来所遵循的一个创作原则:"地球上人的唯一责任——便是整个存在的真理"。和她的同时代人曼杰什坦姆一样,诗人渴望通过诗歌中词与词的奇妙组合,来恢复人们在日常生活里中断了的内在联系。在《祈祷》一诗中,她如是写道:

"基督和上帝!我渴盼着奇迹,
如今,现在,一如既往!
啊,请让我即刻就去死,
整个生命只是我的一本书。
……
我爱十字架,爱绸缎,也爱头盔,

我的灵魂呀,瞬息万变……
你给过我童年,更给过我童话,
不如给我一个死——就在十七岁。"

全诗虽说还留有"少年不识愁滋味"的痕迹,但也透露了她一生所关注的主题:生命,死亡,爱情,友谊,艺术,自然,上帝……

1911年春天,茨维塔耶娃来到沃洛申在科克杰别利的寓所作客。她在那里遇见了一名民粹派分子的后代——谢尔盖·艾伏隆,两人一见钟情,双双坠入爱河。次年1月,茨维塔耶娃成了后者的妻子,并将自己的第二部诗集《神奇的路灯》题献给他。但是,这本诗集并没有获得预期的好评,阿克梅诗人、"诗人车间"的成员戈罗杰茨基和古米廖夫作出了不太友好的评价,而她素来敬重的勃柳索夫也流露了明显的失望情绪。对此,茨维塔耶娃的反应是:"我如果是'车间'的成员,他们就不会如此辱骂了,可我永远也不会加入'车间'"。她认为,诗人应该是独立不羁、不受任何束缚的。果然,她不仅一直没有成为阿克梅派的成员,甚至独立于所有的文学社团和流派之外,与当时占据文坛主流的象征主义、阿克梅派和未来主义等保持着恰切的距离,尽管她与这些流派中的许多人都有私交来往。这种游离状态自然给她的生活和写作带来了很多困难和不便,但对她的艺术个性的形成却大有裨益。茨维塔耶娃在自己的诗集《摘自两本书》中这样写道:"我的诗行是日记,我的诗是我个人的诗"。

茨维塔耶娃在1916年冬天的彼得堡之行成了她创作中的一个重要转折点。她开始意识到自己作为莫斯科诗人的价值,决心要像勃洛克和阿赫玛托娃热爱彼得堡似的热爱生于斯、长于斯的莫斯科。为此,她写下了组诗《莫斯科》,莫斯科有她熟悉的博物馆、熟悉的音乐厅、熟悉的小路、熟悉的小树林、熟悉的广场与教堂,而更重要的是——"克里姆林宫的肋骨承受着一切",那是她的诗歌之根,也是她介入生活的出发点:

"从我的手中接受非人工的界限，
我奇怪的兄弟，出色的兄弟。
……
在被彼得抛弃的城市上空，
雷鸣般的钟声在滚动。
……
整个一千六百座教堂
都在嘲笑沙皇们的傲慢！"

而她对彼得堡诗人的敬仰则催生了组诗《致勃洛克》和《致阿赫玛托娃》，以及献给曼杰什坦姆的一系列诗歌。在《致勃洛克》中，她以充满激情的语调向抒情对象倾诉道：

"你的名字是手中的小鸟，
你的名字是舌尖上的冰块。
……
你的名字是眼睛上的吻，
亲吻那合拢的眼帘温柔的寒意，
你的名字是一口幽蓝、冰结的泉眼。"

诗人甚至觉得，怀揣着"你的名字"进入梦乡，是一件最为甜蜜的事情。这里，勃洛克已经不是一个现实中存在的诗人，而是被赋予了"温柔的幻影""无可挑剔的骑士"和"雪白的天鹅"等形象，成为一种诗歌的理想和象征，写作的标尺。她期盼自己的"手"能与勃洛克的"手"相握，就像"莫斯科河"与"涅瓦河"一般相汇合，尽管她觉得，那如同"朝霞"对"晚霞"的追赶，其中不难看出后来者潜伏于谦卑中的骄傲。

阿赫玛托娃在她的心目中，是"缪斯中最美丽的缪斯"，是"金嘴唇的安娜"(希腊神话中雅典娜式的智慧女性),她的名字就像"一个巨大的叹息",她为此要献给阿赫玛托娃"比爱情更永恒"的礼物,亦即诗人自己的心灵,然后,像一名两手空空的乞丐似的离开。不过,与对勃洛克的崇拜不同的是,茨维塔耶娃向阿赫玛托娃投去的是一位天才诗人对另一位天才诗人的敬意,她们之所以能成为"星星""月亮"和"天堂的十字架",是因为都是"大地的女人"。

1917年,茨维塔耶娃与聚集在著名导演瓦赫坦戈夫周围的一批青年演员非常接近,应他们的邀约,创作了好几个剧本。在写作这些剧本时,她脑海里总是浮现出少女时代喜爱的罗斯坦和勃洛克那些抒情意味很浓的剧本。这使得她笔底的作品总是流宕着一股浪漫主义的激情,它们一般都有充满戏剧性的爱情细节,最终以死亡或离别结束。显然,她是把它们当作另一种形式的诗歌来创作的,这从其中几部作品,如《奇遇》《费德拉》《阿莉亚德娜》《福尔图娜》和《凤凰》中那些精致的辞句和深刻的思考便可见出端倪。或许是过于诗化的缘故,这些剧本均未能上演。同年,丈夫艾伏隆应征入伍,一去便杳无音讯。

20世纪20年代,是俄罗斯历史上最为动荡的时期之一,茨维塔耶娃自然也摆脱不了时代加诸其身的困厄。1919年秋,走投无路的茨维塔耶娃不得不将两个女儿送进了库恩采夫育婴院。不久,重病的大女儿阿利娅被送回了家,可是,小女儿伊利娜却不幸饿死在育婴院中。即便是在如此艰难的时期,她仍然没有中断自己的诗歌写作,或许,此时的写作已经成了她排遣孤独与贫困的最重要的手段。写作的成果之一,就是1921年所出版的诗集《里程标》。在这部诗集中,她集中地描写了自己对丈夫的思念,不过,这些诗歌与少女时代的作品相比,更多地是掺和进了生活的苦涩,流露着对未卜的前途的忧虑,以及灵魂深处冲撞不已的渴望、追求、欲望、困惑和矛盾:

"我的灵魂和你的灵魂是那样亲近,
仿佛一人身上的左手和右手。

我们闭上眼睛，陶醉和温存，
仿佛是鸟儿的左翼与右翅。
可一旦刮起风暴——无底深渊
便横亘在左右两翼之间。"

1922年，艾伏隆随着溃败的弗兰克尔军队流亡到了捷克的布拉格，因对白军的行为感到失望，脱下军装进入布拉格大学学习。在得知丈夫犹在人世的消息后，茨维塔耶娃被获准出国团聚。出国之初，她来到了德国的柏林。当时的柏林是俄罗斯侨民文化的中心之一。在那里她见到了叶赛宁、安·别雷和鲍·帕斯捷尔纳克，后者新近出版的一部诗集《生活，我的妹妹》给她留下了深刻的印象。柏林时期是茨维塔耶娃最富创造力的时期之一，在此期间，她出版了《别离》《天鹅营》《手艺》等诗集。此外，还创作了几部叙事诗，如《山之歌》《终结之歌》《空气之歌》《捕鼠者》等。

无疑，在俄罗斯诗歌史上，茨维塔耶娃属于天才诗人那一类型，综观她的整个创作，我们可以随处感受到充溢的灵感和丰富的想象力，其中没有丝毫的匠气，但这并不意味着诗人因此忽视诗歌的技术层面，恰恰相反，她比很多平庸的诗人都更重视技术的存在。她深深地懂得，没有手艺，人们就不可能化平淡为神奇，不可能在尘世的生活中创造出艺术，因为，"上帝与构思同在！上帝与虚构同在！"所以，她自豪地宣称：

"去为自己寻找一名可靠的女友，
那并非依仗数量称奇的女友。
我知道，维纳斯是双手的事业，
我是手艺人，——我懂得手艺"。

对手艺的重视使得茨维塔耶娃的诗歌具有十分鲜明的个性特征，她的作品节奏铿锵，意象奇诡，充满了大量的破折号、问号、惊叹号和省略号；上述特点以及那些不完整的句式,往往在词与词、句和句之间造成很大的跳跃性,使得她的一部分作品显得比较晦涩难懂。但是,读者倘若能够剥开隐晦的语义外壳,细细品味一下其中含纳的深意,便不难顺着技术的线索走向精神的宫殿,从而感悟这位命途多舛的女诗人对生命本质所做的特殊诠释;从而产生一种全新的审美同情和共鸣。

在柏林生活了两年半以后,茨维塔耶娃夫妇于1925年秋天带着出生不久的儿子莫尔迁居到巴黎。她在巴黎生活了将近14年。如前所述,在20世纪俄罗斯文学史上,茨维塔耶娃属于那类游离于各种流派之外的诗人,她的这一艺术立场使得自己时常处于孤立的境地之中。所以,白俄侨民界在表示了最初的欢迎以后,便觉得她的诗歌"内容似乎是我们的,而声音却是他们的",认为是"非我族类"而开始对她予以排斥和打击。不久,由于茨维塔耶娃流露了某种亲苏倾向,对马雅可夫斯基表示出好感,她的处境更是陷入了一种两难的境地:"我在这里是多余的,而回到那里又不可能"。这一时期,孤独、贫穷、对祖国的怀念,成了她创作中最主要的主题,它们集中体现在1928年出版的诗集《俄罗斯之后》中。

1926年春天,通过帕斯捷尔纳克的介绍,茨维塔耶娃与奥地利诗人里尔克取得了通信联系。于是,他们三个人之间开始了频繁的通信,并构成了一段奇异的三角恋爱。这种由通信而建筑起的恋情在世界文坛上留下了一段著名的佳话,他们停留在纸片上的亲吻和拥抱,字里行间那种柏拉图式的情感,再一次为人类由情欲向精神皈依,为生命超越死亡树立了一个光辉的典范。

20世纪30年代是茨维塔耶娃散文创作的高峰期。形成这一高峰最直接的原因是,诗歌不可能像其他体裁那样在侨民文化界"畅销",它先天的贵族气息使其只能服务于少数的知识精英,而散文的"流通性"则可以顺利地"大众化",进而"化大众",并带来一定的经济收获。正如诗人略带自嘲地说道:"侨居使我成了一名散文作家"。另外,对一个诗人而言,在高强度的诗歌写作之后,能有一个匀速的"散文"阶段,也不失为"百米冲刺"后的"缓冲",可以在休养生息中得到能量"再集聚"的机会。需要指出的是,这些散文并非随意之作,其中的一些名篇,如《劳动英雄》《一首献诗的经过》《记忆之井》(直译为《关于生者的生动印象》)《诗人与时代》《被俘的灵魂》《诗人论批评家》《普希金和普加乔夫》等,记述了关于勃柳索夫、曼杰什坦姆、沃洛申、别雷等"白银时代"著名诗人的印象,它们以随笔的形式阐述了她对生活的思考,对艺术和诗歌的一些深思熟虑,尽管叙述的是他们,表达的却是诗人自己,从某种程度上,可以说是诗歌的血液在散文的脉管里的流动。而她这一阶段的书信更是由于真情的流露而成为另一种形式的自传。

像许多俄罗斯侨民一样,侨居巴黎的茨维塔耶娃始终萦绕着一种挥之不去的乡愁,与此同时,白俄侨民界的狭隘和虚伪更令诗人感到不屑与之为伍。1939年6月,茨维塔耶娃携带儿子返回苏联。可是,等待着茨维塔耶娃的厄运是她始料不及的。同年8月,先期回国的女儿阿利娅被捕,随即被流放;10月,丈夫艾伏隆被控从事反苏活动而遭逮捕,后被枪决。这段时期,由于丧失了发表自己作品的可能,她把主要的精力都投到了诗歌翻译中。茨维塔耶娃的翻译十分严谨,她的翻译原则就是,一定要使笔下的文学作品获得它的文学性,否则,宁可不拿去发表。显然,她要以这样的态度来换取口粮实在是勉为其难的事情。因此,她不得不经常兼做一些粗活,如帮厨、打扫卫生等补贴家用。

1941年8月,由于德国纳粹的铁蹄迫近莫斯科,茨维塔耶娃和唯一的亲人——儿子莫尔移居鞑靼自治共和国的小城叶拉堡市。正是在这座小城,诗人经历了一生最不堪承受的精神和物质的双重危机。诗人茨维塔耶娃期望在即将开设的作协食堂谋求一份洗碗工的工作。但是,这一申请遭到了作协领导的拒绝。8月31日,绝望中的她自缢身亡。她给儿子留下的遗言是:"小莫尔,请原谅我,但往后会更糟。我病得很重,这已经不是我了。我狂热地爱你。你要明白,我再也无法生存下去了。请转告爸爸和阿利娅——如果你能见到的话——我直到最后一刻都爱着他们,请向他们解释,我已陷入了绝境"。

茨维塔耶娃的同时代诗人爱伦堡曾经这样说过:"(她)在谈到马雅可夫斯基的死时说:'作为一个人而生,并且作为一个诗人而死'。对于玛琳娜·茨维塔耶娃则可以换一种说法:作为一个诗人而生,并且作为一个人而死。"评价是恰如其分的,诗歌让她的生命得以辉煌,但为诗歌而生活的信念把她推上了十字架:"她等待刀尖已经太久!"

2002 年 12 月

目录 CONTENTS

- 001　母亲与音乐
- 034　鬼
- 068　我的普希金
- 115　鞭笞派女教徒
- 124　往事追忆
- 132　老彼门的房子
- 186　爬满常春藤的塔楼
- 197　妈妈的童话故事
- 204　亚历山大三世博物馆
- 213　桂冠
- 220　博物馆正式开放
- 226　父亲和他的博物馆
- 240　未婚夫
- 249　你的死
- 277　中国人
- 287　生命保险
- 296　马的奇迹

母亲与音乐

当我违背了母亲生一个儿子的意愿降临人间,取代了她所期盼的,似乎命中注定该是她儿子的亚历山大的位置时,母亲只是满怀自尊地叹了口气,说:"至少,她将是一位女音乐家。"当我满周岁之前从口中毫无意识然而却十分清晰地吐出的第一个词竟然是"音阶"时,母亲只是更加坚信:"我早就知道会是这样"。于是,她决定教我音乐,没完没了地给我唱这个音阶:"哆,穆霞,哆,这个是来,哆—来……"这个"哆—来"很快在我的脑海里变成了一本很大很大的,几乎快超过我半身的书。我当时把"书"说成是"苏"。当时她的那些"苏"在我眼里仿佛只是一个大屋顶,但由于一股力量和恐惧,又仿佛成为一块从浅紫色中提炼出来的黄金,使我至今在那宛如温迪娜①的住所的心灵深处的某一块隐秘之地还留存着热情与恐惧,似乎这是一块阴郁的金子,燃烧之后沉淀在心房之底,稍一触摸,又从那里升腾而起,将我浇了个遍,熏出了我的眼泪。这"哆—来"像是多莱,而"来—咪"像是雷米,就是小说《孤儿》②中的小男孩雷米,他本是一个幸福的孩子,可奶妈那恶毒的丈夫(一个残废③,一条腿像是被锯掉了)瘸子佩雷·巴别伦却一下子把他变成一个不幸的孩子,起先不让饼成为饼,硬是叫孩子吃不成,第二天又把雷米卖给了流浪音乐家维塔里斯和他喂养的三条狗:卡比、泽尔比诺和多里契,以及音乐家唯一的一只猴子朱里·科尔。这只猴子是个可怕的醉鬼,不久就因得了痨病而死在雷米的怀中。这就是"来—咪"。把这些音符串在一起,就成了这样:"哆"——显然是白的,空的,什么都能成,"来"——蓝的,"咪"——黄的

---

① 中世纪传说中的水精。
② 此处原文为法文。
③ 此处原文为法文。

(也许,是正午?)①,"发"——棕色的(也许,像是母亲外出时穿的那件罗缎连衣裙,而"来"因为是河流所以才是蓝色的?)②。如此等等。我当然可以继续往下列举,只不过我不想让读者感到累赘,他们心中其实都会有自己的颜色,自己的理由。

母亲很欣赏我的听觉,不自觉地夸了我一番,可每次她断断续续地夸我是"好样的!"之后,又总是冷冰冰地补上一句:"不过,你没什么了不起的。听觉是上帝给的。"于是,在我心里永久地留下了这个印象——我没什么了不起的,听觉是上帝给的。这倒使我既避免了自命不凡,又避免了自我怀疑,使我有了艺术中的一切自尊——既然听觉是上帝给的。"你所该做的就是努力地学,勤奋地练,因为每一个上帝所赋予你的禀赋都是可能被毁掉的",母亲对着我四岁的脑袋说,显然我的脑袋这时还什么都弄不明白,但这么一说反倒让我永远地铭记住,永志不忘了。假如我不糟蹋我的听觉,那么不但我自己不会糟蹋它,而且我也不会允许生活本身去糟蹋它,残害它(而生活又是多么想这样干呵),我会有这种想法又得归功于母亲。倘若天下的母亲们时常对自己的孩子说一些他们不太明白的东西,那么等这些孩子长大以后,他们不但会懂得更多,而且会坚定地去做。不需要对小孩解释什么,小孩最需要的就是如咒语一般的训言。这种咒语愈是不可理解,就愈会深深地铭刻在孩子的心里,愈会确定不移地在孩子身上发挥作用:"我们在天之父……"

在钢琴的键盘上弹出"哆—来—咪"我也是一下子就学会了。我有一双长长的,伸缩自如的手。"才五岁,就已经差不多能弹八度音,几乎只相差一点儿就够着了!"母亲有意把"差一点儿"拖长了声调,为了不让我妄自尊大,又补充道:"不过,她的脚也一样长得很!"她的这番话使我产生了一种幻觉,仿佛有什么力量诱使我某一天突然心血来潮,用脚趾去弹奏音符(况且我是所有孩子中唯一一个能像打开的扇子一样将所有手指都铺展在琴键盘上的人),不过,虽然有这种怪念头,但我不仅从来不敢去做,甚至连彻底地想象

---

① 此处原文为法文。
② 俄语中"罗缎"有"发"的音,"河流"有"来"的音。

一下如此去做的情形都不敢,因为"钢琴是神圣的",在它上面什么东西都不能摆放,不仅是脚,甚至连书也不能。父亲照例每天早晨把报纸堆放在钢琴上,而母亲则一句话也不说,带着一股受难者特有的傲慢的倔强,把报纸从琴架上拿走并扔掉。我不知道,是否是因为钢琴那如水晶玻璃般的洁净与乱七八糟堆放在一起的黑乎乎没有色彩的报纸堆之间有着如此巨大的反差,是否是因为母亲扔报纸的这个夸张而带有学究气的动作,我心里竟然也滋长出无法磨灭的自认为是公理的信念:报纸是不干净的,我对它们只有仇恨,我对报纸的行业充满了报复心理。假如我有朝一日死在这种肮脏的家伙手里,我至少会知道"在天之父"的。

  我不仅手很长,而且似乎对音乐还有"过人的,很高的天赋",我弹钢琴的指法非常活泼,"对于这么小的姑娘,能有如此熟练的触键法简直不可思议"。这活泼的弹奏宛如棕色天鹅绒一样轻柔,一看到"触摸"这名词,我就立刻联想到我触摸到了钢琴,触摸到了如天鹅绒般温柔的钢琴:真像天鹅绒一样轻柔,棕色的天鹅绒,仿佛小猫的爪子碰到天鹅绒上,小猫的爪子。①

  但是关于我的脚我还没说完。当我代替亚历山大降临尘世两年后,阿霞也代替了盼望已久的基里尔来到了人世。由于已经有过一次教训,这回母亲只是喃喃地说道:"好吧,有什么办法呢,将会出第二个音乐家。"可是,当这位阿霞躺在床上的大蓝色蚊帐里口齿不清地迸出第一个含义清晰的词是"翘"(脚)时,母亲不仅显得很伤心,而且还显得愤愤不平:"脚?难道说她想跳芭蕾舞?我的女儿会是芭蕾舞演员?外祖父会有一个跳芭蕾舞的外孙女?可是上帝啊,我们家里还从没出过一个跳芭蕾的呀!"(这一点她可错了,在我母亲的生活中倒是有过一次倒霉的舞会,这场舞会把什么都给葬送了:她的音乐,我的诗歌,还有我们一切共同的多愁善感的难以解除的不幸。但这一点她并不知晓,她一直都一无所知。只有我一个人明白。这是在她做出这个傲慢的判断的40年之后,在日内瓦的"俄罗斯之家"里发生的事。以后我会述说的。)

---

  ① 此处原文为法文。

岁月流逝。关于"脚"的梦想似乎要实现了。一般说来，阿霞用脚尖走路非常轻巧，可钢琴却弹得很糟，完全走了调，好在她弹的音量很低，在隔壁的客厅里就什么也听不见了。我现在很害怕弹错，不过不用担心，她虽然练得很用心，但却未必能同时控制从"哚"到"发"以上的琴键——她的手指没那么长。她的手(同脚一样)很小，天赋也很一般，指法练得很糟糕。琴声传到耳朵里犹如剃刀在割耳垂一般。

母亲虽然很伤心，但已平静下来。"这就是说，她很像伊凡·符拉基米洛维奇"，母亲说，"他差不多一点儿听觉也没有。不过，阿霞倒好像多少还有那么一丁点儿，要是有机会听一听她唱的歌，也许会发现她唱的调还挺准的？可为什么在钢琴上老是走调呢？"

母亲不明白一点，那就是阿霞由于年纪还太小，整日坐在钢琴架前实在是寂寞得很，只是由于自己瞌睡难耐才弹不准音符，就像瞎了眼的小狗对不准盛食的小碟子一样。或许，她弹不准音调的原因是她总是一下子按下两个音键，以为这样就可以快一点儿做完规定的练习？也可能是因为她的手长得像苍蝇那么小，分量太轻，根本无法对准琴键，所以才要屡屡出现同时揿下两个音键的错误？不管是哪种原因，反正她的弹奏不仅是可怜巴巴的，而且还充满伤心的眼泪，细细的、脏兮兮的泪水伴着蚊子哼哼般的哭声："咿—咿，咿—咿，咿—咿"，这使家里所有的人，甚至包括扫院子的老人，都捂着脑袋绝望地叫起来："行啦，够啦！"阿霞越是不间断地练下去，母亲在内心里就越发怀疑她在音乐上的前途，因而也就渐渐把一切希望只寄托在了我身上，因为我有一双长长的手，并且在弹琴时从不哭鼻子。

我们渐渐长大了，都剪短了头发。母亲同我们一起走在剪平了的秋天的草地上。"脚，脚"，她略有所思地说，"不管怎么说，芭蕾舞演员毕竟也可算是有身份的女人。我就认识这么一位，她住在索科尔尼克，甚至还生了六个孩子，是一个出色的母亲，完美极了，有一天连你们的外祖父都让我去参加她的洗礼……"母亲说着说着就明显地开起了玩笑(我们很清楚)，"穆霞会成为卓越的钢琴家，阿霞(仿佛一个字一个字地吐出来)……会是一个著名的芭蕾舞演员,我会由此而骄傲地长出第二个下巴。"接着,又好像不是在开玩笑了,而是带着深深的由衷的喜悦和自豪,"瞧,我的孩子们都将成为'自由艺术家',就像我当年梦寐以求的那样。"(她父亲坚持家庭教育,不让她出门,她只和波萨尔特老人一起去参加过一次文娱晚会,那是在他去世前一年。)

……然而一开始总是弄不懂乐谱。琴键你可以去撤。可是音符呢?键盘是看得见的,就在眼前,瞧,黑白相间,可音符却看不见,音符只是画在五线谱的线条上(这是什么线条呀)。另外,琴键只要一摸就能听得见,而音符却听不见。只有琴键,没有音符。既然有了琴键,为什么还需要音符呢?对此我一点都不明白,直到有一天,阿芙古斯塔·伊凡诺芙娜给了我一张写给妈妈的贺信,在这封贺信的标题上我看见许许多多的小麻雀代替了音符落在一行行的五线谱上!直到这时,我才明白,音符是生活在树枝上的,每一个音符都有自己的位置,它们从那里跳到键盘上,每一个音符都跳到自己相应的琴键上。这样,音符才会发出声响。有些迟到的音符(就像《夜晚闲暇》里的小女孩卡佳那样,马沙火车开走了,迟到的卡佳和老保姆只能相视而泣……),我说,那些迟到的音符生长在树枝上方,生长在空中树枝的上方,但它们终究也是要跳下来的(而且并不都能跳得很准,一旦跳错了,那就走了音调)。当我停止弹奏,音符们就像小鸟一样返回到树枝上,像小鸟一样,在那里睡觉,不再落下。25 年之后,它们却在我面前落下来,甚至是猛扑下来:

> 从纸上涌出所有的音符,
> 从嘴里说出一切神的启示……

但是,虽然我很快就能出色地在纸上识谱了(比纯粹听谱更好些,在纸上可以一遍又一遍地反复读,这样可以读得更好些!),但我从来就不曾喜欢过乐谱。乐谱总对我有妨碍:妨碍我注视,妨碍我更加准确地不看键盘弹奏;乐谱使我跑了调,使我认识不清,使我丧失了对演奏的神秘感,总之,乐谱仿佛使我精疲力竭,两手发麻,使我的这双手不再有感受,乐谱就像是我所弹奏的音乐诗中"爱情的永恒的第三者"一样插足我的演奏(没有人听懂我所弹的音乐诗,没有人懂得这首诗的单纯,也没有人懂得我内心的复杂)——我从来也没有如此充满希望地弹奏过,一直弹到烂熟于心。

的确,我所说的这些不仅是我的真实感受,而且也是每一个初学音乐的人的真切体会。现在看来很清楚了,当时对我来说,识谱尚为时过早。哎,母亲是多么操之过急呀,又是教我识谱,又是教我识字,还要我读《温迪娜》①,读《简爱》,读《安东·戈列梅科一家》;教我如何蔑视肉体的痛苦,教我敬仰神圣的叶莲娜,教我学会面对众人坚持己见,崇尚自我。她其实非常清楚这是枉费心机,不会有任何成效,什么也得不到,尽管她为此付出了这样或那样的努力……也许,她只是为了让我能有一些值得回忆的东西吧!也许,她只是想一下子就供给我一生的需求吧!每时每刻,她就是这样不停地教导我,甚至折磨我!从不让我们躺下休息,从不让我们放松片刻(可我们是多么需要安宁平静的生活呵),强行灌输一个一个的印象,一个一个的回忆,她难道不明白,往一个已经装不下任何东西的箱子里(当然,这箱子看上去似乎是无底的)再硬塞是徒劳无益的?抑或她是有意而为之?也许,她如此热切地把她认为最有价值的东西灌输到我心灵的深处,是为了我能永久地看到这一切,能够在万一出现"腹中空空"的最坏情况下派上用场,欣慰地发现,我心中的"箱子"里还装着这一切呢。至于箱子,最后总是会见底的。(呵,母亲肚子里的货是无穷的,她真是有教不完的东西!)母亲似乎要把自己活活地钉在我们心中,永远地钉在我们心里。她以一双无形的手,一股看似轻柔的力量,使我们承受着重压,并且总是以这种方式抽取掉我们身上所有的分量和视线。但这一切都不是科学,而是抒情曲,这是何等的幸福。这种抒情曲在生活中,总是很缺乏的,就是来双份也绝不嫌多,这就好比一个饿汉往往会觉得世界上的面包总也不够一样,就好比镭一样稀少,虽然存在,但这存在本身也同时意味着缺乏,它本身就是不足的,所以才会出奇的珍贵!那种正因

---

① 欧洲中世纪传说中的水精。

为其本身就意味着过于充足的东西,是不可能泛滥过剩的,这是忧郁和力量的过剩,是力量的过于充沛,从而导致愈积愈多的忧郁。

母亲不是在培养和灌输,她简直是在用心体验,体验一种对抗的力量,胸膛是否抗不住这种力量?不,抗得住,一旦裂开了,那么现在就再也没有什么可提供,没有什么可填塞的了。母亲是从抒情曲那张开的血脉抽出血液滋养我们的,正如我们日后毫不留情地切开自己的血管,企图以自己忧郁的血液喂养我们的孩子一样。我们的孩子是幸运的,因为这一切并未成为现实,而我们的幸福则在于这一切都成功了!

有了这样一位母亲,我能做的就只有一件事了:成为一名诗人。这样做是为了解除她给予我的才干,这种才干会把我扼杀,或者把我变成人类一切规则的冒犯者。

母亲理解我吗?(她是否知道我想成为一名诗人?)不,她并不知晓,她的注意力都集中在那些生疏的事物上,集中在神秘的自我上,集中在自我将来的设想上,集中在根本就没有出世,所以也就一无所能的儿子亚历山大身上。

但不管怎么说,现在就学习乐谱实在是太早了。孩子不满五岁就开始学字母并不算早——我四岁就能自由阅读了,这样的孩子我遇到过很多,但不满五岁就开始识谱,这毫无疑问是太早了,对孩子绝无益处。在琴键上识谱的过程要比开口念字母复杂得多,正像琴键比人的嗓子要复杂一样。说得形象点:可以不从乐谱上落到琴键上去,但却不能从字母转到嗓音上。更简洁一点讲:假如说在我和整个键盘之间竖立着乐谱,那么在每一个音符和我之间则冒出了键盘,这键盘时常会因为五线谱纸的缘故而躲藏起来。至于阅读的单词的简单而浅显的含义和弹奏的节拍那完全琢磨不定的含义之间的巨大差别就不用多说了。阅读的时候,我总是把词转化成意义;而在弹奏时,我是把音符转化成声音,而且这个声音必须有所指,必须包含着某种意义,否则这个音就是空洞的。可是,对于刚刚满五岁的我,在弹琴时,首先得用眼睛在五线谱上找到那个记号,然后,在脑子里找到与之相对应的音阶上的某个音符,紧接着又得用手指找到同这个音符相对应的键,当我忙于这些时,我怎么会有时间去感受音响并且将这个感受表达出来呢？我得面对三样我完全不熟悉的东西，而对于一个五岁的儿童，一样就足够了，可对于我，这个东西后面总是跟着另一个，而另一个又会领我走进更令我陌生的世界，而在这陌生的世界后面，透过一切意义和音响，又是一个特别神秘的领域——精神的世界。要能理解这一切，大概只有成为莫扎特才行！

但是，我喜欢琴键，我爱那黑白相间的琴键（白得几乎泛黄），我爱键盘上那透亮的黑色，也爱那隐含着某种神秘的忧郁的白色（几乎发黄），我喜爱琴键，因为它们宽窄不一，有些很宽，而有些却很窄（真够委屈的），我喜爱琴键，还因为我可以坐着不动就能够像走楼梯一样上下移动，而这楼梯就在我的手下！从这个楼梯上一下子就能奔流出无数条小溪——这些小溪顺着脊背飞奔而下，而我的眼里滚动的热浪，如同安德留沙的文选课本里提到过的达格斯坦峡谷里的热浪一样炽热。

我喜爱琴键，还因为按下白色的键，就会听到轻快的音响；而揿下黑色的键，立刻便发出忧郁之声，千真万确，只要一按黑色键，就仿佛按在了自己的眼睛上，一下子便挤出了眼泪。

我喜爱琴键，也因为按键本身也令我陶醉：你可能一揿下琴键，立刻就觉得全身随着音乐往下沉，只要手不离键，这种下沉的感觉就不会消失，就仿佛坠入了无底的深渊，即使把手从琴键上松开，这种感觉也不会一下子就消逝！

我喜爱琴键，因为它那看上去很平静的表面下却蕴涵着很深的空间，就像那深不可测的河水，那奥卡河的河水一样，甚至比奥卡河还要平静得多，深远得多。

我喜爱琴键，因为在我的手下面会出现一个深渊，这深渊就在我的手下，我坐在那里不用动弹就会永远地坠落下去，这种感觉有多美！

我喜爱琴键这种表面平静中隐藏的欺骗性，你只要轻轻一触，这平静如水的表面就会迅速张开，直到把你吞没。

我喜爱琴键，因为它给了我期盼按键的欲望，也给了我害怕触键的恐惧:揿下琴键,琴声一响,就会唤醒一切。(1918年,每一个在庄园里的士兵都会有这种感觉。)

我喜爱琴键,也由于它是一种追悼:它使我想起那年夏末时分,母亲穿着衬衫,收到电报以后轻轻地说:"外公悄悄过世了。"她边说边轻轻地啜泣,然而仍面带微笑,第一个对我说:"穆霞,外公是多么爱你呀。"

我喜爱琴键,因为它像"大象的骨头",[①]像闪闪发亮的"大象之骨",[②]像神话传说中的"大象之骨"(可是大象和埃尔弗[③]又如何扯在一块呢)。

(还有一点,这纯粹是儿童的发现:假如一不小心忘记这是架钢琴,觉得这不过是一堆牙齿,是一张冰冷的大嘴里的一直长到耳根边的一排巨大的牙齿。于是,这架钢琴就仿佛变成了一个爱开玩笑的人,不过这个人并不是安德留沙的辅导老师亚历山大·巴甫洛维奇·古里亚耶夫。他总爱哈哈大笑,所以母亲管他叫作爱逗乐的人。可我觉得,真正爱开玩笑的人根本就不是一个快乐的人,而是一个可怕的家伙。)

我喜欢琴键,因为"键盘"这个词是如此有力,我甚至现在只能将它同雄鹰那张开的翅膀相提并论,不过在我年岁很小的时候倒没把它同任何东西相比较。

我喜欢琴键,因为"变音音阶"这个词念起来会发出犹如水晶项链瀑布般落下的声响。我喜爱琴键,因为我对变音音阶谙熟至极,远远超过了我对文法的掌握——对于文法,我无论怎样努力,至今都无法理解,而且看来我一辈子都不会弄懂。我喜爱琴键,因为我一下子就爱上了变音音阶,我对它的兴趣远远超过了对普通音阶的兴趣:普通音阶既呆板又低沉,似乎是专门为保姆和小万卡准备的。我喜欢琴键,因为变音音阶实在令我陶醉,它似乎不偏不倚,既不向右,也不向左,而只是向上跳跃,与普通音阶相比,要深远得多,神秘得多,如同我们的故乡塔鲁萨的那条在每一棵大树后面都可能失

---

① 此处原文为法文。
② 此处原文为德文。
③ 埃尔弗是古日耳曼神话中的自然神。

踪的"大道",要比从普希金纪念像到普希金纪念像的特维尔街心花园深远神秘得多。

我喜爱琴键,因为——我现在可以这么说——音符系统就是整个心灵的系统,就是我心灵的全都。我喜爱琴键,因为音符系统和我讨厌的文法最相逆反,它是浪漫抒情曲,是戏剧。

我就是这样亲身体验整个音符系统的。

另外我还要说:变音音阶就是我的脊背,它就像一个有生命力的阶梯,顺着这个阶梯,我心中隐藏着的一切能够爆发的情绪都会真的汹涌澎湃,猛烈地迸发出来。于是,每当听到别人在弹钢琴时,总觉得这是在我的脊椎上弹奏。

……我喜爱琴键,因为"键盘"这个词令我欣喜。

我喜爱琴键,因为我喜欢键盘的构造。

我喜爱琴键,因为我喜欢在键盘上所做的一切。

我还喜爱"降半音号"这个词,带着浅紫的色彩,透出凉爽的气息,还似乎稍稍带点儿棱角,像盛香水的小瓶,在我的心里,这个词同一种叫"桂竹香"的花同韵,这种长在母亲坟头的花我从没见过,在作品《一个小女孩的故事》的第一页里就出现过。还有"升半音"这个词,我也挺喜欢,这个词念起来是那样直截了当,那样硬朗,就像镜子里我的鼻子一样清晰可辨。"降音符"[①]这个词我觉得是浅紫色最显著不过的一个词:比塔鲁萨的茅尾花还要明显,比斯特拉霍夫斯克上空的云彩还要鲜明,比塞格罗夫斯克那"紫色的树林"[②]还要显著。

标出的"降半音符"总是让我觉得仿佛是一个神秘的符号:就像母亲在客人面前皱起眉头又突然松开一样,她用这种方式把我的某些思绪赶入了心灵的最深处。眉头的突然一松比用眼睛暗示更管用。

乐谱中的本位号其实无关紧要,它不过是个不必考虑的记号,什么也不

---

① 此处原文为法文。
② 此处原文为法文。

表示,这东西本身就可忽略,它本身其实并不存在,我对它就像对待一个呆滞的傻瓜一样,很宽容。另外,它还和贝克尔结了婚。

最初我还因上方和下方而困惑不已,我总是觉得上方代表浑厚的音,在左边;而下方是童声,比较轻微纤细,在键盘的右端,声音渐渐破碎,一直到消失,这是发出音响的键盘和乌黑有光泽的琴架的结合处。(在上方是高山和雷鸣,而在下方则净是些小东西,比方说,小瓢虫、苍蝇、小铃铛、蒲公英、蚊子、小狗鱼等等……)现在看来,还真有点道理,因为我们通常是从左往右阅读的,也就是说是从开头到结尾,而开端总不可能是下方。因为下方本身就意味着渐渐消失。(纤细的声音逐渐消失,而低沉浑厚的声音则会永生[1]。这种浑厚之声会融进钢琴的光泽之中,融进喧闹声中。)琴键上关于上方与下方的声乐上的规定倒是同欧洲人书写的习惯相一致的。

但在我童年的钢琴生涯中,我最喜欢的还是"小提琴高音谱号"。这个词多么奇妙,多么意韵深长,又是多么难以琢磨(既然是钢琴,缘何还与小提琴扯上关系),仿佛是一把魔力无边的钥匙[2],开启了整个被封闭的小提琴的世界,在这个世界里,从极度的黑暗中隐约响起了帕格尼尼[3]的名字,而萨拉扎特的名字则如水晶项链般闪闪发光,并轰鸣作响。在这个世界里,人们为了演奏会把活生生的人卖给魔鬼!这一点我早已知道!这个词一下子就把我几乎变成了一个提琴家。这个词使我想起另外一个东西:斯特鲁伊叔叔[4],从一条珍珠般闪闪发光的小细流扩展成为一条能夺人性命的急流……我还想到了另一个东西:

  ……冰冷的忘川,
  用它冷却心头的热火,比什么都有效!

---

[1] 此处原文为法文。
[2] 此处原文为德文。
[3] 埃尔弗是古日耳曼神话中的自然神。
[4] "斯特鲁伊"在俄文里近似"细流"。

这是安德留沙的文选课本里的诗句，其中有两个生词："忘川"和"冷却"，也有两个我知道的词："热忱"、"心头"，在我看来，这两个词是一个意思。

这个词很特别，而这个符号外观我也很喜欢，它像一只天鹅，我经常在乐谱本子上描摹它，觉得我仿佛是让天鹅落在了电线上。

我对低音谱号一点感觉也没有：它的外观也好，声音也罢，都不能使我有任何好奇感，我也暗自鄙视它。首先，我不喜欢它那像耳朵一样的形状，简直像普普通通的粗俗的带有两只小孔的耳朵，可是这两只小孔居然是被刺穿了的，真蠢！两只小孔还不在耳朵里，而是在旁边，叠在一起，好像一只耳朵上可以戴两只耳环，好像总共只有一只耳朵一样。（我对耳朵的问题很有兴趣，因为母亲的耳朵就是被穿了孔的，两只耳环垂在上边，母亲认为这种打扮很不文雅，而她的崇拜者，女大学生瓦列丽娅却认为这样很美，但却怎么也做不到：要么耳朵肿起来，要么就是结了疤痕，于是一个劲地发怒，揪着头发不放。）我觉得"低音谱号"这个词简直就像是一只大鼓，或者就是男低音歌手，是夏里亚宾[①]，有一位夏里亚宾的精神错乱的女崇拜者（她神志不清，不停地鞠躬），在夜里12点时把自己三岁的儿子萨沙放到桌子上，强迫他唱歌，"像夏里亚宾一样"歌唱。她那可怜的儿子由此而吓得两眼发昏。从此以后竟再也长不高了。得啦，让"低音谱号"见上帝去吧！为了自娱自乐，我喜欢一边用膝盖敲打着椅子，用肘部敲击着桌面，一边哼唱一连串奇妙的高音谱号。往下一个比一个圆满，往上则一个比一个和谐，这真是整整一连串宛如天鹅般美丽的乐谱！

但这只是书面上的热忱，是书写的热忱，写作的热忱。而真正对音乐的热忱，可以说，我当时还没有。形成这种罪过，或者说轻一点，形成这种状况的真正原因是我母亲过于尽力培养我了，她并不是依据我的能力，我的才能去要求我，而总是依据自己心中的愿望过度地、以超过我的年龄的接受能力的标准来要求我。她简直就是在我身上要求她自己！而我已然只会成为一个

[①] 夏里亚宾（1873–1938）：20世纪初俄国著名歌唱家。

作家,我永远也不可能成为音乐家。"你要是能在钢琴前安安静静地坐上两个小时,我该多高兴!当我四岁那会儿,坐在琴边,大人们拖都拖不走!'再弹一小会儿!'你哪怕能有一次这样求我,那我也高兴呀!"可我永远也不会提这样的要求。说实话,无论她怎样强颜欢笑,怎样夸我,都无法让我主动去要求我本身并不想得到的东西。(母亲其实是在用音乐折磨我。)但是应该讲,在弹琴的时候我还是挺用心的,早上扎扎实实地弹上规定的两个小时(这种习惯一直延续到我上音乐学校为止,也就是一直到六岁)。甚至也不经常地朝救命的钟表那里张望(其实,在我十岁之前我根本看不懂钟上的时间,倒是一有机会就情不自禁地看一眼放在乐谱架子上的《恺撒之死》),但我是多么渴望听到挂钟那深沉的鸣响呀!母亲在场与不在场,我都是一样地练琴,并不理会旁人对我的诱惑。那个教我德文的德国女人,还有心肠很软的老保姆,都反对母亲这样逼我。(她们常说母亲完全是在"糟蹋孩子"!)甚至在厅堂里生炉子的那个管院子的老头也很同情我,他常悄悄地招呼我:"过来,小穆霞,出来溜溜!"有时候就连父亲也会从工作间里出来,怯生生地说:"好像两个小时已经过了吧?我好像听你弹了差不多有三个钟头了……"可怜的爸爸!其实他根本没有听到我弹琴,没听到我们弹琴,没听到我们弹奏的音阶练习曲、加隆曲和加洛普舞曲,也没有听见妈妈弹奏的轻柔的曲子,没有听见瓦列丽娅唱的华彩句。他根本不可能听见,他甚至没有想到要把工作间的门关上!要知道我不弹琴的时候,阿霞会弹,而阿霞不弹了,瓦列丽娅又会接下去弹,而且会折腾我们,折腾母亲一整天,甚至几乎一整夜!可爸爸只能听懂一种曲调——选自《冥王曲》中的一段,那是他第一个妻子留给他的,他的第一个妻子嗓音很美,但她那百灵鸟般婉转的歌喉很快就停止歌唱了。"甚至连'上帝啊,保佑我们的沙皇吧'这首歌你都唱不来!"母亲曾半开玩笑地责备过他。"怎么可能呢?我会唱!"(于是准备了半天)"你听着:'上—帝—呵'!……"可他却总是无法唱到"沙皇"这个唱词的音高,因为母亲总是立刻捂住耳朵,脸都真的变了形,完全没有了先前开玩笑的兴致。于是父亲只好停下来,他的嗓子倒确实挺有劲的。

后来，等她去世后，他常对阿霞讲："怎么啦，小阿霞，你好像弹跑调了吧？"他这么做是为了安慰自己的良心，他替代了母亲。

总之，无论有多少诱惑，无论有多少人同情我，我都不予理睬，我只是专心练琴，坚如磐石般地坐在钢琴前。

天气闷热，碧空如洗。轻微的音乐，无尽的折磨。钢琴就在窗子旁边，它那如大象般笨重的身体好像绝望地想从窗户里伸出去，又好像是一个半个身子已经探了进来的活人，或者是一束茉莉花。挥汗如雨，手指练得发红——我练琴的时候是全身运动，浑身用劲，全身的重量都好像压在了钢琴上，用尽气力撳下琴键，而最主要的是，我是怀着对练琴的满腔的仇恨去弹奏的。我看着我的手练琴，母亲小的时候，她必须时常试着把手张开，肘部和手指关节全部伸平，毫不动弹（这该多累呵），不能让放在手掌上的盛满煮沸的咖啡的塞夫勒茶杯泼洒出一丁点儿水。（你们瞧，这个主意多黑啊！）或者不能让一枚小小的银币从手掌上滚下来。而如今，我必须做到的是让我的手不停地自由运动，在身体处于前倾后仰的交替变换中，使弹琴的手从肘部到手掌，一直到手指，描绘出一只正在饮水的天鹅。而此刻，手的背面会出现青色的筋脉，倘若我用劲弹键，这筋脉就会呈现出一个明显的"H"字母。据德国女人的解释，这字母仿佛就代表着尼古拉[①]，12年以后我将嫁给这位名叫尼古拉的人；而据法国女人解释说，这个字母表示"亨利"[②]。大家都各行其便：安德留沙同爸爸一道去游泳，妈妈和阿霞一起去林中散步，瓦列丽娅去塔鲁萨邮局寄信，只有厨娘和我留在家里，她一个人摆弄着煎肉饼用的刀，而我则独自拨弄着琴键。若是秋天，那么安德留沙就会一个人削木棍玩，阿霞就会伸着舌头，待在家里画画，妈妈就会读她的德语作品，瓦列丽娅就会给薇拉·穆罗姆采娃写信，而我则仍是独自一人弹钢琴"玩"。（凭什么这样？）

"不，你根本不喜欢音乐！"母亲生气了（她真的伤心了，心痛了）！因为我刚坐着弹了两个小时的琴，就"噌'地一下从椅子上跳了起来，傻乎乎的，毫

[①] 俄语中"尼古拉"这个名字的第一个字母是"H"。
[②] 法文中"亨利"这个名字的第一个字母是"H"。

无羞愧,还带着一点儿怡然自得的神情。"你瞧你,你压根儿就不喜欢音乐!"

不,我喜欢。我其实很喜欢音乐。我只是不喜欢我现在弹的东西。对于孩子来说没有未来,只有现在(在孩子眼里,现在就意味着永远)。而现在摆在我面前的却是弹不完的音阶练习曲,或者加隆舞曲,或者是在我看来是供小孩子玩乐的微不足道的、折磨人的"小曲儿"。而未来的那个技艺高超的音乐演奏家对于我来说仿佛完全成了我将来叫做尼古拉或者亨利的丈夫。母亲可真了不起,她三岁就能在钢琴上演奏一切,在琴键上她游刃有余,自由自在,宛如一只天鹅立在水面上一样轻松自如。在我的印象里,她好像只学了三次就能弹吉他了,并且能弹奏音乐会上的作品,她读乐谱就如同我读书一样有灵气,她才真正算得上"迷恋音乐"。在她身上流淌着两种能培养音乐气质的血液,她的父亲与母亲的血液融会在一起,造就了她的一切!不过,她却没有料到,她的婚姻的结晶却违背了她的意愿,她造就了一个与她的个人爱好、抒情气质、出色歌喉、天然禀赋截然不同的我——另一种类型的,喜爱文学的我。我身上流淌着的血液与她的血液丝毫没有融合,看来这两种血液是无法融合的,犹如大陆与海洋一样,截然分明。

母亲用音乐来熏陶我们。(由于这种音乐,由于这种已经变成抒情曲的音乐,我们便再也见不到天日了!)母亲用音乐浇灌我们,可在我们看来,这仿佛是洪水向我们袭来。她的孩子们仿佛与任何一条大河边搭建的穷人住的破旧矮小的房屋一样,命中注定要被毁灭。母亲自己心中的幻想没能实现,她把这一切苦楚都转化成对我们的期望,以此来浇灌我们,她是以自己没能实现的生活,以她终生向往的音乐来浇灌我们的,这仿佛为我们输入了血液,输入了使我们获得第二次生命的血液。可以说,自我出生之日起,我不是来到了这个尘世,而是直接降临到了音乐中[①],凡是一切可听的美好的东西,自我出生之日起,我都听遍了(包括将来)。每天晚上我都能听到妈妈弹奏的如溪流般明快清澈的曲子(那些最神秘莫测的,犹如林中之王的曲子,譬如《珍珠流水》),而一旦领略了这些不可思议的奇妙之后,叫我又如何能

[①] 此处原文为德文。

再去听我自己弹奏的那老实巴交的、单调的、令人沮丧的、费了九牛二虎之力,一个音一个音地敲出来的《练习曲》呢?又叫我如何不仇视它呢?一个天生的音乐家则会克服这一切,可我生来就不是音乐家的材料。(对了,我记得在她最喜欢的书里有一本叫《盲音乐家》的小说①,她时常以这部小说的主人公为例来数落我,就像她经常以莫扎特在三岁的时候或者她自己四岁时候为例来埋怨我一样,后来,当穆霞·波塔波娃的技艺超过我以后,母亲又以她为例来责备我了,哎,在她眼里,有谁会比我差呢?又有谁没有被她拿过来做例子呢!……)

最烦的就是弹节拍器。在我生活中有几样东西是会给我带来无可动摇的愉悦的,那就是不必去学校上学,不出现在1919年的莫斯科,以及不必去听节拍器的声音。听惯了音乐的耳朵又怎么能够忍受节拍器的声响呢?(或许听音乐的耳朵根本就不同于能领略音乐的心灵?)在我四岁之前,我甚至还是挺喜欢节拍器的,差不多如同我喜欢那装有布谷鸟的钟。而且喜欢的缘由也如出一辙:在这节拍器里也住着某个人,至于到底是何人,天晓得,因为这纯粹是我在家里凭空捏造出来的。节拍器就像是一座房子,我自己特想住在里面。(孩子们总是期望能住在一些不可思议的东西里面,比如我的儿子,现在差不多六岁了,成天幻想着能住在街头的路灯里,因为觉得那里亮敞、温暖,而且住得很高,可以看到一切。"要是有人朝你的屋里扔石头呢?""那我就用光照他们!")可当我刚一陷入节拍器那有条不紊的声响,我就开始讨厌它,并且怕它,怕得心疼,怕得要命,怕得浑身发冷,正如现在我半夜里很怕听到那滴答作响的闹钟一样,但凡一切在夜间发出的有节奏的、均匀的声响,都令我恐惧。这种声响仿佛在踩踏我的心!仿佛有个人站在你的心上,催促着你,控制着你,不让你死,也不让你喘一口气,当你要离去的时候,仍然会催促着你,驱赶着你,控制着你。节拍器孤零零地放在空荡荡的大厅里,在空空的凳子上方,在盖了盖的钢琴上方,因为人们忘记了把它盖上,所以只有一直等到发条松开。这是一个没有生命的东西,但它却似乎更像是个有生

---

① 这是19世纪末俄国作家柯罗连科的一部小说。

命的人;这声响其实代表不了什么,但我却觉得这里面有某种实实在在的东西。也许,万一发条会永远不松开,万一我会永远不从凳子上站起来,永远摆脱不了滴—答—滴—答的节拍的控制……这就意味着死亡,这就意味着踩踏在心灵之上,踩踏在活生生的心灵之上的死亡,这心灵总有一天会死的,这是永恒的死亡(已经死去的死亡)。节拍器仿佛是一口棺材,生活在这里面就意味着死亡。由于声音的恐怖,我甚至忘却了其外观上的恐怖:一根像手指一样伸出的小钢棒,狂躁地、呆板地在你那活生生的背后摇晃。这是我头一次见识一种器械,这种器械预先决定了以后的一切,这种器械以全新的姿态展现在我面前,我领略到它散发出的钢铁的气息,看到了它呈现给我的第一朵钢铁的蓓蕾。呵,我从未落在节拍器的后面!它不仅在节拍上控制着我,而且还把我整个身体都钉在了凳子上。打开的节拍器对我来说是最好的保证,使我不必再去看钟上的时间。可幸运的是,母亲有时会忘了叮嘱我,而无论我对基督有多么忠诚(其实母亲也一样),我都不会强迫自己去承受坐在凳子上继续练琴的苦难。如果说我有时会产生杀死一个人的念头的话,那么我想杀的就是那个节拍器。每当我练完琴,以一种最从容自得的神情走过书架时,我的眼里总会放射出一道充满淫欲的报复的眼光,我会傲慢地耸着肩膀,向节拍器抛出一句讥讽的话:"我走了,你给我待在这儿不许动!"

可我不单单是经过书架,我会久久地站在那里不动弹。这书架俨然是一座图书馆,但它是哑的,仿佛我突然间一下子成了瞎子,成了痴呆儿。抑或这堵由父亲的拉丁文书、母亲的英文书组成的墙实在是难以穿透:我读出一个个字母,但什么也读不明白。要想明白在这些深棕色封面的,令人神往的,厚厚的,卷帙浩繁的,像《珍珠流水》以及母亲那一大堆作曲集一样的书里到底有哪些有趣的东西,我的智慧还差得远呢。可我也听不见,我仿佛又成了聋子!这可真是可望而不可及!于是,我也就顾不得这些,干脆逐字念下去:奥帕斯①—摩尔—鲁宾斯坦②—叙述曲调……

---

① 希腊古城名。
② 鲁宾斯坦(1829-1894):俄国作曲家,19世纪伟大的钢琴家。

放满乐曲的书架分为两部分：属于母亲的一部分和属于廖丽娅的一部分。母亲的那部分包括贝多芬、舒曼的作品，各种作品号，还有杜拉及摩尔的作品，各种奏鸣曲、交响曲、愉快轻松的舞曲等等，而廖丽娅的那部分有叙述曲调。叙述曲调加上抒情曲(通过法语的"an")。而我自然更喜欢这些附加的曲目。首先，在这些作品里歌词要比乐谱多一倍(一行乐谱里有两个字母)。第二，廖丽娅所收藏的作品我能跳过乐谱逐字念下来。后来，当我必须掌握韵律学的时候，我开始用在诗歌里很少出现的破折号把诗歌中的词按音节拆开，使完整的词断开。多少年来，几乎所有的人都为此而责骂我，只有很少一些人表扬我(无论是骂我的人，还是赞扬我的人，都是出于对诗歌"现代性"的维护，而我也无话可说，除了说上一句"应该这么做"以外，别无他言。可是有一天，小小年纪的我却突然亲眼见到了被接连不断的但却是合法的破折号塞满的抒情歌曲的本子，于是，我仿佛觉得我的罪名被洗刷一清：整个完全符合"现代性"标准的音乐洗清了我的罪名，我得到了平反，得到了支持，得到了肯定，我的行为是完全合法的，这一切如同一个小孩依据身上的某个特定的隐秘标记被证实是父母的亲生子，从而最终获得了生活的权利！不过，也许巴尔蒙特①是对的，他曾带着赞许的口吻责备我说："你对诗歌所要求的东西，只有音乐才能提供！")浪漫歌曲就是这样的作品，只是有乐谱。抛开乐谱的表面伪装，它其实就是书。只可惜，这样的书太薄了，文字太少了，刚一打开就看到了结尾。

瞧，一座奇妙的楼阁，画有装饰性的像一幅绿色别墅一样的东西，还有一幅用小棍棒支撑着的斜挂着的隐秘的题词："献给伟大的公爵小姐阁下(不记得是怎样的一位小姐了)，作为对她那至尊的未婚夫，王子(不记得是怎样的王子了)归来之日(也可能是离去之日)的纪念。""一座奇妙的楼阁矗立着，里面有很多富丽堂皇的房子……"我还记得那句令我狂喜、令我兴奋不已的宣告："未婚夫会回来的！他会回来的！"似乎未婚夫的归来就是拯救世界的唯一方式，这句话在音乐中变成了庄严的承诺："以上帝的名义信守

---

① 康·巴尔蒙特(1867~1942)：俄国象征主义诗人。

诺言!"可我却同时被一丝忧虑笼罩着,似乎觉得这个未婚夫根本不会再回来了。这座奇妙楼阁给予我的奇异的打击就是我心中忧郁之情的最尖的顶峰。后来我在尼伯龙根之歌①中也体味到这种忧郁之情,几乎过了大半辈子后,在温塞特②的不朽史诗里更是体会到这一点。这是我第一次接触斯堪的纳维亚半岛的北方。不知为什么,未婚夫在我眼里仿佛是童话里乘着飞毯的人,或者干脆就是民谣中的蛇妖,反正是一个会飞的家伙,从空中掉到那座山上。而仿佛是对此的延续,在另一首抒情歌曲里这样唱道:"亲爱的群——山,我们会回——来——的……"这是什么意思?是谁写出这些可怕的歌词的,除了这些词之外,我什么都不记得了,好像除了这些词以外,什么都不曾存在过。究竟是谁(还说是我们,居然用复数!)在安慰群山?究竟什么会回来?也许,是那个至尊的王子带着蛇妖从自己的山中飞来做统治者?不管怎么说,对于这首抒情歌曲来讲,歌词的确奇怪,正如斯维亚托波尔克—米尔斯基③所言,"简直揣摩不定"。只有一点是肯定的:我对群山的渴望,对平地的厌倦,这种对于生长在俄罗斯中部平原的俄罗斯人来说最古怪的念头正是由此而来。群山在我心中是伴随着我对它们的思念而绵延的,甚至同时也是伴随着它们对我的思念,因为是我在唱歌安慰它们,是我在唱:"我们会回来的!"

还有一支曲子,也是带图画的,就是瓦列丽娅经常用水彩笔在她的画册里画给她的学校里的女友们看的那种图画:一位长着暗褐色皮肤,戴着一只耳环的老太婆,头上披着一条方格头巾,同我们母亲头上的那条一模一样,老太婆的鼻子和下巴几乎要碰到一起了,正好可以在中间塞进一把刀。这是一位占卜老太。

替我算一卦吧,老太婆,

---

① 尼伯龙根之歌是一部德语史诗,大约写于1200年。
② 温塞特(1882-1949):挪威女小说家。
③ 斯锥亚托波尔克—米尔斯基(1857-1914):俄国内政大臣。

> 我等了你好久了，
> 头发蓬乱，破衣烂衫，
> 一位茨冈女人向她走来。

"破衣烂衫，头发蓬乱！"安德留沙扯着嗓子唱着，急切地等着女歌手唱到这一行。歌唱草草结束了，而歌曲却深得其爱。"是的，花儿用它那难以理解的，只有心灵才能领会的语言告诉了她。在她的嘴角上露出了微笑，而在她心里却是欢喜和激动……"

我喜爱廖丽娅书架上的所有这些歌曲，我会怀着无比的喜悦花上一整天的时间不断地背诵歌词，有时甚至达到忘情的境界，会当着母亲的面朗诵出来。"你又在说什么呢？再说一遍，再说一遍！""心里喜欢而激动。""这是什么意思？"我低声地回答："这是说，心里喜欢而激动。""你在说什么？你说的是什么？"母亲紧逼不舍。我回答的声音已经轻得几乎听不见了（但口气是坚定的）："激动和欢喜。""怎样的激动？雷雨是什么意思？[①]""因为她害怕。""她是指谁？""就是那个去找老太婆的人，因为老太婆很可怕。不对，应该是老太婆来找她。""哪个老太婆？你简直疯了！""我是从廖丽娅的歌曲里看来的。一位小姐采下一朵菊花，突然她看见了一位手持拐杖的老太太……歌曲的名字叫《占卜女人》。"（我把这个词的重音念错了。）母亲依然追问不休："那什么叫'占卜女人'呢？""我不知道。"母亲这下仿佛是抓到了什么把柄，得意地说："瞧，看见了没有，自己还没弄懂就说！我不知对你讲了多少遍了，不准去读廖丽娅的曲子。看来我非要把那个书架锁起来才行！"母亲对正挟着包匆匆走进前厅的父亲叫道。父亲仔细听着，却显然没听明白是怎么回事。我乘机溜之大吉，躲到母亲够不着我的楼梯上，站在楼梯中间喊道："嘴上露出了微笑，心里却是欢喜和激动……嗒嗒，嗒嗒，嗒嗒，嗒嗒……他凝视着她的双眼……"于是，从节拍器里，从它那光滑的鼻子底下流泻出一首乱了节拍的抒情歌曲，它向我袭来。有时，当我被母亲撞个正着时，我干脆扯个

[①] 俄语中，"雷雨"一词有"激动紧张"的含义。

谎。(四岁以前,我从不说谎,这一点母亲可以作证,不过,后来我显然幡然醒悟过来……)"你又在那里做什么?""我在看节拍器。""'看节拍器'是什么意思?"我只好极不自然地惊叹道:"它真漂亮!(停顿了一会儿,实在找不到词了)黄黄的颜色真美!"这下母亲的语气软下来了:"节拍器不是让你看的,而是让你听的。"这时,我已经溜到了可以救我的楼梯的顶端,我既想表现得很顺从,又怕变得很听话,于是想大声但却仍是低声细气地说道:"妈妈,其实我是在看廖丽娅的歌曲呢!节拍器真难看!"

廖丽娅那里还有她母亲珍藏的所有乐曲,都是些歌剧、咏叹调和改编曲,也都配了词,但都读不懂(我是在那不勒斯学会唱的),还配有许多令我头疼的讨厌的乐谱,这些五线谱都好像画得过长了,似乎超出了三四倍长。我很鄙视《叙述曲调》,因为幼年的我当时只能识简单的乐谱,而《叙述曲调》却完全不适合我的年龄:有那么多看不到一丁点儿乐谱的空白处,仿佛人们拿来了母亲的一张乐谱,(像喂鸡一样)用整整一年的时间把它撕碎,撒向《叙述曲调》中,让每一页里都落下一丁点儿。于是,这支曲子就很像我所熟悉的《列别尔特与施塔尔克》,只不过伴有持续和弦。不过,大人们是绝对禁止我碰脚踏板①的。"个头一丁点儿,就想玩脚踏板!你到底想干点什么呀,是想当个音乐家还是(没说出'廖丽娅'三个字)……做个只会玩脚踏板,整日睡眼惺忪的小姐……不,我看你的手敢碰一碰脚踏板试试!"碰当然是碰了,不过是用脚碰的,而且是母亲不在场的时候。但时间一长,我居然不明白了,这脚踏板是否已变成了我(是我发出了长长的、低沉的声音),还是它依然是脚踏板?(而且在我的想象中,脚踏板仿佛变成了灰姑娘的一只平足的②金鞋子!)不过脚踏板这个词倒有个亲族词儿:训导员③,就是那个在大学生聚会时出现的教导员,他在我们和阿霞参加的聚会上想把安德留沙的辅导老师,可爱的阿尔卡季·亚历山德洛维奇(阿尔卡埃立萨内奇)抓走,直到那只狗狂吠起来才住手。训导员这个词催生了我一生中的第二首诗:

---

① 在俄语中,"脚踏板"和"持续和弦"词形相同。
② 此处原文为德文。
③ 在俄文中,"脚踏板"与"训导员"词形相近。

人们跑向聚会的地方：
在哪里聚会？聚会——在哪里？
聚会将在院子里。

在我的想象里，这个训导员身材高大，乃至整个院子在他面前都成了小不点儿，他用那只七扭八歪的爪子把大学生们（小阿尔卡埃克萨内奇们）高高抓起，就像吃人的魔鬼抓起在他手指上的小男孩们一样。这个训导员就是吃人的魔鬼，不过他终究是大学里的职员，所以全身都挂满了奖章。当然，魔鬼总是单个的，而脚踏板却有两只。既然说到训导员，我就不能不想起一个亲族词：卷毛狗①，就是小说《孤儿》中的长得白白的学者卡比。这只名叫卡比的狗一下子咬住了训导员的裤子，于是训导员只好把阿尔卡埃克萨内奇放了。我还想到了训导员和脚踏板的共同的亲族词，它们的表妹——落下的果实②。这种落下的果实每次都会发出瞬间的芳香，尤其是从接骨木上落下的果实，更是清香无比。这种落下的果实在通向我们位于塔鲁萨的别墅的路口上最多，一想到我的童年，一想到故乡塔鲁萨，这落下的果实就显得格外亲切，这果实简直就变成了我自己。今天，每当我听到这个词，我都会情不自禁地回头张望，想闻一闻它的芳香。

还是回过头来说说我那张受苦受难的凳子吧。也许，这张凳子同其他的所有的凳子没什么两样，但是，我当初却并不知道所有的凳子其实都是一样的，甚至还不知道，世界上还有凳子。这张凳子在家里是很奇特的，独一无二的东西，具有魔力，因为在家里所有的陈设中，只有这张凳子始终要求我老老实实地坐着，而它自己却在转动！它仿佛围着自己那条犹如被拔了毛的火鸡的伤痕累累的脖子转动。你把它的脖子拧到尽头，焦急地等待着，终于，它的"脑袋"松动了，摇晃起来，随后便完全脱落。但我却还记得另一只脑袋的

---

① 在俄文中，"卷毛狗"与"训导员"词形相近。
② 在俄文中，"落下的果实"与"脚踏板"、"训导员"词形相近。

脱落——我自己的脑袋。那一次,我双手撑着挤进座椅,在两脚的帮助下,将座椅的螺旋向上拧,不是只拧了一两下,而是把整个螺旋拧到了头,尔后再往下拧,这样,我就陶醉在渐渐感觉到的甜蜜的眩晕中,直至整个座椅的脖子被拧断,座椅的脑袋从它的脖子上脱落,犹如一只皮球从旋转的棍棒上落下。"哈哈,又在椅子上转着玩啦!"悄悄溜进来,默不作声地观察我的安德留沙突然不怀好意地盯着我那张发青的脸,向我发难,"把小铅笔刀给我,不然的话我就告诉妈妈,你是怎样背着她弹列别尔特和施塔尔克的曲子的。(停顿了片刻)给不给我刀子?""不给。""那好吧,你就等着瞧吧。你就是这样弹列别尔特的,你就是这样弹施塔尔克的!"我相信,打击根本没完。

安德留沙从没正式学过钢琴,因为他是另一个母亲所生,她只爱唱歌。于是,我们家似乎发生了变化:整个家被纯粹划分成两部分:唱歌(父亲的第一次婚姻)和钢琴(第二次婚姻),而这两个部分有时又会在瓦列丽娅和我们母亲的二重唱中融合在一起,那是在塔鲁萨的晚会上或旷野中漫步的时候。想到这些,我仿佛此刻又听到了母亲那低沉而又激情四溢的咏叹,它迎合着瓦列丽娅持续数小时的"抿着嘴"的造作的"演唱";此刻仿佛我又看见了母亲唱歌时那变了形的脸和手,那是她演唱时碰到某个特别富于表现力的,伴有持续音的和弦或者某个特别高的音的缘故,为了唱准这个高音,她常常半闭着双眼,使下巴垂直。而每到此时,往往随之而来的就是那种可怕的不堪入耳的干巴巴的吼叫,这种叫声让人不堪忍受,恐怕只有那种突然活跃起来、突然沸腾起来的舌尖下发出的怪声才能与之相比。这种叫声真可以让人窒息。

不过,让我们还是回过头来再说说这个既不学唱歌,也不学弹琴,无聊透顶的安德留沙吧。他的外祖父伊洛瓦伊斯基本人就根本反对他学钢琴,宣称"对于伊凡·符拉基米洛维奇来说,家里的音乐已经够多的了"。可怜的安德留沙就这样被夹在了两个婚姻,两种命运中间:大人不教孩子们唱歌,而钢琴又是梅因诺夫斯克产的(是第二次婚姻的产物)。可怜的安德留沙,他究竟欠缺什么呢?是耳朵不行?是不能自如地敲击琴键?是抽不出半个小时的时间?或者根本就没有健全的头脑?到底缺什么?看来他最最缺乏的是听力。

正如预料的那样，安德留沙什么也没学成，他没有瓦列丽娅那样的嗓音，没有我那融注了心灵之声的弹琴的本领，没有阿霞那在地板上"叽里咕噜"作响的舞蹈才能，他一无所长，没有从我们所具有的天赋中，从我们所经历的苦难中，从我们的学习中汲取一丁点东西。安德留沙生来就对音乐一窍不通，仿佛他命中注定不会登上我们全家这艘高傲的音乐之船，而只是降落在我们家中某个处于音乐之外的空间里，这个空间只是为客人、仆人，抑或为窗外巡逻的警察准备的。但不管怎样，他的成长道路是独特的，两个禁令都实现了：他既没有学会唱歌，也没有学会弹钢琴。可是，当安德留沙长大以后，当他成长为安德列耶夫时，他自己通过自学，竟然边听边练地学会了弹琴，起先是拉手风琴，尔后是巴拉莱卡琴、曼多林琴，还学会了弹吉他，试着弹奏了几乎所有的琴。不仅自己学会了弹琴，还教会了阿霞弹巴拉莱卡琴，而且比母亲更会教——在他的调教下，阿霞钢琴弹得既响亮又准确。对于母亲来说，这位身材高大的美少年，这位常常带着羞涩的微笑的那不勒斯人，丈夫前一个妻子的儿子（母亲辞世时，他还是个剃着平头的中学生），是她最后的快乐。在母亲弥留之际，他握着母亲的吉他，坐在母亲的病榻边，难为情地，但却充满自信地为母亲弹奏了他所知道的全部歌曲。他几乎会弹所有的曲子。母亲把自己的吉他赠给了他，亲自递到他的手上："你弹得真好，你正用得着……"谁知道呢，也许她当时很懊悔，懊悔当初听从了年迈的外祖父伊洛瓦伊斯基的话，听从了自己成为后妈的事实，而没有听从自己明智的、激昂的心声，也就是说，忘却了那些先辈们，忘却了自己的外祖母，忘却了阿霞和我的音乐家外祖父的妻子，忘却了安德留沙的历史学家外祖父的妻子，从而没有把我安置在书桌旁，培养成诗人，没有把阿霞培养成赫库勒斯①式的人物，也没有把安德留沙安置在钢琴前，耐心地教他演奏："'哚'，安德留沙，'哚'，这个是'来'，'哚—来'……"（我一听到这些，就会想到古斯塔夫·多雷②……除此之外，没有别的。）

---

① 赫库勒斯：罗马神话中的人物。
② 古斯塔夫·多雷（1832–1883）：19世纪后半叶法国插图画家。

可是我发现,关于我童年时代的最重要的主人公——关于钢琴,我还什么都没有说(钢琴上镶嵌着金色的大字:"贝克尔",——梳着辫子的女皇)。可钢琴不止一架。对于每一个学习弹琴的孩子来说,都会有四架钢琴。第一架是你面前的那一个(你吃尽了苦头,很少有自豪感)。第二架是大家面前的那一个。母亲坐在琴前,这就意味着你会很自豪,你会享受到无限乐趣。"仿佛此刻看见"是不可能的,那种情形现在我是看不见的!而在那时,在我童年时候,我常常能看见她那剪成几乎是波浪型的短发的从不垂下的头,即使在伏案写作和弹琴时,她的头发也是被甩在脑后的。我常常会在那两支立在抽出的侧面小板上的同样坚毅不屈的蜡烛之间看到她的头,她的头仿佛被固定在脖子的高高的旋轴上。大厅里矗立着一对镜子,有时我又会在其中的某一个镜子里看到她的头——它显现在垂直于钢琴架平面上的镜框里,我看到的还是她的头,但却是从一个我们看不见的方向看到的。(侧面的神秘使镜子加倍地神秘了!)她的头出现在镜面垂直的空间里,镜子是不可理解、无法触摸的,它使我们远离了母亲的头,我们只能远远地看着母亲的头,仿佛觉得,在镜子里的蜡烛之间,她的头几乎变成了一棵圣诞枞树!

第三架,也许是最长久的一架钢琴,是你常常坐在它下面遐想的那架钢琴。从下面仰望钢琴,你会感到仿佛完全置身于一个水下的世界,一个钢琴下面的世界。并不仅仅是因为从钢琴里流泻出的音乐涌向你的脑袋,才使你有了一个水下世界的幻觉:在我们的钢琴后面,在钢琴和窗户之间,摆放着鲜花、棕榈和芭蕉,这些植物被钢琴那巨大的黑色的身影遮挡、分离开,而钢琴那黑黝黝的身躯又仿佛一座黑色的湖泊,倒映着那些植物的身影,钢琴下面的镶木地板仿佛变成了真正的湖底,带有绿色的光泽,这光泽就从人们脸上和手指上发出,湖底还有真正的根茎,甚至可以用手去触摸。一摸方才明白,原来这就是悄悄挪动的母亲的双腿和踏板。这可真是奇怪极了。

一个清醒的问题:为什么鲜花要放在钢琴后面?难道是为了浇灌起来更不方便?(按母亲的脾气而言,倒有这个可能!)不过,对于我来说,钢琴等同于水,永远等同于水和绿色,等同于翻乐谱的沙沙声和水的拍击声,因为我觉得，钢琴下面就是水下的世界，这里的水和浇花用的喷壶里的水是有联系的，母亲弹钢琴的手浇花的手也是有联系的，它们一会儿喷洒出清水，一会儿又喷洒出音乐，如此交替变换而已。

这就是母亲的手，而钢琴下面则是母亲的脚。母亲的脚是单独的活的生命体，远离她的长长的黑裙子边，没有任何一点相连。更确切地说，我看见的是其中的一只脚，就是放在踏板上的那只脚，很细，但很长，穿在一只黑色的，没有后跟的皮鞋里，皮鞋上有许多纽扣，我们把这些纽扣称做小哈巴狗的眼睛。也许这些纽扣是镶在鞋子上的，所以才是鞋面布的纽扣（像是哈巴狗的眼珠子①）。脚是黑色的，而脚踏板是金色的，那么为什么对于母亲来说，这是只右脚，而对于我来说却成了左脚？它怎么会一下子从右边变到了左边？假如从我这里望过去，也就是说从钢琴下看过去，面对母亲的膝盖，这明明是左脚，也就是说是短短的脚（从发音上看）②。为什么在母亲那里它又成了右脚，也就是说，它的发音又拉长了呢？要是母亲的这只脚长在我身上，而我又同时用手去摸它，那又会是什么样呢？也许，它会变得又长又短？可又长又短就意味着什么也不是，意味着子虚乌有？然而我是不敢去摸母亲的脚的，而且，这一点我连想都不会去想。

"你没有音乐天赋，这又是一个证据！"母亲弹了整整一个小时的钢琴后，终于有了这样的感叹（弹了一个小时的琴，她显得心绪不佳，惘然若失，犹如一个航海家在暴风雨中经历了过于漫长的航行后，依然看不到任何人，依然没有任何发现）。在弹了一个小时的琴之后，她终于发觉，我们其实心不在焉、心猿意马地在钢琴下坐了这整整一个小时：阿霞只顾用硬纸盒剪出一个个像模像样的姑娘和她们的陪嫁；我则在琢磨着左脚和右脚的问题，或者干脆就像我在奥卡河上泛舟游览时一样，什么也不去想。而安德留沙在钢琴下很快就坐不住了，他的两条腿好像突然间长出了一大截，因此不免要同母亲的腿相碰撞，母亲只好起身把他挪到别处，让他安心地看书。他最讨厌书

---

① 此处原文为法文。
② 在俄文中，"左边"一词的字母要少于"右边"一词的字母。

了,可正因为他不爱看书,父母才特意给他书籍,他们期望这样可以使他从此爱读书,他们让安德留沙看书还有一个原因,即他一看书就会出鼻血。于是,出于自我保护的本能,他没有爬到钢琴下,而是一动不动地坐在大厅拱门里自己的那匹小木马上,对着我和阿霞挥拳头,吐舌头。"有乐感的耳朵是不能忍受这种巨大的声响的!"母亲忍不住,把钢琴弹得震天响,简直要把我的耳朵震聋了,"这种声音会让人变成聋子的!"(我心里暗暗嘀咕:"我倒挺喜欢这样!")可说出来的却是另一番话:"这样听得更清楚些!""居然说听得更清楚些!耳膜会裂开的!""可我、妈妈,却什么也听不见,真的!"阿霞赶忙夸口道,"我一直在琢磨这个小小的,小小的,小——小的剪齿!"阿霞边说边把她剪得很漂亮的洋娃娃的裤子的花边塞到母亲眼前,显出一副十足的虔诚的模样。"怎么,你竟然还用上了一些锋利的小剪刀来剪这些玩意!"母亲这下子彻底泄气了:"福尔雷,您在哪里?一个说要听得更清楚,另一个什么也听不见,瞧瞧爷爷这两个孙女,瞧瞧我这两个女儿……天啊!……"当母亲看见她最心疼的阿霞已经吓得嘴唇发抖时,又忍不住说:"小阿霞还可以原谅……小阿霞还小着呢……可你,你不是已经托了上帝六年的福了吗!"

可怜的母亲,我多么令她伤心呵,可她却始终不明白,我之所以"对音乐缺乏悟性",仅仅是因为我心中向往着另外一种音乐!

第四架钢琴是你常常站在它上面的那一架:你站在上面向下望,望着望着就走了进去。同时,随着岁月的流逝,这架钢琴也会使你产生一种与平日里跳入河中或进入任何一个深渊时完全相反的感受,起先你会觉得钢琴比你的头还高,尔后与你的喉咙平齐(仿佛钢琴以它那黑色的边缘把你的脑袋齐刷刷地割下。它的边角真比刀子还要冰凉),然后到了你的胸部,紧接着你的腰身也露了出来。你凝望着钢琴,凝望着,仿佛在琴面上看到了自己的影子,渐渐地,先是鼻梁,然后是嘴巴,紧接着是额头贴到它那冰凉的黑漆漆的坚硬的琴面上。(为什么它是如此深邃,如此坚硬?难道有这样的水和冰吗?哪个是真实的呢?)不过,除了迎面走进钢琴这个尝试之外,还有一种小孩子常玩的简单的淘气行为:就像往窗玻璃上呵气一样,朝琴面上呵一口气,这样,琴面蒙上一层银白色水气,从而失去了光泽,形成了一个椭圆形的气圈,银白色随即渐渐消退,在椭圆形的气圈里,你可以印出自己的鼻子和嘴巴。可印出的鼻子却如同狗熊的鼻子,嘴巴也完全鼓了起来,好像被蜜蜂螫了个够! 这张印上去的嘴巴犹如一朵花,然而,与真正的花朵相比,要宽出一倍,而其生命又缩短了一半,一下子便消融在琴面那深不可测的黑色之渊里,与之完全融合,仿佛钢琴吞噬了我的嘴巴。有时,因为时间仓促,我不安地朝大厅的各个出口处张望:朝前厅望一眼,朝餐厅望一眼,朝客厅望一眼,又朝凉台望一眼,因为母亲最有可能从那里出来。于是,我只是仓促中亲吻了一下钢琴,似乎想让我的嘴唇冷却下来。不,人可以两次踏进同一条河中。瞧,从黑暗的河底浮出一张圆圆的五岁孩童的充满疑惑的脸庞,向我走来,脸上没有丝毫的微笑,在黑暗中依然显出攻瑰花的靓丽色彩,仿佛一个在晚霞映衬下的黑奴,或者一束坠入墨水塘的蔷薇。钢琴是我一生中第一面镜子,而我对自己脸庞的第一次认识也正是透过黑色得以实现,黑色展示了我的脸庞,正如通过语言来描述虽然模糊含混,但印象却清晰可见。所以,在我后来的生活中,我明白了,为了弄懂一件最普通的事物,也要把它放进诗歌里,从诗句的衬托中审视它。

末了,还有最后一架钢琴,就是你时常凝神关注的那一架:那是灵感之琴,是钢琴的本质,是钢琴那充满旋律的本质,正如一切本质一样,充满了神秘性,这是潘多拉之琴[①]。"那里面究竟藏了些什么"? 呵,原来是费特[②]的诗句所歌咏的东西,恐怕只有诗人和音乐家才能辨明诗句中那震撼人心的清晰的意象:

钢琴整个儿掀开了,旋律在里面颤抖……

这旋律并非隐晦的、寓意深远的"心灵之旋律",而是真实的旋律,是音乐大师亲手拨出的旋律,是伸手可触的、清晰可见的旋律,如同抚摸着、注视着

[①] 潘多拉:希腊神话中的人物,火神用泥土造的第一个女人。
[②] 阿·阿·费特(1820—1892):19世纪俄国著名抒情诗人。

一个银白色的钉子或者一把披着红绒丝的小锤子这样的物体一样具体可感,斗室里的小锤①不知用什么蒙上了一层假面,蒙上了一层地精一般可怕的鬼脸,这钢琴是盛大的节日,是漂亮的四轮马车,是华丽的圆厅、伟大的星座和辉煌的大吊灯,是盛大的四手联弹竞赛,是古色古香的罗马三轮马车,噢,这真是奇妙无比的钢琴!它容貌奇特,当琴盖被竖直打开时,瞬间就摇身一变,成为一只美丽的竖琴,而它那如湖水般平静的琴面则瞬间变得旋律跌宕,犹如被暴风雨或者大力士推翻了的火鸟居住的栅栏,稍一触摸,就不见了! 正如一切夜间出现的奇观一样,这种钢琴在清晨就消失得无影无踪了!

不过,对于钢琴,对于这个我的老朋友同时又是我的劲敌,我还是期望在它身上无可挑剔,无可指责。乐谱架,即放满了乐谱的架子,由假花组成的栅栏——在意识和我之间,是一束束黑色木制的上了漆的假花,而在蜜蜂嗡嗡叫,蛇儿开始出洞,马林果开花的日子里,这些假花在我的想象中似乎立刻变成了田野里的鲜花! 乐谱架可以想怎么摆就怎么摆。既可以让乐谱本子无精打采地躺在架子上,仿佛晕倒一般;也可以让它高高地悬挂在你的头上,犹如一座悬崖,每一秒钟都在威胁着你,好像随时都会倾泻出一阵乱七八糟的曲调。当琴盖最终被合上时,乐谱架就会发出令人放松的噼啪声。

我还想说说钢琴的整个形状。我记得小时候,钢琴在我眼里是一个呆板的丑陋的怪物,活像一匹大河马。当然,并不是说它的外形像河马——我压根儿就没见过这种动物!——而是说钢琴发出的声音让我联想到河马(联想到河马的躯干),而河马的尾巴似乎就在眼前。后来,当我逐渐习惯于把钢琴比作人而不是比作物时,钢琴在我眼里又变成了30年代里那些上了年纪的男人的身影:胖乎乎的,但却很优雅②,也就是说,尽管很笨重,但体态仍不失优美,就像一位经验丰富的,上了年纪的,而且必定是身着燕尾服的舞蹈家,姑娘们只要瞥上一眼就会撇下原先的飞行员或者军人而倾心于他。钢琴看上去还像一位乐队指挥家,这就更棒了!指挥家穿着一身耀眼的黑西服,从

---

① 此处原文为德文。
② 此处原文为法文。

容不迫地登台指挥,看不到他的脸庞,因为总是背向听众,活像一个放满酒杯的柜子。钢琴盖掀开,指挥家就出现!还是暂且丢开舞蹈家和指挥家吧:要知道,只是因为太靠近钢琴,你才觉得它笨重体大,不够灵活。如同一切巨物一样,钢琴需要展示自我的广阔天地。假如你离开钢琴,走向远处广阔天空的深处,在钢琴和你之间空出一个使钢琴奏出的音响得以伸展的必不可少的位置,使钢琴有足够的空间展示自我,那么钢琴也会显得异常轻盈,丝毫不逊色于飞行的蜻蜓。只有当你走到山脚下,你才会觉得群山向你压来,而将群山从你身上卸掉的唯一途径就是要么走开,要么进山。于是,你不妨进入钢琴,用你的双手走进去,母亲正是这样进去的。

回想起她演奏的情景,哪怕是稍稍回忆一下,也有三次令我难忘的演奏。第一次是我们同她一起去涅尔维的时候。当时她第一次生肺病,发作得很厉害,而且夜幕早已降临、无法弹琴。我们渐渐睡着了,我和阿霞还没见到大海,她也还没试着弹琴。可是第二天一清早,她就挣扎着爬起来坐到钢琴前,尽管她此刻已是病魔缠身,并且一路上都是在病榻上的。几分钟之后,传来了敲门声,门槛上站着一位皮肤黝黑、面带献媚的微笑的黑发男子,戴着一顶圆圆的礼帽。"请允许我做自我介绍:我是曼日尼大夫。如果我没弄错的话,您就是我要找的那位太太,我未来的患者?(这番话是通过并不熟练的法语很困难地说出的。)我路过这里,听到了您的演奏。我应该警告您,假如您继续这样不注意身体的话,您不仅会毁了您自己,还会毁掉我们的整个俄罗斯之家①。"说到这里,他脸上突然又泛出不可理喻的快乐,用意大利话连连说道:"天才……天才……"当然,他始终禁止她再弹钢琴。

第二次已经是在回俄罗斯的旅途中了。那时死亡的阴影已渐渐逼向了母亲。记不清是在哪里,好像就在慕尼黑,她不顾旅途的疲劳,稍稍洗了洗脸,甚至还还没来得及换衣服,就立刻扑向钢琴。无论在哪里,她都是急不可耐的样子。这时,我和阿霞突然看见,有一位比我们大一些的小男孩,看上去该有14岁了,脸上泛出鲜艳的玫瑰色的红光,全身闪烁着金黄头发的光彩,

---

① 此处原文为法文。

坐在板凳上向她靠过来,也就是说,向她的双手,向从她双手下面流泻出来的沸腾的声响移过来,直到最后由于一个笨拙的动作,像一个熟睡不醒的人一样,憷憷然连凳子一块儿跌倒在她的脚下,也就是说,径直跌在了钢琴下。母亲起先丝毫未察觉,这时猛然明白了一切。她没有一丝微笑,表情严肃,一声不吭地把他扶起来,把手放在小男孩的头上,轻轻地抚摩着,好久没有移开,几乎连他的额头也摸遍了,仿佛在用心地打量这个孩子。(准是想到了那个儿子亚历山大。)必须指出,在场的所有人当中,没有一个人发出笑声。无论我们走到哪里,围在身边的都是那些人。(没有人发笑,原因很简单,因为小男孩完全有可能也是这副模样——半张着嘴巴,坐在这张小凳子上,跌到滚烫的炉子上或者跃进狮子的血盆大口里。)我和阿霞从小就懂得,当别人跌倒时,发笑是很愚蠢的,要知道,拿破仑也曾摔倒过!(而我则更极端,走得更远了:在我看来,一个人倘若不会摔倒,那才叫愚蠢呢。走路不摔跤,那简直是个傻瓜!)我永远忘不了我的母亲扶起那个陌生的小男孩的情景。这是我一生中最值得我深深地鞠躬的事情。

"妈妈(这已是她一生中最后一个夏天,最后一个夏天里的最后一月),为什么你弹的《为什么》①跟别人弹的不一样?"

"为什么《为什么》?"母亲躺在枕头上开玩笑地说。随后,她收敛了笑容,说:"等你长大以后,回过头来想一想,问一下自己,为什么②一切事情竟是这样自然而然地发生了,为什么又什么都没有发生,为什么不仅是你,所有你所爱的人,你所扮演的人,其实都是一无所有,那时你就能够演奏《为什么》这首曲子了。现在你还小呢,好好努力吧。"

最后一次是临终前了。那是在1906年6月。我们没能到达莫斯科,而是停在了塔鲁萨车站。从雅尔塔到塔鲁萨,一路上母亲都是躺在担架上的。("我上车时还是一名乘客,快到站了却变成了一件货物",母亲打趣地说。)人们又把她抬到了一辆四轮马车上。但快到家门口时,她还是拒绝让别人抬

---

① 此处原文为德文。
② 此处原文为德文。这一自然段中所有的"为什么"均是德文。

着进家门。她挣扎着爬起来，不要别人搀扶，自己从台阶那里走到了钢琴前。她从我们身边迈出的这几步简直令我们窒息，经过几个月的病榻上的折磨之后，此刻她竟然让我们认不出来了，披着一件旅途中穿的驼色短披肩，她显得高大无比。这件披肩是她特意订做的，有意不要袖子。

"让我们看看，我究竟还中用不中用？"她笑了笑，仿佛在自言自语。她坐了下来。其余的人都站着。于是，在她那已经不大听使唤的双手下又流泻出了美妙的音乐。不过，我还不想把这些钢琴曲的名字说出来，这还是我同她之间的秘密……

这是她最后一次的演奏。在那间散发着新鲜松木薄板的气息，被一丛丛茉莉花的阴影遮盖着的侧屋里，她留下了最后的一句话：

"让我依依不舍的只有音乐和太阳。"

母亲去世后，我便停止了练琴。确切地说，不是一下子就停下来的，而是慢慢地远离了钢琴。女教师们依旧上我家里来。然而母亲在世时我曾弹过的曲子，已经是最后的节目了。除此之外，我再也没有弹过新的曲子。当着母亲的面我曾弹得十分用心，那纯粹是因为我害怕，因为我要使她高兴。而现在已经没有什么人值得我用琴声去愉悦了——所有的人都显出一副对什么都无所谓的冷漠样子，也许，只有她才会因为我的散漫而痛心，也许，我的恐惧已经消逝。因为我知道，她从那边（可以把我整个儿）看得更清楚……她会原谅我现在这个样子？

我所就读的许许多多学校的女教师们起先都惊叹我的演奏，不久就不再赞叹了，尔后又开始惊讶于我的另一个选择。我已经默默地、执著地远离了音乐。这正像大海退潮时，会留下无数个水洼，起先是深水洼，尔后是浅水洼，接着就几乎看不到水了。对于我来说，这些音乐的水洼正是母亲的海洋所留下的遗迹，这些痕迹就永远留在我的心里。

倘若母亲能继续活下去，我也许会念完音乐学院，会成为一个不错的钢琴家，因为我是有这个才能的。然而，上帝却又给了我另外一种天赋，这与音乐的才能无法相比，这种天赋使音乐的才能又回归到它在我身上应有的位置,成为一种对乐感的总体感受能力和"出色的"(这可真不多见!)把握旋律的素质。

在像我这样的孩子身上,有些力量是不可战胜的,即使是像我母亲这样的家长也无能为力。

1934 年

鬼
鬼总是与婴孩相联系

鬼住在瓦列丽娅的房间里,就在我们的头顶上,从那红色的、绸子般光滑的、泛着波纹的、花缎一样美丽的楼梯开始,就是鬼的天地了,在那里永远能看到一束强烈的斜照进来的阳光,以及那永远消散不去的仿佛静止不动的灰尘。

大人们一再招呼我上那儿去。这就是事情的开始。"快去,穆霞,那儿有人在等你",或者"快过去,快点儿,小穆霞!你会有一个意——外——的——惊——喜(拖长了声音)"。这神秘性纯粹是假设的,因为我完全知道,那里在等我的是谁,那个意外的惊喜究竟是什么,而且招呼我的人也知道我心里其实是清楚的。在那里等我的无非是阿芙古斯塔·伊凡诺芙娜,或者阿霞的保姆亚历山德拉·穆辛娜,有时也会是某个女客人,但总是女人,而且不包括母亲和瓦列丽娅本人。

于是,如同乡下人作客时一样,我在门前装腔作势地扭捏了一阵之后,极不自然地走进了那间屋子,稍稍侧着身子,脸色有点儿阴沉,既像是被人推进来的,也好像是被那房间拽进来的。

鬼就坐在瓦列丽娅的床上,一丝不挂,露出一身灰白的皮肤,活像一条短毛大猛犬,蓝眼珠,白眼球,跟短毛大狗的眼睛差不多,也像波罗的海沿岸的男爵的眼睛。鬼伸出双手放在膝盖上,活像梁赞地区的农妇照相时的模样,而这种难以排遣的忍耐和冷漠的姿势,又如同罗浮宫里的法老。鬼十分顺从地静坐在那里,好像有人正在给他拍照。他的身上没有长毛,相反,倒是全身滑溜溜的,明净透亮,犹如用钢铁铸成一般。现在我看出来了,我的这个鬼有着运动员的非常理想的健壮体魄:身体如雄狮般强壮,而肤色像猛犬。

20年过后,当革命爆发之际,别人给我送来一条大狗让我暂时代养时,我一下子便认出了他:这就是我的鬼。

我不记得这鬼头上是否长有犄角了,若是有的话,大概也是很小很小的角,倒不如说是耳朵更合适。我记得那条尾巴最特别——像狮子的尾巴,粗粗的,光溜溜的,强劲有力,活灵活现,像条蛇一样优雅地反复缠绕在那两条仿佛雕塑般纹丝不动的腿上,而尾巴缠绕的尽头便露出了手,腿(即脚丫)根本就没有,蹄子也没有:跟人的腿,甚至跟运动员的腿没什么差别的那两双脚是立在脚掌上的,跟狮子的和狗的脚掌没什么两样,都长着巨大的,灰色的,带有灰色尖角的爪子。他走起路来简直就像在敲打地面。不过,当着我的面他从不走动。他最主要的特征倒不是爪子,也不是尾巴,这些特征都不重要,最重要的特征是眼睛——暗淡的,漠然的,冷酷的眼睛。看到眼睛,我就完全认出了他,只要看到眼睛我就明白了。

没有任何行动。他坐着,我站着。于是,我爱上了他。

每逢夏季,当我们全家动身上别墅时,鬼也和我们同行。就好像我们移植一棵果树,连根带果实一同搬走一样,鬼也与我们一同去了别墅。他就坐在瓦列丽娅的床上,在塔鲁萨她那间狭小的,开满茉莉花的房间里,同屋子里那个7月里变得不可思议的铁炉子那垂直的烟囱在一起。当鬼坐在瓦列丽娅的床上时,屋子里便好像突然有了第二个铁炉子;而当鬼不在床上时,墙角里的铁炉子就会显现出鬼的模样。这两者总是有共同之处,表面都是铁铸的,泛出夏天那灰蓝色的光泽,夏天都是浑身冰凉,身躯高大,直冲天花板,而且都纹丝不动。炉子温顺地静坐在一旁,仿佛有人在给它拍照。炉子以它那冷冰冰的身躯整个儿代替了鬼,于是,当我发现了这个奥秘时,我便怀着一种特别的情趣,将盖着短发的,在炎炎夏季里晒得滚烫的后脑勺贴在了炉子上,给瓦列丽娅大声朗诵传到她手里的《死魂灵》。因为母亲禁止我们看这书,所以,瓦列丽娅才允许我念给她听,不过我一直没有念到死人和活人的地方,似乎这是命运有意安排的,因为正当死人和活人应该要出现时,总是传来母亲的脚步声(不过,她从没走进我们的房间,总是在关键时刻经过一下,好像上了发条的闹钟一样准时),于是,我被另一种东西——一种活生生的恐惧吓得半死,我急忙把那本厚厚的书塞到床底下(就是有鬼的那张床)。母亲的脚步声把我从书中的某个地方一下子赶跑了。而当我下次睁大双眼在书里寻找那个地方时,我却发现,那些死人和活人已经都不见了,他们又往前跑了,又到了书里的另一个新的地方,而我也将在快要到达那个地方的时候再次被母亲的脚步声赶走。于是,所谓"死魂灵"我便始终没能读到,当时没读到,后来也没有。因为在我心中,果戈理的主人公们的任何一种道德上的痛苦(肉体上的舒适)从来就没有与那显然是可怕的书名相吻合,没有满足我心中那由书名的恐怖而引起的恐怖的情感。

……丢开书本,我把红扑扑的脸颊贴向炉子,贴向它那青色的铁皮,我那热乎乎的脸颊贴到了冰冷的炉子上。我知道我这是凑到了鬼的脸上,但这只是变成了炉子的鬼,当他显出真面目时,我还从未能投入他的怀抱。然而我知道,我是在他的怀抱中,因为他用双手把我举过了河。

夜晚,我在奥卡河里游泳。其实根本不是在游泳,而是一个人突然不知不觉地落到了奥卡河的中央。河水不是黑色的,而是灰色的。甚至不是摔到河里,而是径直就往下沉。我已经沉下去了。还是从头说起吧:我在奥卡河的中央往下沉。当我几乎完全沉下去,似乎已经快要淹死的时候,突然我又腾空飞起(我一下子就明白是怎么回事!)——我被别人的手高高地托着,离开了奥卡河河面,头顶着天空。一群"溺死鬼"把我托了起来,特别是其中一个,牢牢地托着我。当然,根本不是什么溺死鬼(溺死鬼本该是我才对),因为我疯狂地爱着他,所以一点也不害怕,他不是青色的,而是灰色的。于是我把自己湿漉漉的面孔和身体紧紧地贴在他身上,死死地抱住他的脖子——任何一个落水者都有权这么做。

我和他在水面上迈步向前。确切地说,是他踩着水面行走,而我只不过是骑在他的脖子上而已。而其他的人(是否是"溺死鬼"?反正肯定是他手下听他支配的人)则在水底下某个地方大声而欢快地嬉闹!一抵达对岸,也就是波列诺夫家和别霍沃村所在地,他便动作麻利地将我放在地上,发出连雷

鸣之声都要逊色得多的震耳的笑声,说:

"将来有一天,我会和你结婚的,真见鬼!"

呵,在我童年的时候,我是多么爱听"真见鬼"这句话呀,它竟然是出自鬼的口中!这种胆量真让我心潮起伏!双手托着我蹚过河。如同一个最不起眼的农夫或者大学生,却冷不丁冒出一句"真见鬼!",就好像他可能是怕遇到鬼,抑或恰是盼望遇见鬼;好像无论是他自己,还是他手中的我,都将被鬼掳去!由于年幼无知,我从未怀疑过,这一切就像"i"上的一点那样,确立并强调了他们两者的相同性,为了使我不至弄错,以为他的确就是他。不,他只不过扮演成一个普通的溺死鬼,"我不是我,这匹马也不是我的"。

必须指出,当从他嘴里说出"真见鬼!"这句令我惊讶万分的话之后,他原先的诺言"我将同你结婚"反倒有点退居次席了,当我仍陶醉于这句承诺在他和我心中所激荡起的回声中时,我自己也有点退却了。呵,等待这种辉煌时刻的到来是多么痛苦!他没等我开口恳求,竟自己就……他要和我——结婚!他要和我这个浑身湿透了的,小小的女孩结婚……

于是,有一天,我实在忍不住胜利的喜悦,想把这一切一吐为快。虽然知道这样不妥,但心中的那股激流已经不可阻挡了:

"妈妈!今天我梦见了……溺死鬼……好像他们把我托在手中蹚过了河,而其中那个最显要的溺死鬼还对我说:'有朝一日我要和你结婚,真见鬼!'"

"那我该祝贺你啦!"母亲说,"我不是对你说过!天使会带着好孩子们越过深渊,而那些坏孩子们,譬如说你……"

我担心她已经猜出来了,现在就会说出来,并且会断然拒绝,于是我赶忙说:

"可这是千真万确的呀,确实是一帮溺死鬼,地地道道的,青色的溺死鬼……

在肿胀起来的尸体上

叮螯着黑色的大虾！"①

"你觉得这样更好些？"母亲带着讥讽的口吻说，"真恶心！"

不过，除了我所讲述的那些千篇一律的相会以外，除了这种所谓标准的、典型的相会以外，我同他还有一次独一无二的约会。同往常一样，我被引诱到瓦列丽娅在三塘的房间里，不过这次引诱我过去的不是某一个人，而是整整一伙悄声耳语、唠唠叨叨的人：有老保姆、阿芙古斯塔·伊凡诺芙娜，有春天的时候常常带着新鲜的芳草出现的腰肥体胖的裁缝玛丽亚·瓦西里耶芙娜，以及另一个脸长得活像一条鱼的玛丽亚·瓦西里耶芙娜，她的姓特奇怪，叫苏姆布尔，甚至还包括那位女理发师，身上带有一股蓖麻油的气味，弄得屋里到处都是这种怪味（大概这是她身上穿的大红袍的气味）。所有这些人异口同声地喊：

"快点儿，小穆霞，快点儿，那儿有人在等你呢……"

同往常一样，我总要稍微矜持一下，略带微笑，踌躇片刻。然后，我终于进了屋。可是，真可怕！屋里空空的。床上没人，被褥里也没人。一间挺漂亮的屋子，洒满了阳光和灰尘。屋子里空无一人，只有我一个人孤零零地站在里面，不见他的踪影。

从惊愕中清醒过来，我便环视这间屋子，我的视线从空无一人的床上移到画有火鸡的屏风上（想必他不会躲在屏风后面，因为他不会跟我玩捉迷藏的游戏），从屏风上移到书橱上，这书橱很奇特，在那上面你看到的不是书，而是你自己。我甚至还瞅了瞅那张小柜子，小柜子里摆放着老保姆称做"小玩意儿"的东西，接着我又把眼光投向了显然是空荡荡的红沙发上，这沙发上缝满了镶在呈马林果和葵花子肉色的缎子里的纽扣，随后我又瞟了瞟那带有蓝色方格的白炉子。那炉子上装饰着乌拉尔产的水晶和针茅……带着这种无比惊讶的眼神，我迈步走向窗口，那儿可以看见许多树木：都是些围绕在绿色教堂周围的灰色的柳树，象征着我的忧伤的灰色柳树，这些柳树生

---

① 普希金的抒情诗《溺死鬼》中的诗句。

长在莫斯科的什么地方,通常生长在什么样的土地上,我从来都弄不清楚,也从没打算弄清楚。

我有一种揪心的感觉:我被欺骗了!我站在那儿,脑门靠在窗台的最低的窗沿上,强忍着盈满双眼的泪水,但最终还是垂下眼睛,让眼泪刷刷地流了出来……窗下那软绵绵的地上,两个窗扇之间,微微发绿的窗玻璃上,都沾上了泪水,仿佛浸泡在酒精里一样!我看见整整一大群灰色的小跳虫,这些长有像小刀一样的触角的小跳虫,看上去极其欢快,犹如复活节里嬉闹的人群,它们似乎把整个窗户都变成了复活节的魔鬼的瓶子。

出于礼貌,我微微笑了笑,就像欣赏一件小孩子玩的玩具一样,并在那里站了好一会儿,为的是不委屈对方——不是指没有灵性的小跳虫,它们根本就不认识我,我故意要让人们看到,我这个被稍稍安慰过,又被稍稍欺侮过的女孩子,根本不把这一切放在眼里,向空荡荡的床铺察看了最后一眼,就走了出去。

"怎么啦,怎么啦?"老保姆、阿芙古斯塔·伊凡诺芙娜,两位玛丽亚·瓦西里耶芙娜、女裁缝玛丽亚·伊格纳季耶芙娜,还有三位身上冒着香气的修女,做着鬼脸,忸怩作态,粗野地在我身上呵痒痒,硬是把我塞进了隔板后面的瓦列丽娅的红柜子里。那三位修女在这种特殊场合倒也能随机应变,一改平日的规矩。

"没什么,谢谢。这太好了。"我故意慢腾腾地,既紧张又从容地穿过她们伸出来捣乱的手。(我目不斜视地经过她们身边,却看见,阿芙古斯塔·伊凡诺芙娜似乎有点变样了,而老保姆的舌头不知为什么挂在了嘴角上……)

窗户上的鬼和门边的怪物都不再出现了。这是怎么回事呢?仅仅是因为它们让窗户和门给替代,所以自己也就不能进来了,还是因为它们想诱惑我,想考验一下我是否成熟,是否忠心耿耿?也许它们真的想试探一下我的忠心。看看我这个五岁的小女孩是否会拿真正的、唯一的他去换取众多的复活节的娱乐?也就是说,当我站起身来背对着在他们看来是空空的床铺时,会不会径直就去玩耍?

不,我已经不会再去玩耍了!我孩童时代的魔鬼早已在暗中赋予了我许多独特的东西,其中一个特质就是我本能地讨厌玩耍,对它有一股难以摆脱的厌烦,不管怎样,一提到玩耍,我就会像狗打哈欠一样,不耐烦地说:"太——枯——燥——啦!"

为什么鬼住在瓦列丽娅的房间里呢?当时我没有琢磨这个问题(而瓦列丽娅始终一无所知)。这其实并不奇怪,就像我住在儿童室里一样,平常得很。爸爸住在办公室里,奶奶住在画像里,妈妈住在钢琴的凳子上,瓦列丽娅住在叶卡捷琳娜学院,而鬼呢,则住在瓦列丽娅的房间里。当时就是这样。

现在我终于明白了:鬼之所以要住在瓦列丽娅的房间里,是因为瓦列丽娅的房间整个儿变成了一个大书橱,在那里长着一棵能帮助我明白善与恶的大树,大树上硕果累累——卢赫玛诺娃的《姑娘们》、斯塔纽科维奇的《驾鹰环球》、叶甫盖尼·图尔的《地下陵墓》、《波尔-拉缅斯基之家》,以及整整一年的期刊《源泉》。我急不可耐地、贪婪地咀嚼着这些累累硕果,虽然心里充满内疚,但却不能自控,只是间或瞟一眼房门,生怕被妈妈发现,这正如那些有罪之徒虽畏惧上帝,但却从不出卖自己的同伙。("是瓦列丽娅给你的吗?""不,是我自己拿的。")鬼进入瓦列丽娅的房间,他担负起命中注定的使命:叫我犯罪,教我冲破母亲的禁令。

不过还有另一个缘由。在瓦列丽娅的房间里,在我还不到七岁时就偷偷地、如饥似渴地阅读了《叶甫盖尼·奥涅金》《玛谢帕》《美人鱼》《村姑小姐》《茨冈人》,并且平生第一次读完了一部长篇小说《阿纳伊斯》。我是小心谨慎地读书的,不时地东张西望,竖起耳朵听听门外的动静,生怕被母亲发觉。在瓦列丽娅的房间里有爱情,爱情在这里生活,而且不仅仅是她的爱和别人给她这个17岁少女的爱;所有这些相册、读书札记、案台上的香精、招魂术表演、无色墨水、导演、排练、化妆成侯爵的把戏,以及描眉……,都充满了爱。不过等一等,瞧,从五斗橱的深处,从那一大堆丝绒带、珊瑚饰品、梳好的假发套和纸花里,有种东西在向我眨眼!噢,原来那是银白色的小药丸。

这些小药丸是非常奇怪的糖果,银白色,像是银白色的可以吃的珠粒,不知她为什么那么神秘地背过身去,把头塞进橱里,偷偷地吞吃它们,那种贪婪样如同我把头塞进书橱里偷偷阅读《俄国诗歌精选》时一样。有一天我终于恍然大悟,原来那些小药丸是有毒的,她想去寻死。当然是因为爱情的缘故喽。是因为人们不准她嫁给鲍里斯－伊凡内奇或者阿尔萨恩－帕尔奇?不准她嫁给斯特拉多诺夫?不准她嫁给艾纳洛夫?其实人们只想把她嫁给米哈伊尔—伊凡内奇·巴克洛夫斯基!

"廖拉,我可以吃这种药吗?""不行。""为什么?""因为你没必要吃。""假如我吃了,我会死吗?""至少你会生病的。"随后(为了让读者放心)发现,原来这些药丸并没有什么毒,不过是一些镇静剂之类的东西——就是小姐们经常服用的那种药。但是,无论吃这种药是多么正常的行为,我都无法在心中消除那个奇怪的形象:一个面黄肌瘦的年轻姑娘,偷偷地从柜子里拿出甜甜的银白色的毒药,吃了下去。

然而笼罩着整个房间的不单单是她那17岁少女的青春气息,还有她的家族所特有的对爱情的渴望,她那容貌美丽的母亲的家族对爱情的渴望。她的母亲没有经历过爱情的煎熬,于是便把爱情的火花藏在了屋子里所有这些永远散发着香水味的绸子和花缎上,怪不得它们都那样鲜艳,那样火热,那样赏心悦目。

鬼会不会到瓦列丽娅那儿去呢?她可并不知道鬼经常到我这里来,所以我也不会知道,他是否也上她那儿去。(没有血色的黝黑的脸庞,黑黑的睫毛映衬着一双大大的像蛇胆一样珍贵的眼睛,乌黑的紧闭着的小嘴巴,尖尖的鼻子直逼下巴颏,从这张脸上既看不出民族,也看不出年龄的特征。这张脸既不漂亮,也不难看。这是一张女妖的脸。)我和她都不知道。不,鬼不会上她那儿去。因为她从叶卡捷琳娜学院毕业后,又上了位于梅尔兹里亚科夫胡同的盖里耶妇女学习班,接着加入了社会民主党,又进入了科兹洛夫中学女教师的行列,还参加了舞蹈团,总之,她的一生都是跳来跳去,没个着落。而鬼所喜欢的人应该具有的最大特点是完全的孤独,不合群,天生就有一种与众不同的性格,到哪里都一样,永不改变。

不，鬼并不了解瓦列丽娅。不过他也并不了解我那如此孤独的母亲。他甚至都不知道我有母亲。当我同他在一起时，我就是他的小姑娘，是他这个鬼的小孤女。鬼进入我的身心，就像他走进那间屋子一样，是命中注定的。他只不过喜欢那间屋子，喜欢那间神秘的美丽的屋子，也喜欢那神秘的美丽的小姑娘，那个站在门槛边被爱情的力量弄得失魂落魄的小姑娘。

但是，有一次我同他相遇，却是非常奇怪的，这次相会是通过母亲，通过她的一句话实现的……

"美丽的红榴石"，母亲念道，"这'美丽的红榴石'是什么东西？喂，你，安德留沙！你来回答！""我不知道。"他很干脆地回答道。"那么，你觉得应该是什么？""我什么也感觉不出来！"他依旧干脆地说。"怎么会一点感觉也没有呢！人总该有点感觉吧！你试一试，一定会猜出来的！红——榴——石，猜猜看？""是石炭酸？"[①]安德留沙心不在焉地猜道。母亲只是挥了挥手。"那么，你呢，小阿霞？仔细听着：红——榴——石。难道你想像不出什么吗？""想——想得出！"这个母亲最疼爱的小宝贝轻浮地结巴着，信心十足地脱口而出，不假思索。"那你猜猜看，这是什么东西？"母亲紧逼不舍，充满热切的渴望。"只是我不知道这究竟是什么！"阿霞依然以十分自信的口吻匆匆答道。"噢，不，小阿霞，也许，你真的实在太小了，还无法听懂这些话。外祖父把这些念给我听的时候，我已经七岁了，而你现在才五岁。""妈妈，我也七岁啦！"我最终还是忍不住了。"好吧，那你说说看吧，这是什么？"可我又没了声响。因为我又羞怯起来。"说呀，你觉得，红榴石是什么东西？美丽的红榴石？""是一种美丽的长颈玻璃瓶吗？"我压低了嗓门，怯生生地，几乎不抱任何希望地问道。（玻璃瓶，闪闪发光，也许这就是我的联想[②]）"不对，不过有点接近了。红榴石是一种美丽的宝石，周身都是带棱的，这就是红榴石。懂了吗？"

在念到"那个绿色汉子出现以前"，一切都很顺利。突然，读到一个特别

---

① 俄语中，"红榴石"与"石炭酸"词形相近。
② 此处原文为德文。

的地方,似乎有一个人走过来,不知是进了地窖,还是进了山洞。"而绿汉子已经在那里,他正坐在那儿洗牌呢。""绿汉子是准?"母亲问,"想想看,什么人总是一身绿,穿着猎人的衣服?""猎人呗。"安德留沙漫不经心地说。"什么样的猎人呢?"母亲进一步提示着。

> 得啦,小狐狸,还是让我活命吧,
> 也别去叼小鹅啦!
> 别去叼小鹅啦!
> 不然猎人会砰地一声
> 用枪把你活活打死!
> 砰地一声把你打死!
> 活活地把你打死!

安德留沙胸有成竹地哼了一遍这首歌谣,母亲似乎有意跳过我:"好吧……那么你,阿霞,你是怎么想的?"而这时我已经急得如坐针毡,话已经涌到嘴边了。阿霞,母亲最疼爱的宝贝,迅速地做出了归纳总结:"就是偷了鹅、狐狸和兔子的猎人。"她的童年时光就是在这种剽窃别人的东西中度过的。"看来,你们都不知道?既然这样我又何必念给你们听呢?"看见她已经毅然决然地合上书本了,我于是在绝望中嘶哑地喊了一声:"妈妈!我知道呀!""说吧,是什么?"母亲此刻已经没有了先前的热望,不过她还是用右手抵住了快要合上的书本。"绿汉子,就是鬼[①]。""哈——哈——哈!"安德留沙忽然伸直了身子,放声大笑起来,他那舒展开的身躯几乎就占满了空间。"嘿——嘿——嘿!"阿霞鹦鹉学舌般跟着笑了起来。"没什么可笑的,她说对了",母亲冷冰冰地制止了他们。"不过为什么是鬼,而不是……而且,我不明白,当我对着大家念的时候,为什么总是你能听明白,而别人却不行呢?!"

因为绿汉子的缘故,因为他"洗牌"的缘故,也因为妈妈雇佣的侍女玛

[①] 此处原文为德文。

沙·克拉斯诺娃这个除了纸牌什么也抓不牢的笨姑娘的缘故（她总是摔坏东西，什么托盘啦，茶具啦，花瓶啦，甚至连浇上调味汁的鲈鱼在内，都会从她的手上滑落），我七岁时就迷上了扑克牌，非常投入。倒不是对打牌着迷，而是对扑克牌本身着迷，迷恋所有这些缺胳膊少腿的，长着两个脑袋的，或者只有一只手但却长出两面相反的脑袋和两面相反的手掌的家伙，他们彼此都相背而生，彼此相互反叠着，彼此头脚倒置，高高挺立的脑袋彼此互不认识，没有住址，但却依据花色有完整的隶属关系，比如同一花色的3和4。这些扑克牌里到底有什么奥秘，阿霞是怎么摆弄它们的呢？我弄不明白，因为在我看来，是它们自己在玩耍，它们本身就是游戏，它们自己跟自己玩，自己摆弄自己。这是一个完整的有生命的半身家族，和人不同，它们有可怕的权力，并非很友善，没有子孙后代，也没有祖先，无处安身，只能在桌子上和摊开的手掌上生存，但一旦出现在那里，却又有着多么大的魔力！成一条龙得有12张连续的牌，这一点人们教了我许多年，但每一个花色有13张牌，而13是不吉利的数字，这一点即便是在梦中我也是一清二楚的。噢，我虽然慢慢吞吞地勉强学会了四种规则，但却又极其迅速地掌握了四种花色！这多么奇怪呵！与此相似，从开始到现在，我一直都不太清楚副动词的意义，而且总的说来，对语法的用途也不太明白，但我却极好地掌握了每一张牌的意义，懂得了扑克牌的意义与用途：个人的成长道路、金钱、诽谤、谣言、唠叨、滑头把戏、公房等等，都与牌桌有关。不过在所有的扑克牌中，包括单身的红方块老K这个9年以后我未来的未婚夫，包括黑桃K这个我称做威严而神秘的林中之王，甚至还包括像一颗心脏一样的红桃J和象征着前途和流言蜚语的红方块J在内（一般说来，我不太喜欢"Q"，他们都长着一双恶毒而冷酷的眼睛，他们用这双眼睛来审判我，正如那些熟悉的太太们审判我的母亲一样），我最喜欢的是黑桃A！对他的爱超过了所有的老K和J！

玛莎的黑桃A是一个不幸，这个不幸源自牌上那个斧钺末尾的向上凝视的黑乎乎的心，这个不幸直戳心脏。黑桃A就是鬼！当玛莎拿起属于我的牌，翻开最后一张心爱的牌时，自己都害怕起来。我还没有嫁人，所以我的牌是"Q"。"哎——哎——哎,小穆霞,你干的事可真损,暗地里捣鬼!不过,没什么,兴许,谁也死不掉,为什么去死呢?当然啦,外祖父是去世了,我们家里再也没有老人了,这就是说,妈妈会常常骂骂咧咧的,或者又会同古斯梯瓦娜娅吵嘴了。"我知道得很清楚,坚守着不可泄露的秘密:"这不是什么不幸,而是一个秘密。"不幸成了问候。在我看来,这不幸是问候,是喜悦和恐惧:归根到底,是爱情。几年以后,当我在盖努艾兹斯基的涅尔维意外地从"美丽河滨"旅馆的窗子里瞥见他,这个绅号为"老虎"的革命者走向旅馆,走向我们被囚禁的地方时,我欢喜得惊恐起来,以至于把看门的老太太吓了一大跳:"你怎么啦? 瞧你的脸都白啦! 到底怎么啦?"①我暗自嘀咕道:"是他来了。"②

是的,"A"就是他。他让自己的颜色变浓,浓得跟黑炭一样,又让自己变小,变得如同小楔子一样。他准备给玩牌的人带来不幸,就像一只猛虎准备跃起扑食。后来这样的事多了,不幸来自内心,不幸就在心里,它又会转到另一个人的心里。不幸来到我的心里,它推动我去行动。

但是,除了黑桃 A 之外,我还有一张代表着"他"的牌,这回不是来自俄罗斯的玛莎手中,而是出自异族女人阿芙古斯塔·伊凡诺芙娜手中,直接来自那男爵的故园,而且这一回已不再是占卜,而是游戏。是众所周知的儿童游戏,冠以一个亲昵的名称:黑彼得。③

这种游戏的奥妙就是要让手中的黑桃 J 出掉,这就叫做让"黑彼得"跑掉,就像以前你的邻居患了热病,现在你的邻人得了感冒,你要赶紧溜掉一样,把牌传掉,获了利,赶快逃脱。一开始,当每人手中的牌还很多,牌桌上的人也很多时,游戏还不算真正开始,还只不过是一般的绕着圈的例行的操作,轮流出牌而已,所谓的"黑彼得"还没有出现。可是当人们渐入佳境,牌运到来,牌桌上剩下的玩"黑彼得"游戏的人已寥寥无几,只剩下两人时,噢,这时游戏才算真正开始,因为这时一切的关键都在脸上,都在脸上的坚毅表情。首先,对呼吸有严格的要求:要毫不颤抖地经受每一个决定和每一次改

---

① 此处原文为法文。
② 此处原文为法文。
③ 此处原文为德文。

变决定的行为，不管你的对手是抓到了好牌，还是突然有所醒悟，亦或是又出了错，或者重新镇静下来，你都要沉住气。摸牌的人应当尽量不拿牌，而出牌的人则要赶紧出。摸牌的人要有预感，而出牌的人则要让对方把牌走掉，让对方出错，使出一切骗术迷惑对方，让对方把黑的当成红的，把红的当成黑的，把"黑彼得"夹在方块6中，让对方难以估计。

呵，这是多么奇特，多么富有魔力，多么虚幻的游戏：心灵对心灵，手碰手，脸对脸，只是牌不能相对。当然，由于我从小就被秘密的火焰熏陶过，因此在这种游戏中，我是高手。

我不会讲不曾有过的东西，因为我所写的这些东西的整个目的和价值就在于它们是和发生的事相一致的。我承认，我所写的这个奇怪的，但却是真实存在过的孩子就是我自己。我只不过想把这些都说出来罢了，自然喽，你们应该相信我，相信我根本就没有把我手中的"黑彼得"偷偷塞给邻人，恰恰相反，我一直把它留在手中。不！我在这场游戏里就好像是他真正的女儿，也就是说，游戏的欲望和秘密其实在我的心里显得比爱情的欲望更强烈。这又是我同他之间的秘密。也许，当我如此狡猾，如此漂亮地把他那张牌打出，走掉，再一次掩盖住我同他的秘密时，他从未像此刻那样强烈地感到我是他的人，也许，重要的是我能够再次从容应付局面，甚至是在没有他的帮助的情况下。说到底，"黑彼得"的游戏其实就是当着众人的面与自己秘密热恋中的情人相会：表面愈冷淡，内心就愈热烈；表面离得愈远，内心靠得愈近；表面愈是生疏，内心愈是亲密；表面愈是难以忍受，内心就愈是幸福怡然。当阿霞、安德留沙、玛莎和阿芙古斯塔·伊凡诺芙娜（游戏正是为他们而存在）尖叫着朝肚子上推推搡搡，仿佛一群魔鬼在我周围忸怩作态地晃荡时，他们高声喊叫："黑彼得！黑彼得！"此时，我甚至都无法摆脱他们，哪怕连露出一个微笑，一个来自溢满我内心的神秘喜悦的微笑也无济于事。积压于心的喜悦的激情涌向双手。我同他们打了起来。不过，我有一种仿佛居高临下的优越感，胸中一股激情几乎要喷涌而出，于是，打过以后，我又使他们喜笑颜开："我是黑彼得，而你们是傻——瓜——蛋。"

当手中握有"黑彼得"这张牌时，不能表现出喜笑颜开的神态，要做到这一点是不容易的；而当你忽然发现，自己手中并没有你原先估计会有的这张牌，而仅仅是一张红方块6，况且按顺序应该下一对出牌，我正被挤出这场争夺"黑彼得"的游戏，它已经沦入他人之手，这时决不能阴沉着脸，不过要做到这一点也是不易的，如果说不比前一种情况更困难的话，那么至少也是同样困难。于是，带着一种犯罪的、挖苦的、背叛的呼喊"你是黑彼得！黑彼得！"，围着得到"黑彼得"的阿芙古斯塔·伊凡诺芙娜手舞足蹈，也许要比阴沉地板着脸，尔后摆出一副斗架的样子呆站在发狂的"胜利者"当中要更有英雄气概（或者更愉快）。

也许，我把这种游戏说得过于玄虚了吧？可我又还能说什么呢！实际上并没有什么行动，整个游戏是暗自进行的。只有一些手势，抛出扑克牌的动作，这牌只是在配对的时候才显得重要：只有当它应该被抛出时才显得重要。没有主，没有赌注，没有被大牌吃掉的小牌，没有具备本身价值的老K、Q、J，这些牌一个都没有，只有一副由一种牌组成的扑克，这个牌就是他！就是必须除掉的那个人。这种游戏要求的不是想怎样获得，而是怎样交出。由于这种游戏太虚、无形、太奇怪，所以在这种游戏中的确有一些像地狱和阴间一样可怕的东西。这是一种把手从敌人那里抽回来，摆脱掉敌人的纠缠的游戏。在地狱里也是这样，人们讥笑着，战栗着，相互摆脱燃烧着的煤球。

这种游戏的含义很深。所有的牌都是成对的，可他却是孑然一身，因为他的配对在游戏之前已被抛掉。任何一张牌都应该找到自己的配对并和它一起离开，简单地说，就是退出舞台，就像美人或者女冒险家出嫁后销声匿迹一样，退出这种包含着一切可能，一切机遇，个人的或者历史的遭遇的牌桌，迈着被抛出的成对的牌那特有的安宁的、没有人关注的，既无关紧要又不奇特的步履，安然退出。他得到了整张牌桌，他终究是唯一的。

我和"彼得"鬼的隐秘的交往还有一种方式，那就是玩一种名叫"鬼呀鬼，玩一会儿就交出来！"的游戏。之所以叫游戏，只是因为"玩一会儿"这个词对于他来讲是游戏，可对于把爸爸的眼镜啦，妈妈的戒指啦，我的小铅笔刀啦之类珍爱的东西给他玩并请求他快一点归还的人,这可算不得什么游戏。"没别的,是鬼拿走啦!小穆霞,快把小手帕系在桌子腿上,喊三遍:'鬼呀鬼,玩一会儿就交出来,鬼呀鬼,玩一会儿就交出来……',要温柔些,可别怒气冲冲的。"

捆成结的手绢两端不停地晃动,活像两只犄角,小小年纪的我请求归还我的东西,像梦游一样在空无一人的大厅里逛来逛去,什么也不找,似乎在指望着什么,嘴里不停地恳求着:"鬼呀鬼,玩一会儿就交出来吧……鬼呀鬼……"于是,真的就交出来了,好像那丢失的东西就近在眼前:就在干净的镜台上,那儿我刚才还失望地瞧了无数次,每次都一无所得;或者干脆偶然摸摸口袋,呵,原来就在口袋里!至于他把爸爸丢失的眼镜直接挂在了爸爸的鼻梁上,把妈妈丢失的戒指直接套在她的手指上,就更不用提了,简直神了。

可是,在大街上丢东西时,为什么鬼就不还回来呢?啊,原来在大街上没有桌腿儿可以捆绑手绢!总不能把手绢系在灯柱子上吧!别人总是随便系在什么地方(唉,真可怕!有一回,阿霞在情急之中竟然把一只器皿系在了山羊腿上!),而我却有一个情有独钟的地方,一把我特别珍爱的椅子……不过不该提到椅子,因为我们在三塘的家里的所有物品都搬得远远的啦!

在巴黎女人阿芳辛·琼的家里,"鬼呀鬼,玩一会儿吧"这个游戏会拖得很长,随着丢失的东西归还原主,这个游戏又转变成另一个全是天主教性质的谦恭的萌芽:"神圣的安东尼·巴杜安斯基,请找回我丢失的东西吧。"①这句话在那个特定的场合里传达出某种不好的意味,因为在喊了三声"鬼"之后,一下子,转眼间就紧跟着喊出了"神圣的安东尼·巴杜安斯基",连个逗点都没有,像是焊接上去一样。其实,我的东西当然是鬼找到的,根本不是安东尼。(老保姆也起了疑心:"安——东?神——圣——的?我看这个法国女人纯粹是为了搅和神圣的事!")直到现在,我都有一个习惯,在没有一下子看见凸现的泼妇的手绢;在没有听到那如此令我宽慰,如此宁静的絮语"鬼呀鬼,玩一会儿就交出来,鬼呀鬼……"之前,我是不会喊出神圣的安东尼·巴

---

① 此处原文为法文。

杜安斯基的名字的,这句低低的絮语仿佛让你觉得,你再丢失什么东西也会——找回来的!

有一样东西鬼从来都不还给我——那就是我自己。

但这种把戏并不是瓦列丽娅想出来的诡计,也同母亲常唠叨的"红榴石"无关,更不是玛莎玩的赌牌。这不是那帮俄裔德国人玩的游戏,这一切只不过是各种联系的促成。我有一条自己的直接的与生俱来的途径同鬼取得联系。我童年时代(或者更往前,幼年时代)最初的神秘的恐惧和恐怖的秘密之一便是:"上帝——鬼!"鬼犹如闪电般悄无声息地跟在上帝后面,不可更改。瓦列丽娅已无关紧要了,其实,难道还有谁是重要的呢?这与扑克牌或者书本又有什么关系呢?这只同我有关,某种天赋的感觉,从我呱呱坠地之日起就根植在我心里。"上帝——鬼,上帝——鬼,上帝——鬼",就这样念叨无数次,因感到亵渎了神明而心惊胆战,直到那张仿佛会思维的舌头停下为止。"上帝呀,求你别让我再祈祷'上帝——鬼'了",仿佛是从长长的链条上脱落下来,撕扯下来一样:"上帝——鬼!上帝——鬼!上帝——鬼!"仿佛像大钢琴的键盘一样,可以揿六下键盘倒过来弹回:"鬼——上帝!鬼——上帝!鬼——上帝!"只是,这钢琴键盘是我自己的脊背,是我的恐惧。

在上帝和鬼之间没有任何缝隙可以渗透你的意志,也没有一丁点空隙使你可以像插入一个手指一样加入你的意识,用来预防这种可怕的结合。上帝身上可以飞出鬼,鬼可以钻进"上帝"的身体,最后的字母"Г"瞬间变成了"Ч"。①(唉,假如我当初明白过来,用"卷毛狗——鬼"②来替代"上帝——鬼",那我该躲过多少无益的折磨呀!)噢,这是上帝的惩罚和折磨,这是极其黑暗的世界!

不过,也许这一切其实比我想象的要更简单,也许,这不过是一种我天生具有的诗意的对比、对照——激情与气质的对照,就是那种我儿时常爱玩的游戏:黑的和白的都别买,也别说是和不是,而是要反过来:用否定代替肯

---

① 俄语中,"上帝"一词的最后一个字母是"Г","鬼"的第一个字母为"Ч"。

② 俄语中,"卷毛狗"的最后一个字母也是"Г"。

定,用黑色代替白色,用我代替大家,用上帝代替魔鬼。

当我11岁时,我在瑞士洛桑经历了第一次特别的、真正的忏悔,我把这一切都告诉了天主教神父,这个神父我从未见过,而且后来也再没见过,他,确切地说,是黑栅栏后面的那个家伙,黑栅栏后面的那双黑色的眼睛对我说:

"但是,小斯拉夫女孩,这只不过是魔鬼最普通的诱惑之一罢了!"[①]他说这话时也许忘了一点,即对于像他这样饱经世故、经验老道的人来说,这是"普通的"[②],可对于我又会是怎样的呢?

不过,在这第一次忏悔之前——在陌生的教堂里,在陌生的国度里,用陌生的语言进行忏悔——在这之前,我曾经历了第一次东正教的规规矩矩的忏悔,那是我7岁的时候,在莫斯科大学的教堂里,我对着同我父亲相识的一个神父,"科学院教授"忏悔来着。

"这一卢布你在忏悔之后要交给神父……"我有生以来还从未摸过一个卢布的钱票,不管是自己的还是别人的,倘若在糖果店里一个可怜的小铜戈比可以得到两块奶糖的话,那么一块银色的卢布可以换多少呢? 不仅是奶糖,像《阿克修特卡保姆》或者《小鼓手》这样的两戈比一本的小人书,又能换多少呢? 难道为了减轻我内心的罪过所造成的不愉快,为了减轻我隐瞒罪过的不愉快心情,为了躲避致命的危险,也许甚至就是为了逃避死亡,我就得立即把所有这一切都交给他,自己亲手送到"科—学—院—院士"的手里吗?我的确忐忑不安,因为我不知道我能不能告诉爸爸的这位彬彬有礼的熟人,这位显然是为了我才请来的科学院院士,说我常在嘴里念叨"上帝——鬼"?我不知道我能不能告诉他,我常常到瓦列丽娅的房间里和光溜溜毛很短的大猛犬幽会? 能不能告诉他,我会有一天同这个短毛大狗——那个最主要的溺死鬼结婚? 假如我隐瞒了这些,我会很害怕,因为我听说,"曾有一个小女孩在做忏悔时隐瞒了罪过,于是第二天,当她去领圣餐时,倒地死去了……"

[①] 此处原文为法文。
[②] 此处原文为法文。

冰凉的崭新的卢布滚圆滚圆的,像是一轮满月,它的边仿佛利齿般切割着我那只坚定地握成拳头的手。在整个忏悔的过程中,我一直坚守着自己的信念,那就是,绝不交出这块卢布!一直到最后时刻,当我已经要离开时,才好不容易克制住这种情绪,强迫自己把钱交了出去,倒不是因为觉得不交钱不好,而是因为害怕:我担心,万一神父过一会儿穿过整个教堂追上来怎么办?我手里攥着卢布,我真不知道该说些什么才对,我压根儿就没打算告诉神父我的那些阴暗的、灰色的事情。神父发问,我回答。比方说,"你有没有讲过这句话:上帝——鬼?"奇怪,他怎么会知道该问我这个问题呢?

这个问题他倒没有提,他问的是别的问题。他的第一个问题,也就是我忏悔中需要回答的第一个问题是:"你经常用'鬼'这个词骂人吗?"我不明白问话的意思,但由于我历来被人们称做是一个聪明的女孩,于是,出于自尊,我不无傲慢地回答:"是的,我总是这样。""哎呀,哎呀,真不害臊!"神父感叹道,深表同情地摇了摇头,"亏你还是个严守教规之家的孩子呢。要知道,只有大街上淘气的男孩子们才会这样的呀……"

这加在我头上的不明不白的罪过使我心里略有不安,同时我也有一股好奇心:我所回答的内容,那件我总是在做的事究竟有多大的错呢?于是,几天以后,我问母亲:"妈妈,什么叫作用'鬼'骂人?""什么鬼不鬼的?"母亲问我。"就是用'鬼'骂人呀。""不懂",母亲思忖道,"大概,是提到了什么鬼吧?不过,你这是从哪儿听来的呢?""男孩子们就是这样在大街上骂人的。"

神父提的第二个问题虽然完全是另一种性质的问题,但仍然使我更加惊奇:"你和男孩子们接吻吗?""是的,不过并不经常这样做。""都跟哪些男孩子呢?""和瓦洛佳·茨维塔耶夫和安德列耶夫斯基·波利亚。""那么妈妈允许吗?""和瓦洛佳接吻是允许的,但和波利亚就不准了,因为他在警察学校上学,那儿一般说来都有猩红热病。""既然妈妈不准,就不该接吻。这个瓦洛佳·茨维塔耶夫是谁呀?""他是米佳叔叔的儿子。不过我和他很少接吻,总共只有一次。因为他住在华沙。"

(噢,就是他,瓦洛佳·茨维塔耶夫,这位身穿红色丝绸衬衫的男孩!就是他,瓦洛佳,他的头也和我的一样大,但却没人指责他!就是他,瓦洛佳,在我们家逗留的三天光景里,总是不停地在前厅和镜子之间来回溜达,好像从来没见过镶木地板似的!就是他,瓦洛佳,把"教堂"念成了"乌斯宾斯基栅栏"①,而且居然还总是纠正我!就是他,瓦洛佳,向宠爱他的母亲宣布说,当我去华沙他们家时,我可以住在他的房间里,睡在他的床上。但这又跟鬼有何相干呢?哦,原来是这样:鬼就是隐秘的热忱。)

没有出卖自己的朋友,并且隐瞒了最主要的东西,于是,很自然,我第二天是闷闷不乐地去参加圣餐仪式的,并且不无羞怯之感,因为母亲听说的话——"一个小女孩在忏悔时隐瞒了罪孽"等等的话——还在耳边萦绕,与此相应的幻景也都还历历在目。当然,从心灵最深处来说,我并不相信人会这样死掉,因为人们通常总是死于糖尿病啦,盲肠炎啦,或者,像有一回在塔鲁萨发生的事情那样,一个农夫被雷电劈死了,要么是吃荞麦粥时,一粒荞麦没入喉咙,掉进了肺里,呛死了,再不然就是落到恶人手里……所有这些都会丢掉性命,而像我这种情况则根本不会……

因比,我并没有摔倒,也并不感到惊讶,享用了圣餐酒以后,安然无恙地回到亲人跟前。于是,大家都来向我祝贺,也祝贺母亲有了这么一位"领圣餐的女儿"。唉,假如他们知道我到底是怎样的人;假如母亲知道,我到底是怎样想的,那才有意思呢。由于我根本不配拥有这些,所以,面对这些祝贺,面对洁白的新衣,面对从商店里买来送给我的甜点心,我并不开心。不过,倒也没有悔恨之心。只能空守着秘密的孤独,守着那种神秘的孤独。在冰冷的基督救世主大教堂里做无休止的弥撒时,我曾体验过这份孤独。当我向后仰起头,仰望着教堂圆顶,仰望着可怕的上帝时,既清晰又模糊地感到自己在迅速升起,看到自己已经离开了闪闪发光的地板,飞了起来,像小狗游泳一样在空中拼命划着双臂,在做祈祷的人群头上飞过,我的双腿和双臂甚至还碰到了他们的头。我飞呀飞呀,愈飞愈高,身体已经完全直立起来了!就像鱼儿游泳一般!瞧,我穿上了芭蕾舞演员那玫瑰色的花裙子,在教堂大圆顶下面

---

① 俄语中,"教堂"和"栅栏"词形相近。

飞荡。

"快看呀,奇迹!奇迹!"人们叫喊着。而我则如同《睡美人》里的那些小姐一样面带微笑,彻底意识到了自己已超凡脱群,无人可及,就连警察伊格纳季耶夫也休想够得着我!甚至大学里的训导员也别想抓住我!我一个人脱颖而出,高高在上,与那个可怕的上帝站在一起,穿着多瓣的玫瑰色裙子飘荡。

怎么,难道这些我也该对"科学院院士"讲吗?

有一种东西,它时常消失,但当它一旦出现,那么,它这个似乎是次要的东西就会比一切最主要的东西——恐惧、激情、甚至死亡更加强烈,更加重要。那就是分寸感。用鬼来吓唬神父,用短毛狗来逗他发笑,装成芭蕾舞演员来惊吓他,这一切都有失体统。在神父眼里,一切不符合他的习惯的举动都是不体面的。在做忏悔时我应该和大家一样。

分寸感的另一半是怜悯。我不知道为什么,虽然神父们看上去都很可怕,但在我眼里,他们好像都有点儿像孩子。老爷爷们也都是这样。该对孩子们(或者老爷爷们)说些什么呢?是讲些坏勾当,还是讲些可怕的东西?

除了我必须谈论他,他也必须说说他,因为对于我来说,他也就是你。鬼必须谈论他,因为对于我来说,他就是梅沙德。你的名字是如此隐秘,我一个人无法大声念出,只能在床上或在旷野中悄悄地耳语:"梅沙德!""梅沙德"这个词的声音就是我对他的爱情的絮语。这个词如果不是低声地说出,就根本不存在。这是"爱情"这个词的呼格,这个词没有别的格。

倘若我在写关于你的故事时,称呼"你"为"他",那么这就意味着,我写的是关于你的事,并非是写给你的!这就是爱情小说的一切谎言所在。爱情必定是指向第二人称的,而这第二人称是融合一切的,甚至包括第一人称。"他"就是心上人的体现,就是那不存在的东西的体现。因为我们过去没有,现在也不会去爱"他",我们只会去爱"你",只有说到"你"时,我们才会发出惊叹!

于是,我突然洞察到这一切,突然真正地,从心底里忏悔起来,吐露心声：你在我的心里（明确地说，你的"罪孽"侵入了我的心灵），我对你起誓，我也对我自己起誓：我只忠于你！

……黑暗不是恶，黑暗是夜，一切都是黑暗。黑暗太多。其实，我什么也没有忏悔。这是我自己珍爱的黑暗。

不，我从来都没有和神父们（包括科学院院士们）友好相处过。和那些东正教神父，和那些穿金戴银的神父们相处很不愉快，他们全都是冷冰冰的，像祈祷结束时送到你面前让你吻的十字架一样冰凉。第一次战战兢兢地经历这种场合是在车厢里去见我的祖父，舒伊斯克的大司祭符拉基米尔·茨维塔耶夫（巴尔蒙特正巧学过他的关于创世纪的课本，）——一位年事很高的老头，一脸的花白胡子微微翘起，手里还拿着个洋娃娃。不过，我最终还是没有走近他的跟前。

"小姐，神父们来了！要见他们吗？"

随即，我看见那银色的钱币在手掌里翻动，从这只手转到了另一只手里，从手里又进入纸包里：一些给了神父，一些给了助祭，一些给了执事，还有一些又分给了烤圣饼的女人……真不该当着孩子们的面这么干，或者，我们这些白银时代的孩子们就根本不该谈论这一笔小钱。银币滚动的声音和手提香炉的声音混杂在一起，银币的冰凉与花缎和十字架的冰凉融合在一起，神香冒出的烟雾与内心不适所造成的迷蒙混合在一起，所有这一切沉甸甸地升腾到那白色的，贴着冰凉的糊墙纸的大厅的天花板上，又融进了那一声声听不明白的讨厌的命令式的叫喊之中。

"祝福吧，天主教！"

"噢、噢、噢……"

一切都是"噢"，大厅里是"噢"，天花板上也听见"噢"，神香里飘出的也是"噢"，手提香炉正冒出的还是"噢"。当神父们离开时，除了在芭蕉丛里还留下了那从神香里飘出的最后一声"噢"之外，他们什么也没留下。

这些复活节的祈祷活动对于我来说简直就是狼嗥。"神父们来啦"，这句话在我听来就像是说"死人来啦"。

"小姐,死人来了,要见他们吗?"

> 中间放着黑色的棺材,
> 牧师拖着长音在念念有词:
> 让坟墓带他去吧!

于是,在我童年时代里,我总是觉得,每个神父身后总会放着一口黑色的棺材,这口棺材总是静静地躺在他们那身锦缎后面,在那里偷偷地看热闹,偷偷地吓唬着我。哪里有神父,哪里就会有棺材。因为我觉得,神父就像一口棺材。

即使是现在,30多年过去了,我仍然觉得,在每一个做弥撒的神父后面我都无一例外地会看见一个死人:也就是说,在站着的神父后面我会看见一个躺着的死人。并且,这种情况只针对东正教神父而言。每一次东正教的祈祷对于我来说就是安魂,只有基督教复活节的祈祷是例外,这种祈祷是关于复活的大声叫喊,是从那高高的张开的天际抖落一切尘土。

无论神父如何忙碌,我总觉得他是在向死者鞠躬,在向死者阿谀奉承,在不遗余力地说服死者,甚至是在念咒语:"躺着,躺着,我来给你唱支歌……"或者"好吧,躺着吧,躺着吧,为什么要那样……",于是,又念起咒语来。

在我小的时候,我总是把神父们看作是巫师。他们总是边走边唱,总是边走边挥动着双手,总是边走边施展魔法,总是绕着什么东西打转转,总是用烟熏什么东西。他们穿得都很蓬松,厚厚的,我觉得他们像是我们的异类[①],而不是那个在瓦列丽娅床边的鬼,那个鬼很朴实,裸露着灰白的身体,倘若无须展示仪表风度的话,甚至还是个穷鬼。

因为这些神父,因为神父那如银色山峰的脊背(这如高山的脊背仅仅是为了遮掩),我觉得上帝是可怕的,上帝就像那可怕的神父,只不过比他更可

---

① 这是民间对鬼的称呼。

怕些,就像那银白色的阿拉拉特山峰,这使我想到了儿时听来的绕口令中的三只野山羊:"在阿拉拉特山上三只山羊在叫喊"。当然啦,它们是因为害怕才叫唤的,它们害怕,因为它们留下来独自面对上帝。

上帝对于我来说就是恐惧。

除了那本身的死气沉沉的无聊寂寞;除了那像冰块一样冷,像雪花一样白的寂寞,我小的时候在教堂里什么也没有感受到。是的,什么也感觉不到,满脑子里只有那一个忧郁的愿望:什么时候才能结束呢?但我同时又绝望地意识到:永远没个完。听这种祈祷比在音乐学院大礼堂里听音乐会还要难受得多。

上帝是生疏的,鬼则是亲近的;上帝冷若冰霜,鬼则热情洋溢。他们中谁都不善良,同时谁也不恶毒。但我只爱其中的一个,另一个我却不爱:因为我只了解其中的一个,另一个我并不了解。他们其中的一个爱我,理解我,而另一个则做不到。人们把其中一个强行灌输到我的脑子里,不择手段:把我拖进教堂,让我乖乖地站在那里,用圣像前的枝形烛台来引诱我,这种烛台在朦胧之中会显现出一分为二的模糊形象:一会儿分开,一会儿又合并,他们一会儿唠叨着一些含糊不清的"阿龙、法老",一会儿又念叨着一些不可理解的斯拉夫文,想尽办法让我安心祈祷,强迫我接受他,可另一个却自行来到了我的心里,无人知晓。

但是,我确曾爱过天使们:其中一个是蔚蓝色的天使,在那张滚热的金色的纸上,像是一张滚烫的纸,隐藏着一团火焰劈啪作响。这张纸之所以是滚烫的,还因为在上面时常滴落下我那永远是沸腾的,很少能忍得住的,总是不断激动的,独自默默地顺着我那多愁善感的绯红的面颊流下的热泪。我还喜欢过另一个草莓天使,也是德国的,是在一幅为一首德国诗歌《天使与蛮人》①而作的五彩缤纷的画中。(我还记得原词:——在那长满草莓的红色海洋里……)

一个男孩在林中草地上采草莓。突然他看见另一个男孩站在他面前,身

---

① 此处原文为德文。

躯高大、穿一身白衣服、飘着长长的卷发,像是一位姑娘,在卷发上戴着一个金色的环。"你好,小孩,把草莓给我吧!""亏你想得出来!"拾草莓的男孩站了起来,甚至连帽子也没脱,"你自己拾嘛,赶紧走开,这片草地是我的!"于是,他又俯下身去边采边吃起来。突然,一阵巨响,比那森林的轰鸣还可怕。他抬起眼睛,看见那个男孩已在草地上腾空而起……"可爱的天使!"粗野的男孩脱下尖顶小帽,叫喊道,"快回来吧!快回来!把我的果子全拿去吧!"可是已经晚了。他那白色的衣襟已经飘在白桦林的上空,愈来愈高,最高的白桦树梢也已经够不着他了……那贪嘴的小孩摔倒在地,面对着那不幸的草莓,痛哭起来,而我也和他一同哭泣——那贪吃草莓的粗野孩子就是我。

从那以后,我看见过许许多多的长满草莓的林中草地,但没有一个可以让我回想起那一个草地:在草地上的那棵白桦树梢上可以看见那一去不复返的衣襟;从那以后,我也吃过许多回草莓,但没有一只草莓吃在嘴里会那样的坦然舒畅。甚至"蛮人"这个词在我心里也已扎下了根,像天使那样圣洁。偷吃青苹果的甚至是带着蛇的亚当和夏娃也没有像这两个小男孩那样在我的心里播下善良的种子,恰恰是这两个男孩——小个的和大个儿的,恶毒的和善良的,拾草莓的和站在九霄云外的——这两个男孩对我产生了深远的影响。倘若我以后一生中在林中草地上,在房间里会看到无数"蛮人"并把他们当作天使、恶魔与神仙,那么,也许这是由于那一次的恐惧:不能把天神当凡人看待。这种恐惧虽然有一次,但却让我永远铭刻于心。

我记得那些个夜晚,那些起初是被无尽的绯红色笼罩着,尔后又被无尽的黑暗笼罩着的夜晚,而这绯红色来得何其的迟,这黑色又降临得多么的早!夏天,在这样的夜里,母亲和瓦列丽娅泛舟在奥卡河上,而秋天则漫步在大路上,先经过一片白桦林,尔后走上一片开阔的大路。她俩齐声歌唱。这两个秉性相异的人只能在歌声中彼此融合,其实并非是她俩融合,而是她们的歌声融合了:母亲那低低地,腼腆的女低音和瓦列丽娅那竭力高扬的女高音融合在一起。

> 无论火焰,无论木炭
> 都不会像那无人知晓的
> 隐秘的热情那样
> 炽热地燃烧。①

"火焰"、"木炭"、"炽热"、"隐秘",这些词深深地铭刻在我的心里,直到现在,每当我听到这几个词,我的胸膛里就会升起一团火,仿佛我不是听到这些词,而是把它们吞到肚子里,把那一块块炽热的木炭咽下了肚。

> 石竹和玫瑰
> 固然很美,
> 但那心心相印的两颗彼此相爱的心灵
> 却要更加美丽。②

我突然发觉,似乎有人在不怀好意地看着我:是那两颗相爱的心灵!就是人的心脏嘛!每一个人不都有一颗心嘛。可是,不,从小我就深深地懂得,并且永志不忘:彼此相爱的只能是心灵。心灵就像大海,心灵能看得见,心灵会变得忧郁,会受折磨,心灵还包括着许多筋脉。③人为那看不见的大海而受尽折磨,这就是心灵,这就是爱情。任何玫瑰和石竹花都无济于事!

当歌曲唱到:

> 请把镜子
> 放进我的心里吧……④

---

① 此处原文为德文。
② 此处原文为德文。
③ 在德文中,"心灵"与"看见""大海""折磨""忧郁""筋脉"词形近似。
④ 此处原文为德文。

我立刻本能地感到,那面带有水晶玻璃齿的瓦列丽娅的绿色镜子,那面威尼斯产的镜子,正径直走进我的胸腔,边缘的玻璃齿正缓缓地刻进胸腔,放进心里①,这就是说要把整个镜子,整个模模糊糊的、深不可测的镜子,整个把我全身都照进去,统摄我全身的椭圆形的镜子,全部放入我心里。

母亲在自己的镜子里抓住了谁?瓦列丽娅又抓住了谁?(在我4岁那年的夏天,她们抓住了一个人,她们俩一起为他弹钢琴,一起为他刺绣,一起为他唱歌,还一起歌唱他……)那么我呢?我当然知道我抓住的是谁。

> 为了让你看见,
> 我的感情是多么真挚。②

她俩拖长了嗓音,重复唱着这段歌词,为的是要让他听明白。不到5岁的我还不懂什么叫做"感情"(以为这是一个动词),但我自己的感情我是知道的,而且谁是我钟爱的人,我也是知道的,我还了解梅因——我的外祖父亚历山大·达尼雷奇。由于外祖父被扯进了这首歌里,于是他不自觉地闯进了这个密室之中:我突然开始觉得,外祖父也有他心爱的人。

随着阿芙古斯塔·伊凡诺芙娜的离去(正是她把这首歌带到家里来的),也就是说,随着我童年时光的消逝,在我7岁的那年,鬼终于消失了。在瓦列丽娅的床上再也看不见他了,他走了。但是,直到我最后离开三塘的家——出嫁,每当我走进瓦列丽娅的房间,我都会像那一束斜射进来的阳光一样,迅速地斜视一下那张床,瞧一瞧,他是否还在那里?

(家早就搬走了,那张床连床腿都没有了。可他还坐在那儿!)

还有一次相会突然闯进了我的童年:看来他舍不得与这样的女孩分别!

那时我9岁,得了肺炎,复活节前的集市已经开张了。

"从集市上给你带些什么回来呢?"母亲问道。她已穿好衣服,走到门口,

---

① 此处原文为德文。
② 此处原文为德文。

套在她身上的是一件很不平整的中学生穿的大衣，这件安德留沙已经嫌短了，另外，她还披上了一件我去年穿过的皮袄，这件皮袄一直拖到地板上，本来是留给阿霞穿的，但是还嫌太长。突然，一股冲动使我情不自禁地脱口而出："给我带一些装在瓶子里的鬼吧！"这股冲动犹如那些企图飞出瓶子的鬼的强烈愿望。"鬼？"母亲惊诧不已，"难道不带些书回来？那儿可是也卖书的呀，而且多得很，摆满了货摊。花10戈比就能买到整整5本书，比如，关于塞瓦斯托波尔保卫战或者关于彼得大帝的书。你好好考虑考虑吧"。我完全没了声响，羞怯地说，"不，……不管怎样，……给我……带鬼回来。"声音沙哑，吐词困难。"那好吧，带鬼就带鬼吧。""我也要鬼！"总是喜欢模仿我的阿霞也开始纠缠了。我低声地，然而却是严厉地表示反对："不，不能给你带！""妈妈！她说不给我带鬼！""当然喽，不能带……"，母亲说，"首先，是穆霞最先说的，其次，为什么要两次带回同一样东西呢，而且还是这么个愚蠢的东西？这鬼迟早要破的。""但是我不想要关于彼得大帝的书！"阿霞已经尖叫起来了，"彼得大帝也会摔破的！""妈妈，那我也不要书！"安德留沙着急起来，"我已经有关于彼得大帝的书了，我还有一些关于……""妈妈，你给我带回来的不是书，是吗？妈妈，是这样吗？"阿霞仍死缠着不放。"那么好吧，好吧，不带书。既不给穆霞买书，也不给阿霞买书，不给安德留沙买书。你们都会满意的！""那么，妈妈，给我买点儿什么回来呢？我会得到什么呢？"阿霞已经像啄木鸟啄木那样悄悄地问，不让我听见。不过我倒无所谓，给她带什么，也就给我带什么吧。

"好吧，穆霞，这就是你的小鬼。不过你得首先把敷在脸上的毛巾换一下。"

毛巾裹得喘不过气来，但只要一想到爱情，就觉得心情舒畅。我把它抱在怀里，静静地躺着。当然，它很小，而且样子还很可笑，不是灰色，而是黑色的，完全不像我原先见到的那个，但不管怎样，总是同一个名字呀？（在我后来的一些爱情经历中，我检验了一个道理：最重要的是意识和名称。）

我用那高达39度的滚烫的手握紧圆圆的瓶底，呵，那小鬼跳了！跳了！

"你别握着它睡觉。否则睡着以后会压坏它的。感觉困了就把它放到旁边的小凳子上吧。"

"感到困了!"说得倒轻巧,可我一整天都觉得迷迷糊糊,一整天都昏睡不醒,梦见许多奔放激越的幻景,并伴随着高声的喜悦的叫喊:"妈妈!国王喝醉啦!"在我床上的正是那个国王。"他戴着黑色的王冠,长着浓密的胡子",而在我这儿还手持一只大酒杯,我把他称做森林之王,后来我才猜出他真正的名字。"国王住在遥远的富勒国/他保存着金色的酒杯/还有那情人/临别的馈赠。"①这个手持酒杯的国王,这个永远把酒杯握在手里,从不送到嘴边的国王,这个从不喝酒的国王,却突然醉倒了!

"瞧你的胡言乱语多奇怪哟!"母亲说,"国王喝醉了!难道这是9岁的女孩子说出的疯话吗?难道那些国王会喝醉吗?难道谁会在你面前喝醉酒?喝醉意味着什么?这就是我轻轻给她念《通讯》杂志上那些描绘各种宴会和晚会的通俗小品文的结果!我居然忘记了,她自己会生动地把这位至尊至圣的酒鬼展现在画布上,会一大清早就让他占据我意识和视野的第一个位置。"

有一天,母亲发现我已经变得冰凉的拳头里仍攥着那个鬼,便开口说:"你怎么从不问我,为什么鬼会蹦蹦跳跳的呢?难道你不觉得很有趣吗?""是的,是——的,很有趣",我不太确信地支吾着。"这的确很有趣",母亲开导着我,"按住小瓶子的底部,它就会突然跳起来。为什么会这样呢?""我不知道"。"瞧见了吧,我早就看出来了,你连一丁点好奇心也没有,太阳为什么会升起和落下,月亮为什么有阴晴圆缺,还有,比方说,这个鬼为什么会跳……这一切你都无所谓,是吗?""是的。"我低声答道。"这就是说,你自己也承认,你对什么都无所谓?可是你不该这样。太阳升起落下,是因为地球在旋转,月亮有阴晴圆缺,也是因为这个道理,而鬼在小玻璃瓶里跳,是因为瓶里有酒精。""噢,妈妈!"我突然大声而欢快的叫了起来,"鬼——酒精。妈妈,这是不是押韵的?"②"不",母亲彻底失望了,她说,"鬼——蛋糕,这两个词是押韵的,可酒精……让我想想,想想,好像不押韵……""那么钱罐子和小瓶子是

---

① 此处原文为德文。
② 在俄语中:这两个词的最后两个辅音字母相同。下文中提到的几个词也是如此。

不是押韵呢?"我好奇心十足地问道,"我还能举些例子吗?因为我还能想出一些来呢:后脑勺——穆尔基尔卡……""穆尔基尔卡可不能算",母亲说,"穆尔基尔卡是专有名词,而且还是一个带滑稽色彩的词……那么你到底明白不明白,为什么鬼会跳呢?瓶子里有酒精,当你用手握着瓶子时,酒精就会变热,它就会膨胀。""对",我赶忙附和道,"那么加热——膨胀也是押韵的喽?""是的",母亲答道,"那么现在请你告诉我,为什么鬼会跳?""因为它膨胀了。""你说什么?""我说错了,应该是它变热了。""什么变热了?你到底是指什么?""鬼。"可是,当我看见母亲那张突然变得阴沉的脸时,连忙改口:"不对,错了,应该是酒精。"

晚上,当母亲过来道晚安时,我忍住胜利的喜悦,说:

"妈妈!我找到了和酒精押韵的词啦!不过,是在德语里,这没关系吧?"

>在山上那群坟墓里,
>静躺着曾在草地上游玩的人。
>小牧童呵,可爱的孩子,
>他们在那里为你哭泣。①

"基督复活了,而鬼却因此胀破了!"阿霞的保姆亚历山德拉·穆辛娜在复活节的早晨站在我的床边,幸灾乐祸地说,"快一点,快把碎片给我!""你胡说!"我叫了起来,将那些珍贵的碎片紧紧攥在手中,两腿使劲地踹着紧绷着的被头。"他根本不是因为基督复活了才胀破的,而是因为我压在他身上了……我不过是哄他睡觉来着,就像在审判所罗门的法庭上。""瞧,上帝惩罚你啦,因为你跟一个魔鬼睡觉来着。""你自己才是魔鬼呢!"我叫嚷着,两脚不停地踹着被子,最终探出了身子,"你自己才会受到上帝的惩罚呢,因为你的亲人遇到不幸,可你却幸灾乐祸!""说得多好哇,不幸!"保姆轻蔑地哼了一声,"鬼胀破了,这也叫不幸!当你的亲舅舅费佳去世的时候,大概你并

---

① 此处原文为德文。

没有哭吧,可现在为了这个讨厌的鬼,却一本正经地祈祷呢!""你撒谎!你撒谎!你撒谎!"我尖叫道,已经站了起来,像鬼一样蹦跳着,"难道你没看见,我现在并没有哭吗!倒是你现在应该哭了,因为我要……(我周围除了一个温度计,什么也没有)……我要用双手把你撕碎,你这个罪大恶极的魔鬼!"

"你在嚷嚷什么呀?"母亲走进来问,"这是怎么回事?发生了什么?""噢,没什么,太太",保姆装出一副和善的神态,"小穆霞在圣明的基督复活节里用鬼话骂人哩,是的……""妈妈!我的鬼胀破了,可她却说,这是上帝干的!""什么?""她说这是上帝在惩罚我,因为我爱鬼超过爱费佳舅舅。""这叫什么话!"母亲出人意料地转过身去,"难道可以这样相提并论吗?保姆,你去厨房张罗吧。不过在复活节的第一天就用鬼话骂人,总是不大好的……要知道今天可是基督复活节呀!""我知道,可她说,正是因为基督复活,鬼才胀破的。""胡说!"母亲斩钉截铁地说,"这不过是一种很普通的巧合罢了。鬼胀破了,因为他迟早有一天要破的,就这么简单。可你倒好,居然和一个不识字的老女人纠缠起来。亏你还是个国立中学预备班的学生呢……最重要的倒是你会割破皮的。鬼在哪儿?"为了忍住不哭出声来,我默默地摊开手掌。"没有哇?"母亲仔细地搜查着,"他到底在哪儿?"我哽咽着说:"不知道。我也找不着他了。他可能跳到某一个地方去啦!"

是的,我的鬼胀破了,没留下一块玻璃碴,没留下一滴酒精。

"瞧见了吧",母亲看着泪流满面闷声不响的我说,"永远也不要去碰那些会破的东西。它们总是要胀破的!'千万不要替自己创造一个盲目崇拜的偶像'。这条圣训你还记得吗?"

我抖掉挂在脸上的眼泪,就像狗抖掉沾在身上的水珠一样,说:"妈妈,'塔玛拉'和'偶像'是押韵的吗?"

梅沙德——我童年的可爱的灰毛犬!你从没对我有过坏心眼。倘若在圣经里,你被称做"谎言之父",那么在现实中你教给我的是实在的真理,是挺直腰板,堂堂正正。我脊梁上的那条笔直的线,我那永不弯腰屈服的姿势,就是你那活生生的时而是条猛犬,时而是位村妇,时而又是一位法老的变幻无常的身影的姿势。

你让我的童年丰富多彩,让它拥有了所有的秘密,让它体会了所有的忠诚,而且,更重要的是,让它整个儿看到了另一个世界,因为没有你,我就不会知道那儿有他。

是你给了我莫名的自豪,这种自豪使我高兴地飞翔在生活之上,比你抓住我翱翔在河上飞得更高,这是一种神圣的自豪感①,是神的语言,神的行为。

此外,你还使我有了走到狗面前无所畏惧的勇气(是的,是的,即使是面对那些狂吠的猛犬也不怕!),使我能坦然地站在人们面前,因为在认识了你以后,我难道还会惧怕什么猛犬,还会惧怕什么人吗?

是你让我第一次意识到自己的高贵和出众(马克·阿夫列里的书就是这样开头的),因为你从来也没有到住在我们侧屋里的别的女孩那儿去过。

是你让我有了第一次犯罪的经历:在第一次忏悔时隐瞒了秘密,从此以后,我的一切行为都不清白了。

是你粉碎了我的每一个幸福爱情之梦,你用那一套独特的评判抨击了我的爱情遐想,你那骄傲的神情彻底击溃了我的爱情幻想,因为你要使我成为一名诗人,而不是一个可爱的女人。

在我和成年人玩扑克牌的时候,如果有谁突然坚持要捞走我赢回的赌注,总是你挡回了我快要涌出的眼泪,并且让我开口说话:"这是我该赢的钱。"

是你在呵护我不受外界的干扰,哪怕是报社的干扰也不允许。你就像那位凶恶的守卫保护大卫·科波菲尔②一样,在背上挂了一个标签:"当心!会咬人的!"

不知是否是你以我对你的初恋在我心里燃起对失败者和失意者的爱;不知是不是你让我依恋那些最后的王朝,最后的马车夫,最后的抒情诗人。

---

① 此处原文为法文。
② 19世纪英国作家狄更斯同名小说中的主人公。

是你昂着不屈的头,最后一个跳上最后一艘轮船,离开了已拱手让给别人的城市。

上帝不能小瞧你——你曾经是他最可爱的天使呢!而那些把你看得如同苍蝇般一钱不值,把你看成是低下的人物,卑微的小人的人,其实他们自己才是一群鼠目寸光的苍蝇。

我看得见苍蝇,也看得见鼻子,我看见了你那只长长的,灰色的,男爵般的有皱纹的狗鼻子,像是鹿皮裹着的,它正粗鲁而厌恶地嗅着一群数不清的苍蝇。

我看见你变成一条大狗,亲爱的,这就是说,我看见你变成了一个狗的模样的上帝。

11岁那年,在天主教寄宿学校里念书的我竭力要热爱上帝:

> 我们至死对你忠心耿耿,
> 你永远是我们的天主和国王,
> 你把我们召唤到那神圣的旗帜下——
> 我们用生命保卫你的祭坛……

可是你并没有阻挠我。你只是潜入到我内心的最底层,大度而礼貌地把位子让给了别人。"好吧,温柔地体会一下吧……"你从不屈辱地为争夺我而斗争(任何东西也不去争夺!),因为你对上帝的所有反抗都是为了争取获得一种孤独感,这种孤独感才是唯一的力量。

你为我写下了生活的座右铭,写下墓志铭:"不要屈尊!"不要屈尊什么?不要屈尊任何东西,哪怕是躺在这里的遗骸。

在异教的忏悔室里,面对我11年来所有的罪孽,从异族人那黑洞洞的眼睛里迸出了一席话:

一块美丽的大理石躺在地上,被人轧进了路面。一个平平常常的人从它上面走过,又踩得深了一些。而一个具有高尚心灵的人则会把石块从地里挖

出,洗干净,做成一尊雕塑,使它永存。斯拉夫小姑娘,你应该成为自己灵魂的雕塑家……①

这是谁的话?

因为你,我总是处在自己的孤独感的包围圈之中。这种包围圈是那么有魔力,仿佛总是跟随着我,与我形影不离,仿佛就在我脚下形成,像一双大手一样拥抱着我,又像呼吸一样轻柔舒展,把一切都装了进来,又把所有的人都排除在外。

倘若你曾装扮成灰色的狗一样的保姆屈尊俯就于我这个小姑娘,那仅仅是为了让我将来可以一辈子独立行事,不再依赖什么保姆或者瓦尼亚的帮助。

我童年那恐怖的猛犬——梅沙德!你孑然一身,你没有教堂可去,人们不会一起来伺候你。人们不会以你的名字来使肉欲的或贪婪的躯壳神圣化。你的形象不会悬挂在法庭的大厅里,在那儿,冷漠的人审判有激情的人,富庶的人审判饥饿的人,健康的人审判有病的人,永远如此:一样的冷漠审判着各式的激情;一样的富庶审判着不同的饥饿;一样的健康审判着各种的疾病;一样的美满幸福审判着各样的灾难。

当人们面向十字架被迫宣誓和作伪证的时候,他们是从不去吻你的。你作为一个受难者的形象,也不会被国家的奴仆和帮凶——神父用来掩住被国家所伤害的人的嘴。人们不会用你来祝福战争和屠杀。你从不在政府机关里露面。

无论是在教堂里,法院里,学校里,还是在兵营里或者监狱里,都找不到你的身影。有法规的地方就没有你,人多的地方就没有你。

在那臭名昭著的做着"巫术弥撒"的享有特殊权力的集会上,也看不到你的踪迹。在那里,人们做着愚蠢的事——一起来爱你,爱你这个喜欢孤独的家伙。然而,他们怎么会知道,你唯一的尊严其实正是孤独。

倘若想找你,那只能去那些关押暴乱者的零落的囚房里,或者到那抒情

---

① 此处原文为法文。

诗人吟咏作诗的顶层阁楼上。

你是罪恶,社会并没有滥用你。

1935 年 6 月 19 日

我的普希金

同我们的祖母和母亲最爱读的小说《简爱》中的一章相仿,我就从红房间的秘密说起吧。

红房间里有一只神秘的柜子。

不过,要想走到那只神秘的柜子跟前,必须先经过母亲卧室里挂着的一幅画——《决斗》。①

白雪、黑压压的树枝,两个穿黑衣的人腋下架着另一个人,朝雪橇走去。另外还有一个人背对着他们,向另一个方向走去。被人架走的是普希金,而向另一处走去的是丹特士。丹特士向普希金发出决斗的挑战,也就是说,他把普希金诱骗到雪地里来,在落尽了树叶的黑漆漆的林子里将他打死了。

关于普希金我最先得知的便是他是被人打死的。然后我才知道,普希金是一位诗人,而丹特士是位法国人。丹特士仇视普希金,因为他自己不会写诗,于是向普希金挑起决斗,也就是把他骗到雪地里,然后朝他肚子开枪。于是,在我只有三岁时就牢牢记住,诗人有肚子,于是回忆起我见过的所有诗人,我对诗人的肚子,对这些常常吃不饱饭的肚子,对使普希金送了命的肚子的操心程度丝毫不逊于我对诗人心灵的关注。普希金的决斗使我心中萌发了犹如护士一般的心态。确切地说,"肚子"这个词对我有一种神圣感,即使是最常见的"肚子疼"也会让我神情高度紧张,同情万分,没有丝毫的幽默感。这一枪着实打伤了我们所有人的肚子。

关于冈察洛娃②当时没有人提起过。因此,我是长大以后才知道她的。这么多年过来了,我非常感激母亲对这事的沉默。小市民的悲剧竟然也具有了

---

① 指画家阿·纳乌莫夫(1840-1895)所创作的《普希金的决斗》。
② 冈察洛娃(1812-1863),普希金之妻。

神话的色彩。的确,从实质上讲,这场决斗中并没有第三者。只有两个人:任何人和一个人。也就是说,是普希金抒情诗中的永恒的人物:诗人与俗子。这一次俗子披上了近卫重骑兵的军装打死了诗人。而冈察洛娃则和尼古拉一世一样,是随处可见的那一类人。

"噢,不,不,不,你想想看!"母亲说,根本不在乎这个"你"是指的谁。"他受了致命的枪伤,倒在雪地里,但仍不放弃开枪射击!瞄准一下,打中了,还自言自语道:'真棒!'"她作为一个基督教徒,本该以这种赞叹的口吻说话的:"受了致命伤,倒在血泊中,竟然还原谅了敌人!扔掉手枪,伸出手。"她的这番话,把我们和普希金一起带回到诗人那充满复仇和愤怒的激情的非洲故乡去,丝毫没有考虑到,这些关于复仇和愤怒的激情的话会对我这个才四岁的几乎还不怎么识字的小孩的一生产生什么样的影响。

母亲的卧室只有黑白两种色彩,没有其他任何彩色,窗外的景致也是黑白两色:白白的雪地和那些黑压压的树干。还有那幅由黑白两色构成的画——《决斗》,画中展现了在白雪皑皑的大地上进行的黑暗的勾当:恶棍成就了一件永恒的黑暗勾当——杀害诗人。

普希金是我知道的第一个诗人,我的第一个诗人被杀害了。

从那以后,对,就是自从我在纳乌莫夫那幅画上目睹了普希金被人杀害了以后,我的幼年、童年和少年时代便每时每刻在不停地被伤害。我把世界划分成诗人和众人两大部分,并且倾心于诗人一边,把诗人作为我保护的对象,使他不被众人所伤害,不管这些人都穿着什么衣服,都叫什么名字。

在我们的三池巷家里有三幅这样的画:在餐厅里挂着《基督显灵》,充满了无法解开的谜:耶稣居然这么小,又这么不可思议地近,这么近,又这么不可思议地小;第二幅画是《鞑靼人》,挂在大厅里乐谱架的上方。鞑靼人都穿着肥大的白袍子,正在没有窗户的石头房子里于白色柱子间杀头人(《头人被杀》);还有一幅画就是母亲卧室里的《决斗》。两个凶杀和一个显灵。三幅画都很可怕,都难以理解,都挺吓人的。受洗礼的那些长着不曾见过的黑鬈发、鹰钩鼻、赤身裸体的人加上小孩是那么多,以至于把河都占满了,见不到一滴水,这种可怕的景象绝不亚于另两幅画。这三幅画都可以很好地培养孩子去直面他们即将遇到的可怕的世纪。

普希金是个黑人,普希金长着络腮胡子,(注意!只有黑人和年迈的将军们才会这样)。普希金的头发向上翘,嘴唇向外噘,眼睛像小狗仔的一样,黑黑的眼珠,蓝蓝的眼白。许多肖像画都把普希金的眼睛描绘成黑色的,全然不顾事实上他的眼睛是浅色的。也许黑人就该是黑眼睛吧。①

普希金是与亚历山大商场里的那个黑人一样。那个黑人在一只站立着的白熊身边,身下是一个永远干涸的喷泉,我和母亲经常要走过去瞧上一眼,看看喷泉是不是喷水了。但是从没见过它喷涌出泉水(这究竟是怎么回事?),俄罗斯诗人——黑人,诗人——黑人,诗人——被杀害了。

(上帝啊,为什么会是这样!过去的和当今的诗人中哪一位不是黑人,哪一个诗人没有被杀害?)

但是,在纳乌莫夫的《决斗》以前,曾是另一个普希金,一个我不曾知道的普希金。这是因为对于每一个回忆来说都有自己的前回忆、超前回忆、超超前的回忆,仿佛救火龙的舷梯,当你背朝外向下爬时,不清楚下面是不是还有阶梯,而且总是觉得下面还有;抑或像是突然置身于夜空下,不断发现新的更高更远的星星。所以,在纳乌莫夫的《决斗》出现以前的那个普希金就是普希金,他不是回忆,而是定态的,是永远的普希金,本来的普希金。在纳乌莫夫的《决斗》之前,普希金是朝霞,他从中生长,又同归于其中,仿佛一位游泳好手用双臂劈波斩浪,穿越河流。这位黑人比所有人都高大,比所有人都黑,他低下头,手中拿着礼帽。

普希金纪念像不是普希金的(所有格)纪念像,它就是普希金纪念像,而不是由两个都令人费解的、拆开来单独看就都不复存在的概念——普希金和纪念像组成的,它就是一个完整的词。它永远屹立着,经受着风吹雨打和冰霜雪冻的考验。呵,我看见了压满积雪的双肩,那是承受了全俄罗斯所有积雪的双肩,是来自非洲的健壮有力的双肩!无论是在朝霞初升时还是在暴

---

① 注:普希金的头发和眼睛均呈浅亮色。

风雪肆虐的时候,也不论是我走来还是离去,跑走还是跑来,它总是站在那儿,手中握着那顶永远不变的礼帽。这就是"普希金纪念像"。

普希金纪念像是我们散步的必到之处,是我们散步的起点和终点:从普希金纪念像出发,又回到普希金纪念像。普希金纪念像还是我们赛跑的终点:看谁最先能跑到普希金纪念像跟前。只有阿霞的保姆有时会简略地说:"让我们去普希金那里坐一会儿。"而我总是一本正经地要纠正一遍:"不是去普希金那里,是去普希金纪念像那里。"

普希金纪念像还是我感受空间的第一个尺度:从尼基塔门到普希金纪念像——一俄里地,这是普希金的永恒的路标,是《鬼怪》的路标,是《冬天的道路》的路标,是普希金一生的路标,也是我们少儿文选读本的路标,那些有条纹的,凸起的,不理解但却被接受的路标[①]。

普希金纪念像已经融进我的日常生活中,成为我生活中不可或缺的东西,在我童年生活里,它跟钢琴和窗外站着的警察伊格纳季耶夫一样扮演着同样的角色。只不过,警察伊格纳季耶夫虽然也与雕像一样纹丝不动,却没有那么高大。普希金纪念像是我们每天必不可少的散步的两个去处之一(没有第三个去处)——要么去天主教水塘,要么去普希金纪念像。而我总是更愿意去普希金纪念像,因为我喜欢敞开外公送给我的白色卡尔斯巴德蛇式"短上衣"奔向纪念像,让衣服在奔跑中随风飘舞,跑到纪念像跟前,再绕行一周,尔后抬起头仰望那位脸庞和手臂都是黑色的伟人。他从不看我,他同我生活中遇见的任何人或任何事都没有相像之处。有时候我喜欢单脚蹦跳着围着纪念像转。别看安德留沙是细高个儿,阿霞也很轻巧,而我却胖乎乎的,但是跑起来他们都不如我。因为我总是好胜心很强,只要能最先跑到,累趴下也无所谓。我很高兴,因为普希金纪念像是我赛跑第一次获胜的地方。

我还和普希金纪念像做一种单独的游戏,一个我自己发明的游戏:把像

[①] 注:它如虚幻的路标/在我面前矗立……(《鬼怪》)普希金在这里讲的是路标。"不见灯火和黝黑的茅舍/只有一片莽原和冰雪……/只有一个个带着花纹的里程标/在前面把我迎接……/(《冬天的道路》)

儿童手指般大的白色瓷娃娃放在纪念像脚下。凡是上世纪末在莫斯科长大的人都知道,在瓷器市场上总有一些小玩意儿出售:磨菇下面的地精,撑着伞的小娃娃等等。我把这种小玩意儿放在巨人的脚下,慢慢地仰视整个花岗石雕像,一直到脑袋无法再向后仰为止,以此来比试个头。

　　普希金纪念像还使我头一回分辨了黑与白两种颜色:黑的是多么黑呀!白的又是多么白呀!——因为黑色的是巨人,而白色的却是可笑的小玩意儿,同时我必须立即做出选择,于是我便永远地选择了黑色的巨人,而不是白色的小玩意儿,是黑的色彩;而不是白的色彩;黑色的沉思,黑色的命运,黑色的生活。

　　普希金纪念像也使我第一次识了数:究竟需要把多少这样的小玩意儿一个个摞起来才能和普希金纪念像一般高。无论过去还是今天,答案都是一样的:"无论摞起多少个也不成……"但我还得自豪而谦逊地补充一句:"不过假如把一百个我摞起来,也许可以比试高低,因为我还会长大……"同时我又问:"假如用一百个小玩意儿摞在一块儿,能摞成我吗?"回答是:"不会的,并不是因为我大,而是因为我是个活人,而它们是陶瓷做的。"

　　因此,普希金纪念像还使我第一次接触到了一些物质材料:铸铁、陶瓷、花岗石,还有我自己的身体。

　　普希金纪念像,它下面的我以及我下面的瓷娃娃也是我上的第一次直观的有关等级概念的课:在玩具小人面前我是个巨人,可在普希金纪念像面前,我只能是我,也就是说,只是个小姑娘。不过,她是会长大的。我对于那些小玩意儿来讲,就像普希金纪念像对于我一样。可是普希金纪念像对于那些小玩意儿来说又是什么呢?经过一阵痛苦思索,我猛地恍然大悟:原来纪念像对于那个小玩意儿来说实在太庞大了,以至于那小玩意儿压根就看不见他。也许小玩意儿会把他当成一幢楼房,或是什么别的庞然大物。而那小玩意儿对于纪念像来说又实在太渺小,他也无法看见它。他也许会把它当成一只小跳蚤。但是,他会看得见我,因为我既大又胖,而且很快还会长大。

　　第一堂数字课,第一堂尺度课,第一堂材料课,第一堂等级课,第一堂沉思课,更重要的是,我日后全部的经验得到了显而易见的验证:即使用成千上万个小玩意儿一个个地摞起来,也不可能造就出一个普希金来。

……因为我喜欢从他那儿开始,沿着沙土和积雪的林荫小径往下走,然后沿着沙土和积雪的林荫小道返回——走到他那背着一只手的后背,走到他背后的那只手跟前,因为他总是背朝外站着,所以永远是从他的背后走开,又走回他的背后,他永远背对着听所有的人与事。我们散步都是走向他的后背,如同街心花园里那三条通向他的后背的林荫道,每次散步的时间都那么长,以至于我和林荫道每次都记不清他的面孔是什么样子的,而每次对他的面孔都有新鲜的感受,尽管那张面孔永远是黑的(我伤心地想,也许离他最远的那几棵树也同样不知道他的面孔是啥样子)。

我喜欢普希金纪念像,因为他是黑色的,和我们家里诸神的白色恰恰相反,家里那些神的眼睛完全是白色的,而普希金纪念像的眼睛却完全呈黑色的,鼓鼓的。整个普希金纪念像就是黑乎乎的,像一只黑毛狗一样黑,甚至比黑毛狗还要黑,因为即便是最黑最黑的狗,它的眼睛上边也总会有块黄色斑点,或者脖子下边有块白斑什么的。而普希金纪念像却黑得像一架钢琴。即使后来没有人告诉我普希金是个黑人,我自己也会清楚:普希金是黑人。

普希金纪念像使我对黑色有一种近似疯狂的热爱。这种对黑色的迷恋伴随我的一生,直到今天我也会因为那些偶然闯入我眼睛的黑色的东西而感到愉快,譬如,在电车车厢里或者在其他什么地方,只要我身边有黑色的东西,我心里就特别高兴。在我身上同时并存着白色的平凡和黑色的神圣。在每一位黑人身上,我都能体会出对普希金的爱,都能认出普希金的模样——我那启蒙前的童年时代的,也是整个俄罗斯的黑色普希金纪念像。

……我喜爱他,是因为无论我们是离他而去,还是迎面而来,他总是站立不动。无论是大雪纷飞还是落叶飘零,无论是朝霞初升还是碧空如洗,抑或是冬天那奶白色的昏暗的天空,他都纹丝不动地站着。

我们家里的诸神有时会被我们搬动位置,虽然不是经常这样。我们家中的诸神在圣诞节和复活节里都要被我们用抹布擦擦灰尘。而这一个却是让雨水冲洗，让风来吹干。这一个永远站在那里，一动也不动。

普希金纪念像使我第一次领略了什么叫做不可侵犯，什么叫做不容置疑。

"去大主教水塘，还是去……？"

"去普希金纪念像！"

大主教水塘那里并没有大主教。

一个美妙的念头——把巨人放在小孩中间。把黑色的巨人放在白色的孩子们之中。让白人的孩子同黑人结亲——这又是一个绝妙的念头。

在普希金纪念像下长大的孩子们不会认为白种人更优越，我就明显地更喜欢黑人。普希金纪念像具有超前于事件的本性——他是反对种族主义，争取各色人种平等的纪念像，是希望各色人种都出天才的纪念像。普希金纪念像是黑人的血液流入白人血液里的纪念像，是血统混合的纪念像，犹如河流的汇合，是血统混合的活生生的纪念像，是相距最遥远，似乎最不可能融合的不同民族精神相融合的纪念像。普希金纪念像是种族主义理论卑劣性与僵死性的鲜活的见证，是它的反面的鲜活见证。普希金是推翻这个理论的事实。种族主义在它产生之前就被刚出世的普希金推翻了。不，甚至更早一些——在彼得大帝的黑奴的儿子奥西普·阿勃拉莫维奇·汉尼拔同玛丽亚·阿列克谢耶芙娜·普希金娜举行婚礼的那一天。不，还要早一些——在彼得大帝第一次用深远的、明晰的、愉快而又可怕的目光打量那位阿比西尼亚小男孩易卜拉欣的某个至今仍不为人知的时刻。这一瞥决定了普希金的诞生。因此，那些在彼得堡青铜骑士的鹰炮筒下长大的孩子们也是在纪念像下长大的，也是反对种族主义，拥护天才的。

把易卜拉欣的重外孙子做成黑色真是个美妙的主意。用生铁将他铸成，如同造化使他的曾外祖父拥有黑色的肉体一样。黑色的普希金是一个象征。以雕像这黝黑的色彩使莫斯科拥有一小块阿比西尼亚的天空——这真是个美妙的想法。因为普希金纪念像就是明显地屹立在"我的非洲的天空下"。①

---

① 普希金诗体长篇小说《叶甫盖尼·奥涅金》中的诗句。

还有一个美妙的想法——垂下头,伸出脚,把礼帽从头上摘下,放到身后,向莫斯科鞠躬,而诗人的脚下是大海。因为普希金不是站在街心花园里的沙土上的。他站在黑海上。在自由的自然力之大海上屹立着的是自由的自然力之普希金。

一个令人不快的想法——把巨人用铁链围起来。因为普希金站在铁链中间,他的基座由石头和铁链围着("隔离着"),石头——铁链,石头——铁链,石头——铁链,整个儿围成一圈。这是尼古拉的手①,这双手从来没有拥抱过诗人,也从来没有放过诗人。这个铁链圈是以这样一句话开始的:"你现在已不再是从前的普希金了,你是我的普希金。"只有丹特士射出的子弹才使铁链圈断开。

在这个铁链上我和所有莫斯科过去的、现在的和未来的孩子们荡秋千,并且不抱任何怀疑。这都是些很低的秋千,非常坚硬,非常结实。——是"帝国风格"?——是帝国风格。——帝国——尼古拉一世的帝国。

但是,带有铁链和石头的纪念像却是极有魅力的。这是献给自由,献给不自由,献给自然力,献给命运,献给天才的最后的胜利的纪念碑:是献给挣脱锁链的普希金的纪念像。现在我们有权力这样讲,因为茹科夫斯基那无耻的,非人性的,毫无诗才的偷梁换柱的诗句;那非普希金风格的,反普希金的,充斥着功利主义情绪的诗句;那一直是茹科夫斯基和尼古拉一世的奇耻大辱,并且还将遗臭万年的诗句;那自1884年纪念像落成时起就一直玷污着纪念像的刻在石板上的偷梁换柱的诗句:

> 人民将长久把我爱戴,
> 因为我以诗歌呼唤善良的情感,
> 我以诗歌的生动的魅力有益于人生……

终于被普希金的《纪念碑》中的诗句改写过来:

---

① 指沙皇尼古拉一世。

> 人民将长久热爱我，
> 因为我用诗歌呼唤善良感情，
> 我在残酷的年代里歌唱自由，
> 并呼吁对倒下去的人心怀慈悲。

我至今仍未提起雕塑家奥别库申的名字，那是因为更大的荣誉往往是无名的。在莫斯科有谁会知道普希金纪念像是奥别库申的杰作？但是奥别库申的普希金纪念像却令人永志不忘。我们对这位雕塑家似乎有点儿忘恩负义，但这恰恰是对他最好的感谢。

而我感到幸福的是，在我少女时代写就的诗篇里，又一次成功地歌唱了这位黑孩子：

> 在那儿，在无垠的大地，
> 他为上帝效力——
> 铁铸成的易卜拉欣的重孙，
> 把朝霞燃起。

有一次，普希金纪念像来到我家做客。当时我正在阴凉的白色大厅里玩耍。这玩耍其实就是坐在钢琴下，后脑勺靠在蓬莱礁花盆边沿上，或是无声无息地从大木柜子那里跑到镜子跟前，额头正好够着镜子下端。

铃响过以后，一位先生从大厅里走过。母亲急忙从他刚刚经过的会客厅里走出来，轻轻对我说："穆霞！你看见那位先生了吗？""看见了。""他是普希金的儿子。你不是知道普希金纪念像吗？这就是他的儿子。一位受人尊敬的监护人。别走开，也别闹，等他出来时，好好看一眼。他长得可真像他爸爸。你不是知道他爸爸的模样吗？"

时间过得真慢。这位先生总也不出来。我静坐在那里，不吭声，眼巴巴地望着。我独自一个人待在阴冷的大厅里,坐在一把维也纳式的椅子上,不敢站起身,生怕那位先生会突然一下子走出去。

他走过大厅——的确是突然间。不过不是独自一人,而是同我的父母一道。我不知道该往哪里看,于是便看妈妈。但她一下子捕捉到我的目光,狠狠地暗示我去看那位先生,于是我便一下子看到了他胸前佩着的那枚星章。

"穆霞,你看见普希金的儿子了吗?"

"看见啦。"

"他长什么样?"

"他的胸前有颗星星。"

"星星!胸前有颗星星的人难道还少吗!你可真行,专拣不该看的东西……"

"好吧,穆霞,要记住,"爸爸接过话题说,"今天,在你刚刚四岁的时候,你看到了普希金的儿子。将来你可以讲给孙子们听了。"

于是我立刻对孙子讲了。当然不是我的孙子,而是我所知道的唯一的孙子——老保姆的孙子瓦尼亚。瓦尼亚在制锡厂干活,一天,他送给我一只他亲手做的银鸽子。瓦尼亚每逢礼拜天都到我们家来。由于他干净、文静,再加上对老保姆的尊重,瓦尼亚被允许进入我们的儿童室。他喜欢长久地待在那里,喝茶,吃小圆面包圈。出于对他的爱和对他送给我鸽子的感激,我从不离开他,什么话也不说,一个劲儿地咽口水。

"瓦尼亚,我们家里来过普希金纪念像的儿子。"

"你说什么,小姐?"

"普希金纪念像的儿子来过咱们家,爸爸说,我应该告诉你。"

"既然来你们家,准是有什么事求你爸爸帮忙的……"瓦尼亚含含糊糊回答道。

"什么忙都不要帮,他就是来拜访咱老爷的。"老保姆插嘴道,"没准儿他自己就是个将军。你知道特维尔林荫路上的普希金吗?"

"知道。"

"就是他的儿子。年纪已经不小了,胡子全白了,朝两边梳理,阁下。"

母亲成天对我唠叨的,老保姆整天喋喋不休的,父母叫我看和记住的事物,都是些和物有关系的东西——商场里的白熊、喷泉上的黑人、米宁和波扎尔斯基的雕像等等,都不是活人。即使那次他们把我举起来,从人群上方让我看到的沙皇和约翰·喀琅施塔得斯基①,也不属于人类,而属于圣者。因此,这一次便给我留下了这样的印象,仿佛是普希金纪念像的儿子来我家里做客。不久,没有定性的儿子这个属性也变得模糊了:普希金纪念像的儿子变成了普希金纪念像。于是,到我们家里来做客的仿佛就是普希金纪念像了。

愈是年龄增大,我心中的这个意识愈是强烈:普希金的儿子,因为是普希金的儿子,因此成为纪念像。这纪念碑是双重的,既是普希金的荣耀的纪念碑,也是他的血统的纪念碑。现在,活过了这一生,我可以心平气和地说,在上世纪末的一个凉爽的清晨,普希金纪念像来到了我们在三塘的家里。

于是,在普希金之前,在唐璜之前,我曾有过自己的领路人。

于是,我曾有过自己的领路人。

普希金的儿子向我们在三塘的家走来时,不,更确切地讲是乘车来时,路过了冈察洛娃家,那位未来的女画家娜塔丽娅·谢尔盖耶芙娜·冈察洛娃,也就是娜塔丽娅·尼古拉耶芙娜的侄孙女就出生和生长在这里。

普希金的亲生儿子在经过娜塔丽娅·冈察洛娃侄孙女的家门口时,没准儿她也正下意识地朝窗外望呢。

我们家原来同冈察洛娃家挨得很近,我是直到1928年在巴黎时才知道的。我们家是第8号楼,而她已记不清自家的门牌号了。

那么红房间的秘密究竟是什么呢?呵,整座房子都很神秘,整个房子都是个谜!

禁柜。禁果。这禁果就是一本青蓝淡紫色的,封皮印着斜斜的金字的厚厚的书——《亚·谢·普希金选集》。

---

① 约翰·喀琅施塔得斯基(1829—1908),俄国基督教传教士,被人们称为圣者喀琅施塔得斯基。

在我姐姐瓦列丽娅的柜子里住着普希金,就是那个头发鬈曲,目光炯炯有神的黑人。但是在看到他那双闪闪发光的眼睛之前,首先得看见镜子里我自己的闪亮的绿眼睛,因为柜子的镜子是会欺骗人的,它分成两扇,其中每一扇中都有一个我,假如我站得合适——鼻子对准中间线,那么不是出现两只鼻子,就是出现一只连我也认不出的怪鼻子。

我是躲在柜子里读那本厚厚的普希金的,我的鼻子几乎要碰到书本和柜壁上,几乎是在黑暗中阅读。我把书紧紧贴在胸前,它的重量几乎快让我喘不过气来,好像喉咙被卡住了似的,因为太靠近那些小小的铅字,我两眼发昏,字也看不太清楚了。我简直是用胸膛和头脑来读普希金的。

我的第一个普希金是《茨冈人》。阿乐哥、真妃儿,还有老头——这些名字我从未听到过。我只认识一个老头,那就是塔鲁萨养老院一只手麻痹的奥西普老头。他的一只手干瘪了——因为他用黄瓜打死了自己的哥哥。我的外公亚·达·梅因还不是老头,老头们都不同我来往,他们都睡在大街上。

我从没见过活的茨冈人,但是却有一回听到过关于一个茨冈女人的故事,那是我的奶妈,她特别喜欢金子。当她知道别人送给她的耳环不是纯金的而仅仅是镀金的时候,她竟然把耳环从耳朵上连肉扯了下来,在镶木地板上踩踏。

爱情对我来说还是一个全新的词。当胸中感到炽热,当心窝窝里(人人都很清楚那个地方!)有股热流却又不对任何人诉说时——爱情就降临了。我的心里从来都是热乎乎的,但我却不知道这就是爱情。我以为大家都是这样,从来都是这样。后来我才明白,原来只有茨冈人才是这样。阿乐哥爱上了真妃儿。

而我却爱上了《茨冈人》:我爱上了阿乐哥,爱上了真妃儿,还爱上了那个玛丽乌拉,爱上了那个茨冈人、那只小熊、那座坟墓以及讲述这一切的奇特的语言。但是我却不能对别人吐露一个字:不能对大人讲,因为我是偷偷读的;也不能对小孩子们说,因为我根本瞧不起他们。而最主要的原因是,这一切都是我的秘密——我的红房间的秘密,我的蓝皮书的秘密,我的胸窝子里的秘密。

可是,爱而不说,终究是要爆炸的。于是我还是替自己找到了听众,而且一下子找到了两个:一个是阿霞的保姆亚历山德拉·穆辛娜,另一个是她的女友——裁缝。这个裁缝总是趁妈妈出去听音乐会、不懂事的阿霞睡着了的时候来串门。

"我们的小穆霞真聪明,都能认字啦!"保姆说。其实她并不喜欢我,只是当她再也找不着关于主人的话题,喝足了茶的时候,才会夸我几句。"来,穆霞,给我们讲讲狼和羊的故事吧,要不讲讲那个鼓手的故事也行。"

(天呐!每个人的命运可真不一样!我刚五岁居然已成了别人的精神资源。我感到的不是自豪,而是悲哀。)

于是,终于有一天,我鼓足勇气,紧张得心都快停止跳动了,深深地咽了一口唾沫,说道:

"我能讲《茨冈人》的故事。"

"茨——冈——人?"保姆将信将疑地问,"是哪些茨冈人呢?谁会给这些叫花子们写书呢?他们手脚都不干净。"

"不是这些茨冈人,是另外一些——流浪的茨冈人群。"

"没错,就是那些流浪的茨冈人,总是成群地屯集在庄园周围,然后进来算命。小巫婆开口说:'太太,让我来给您算一算命吧……'而老巫婆这会儿不是把晾在绳子上的衣服偷走,就是干脆把太太梳妆台上的钻石装饰别针偷走……"

"也不是这些茨冈人,是另外一些。"

"那好吧,让她讲讲吧,让她讲吧!"女友觉察出我难过得快掉下眼泪了,"也许还真是另外一种茨冈人呢……让她讲,咱们来听一听。"

"从前有一个年轻人。不,是一个老头,他有个女儿。算啦,我还是用诗句来讲吧。'一群茨冈人有说有笑/在比萨拉比亚流浪/他们今天在河边/睡在破旧的帐篷里/自由自在地宿营/……'"我不顾标点停顿,一口气背了下来,一直背到"流动的铁砧响起了叮咚声",我大概把铁砧当成了乐器了,或者干脆什么也不懂。

"说得可真顺溜！跟书上讲得一样！"女裁缝赞叹道，她其实很喜欢我，但不敢表现出来，因为坐在面前的是阿霞的保姆。

"狗——熊……"保姆重复着自己听进去的唯一一个词，好像在挑我的毛病。"对啦，就是狗熊。我小的时候听老人们讲过，茨冈人都喜欢带上一只熊。'你，小狗熊，来跳一个！'于是狗熊就跳起舞来。"

"那么，后来呢，后来又怎样了呢？"（女裁缝）

"后来，老头的女儿来了，她说这个年轻人的名字叫阿乐哥。"

保姆说："叫啥名？"

"阿乐哥！"

"瞧这名字！根本就没听见过。你说，他到底叫啥名？"

"阿乐哥。"

"瞧这名，阿列卡——断了腿的卡列卡！"①

"你可真是个傻瓜。不是阿列卡，是阿乐哥！"

"我说的就是阿列卡。"

"你说的是阿列卡，而我讲的是阿乐哥：乐、乐、乐！哥、哥、哥！！"

"好吧，好吧，阿列卡就阿列卡吧。"

"按咱们的叫法应该是阿廖沙（女友调解道）。傻瓜，让她讲下去嘛，是她讲，又不是你讲。别生气啦，小穆霞，你保姆是个傻瓜，不识字，你可是有文化的，你应该很清楚。"

"好吧，这女儿名叫真妃儿。（严厉而大声地）真妃儿——女儿对老头说，阿乐哥将同他们生活在一起，因为她在野外发现了他：

<blockquote>
我在荒野中发现他，
把他请到咱家中过夜。
</blockquote>

---

① 阿乐哥,俄文是 Апэко,阿列卡俄文为 Алека 卡列卡俄文是 Каюа,意为断了腿的残疾人。这几个词发音近似。

老头高兴极了说,"我们坐一辆车同行吧:'我们同赶一辆大车上路/哒,哒,哒/哒,哒,哒/牵着狗熊绕村而行……'"

"牵着狗——熊。"保姆应和道。

"他们就这样一起赶车上路了。后来,他们在一起生活得很好,孩子们被装在驴背上的篮篓里……"

"怎么会装在篓子里呢?……"

"是这样的:'毛驴背上的篓子里/装着玩耍的孩子们/大老爷们和兄弟们,婆娘们和大闺女们/老老少少走在后面/又叫又喊,唱着茨冈人的小调/还有狗熊的吼声和铁链的喧闹。'"

保姆说:"行了,狗熊说得够多的了!老头后来怎么样了?"

"老头倒没啥事。他的年轻的妻子玛丽乌拉跟一个茨冈人跑掉啦,这个真妃儿也跟别人跑啦。开始她总唱:'上了年纪的老公,威严的老公!我不怕你!'她这是有意唱给自己的老爹听的,她唱着唱着就和一个茨冈人跑到坟头上。而阿乐哥在睡觉,鼾声真可怕,后来他爬起来,也赶到坟头上,用刀捅死了茨冈人,真妃儿也倒下去,死掉啦。"

两人异口同声说:

"哎呀——呀!真是个杀人犯!真敢拿刀子捅人?那老头——他怎么样了呢?"

"老头倒没事,他说:'离开我们吧,骄傲的人!'说完便走了,整个部落都走了,只留下阿乐哥一人。"

两人异口同声说:

"他真是活该。搞不赢就去杀人!我们村里也有一个人把老婆给捅死了。——噢,小穆霞,你可别听这些(出声地悄悄说),正碰上她的情夫,结果把他和老婆都捅死了。后来,他被流放了。这人名叫瓦西里。……真是啊……,天下什么事没有呀。这都是爱的罪过。"

普希金的爱情感染了我。他就是用"爱情"这个词感染我的。事情各有不同:有的东西无法表达,有的东西却可以表达。当侍女顺手把蹲在别人家的通风小窗口上打瞌睡的棕色小猫抱回来,放在我们家客厅的棕榈树下喂养,三天以后突然跑掉并且没有再回来——这就是爱。当阿芙古斯塔·伊凡诺芙娜[①]对我们说,她即将启程去里加,并且不再回来了——这就是爱。当鼓手去前线打仗,没有再回来——这就是爱。当巴黎制造的淡玫瑰色的带着樟脑球气味的洋娃娃春天被掸去灰尘后再次被放进衣柜里时,我站在一旁看着,心里想:我恐怕再也看不到这些洋娃娃了——这就是爱。这就是说,棕色小猫、阿芙古斯塔·伊凡诺芙娜、鼓手和洋娃娃同真妃儿、阿乐哥、玛丽乌拉和坟墓一样,都使我那个地方发热。

而狼与羊羔——不是爱,尽管妈妈总是试图让我相信,说这也是很令人悲伤的:"想想吧,这么一只洁白的,无罪的小羊羔,根本没有把水弄浑……""可是狼也是好样的呀!"

可问题是,我天生就喜欢狼,不喜欢羊,而这种场合里又不能够爱狼,因为它吃掉了小羊,但要让我去喜欢这只小羊——尽管是只被吃掉的小羊,洁白的小羊——我却做不到,因此,同往常一样,我无法去爱小羊。

"说完便把小羊拖进森林里。"

说完"狼",我谈起了向导。谈到向导,我讲到了普加乔夫:这只狼这一次却怜悯小羊羔,它把小羊拖进密林——这是爱。

但关于我自己,关于向导,关于普希金和普加乔夫,我想分开来谈,因为向导将要把我们领到很远的地方去,大概比少尉格里尼奥夫走得还更远,把我们一直领到善与恶的神秘之处,领到善与恶不可分割地紧密结合在一起的深不可测之处,这里孕育着新的生活。

现在我可以说,我爱我的向导,我的领路人,更甚于我所有的亲人和陌生人,更甚于一切我心爱的小狗,更甚于那些滚到地下室里的皮球和丢失的小铅笔刀,更甚于我那神秘的红柜子,他躲在那里面——这是最主要的秘密。也更甚于《茨冈人》,因为他比茨冈人还要黑,比茨冈人黑得多。

---

① 即茨维塔耶娃家里的德籍家庭教师。

假如我过去可以放声说，在神秘的柜子里住过普希金，那么现在我只能悄悄地说：在那神秘的柜子里曾住过……我的领路人。

在连续不断地偷偷阅读的影响下，我的词汇也自然丰富起来了。

"哪种洋娃娃你更喜欢：是姨妈家的纽伦堡洋娃娃还是教母家的巴黎洋娃娃？"

"我喜欢巴黎洋娃娃。"

"为什么呢？"

"因为她的眼睛里充满情欲①。"

母亲厉声问道："你说什么？"

我猛然醒悟过来，赶忙纠正说："我想说的是，她的眼睛怪可怕的。"

母亲更来火了："你可真会说话！"

母亲没能理解，她只听出了字面意思而已，也许，她发火是对的，但她的确理解错了。不是说眼睛充满情欲，我指的是这双眼睛诱发了我的欲望（同淡玫瑰色的薄罗纱、樟脑球、"巴黎"这个词儿，以及塞到柜子里这个行为和我那可望不可及的洋娃娃诱发了我的欲望一样）。而我把这些欲望都归于那双眼睛了。并不只是我一个人这样做。所有的诗人都是如此。（接着便是决斗——难道洋娃娃就没有情欲！）诗人们都是这样，而普希金则是第一个。

没过多久，我便六岁了。我过了第一个音乐年：在梅尔兹利亚科夫斯基胡同里的佐格拉夫——普拉克辛娜音乐学校里举办了所谓的圣诞晚会。表演完《美人鱼》的片段之后是《罗格涅达》，随后便是：

> 如今让我们快快回到花园去，
> 在那里塔吉娅娜与他相遇。②

长凳。塔吉娅娜坐在长凳上。随后，奥涅金走过来了，但他没有坐下，反

---

① 原文为"**crpecrehe**"（充满情欲的），与"可怕的"（**стращнцй**）音近似。
② 普希金诗体长篇小说《叶甫盖尼·奥涅金》中的诗句。本书以下各处引文均系该作品片断。

倒是她站了起来。两人都站着：只有他一个人说话，说了很久很久，而她却一言不发。这时我忽然明白了，棕色小猫、阿芙古斯塔·伊凡诺芙娜、小洋娃娃都还不是爱情，这个才是爱情：一条长凳，凳上坐着她，然后他来了，说个不停，而她却沉默不语。

"穆霞，你最喜欢哪部戏？"演出快结束时，母亲问我。

"塔吉娅娜和奥涅金。"

"什么？难道《美人鱼》你不喜欢吗？那里面有磨坊，有公爵，还有树精呢。《罗格涅达》难道你也不喜欢吗？"

"塔吉娅娜和奥涅金。"

"这怎么可能呢，你根本看不懂那部戏的。好吧，那么你告诉我，你都看懂了些什么？"

我默不做声。

母亲带着获胜的口吻说："哈，什么也没看懂，我猜准是这样。才六岁就想懂那些！可那里边又有啥东西让你喜欢呢？"

"塔吉娅娜和奥涅金。"

"你简直是个大傻瓜，比十头蠢驴还要倔！（转过身，面对迎面走来的校长亚历山大·列昂季耶维奇·佐格拉夫。）我清楚得很，现在，在回家的马车里，她会用'塔吉娅娜和澳涅金'来回答我提的所有问题，真不该把她带来。全世界没有一个孩子会喜欢上'塔吉娅娜和奥涅金'，他们都会毫不犹豫地选中《美人鱼》，因为那是童话，容易看懂。我真不知道该拿她怎么办！！！"

"小穆霞，你为什么喜欢'塔吉娅娜和奥涅金'呢？"校长异常和蔼地问道。

（我沉默了一会儿，然后完完整整地回答道："因为是爱情。"）

"她大概正在做第七个梦呢！"我们高年级的优等生纳杰日达·雅科芙列芙娜·勃留索娃[①]走过来说。于是我生平第一次听说有第七个梦，原来梦和黑夜都是可以测出深度的。

---

① 注：俄国诗人瓦列里·勃留索夫的妹妹。

"穆霞,这是什么？"校长问我,把塞在我的暖手筒里的橘子神不知鬼不觉地掏了出来,又悄悄地(其实是大大方方地)塞进去,然后又掏出来,又放进去,又掏出来……

但是我已经完全麻木了,脑袋凝滞了,无论人们怎样面带微笑地拿橘子哄我,校长也罢,勃留索娃也罢,也无论母亲的目光多么可怕,都无法使我露出感激的微笑。在回家的路上——在静悄悄的深夜里,在雪橇上,母亲一直在不停地骂我:"真不害臊! 人家给了你橘子也不知道说声谢谢! 真够浑的,才六岁就爱上奥涅金了！"

母亲弄错了。我并不是爱上了奥涅金,而是爱上了奥涅金和塔吉娅娜(也许,对塔吉娅娜的爱还略微更多一些)我爱他们两个人,爱他们之间的爱情。我后来所写的东西,没有一个不是在我同时爱他们两个(对她的爱稍微更多一些)的状态下写成的,不,不是爱他们俩人,而是爱他们俩的爱情。爱他们的爱情。

他俩没能一起坐的那条长凳看来是命运安排的。无论是当时,还是以后,我任何时候都不喜欢人们接吻,而是喜欢离别。不喜欢人们坐在一起,而是喜欢分手。我所看到的第一个爱情的场面其实是没有爱情的:他不爱她(这一点我明白)所以没有坐下;她爱他,所以站了起来,他们俩没有在一起待过哪怕一分钟,没有一起做过任何事,他俩做的都是相反的事:他开口说话,她则缄默不语;他不爱她,而她却爱他;他走掉了,而她则留下了,因此假如再拉开帷幕,那么可以看见,只有她一个人站着,也可能又坐了下来,因为只有他站在眼前时她才会站着,然后她突然瘫倒了,永远一动不动地坐在那里。塔吉娅娜永远坐在了那条长凳上。

这第一个被我看到的爱情场景决定了我后来的一切,决定了我心中那不幸的、单方面的、不可逾及的爱情的全部热望。从那一刻起我便不再期望成为一个幸福的人;从那一刻起我便明白,我注定会没有爱情。

所有问题的关键就在于他并不爱她,也正因为这样,她才会那样对待他,正因为她心里明白,他不可能爱她,所以才会对他而不是对别人倾注自己的爱。(直到现在我才能这么说出来,但我那时已经懂得了,那时只是心里明白,现在学会讲出来了。)那些具有这种不幸的天赋的人总是会遇到不幸的、单相思的、只能独自一人承受的爱情。他们简直是知其不可为而为之的天才。

我性格中还有一点,不,不是一点,而是许多方面,都是由《叶甫盖尼·奥涅金》赋予的。如果说我后来在一生中从来都是先写信给别人,先伸出手去,或者不怕别人议论而把双手都伸出去,那只是因为在我犹如朝霞般美丽的童年时代,书本里那躺在烛光下、凌乱的长辫披在胸前的塔吉娅娜当着我的面做了这一切。倘若后来当别人离开我时(总是别人离开我),我非但没有伸出手去,而且连头也不转过去的话,那也只是因为那时塔吉娅娜在花园里如一尊雕像般僵立不动。

这是一堂教会我勇敢的课,赋予我自尊的课,教导我忠诚的课,让我懂得命运的课,让我体会到孤独感的课。

哪一个民族会有如此充满强烈有爱情的女主人公:勇敢而自重,多情的坚毅,眼光犀利而又情意绵绵?

在塔吉娅娜的回应中,丝毫没有报复的痕迹,因而报应才会如此有分量,才会使奥涅金站在那里"犹如遭到雷击"。

她手中拥有全部的王牌,完全可以报复他,让他发疯。她手中的那些王牌足以羞辱他,把他踩入那条长凳下面的泥土里,与那个大厅的镶木地板平齐,但她却用一句不经意的话避免了这一切:"我爱您,何必隐瞒呢?"

为什么要隐瞒呢?为了争口气!那么为什么非争这口气不可呢?对于这个问题,塔吉娅娜确实找不到确切的、清晰的答案。她又站在那里,站在大厅里那具有魔力的圆圈里,正如当年站在花园里那具有魔力的圆圈中一样,那是自己孤独的爱情的圈套,当年,她不被别人接受,而现在,她又被人苦苦追求,但从当年的一往情深是无法转变成今天的被人追求的。

所有的王牌都在她的手上,但她没有亮出。

是的,是的,姑娘们,先吐露芳心,然后默默承受对方的拒斥,接着嫁给一个立过功勋的人,然后再倾听别人的倾诉而不流露丝毫的温存——这样,你就会比我们那位除了卧轨之外别无他求的女主人公①幸福一千倍。

在我出生之际,不,在我出生以前,我就知道我该如何在充实的愿望和实现愿望之间,在充实的痛苦和空虚的幸福之间做出选择。

这是因为塔吉娅娜在影响我以前,首先影响了我的母亲。当我的外祖父亚·达·梅因让她在心上人和自己的父亲之间做出选择时,她选择了父亲,而不是心上人,后来,她的婚姻也比塔吉娅娜要好些,因为"对于可怜的塔吉娅娜,无论命运怎样安排都是一个样",而我的母亲则选择了最沉重的命运——她嫁给了一个年龄比她大一倍,有两个孩子,又非常想念死去的妻子的鳏夫。母亲纯粹是为了别人的孩子和别人的不幸而出嫁的,她爱着她的丈夫,继续爱着他,尽管她后来不再想见到他。在他们第一次偶然相逢于丈夫做讲座的会场时,母亲是这样回答他提出的关于生活、幸福和其他方面的问题的:"我女儿已经一周岁了,她长得很结实,很聪明,我非常幸福……"(天呐!在这一时刻她本该多么恨我这位又机灵又结实的孩子,因为我根本不是他的女儿!)

所以,塔吉娅娜不仅影响了我的一生,而且直接决定了我的生命的诞生:没有普希金的塔吉娅娜,就不会有我。

因为女人就是这样阅读诗人的,不可能是别的方式。

但是显然,母亲没有给我起塔吉娅娜这个名字,也许,她总有点可怜我这个小姑娘吧……

从小的时候起,直至今日,整个《叶甫盖尼·奥涅金》给我留下印象最深的就是三个场景:那枝蜡烛、那条长凳、那块镶木地板。我的许多同时代人在《叶甫盖尼·奥涅金》里看出了绝妙的玩笑,甚至几乎是讽刺。也许他们是对的,也许,假设我不是在七岁前就读到它的话,我也会这么看的……但是我确实是在还不懂得玩笑,也不懂得讽刺的幼小年龄里读到它的,那个时候我只知道幽暗的花园(跟我们塔鲁萨的花园一样),只知道凌乱的床铺和床上

---

① 指列夫·托尔斯泰的小说《安娜·卡列尼娜》中的女主人公安娜。

燃着的蜡烛(跟我们的儿童室一样),只知道闪闪发光的漂亮的镶木地板(跟我们家大厅里的一样),还知道爱情(如同我心中那朦胧的触动)。

生活习俗?(《十九世纪上半叶俄国贵族生活习俗》)人们总该穿得像样些。

在那秘密的淡青紫色普希金之后,我又有了另一个普希金。这个普希金不是偷来的,而是别人送我的;不是秘密的,而是公开的;不是蓝色的厚书,而是蓝色的小薄本——供城里学校使用的经过修删了的普希金作品选。封面上印着一位用拳头顶着颧骨的黑孩子的画像。

对于这本普希金选集,我只喜欢封皮上的那个黑孩子。可以说,至今我仍认为这个黑孩子的肖像是最棒的普希金画像,因为它表现出遥远的非洲精神,表现出了尚在沉睡中的未来诗人的心灵,这是两个层面上的画像:一个指向过去,一个指向未来;这是体现了诗人血统的画像,亦是预示着他未来伟大诗才的面像。如果让彼得大帝再选择一次的话,他依然会挑中这个男孩,而他当年看中的也正是这样的男孩。

我不喜欢这本薄薄的书,这已是另外一个普希金了,里面的《茨冈人》也不一样了,没有了阿乐哥,没有了真妃儿,只剩下一只狗熊。原本是隐秘的爱情也变得公开了……除了内容以外,书的标题也令我生厌——"城市学校专用"。这使我不禁产生一股恶心、厌倦和郁闷的感受,因为城市学校里的学生都是面色苍白的,他们吃不饱肚子,邋邋遢遢,冻得脸色发紫,跟普希金差不多。倘若不是他们那双宣扬阶级仇恨的拳头,他们那一张张脸庞倒或许会引起人们的怜悯之心的。也许,尽管他们的拳头令人讨厌,他们的脸庞已经引起人们的怜悯了,但这只是怜悯,绝不是爱。恶心的、青色的、恶狠狠的脸庞。还有两只拳头。这双拳头就横在束着有城市学校标志的皮带而凹陷下去的肚子前面。

> 上帝的小鸟不知
>
> 不知辛劳不知劳作,

不知辛勤编织，①
那永远属于自己的巢穴。

既然不去筑巢，那么小鸟干什么呢？谁去筑巢呢？除了杜鹃以外，究竟有没有这种不是一只鸟儿，而是整个一群的鸟呢？显然，诗句中描写的是蝴蝶。

然而这就是诗歌的力量。好像一百多年来还从没有人想到过要核实一下这种小鸟，更何况当时我才刚刚六岁。既然诗中这样写了，就一定是这样。诗中就是这样说的。这只小鸟是诗歌自由想象出来的。有趣的是，那些苏维埃俄罗斯的头脑清醒的学生们该是怎样去理解这只鸟呢？

"冬天，农夫神采奕奕"，②这城市学校读本中第2页上的普希金的诗句我只是一般地喜欢，当然得喜欢（既然是诗！），但它让我体会到家庭的味道，太像阿芙古斯塔·伊凡诺芙娜了，只要她不威胁说要去里加。真像呵。"穿着皮袄，扎着红腰带"——这就是安德留沙，"农夫神采奕奕"——这是看管院子的老头，而雪橇——就是送劈柴的，妈妈——就是我们的妈妈，当我们在等候保姆带我们去普希金纪念像前散步时，我们会吃雪，会舔冰，而此时妈妈就是这个样子。这些诗句还引起我们羡慕之情，因为我们从没能在院子里玩耍，只能匆匆穿越，害怕万一安德烈耶夫家（租下厢房的那一家）的孩子害猩红热怎么办？看家的小狗也不能放上小雪橇，小雪橇是蓝色的，铺着天鹅绒面，钉着金黄色的小钉子（像是眼睛）。除此之外，"冬天，农夫神采奕奕"是诗性的寓言，是诗化的散文，在每一本新的文选读本中都能读到，而我总是把它们放到最后才读。现在可以说，"冬天，农夫神采奕奕"是田园诗，也就是那最幸福的爱情，这种爱情的意义、目标和内涵，我一直都没有弄懂。

可以这样来概括这个专供城市学校用的蓝色普希金：要喜欢它可真难——既不用费力就能轻轻拿起，也不能用力地吸口气把它抱紧，贴在从不变样的瑞士式紧身围裙上。拿在手里似乎没有感觉，眼睛瞧上去也似乎没有

---

① 《茨冈人》中的诗句。
② 《叶甫盖尼·奥涅金》中的诗句。

什么特别的感觉,可的确已经读过了。

我从来都喜爱文学作品和书籍,就像喜爱我的孩子和所有的孩子,而且还特别看重分量,至今,一听到别人在赞许某个新作,我必然要问:"长不长?""不长,一个短短的中篇而已。""那么我就不看了。"

安德留沙的文选读本无疑是很厚的,它被其中许许多多的内容撑厚了,有巴格罗夫孙子和巴格罗夫爷爷;有发疯地爱自己的孩子,贴在孩子胸口呼吸的母亲;有装满年轻的傻乎乎的父亲捕来的鱼的水桶;还有口中念叨着"你又睡不着啦?"的尼科连卡;有迅捷的猎狗和骏马,以及俄罗斯的抒情诗人们。

我立刻把安德留沙的文选读本弄到手,因为他不爱读书,也读不下去,可那些文学作品不仅需要阅读,还要领会,还要抄录,并且要用自己的语言转述,我没上过学、自由自在,因而文选读本成了我的心肝宝贝。母亲没有管我,大概因为她觉得,既然是文学选读,就不会有任何超前的内容。其实,所有文学作品对于儿童来说都是有点超前的,因为它们所讲的一切都是孩子们所不知道,并且也不能知道的东西。譬如:

是谁披星戴月,
这么晚还骑马赶路?

(当妈妈提出这个问题时,安德留沙回答道:"我怎么会知道?")

……他为何对帽子那样珍惜?
因为里面有封密信。
科丘别伊向彼得皇上,
告发了恶魔黑特曼。

我不知道别的孩子怎么样,反正我在这四行诗中只懂得恶魔这个词,而且因为恶魔这个词在三个名字当中,所以我以为这三个都是恶魔:黑特曼、彼得大帝和科丘别伊,我在这之后很长时间里都没能明白(即使现在也不完全明白),原来恶魔只有一个,至于是谁自然也不会知道。至今我仍然以为黑特曼就是科丘别伊和彼得大帝,而科丘别伊就是黑特曼,等等。三人合在一块,这就是恶魔。自然,什么叫做告密我也是弄不明白的,不管别人怎样解释给我听,我还是不明白,内心里弄不懂,至今依然搞不懂,怎么可以写告密信。结果我脑海里出现的便是:一个哥萨克骑马奔驰在虚幻的明朗天空下(梦境!),繁星和明月同时高照(这是不可能的!),他披星戴月,就是为了能让人把他看清楚!他头上戴着帽子,帽子里藏着那个秘密的东西——告密信,也就是科丘别伊向彼得大帝告发恶魔黑特曼的那封信。

这是我第一次接触历史,而这第一个历史故事是充满罪恶的。顺便补充一句,当我在国内战争期间听到"黑特曼"(说明一下,是斯科罗帕斯基)演讲时,我立刻联想到那个倒下的哥萨克。

但是跟沙皇恶魔相会却是在另一本选读中:"他是谁?"母亲又问安德留沙,"来,安德留沙,说说看,他是谁?"安德留沙依然老老实实地、愁容满面地、甚至有点愤愤不平地说:"我怎么会知道?"(诗歌真是个奇怪的世界,大人发问,却要孩子来回答!)"那么你呢,穆霞?你知道他是谁吗?""他是伟人。""为什么他是伟人?""因为他一下子就把什么都修理好了。""那么'为了彼得洛沃的幸福'是什么意思?""不知道。"什么叫彼得洛沃呢?"(我脑子里除了彼得洛沃这个字形以外,一片空白。)"你不知道什么叫'彼得洛沃'?""是的,不知道。""那么安德留申诺是什么意思,你知道吗?""是的,我知道。安德留沙的木马,安德留沙的自行车,安德留沙的小雪橇……""够了,够了。那么,彼得洛沃也是这个意思。这下该明白什么叫做彼得洛沃了吧。什么是幸福懂吗?"(我沉默不语)"难道你不懂什么叫幸福?""我懂幸福就是当我们散步回来时,突然看见外公来到我们家,还有,幸福就是当我在床上找到了……""够了。'为了彼得洛沃的幸福'就是指为了彼得的幸福,这个彼得是谁?""他是……""他是谁?知道吗?""他是个极好的客人。'长久地凝视远方——住客消逝之处……'""这位很好的客人叫什么名字?"我怯生生地答道:"会不会是彼得?""真是谢天谢地!……(忽然又怀疑起来)叫彼得的人多着呢。这是哪个彼得?(对我的回答实在不抱什么希望了)这个彼得就是……

> 科丘别伊向沙皇彼得
> 告发了恶魔黑特曼。

中的那个彼得,懂了吧?"

那还用说!可这更糟了!刚刚开始明晰起来的彼得形象,一下子又被置于那个闪着幽暗的光亮的、繁星满天、明月如镜的,一个哥萨克骑马飞驰、帽子里藏着告密信的黑夜中,更糟糕的是,这个替老人修好船的彼得,这个似乎做了件好事的彼得,原来竟是恶魔科丘别伊和黑特曼。于是,又一个巨大的问号在新的月份里出现了!他是谁?只要出现彼得,总要问:他是谁?彼得是永远猜不透的。

但是也有相反的情形:只要诗中一提出问题,我立刻怀疑到彼得身上。

> 为什么在彼得堡城里,
> 枪炮声与欢呼声齐鸣?

回答:"这很清楚,是因为有彼得在!"但他究竟干了什么,我不知道,因为暗示了一次——并不对,所有的暗示都不大对,尤其是这几句更是可笑:

> 叶卡捷琳娜分娩了,
> 还是在过她的命名日?
> 这个杰出圣者的
> 黑眉毛的妻子。①

---

① 见普希金诗作《彼得一世的盛宴》。

"分娩"这个词我不明白,我只知道"出生"这个词,我也从未听说过彼得有个妻子,叫什么叶卡捷琳娜。我只知道有个圣者叫圣者尼古拉,是个老头,圣徒,没有妻子。可在诗中他却有妻子。那好吧,就算是个有妻室的圣徒吧。

唉,上帝呵,当弄清楚了这么多"为什么"之后;当弄清楚了这么多显然是荒唐假设的暗示之后,心情是多么轻松愉快呵!幸福的"所以"终于出现了!"所以在彼得堡城里/到处是欢声笑语。"

直到现在,当我跟着普希金的脚印一步步走过我的童年时代之后,我才发现普希金是多么喜欢用提问的手法:"为什么枪炮声与欢呼声齐鸣?""他是谁?""那个披星戴月者是谁?""黑山人是什么人?"等等。倘若我那时完全相信他确实不知道的话,我可能真的会想,大概诗人就是那些什么也不懂的人,竟然还要问我们这些小孩子。但是这个兴奋的孩子似乎明白了,普希金这么做是故意的,他不是在发问,他完全明白,他似乎是在捉弄我,因此每一个暗示都不太可信。当我隐约感觉到这一点时,我不由自主地尽全力按自己的方式一行一行地阅读他的诗。我要感谢我童年时代的历史的普希金,他让我有了许多令我永志不忘的意象。

但无论是当时还是现在,我都不得不指出,诗中用的提问的手法是具有刺激效果的,至少每一个"为什么"都要求预示着一个"因为",于是便削弱了整个过程自身的价值,整个诗成为间隔,把我们的注意力诱导向最终的外在目标,而这个目标对于诗歌来说是不应当有的。顽固的提问把诗歌变成了猜谜和回答的问题,假如每一首诗本身都成了谜面等待回答的问题的话,那么这个谜也不是有现成的谜底的谜;这个需要回答的问题自然也不是能在习题集中找到答案的问题。

但是,在《溺水者》中却一个提问也没有。因此这是令我惊喜的礼物。首先,我们这些孩子都在河边自行玩耍,其次,我们开玩笑地称父亲为爹爹,第三,我们不怕死人。因为他们的叫声非但不可怕,而且十分愉快,就这样,甚至像是伴唱:"爹爹!爹爹!我们在拉网!拉上来一瞧!有一个死人!""瞎说,瞎说,淘气鬼",父亲朝他们吼道,"唉,瞧这帮孩子们!哪里有什么死人!"①这个乌若死鬼②自然有一点儿像游蛇,也许因为在诗歌中出现,所以才叫"乌若"。我说有一点儿像游蛇,但对于游蛇我从没有深究过。同时,由于它本身并不很明确,因此我特意大声地读成这样:"怎么会有!没有乌若死鬼!"倘若那时人们问我的话,我也许会这样回答:在地下住着一群游蛇,它们都是死鬼,而这个死鬼名叫"乌若",因为他有点儿像游蛇,小游蛇,还和游蛇睡在一起。

我在塔鲁萨时就见过游蛇,也见过淹死的人。秋天我们在塔鲁萨住了很久,那时天黑得早,亮得迟。我们住在自家的孤零零的别墅里,同别的人家至少有两俄里远,只同奥卡河相依为伴(我们一分钟就能跑到河边,而他们也只需一分钟就能来到我家)。"河里的鱼还少吗?"河里不光有鱼,因为每到夏天总有人淹死,其中小男孩最多——又钻到木筏子下面去了。醉鬼淹死也是常有的事,不过也有清醒的人淹死的事发生。有一次,一个载货的木筏整个儿翻了,而外公亚历山大·达尼洛维奇也去世了,妈妈和爸爸在第40天忌日上一同去参加祭奠活动,然后便留在那里办理有关遗嘱方面的事宜。我也知道我这么想是有罪过的,因为外公疼爱我甚于疼爱阿霞;我也知道我的想法其实很愚蠢,因为外公根本不是淹死的,而是死于癌症……死于虾子③?诗里说:

在鼓起的尸体上
吸着几只大黑虾!

……一句话,透过餐厅那扇玻璃门可以看见凉台的柱子,而在柱子下面,河水汹涌而至:

---

① 原文为:"Будет вам, ужо, мертвеп",其中"ужо"有"等着瞧"之类的意思,与"уж"(游蛇)音相近。
② 原文为:"ужо-мертвеп"。
③ 俄语中癌症与虾是两个字形完全相同的词。

> 一大早天空就发作，
> 夜里迎来暴风雨，
> 淹死鬼又开始忙活，
> 又敲窗来又敲门。

在这里，乌若死鬼仿佛有两张不确定的脸孔，其中一张是外公亚历山大·达尼洛维奇的面孔，另一张则是淹死的木筏工的面孔。

但另外一些恐怖诗，如《妖尸》，就一点儿也不可怕，虽然诗一开始就表现出瓦尼亚是个胆小鬼，吓得浑身冒汗、脸色煞白。第一行诗就使人瞧不起他。这是广为人知的医治各种欲望的药方，包括最严重、最强烈的一种欲望（如我心中的）——对恐怖的欲望："想必是血红嘴唇的妖尸连骨而吞。"什么东西啃骨头？只有狗。这么说妖尸就是狗，是长着红色嘴唇的狗。长着红色嘴唇的黑狗（因为在夜里），可傻瓜（不幸的可怜虫）却被吓坏了。所有这些恐怖的效果都被那些啃过的骨头冲刷干净了，因为孩子们都清楚，只有狗才啃骨头。恐怖的妖尸原来是一条狗，普希金的诗里一直到最后一行才表明这一点。也就是说，所谓的妖尸根本没有，连一秒钟也不曾存在过。因此，让人感到恐惧的原来只是"妖尸"这个词，也就是诗的标题。当然，"妖尸"这个词让人听着不舒服（有点儿像被狗舔了似的），那条狗也不是太像狗，否则也不会叫做妖尸了，它那血红的嘴唇在夜里都能看得一清二楚，很让人怀疑，至于它的勾当——叼着骨头跑到坟墓上，真是龌龊，但所有这些在我看来都不能成为替瓦尼亚的胆小辩护的理由。假如瓦尼亚只身一人穿过坟地，什么狗也没碰到的话，那倒是很可怕的，而有了狗反倒有了生气。（这跟《地鬼》[①]里差不多，当霍马与女尸独自待在一块儿时，那情景是可怕的；而当地鬼一个接一个地出现一大群之后，恐怖便消失了。任何时候都是这样：多了就有了欢乐。）

---

① 果戈理的小说。

那条狗是奇怪的,令人怀疑的,而瓦尼亚则显然无疑是个蠢货,是个小可怜虫,是个胆小如鼠的家伙。不仅如此,他还是个心黑的家伙:"你们可以想象一下瓦尼亚的恶毒!"于是我们就开始想象了:瓦尼亚突然用皮靴踹了狗一脚,因为他本是个恶人……因为对一个正常的孩子来说,再没有比打拘更狠毒的事了,即使把家庭女教师给杀了也比不上踹狗一脚更狠毒。恶少和狗——这本身就决定了这种不轨行为。

如同所有的爱情都是以眼泪而告终的,这么好的一条棕灰色的,稍微有点儿黑的,嘴巴有点儿红的小狗在厨房里偷了一块骨头,叼着它跑到坟地里,以便躲过厨娘。谁知这个胆小鬼瓦尼亚正巧路过坟地,猛地踢了它一脚,正踹在它那湿乎乎的脸上。呜——呜——呜……

不过,恐怖诗中我最喜爱的还是《鬼怪》,这首诗是所有恐怖诗中最让我感到亲切的一首诗,也是我所喜爱的诗中最恐怖的一首。"乌云翻滚,乌云飞涌/不见月光……"

开头就很可怕:看不见月亮,可它确实存在,它戴上了隐身帽,隐去了形状,为的是它能看见一切,而别人却看不见它。这真是一首奇特的诗(奇特的状态),一下子把一切都表现出来了(不可能不表现出来):月亮、骑马飞驰的人。噢,这真让人沉浸在甜蜜的醉意中!因为此时此刻,当读者乘着雪橇滑行在无垠的时空中,听到种种吼叫时,个个都会惊恐万分。有两个东西在飞:雪橇和乌云。两者中都有你,你也在飞。不过除此之外,还有第三者——我。我就是那隐了身的明月。我看见了普希金,看见了在他上方的鬼怪们,我就在普希金和鬼怪的头顶上飞行。

恐惧和怜悯(还有愤怒,还有忧郁,还有呵护)是我童年时代最主要的情感,它们得不到滋养,我也就不存在。然而比起我对妖尸的怜悯,我对《鬼怪》中的鬼怪们的怜悯是何等的不同!我可怜那条狗——但这种怜悯是低极的,鄙俗的,只是怜悯它的肚子,只是出于要保护它:杀掉瓦尼亚,杀掉厨娘。把炉灶上的所有锅碗盆碟里的食物都端给狗吃,甚至把瓦尼亚也一同喂狗。可是对鬼怪们的怜悯完全是另一回事:这是一种高尚的怜悯,是饱含着欢呼和惊叹的怜悯,就像我后来同情关在圣赫勒拿岛上的拿破仑和在魏玛的歌德那样。我知道,"是埋葬家神?还是让女妖出嫁?"①不过是信手写来,其实没有掩埋任何人,也没有谁出嫁。只是人们反正要闹腾,把谁家的老爷爷埋葬也好,把谁家的姑娘嫁人也罢——都是为了更好地闹腾。他们并非有什么缘由才抱怨,而是因为他们生性如此,他们就是这样的人,不可能是别样。(悄悄地说:"因为上帝诅咒他们!")这是对被诅咒者的爱。

还有:我知道,它们是乌云!它们是灰色的,轻柔的,甚至是不存在的,是不可触及的,不能拥抱的,只能在它们中间,同它们一道,或者驾驶着它们飞翔!它们是空气,是呼啸的空气!它们根本不存在。

"透过波浪翻滚的云雾,月亮钻了出来……"它又钻出来了,像猫,像女贼,像钻进熟睡的羊群的母狼一样(羊群……浓雾……)。"忧郁的月光洒向忧郁的林中草地……"②哦,天哪,多么忧郁,双倍的忧郁,没有出路,毫无希望的忧郁,就像永远盖上了忧郁的印章,仿佛普希金以这种重复把"忧郁"的月光像印章似的盖在了林中草地上。当我读到"在车夫的自由的歌声里,听到了我无比亲切的乡音"③时,我立刻想到了:

> 眼睛啊,蓝色的眼睛,
> 你们为何去伤害年轻人?
> 噢,人呀,人呀,狠毒的人呀,
> 为何要伤害别人的心?

这双蓝眼睛——分明又是月亮,仿佛这一回月亮生出两只眼睛,同时我知道,这双眼睛,长在女鬼的黑眉下面,也许这个女鬼就是鬼怪们舍不得其出嫁而为之伤心流泪的那一个。

---

① 见普希金诗作《鬼怪》。
② 见普希金的诗《冬路》。
③ 见普希金的诗《冬路》。

读者，我知道，"眼睛啊，蓝色的眼睛"不是普希金的诗，而是一首歌谣，也许是一首抒情歌谣，但当时我还不知道，即便是现在，从内心深处来讲，依然不是全部知晓，因为"撕扯我的心"、"内心的忧郁"、年轻的泼妇、女鬼、路啊路、分别啊分别、爱情啊爱情对于我来说都是一回事。所有这一切就叫俄罗斯和我的童年，倘若你们把我剖开，你们会发现，在我的身体里除了驾云飞奔的鬼怪和载着鬼怪们翻滚的乌云以外，还有那双深蓝色的眼睛。它们已成了我的一部分。

"我严峻岁月里的女友/我年迈衰老的亲爱的人！"——这句话用在阿霞保姆身上根本不合适，因为她既不老，也不年轻，而且起了一个很不顺耳的姓——穆辛娜①，而用在我的保姆身上倒很贴切，假设我有保姆的话。但实际上我没有保姆。倘若用在我们家里那只咕咕地啄食，闹哄哄的蓝色鸽子和鸽舍身上也是很合适的。（我的保姆应该是亲爱的人②，而阿霞的保姆则是穆辛娜。）

"亲爱的"这个词我是懂的，因为爸爸总是这样称呼妈妈（"亲爱的，你不这么认为吗？""亲爱的，你不这么想吗？""亲爱的，让他们去吧！"）除了称"亲爱的"之外，不再称呼别的。可"女友"这个词对我来说却是新的，因为我只和阿霞生活在一起，我们都没有小朋友。"女友"这个词是我最喜欢的词汇，然而我最初听到它却是在指一个老太婆。"我严峻岁月里的女友/年迈衰老的亲爱的人！"年迈的鸽子——这就是说，她是一只羽毛丰满的，毛茸茸的，胖乎乎的，跟我妈妈的海狗皮制暖手筒差不多的母鸽子。可惜妈妈的暖手筒不是鸽子。普希金这样称呼他的保姆，是因为他爱她。说一声"女友"，说一声"亲爱的"，我的心就疼。

我可怜谁呢？肯定不是保姆。我可怜普希金。他对保姆的眷恋变成了我对他的怀念，对这个怀念者的怀念。另外，不管怎么说，保姆是坐在那里的，她在织衣，我们看得见，而他在干什么？他在哪里呢？"独自一人在松林深处

---

① 俄文中与"苍蝇"一词同词根。
② 亲爱的人，原文是 олубка，又有"鸽子"的意思。

/你把我久久地等待。"她是一个人,而他却无影无踪!松树林我也是见过的,在我们居住的塔鲁萨,如果沿着巴乔沃柳树谷(妈妈把它叫做苏格兰)走向奥卡河,你会突然发现一座红色的岛屿:松树林!那阵阵松涛声,阵阵断裂声,带着色彩和芳香,使你在经历了波浪起伏的柳树林的单调之后,豁然开朗。整个松林岛好似一团火焰在燃烧!

妈妈会用树皮制做小船,而且还是带有风帆的小船,而我却只会吃松子,只会双手抱着松树。在这片松林里没有一个人居住。在这片松树林里,在这样的松树林里,居住着普希金的保姆。"你在自己房间的窗下"……——她的窗子很亮,她总是不停地擦这扇窗(就像我们在大厅里等候外公的马车到来时那样),为了能看清楚,是不是普希金来了,可他总也不来,他永远不会来了。

但是全诗中我最喜爱的是"你悲叹着,仿佛在站岗"。当然,"站岗"[①]这个词不会诱发我联想到哨兵的形象,因为我从未见过哨兵,它让我想到的是钟表的形象,是我常常看见,到处都可以看见的钟表的形象……与钟表相应的意象多极了。保姆坐在那时独自哀叹,她的上方是一座钟。或者她一边哀叹着一边织衣,不停地看着钟。或者,她太悲伤了,连钟都停止摆动了。或是在站岗,或是坐在大钟下面,或是看着钟——孩子对文法并不计较。"站岗"这个词的某种模糊性提供了有关"钟表"这个词的一切可能性,直至出现一个完全模糊的幻象:大厅里那只装在木匣子里的带有摆锤的钟,柜子上放着的月光表,还有母亲卧室里那座制成布谷鸟和一座小房子的挂钟——小布谷鸟从房子里探头探脑,向外张望,仿佛在等候什么人……而保姆不是在第一行诗句中就被称作"鸽子"嘛……

于是,站岗也罢,站在钟表下面也罢,看着钟表也罢,归根结底都同钟表有一点儿关系,而这些钟表也正被下面一行诗句所证实:保姆手中的织针,这些指针的钢铁孪生兄弟就是明证。这些在保姆那双布满皱纹的手里摆动着的织针结束了我的文选读物《致保姆》。

[①] 俄文为"**на часах**",而钟表为"**часи**",其前置格为"**часах**"。

选读的编写者显然怀疑那么幼小的年龄能否理解哀伤、预感、担忧、压迫和时时刻刻这些概念,当然,我除了能理解自己的忧伤之外,对这首诗的最后两行是一点也不明白。虽然不懂,但却着了迷,而且统统牢记在心里。我至今也会在读到那双布满皱纹的手和被遗忘的大门时于中间停顿一下,似乎这是普希金的结尾与那个选读课本连在一起了。的确,童年知道的事,一辈子也不会淡忘;而童年不知道的事,恐怕一辈子也不会知道了。

从童年知道的事中我明白了,人世间普希金最爱的女人是自己的保姆,那个并不像女人的女人。从普希金的《致保姆》中我悟出了一个让我终生不忘的道理:可以爱个老年妇女更甚于爱一个年轻女人,哪怕这个年轻女人那样年轻,为你所爱,你最亲近的人是那个老年妇女。这种温柔的语言普希金除了对自己的保姆说过以外还不曾献给过另外的女人。

这种献给老太太的温柔的语言只是在不久前刚离开我们而远去的天才马塞尔·普鲁斯特[①]的作品里找到了回音。普希金和普鲁斯特——两座孝心的丰碑。

回顾过去,今天可以清楚地看到,普希金的诗,以及所有的诗,除了我的选读本中占极小部分的纯抒情诗外,它们对于七岁前和七岁的我来说,是一系列神秘的图画,而之所以显得神秘,完全是由于母亲提问的结果,因为在诗歌里犹如在人的情感世界中一样,只有问题才会产生困惑,从而把现象同客观现实的状态分离开,当母亲不问我问题时,我其实倒挺明白的,也就是说,根本不去考虑到底懂不懂,只是感到自己仿佛看见了一切。值得庆幸的是,母亲并不总是向我提问题,因此有些诗我是明白的。

杰里巴什[②]。"山岗那边枪声阵阵/敌我双方立阵观势/在山头上哥萨克的跟前/红色杰里巴什在高高飘扬。"杰里巴什就是魔鬼,所以是红色的,所以会飘扬。哥萨克同魔鬼厮杀。当我1924年在布拉格时,最先从一个俄国大学生那儿听说,随后又接二连三地从其他大学生那里听说,杰里巴什是指的

---

① 马·普鲁斯特(1871—1922):法国作家,代表作为《追忆似水年华》。
② 是土耳其人,意为大胆之人。

切尔克斯人的旗帜,而不是指切尔克斯人(魔鬼)。当时我是多么惊讶和痛心。"对不起,普希金写的是'红色杰里巴什在飘扬!'切尔克斯人怎么能飘扬呢?只有旗帜才能飘扬!""他们当然可以飘扬,所有切尔克斯人都身穿自己的服装。""那这可是现代主义了。普希金与现代主义的不同之处就在于他写得朴实明了,这就是他的才华所在。什么东西能飘扬?当然是旗帜。""对于'杰里巴什已被刺穿,哥萨克的脑袋不见了'这句诗,我始终认为他们是在彼此相互消灭。我喜欢这种写法。""纯粹是诗意的幻想!可怜的普希金在棺材里也不得安生!'杰里巴什已被刺穿'这就是说,战旗被刺穿了,而就在此刻,哥萨克被旗手砍下了头颅。""假如是这样的话,我倒有点儿遗憾了:凭什么哥萨克丢了脑袋,而切尔克斯人却活着?况且旗帜又怎么会被刺穿呢?我还是觉得我的理解更准确。""那就随你的便吧,反正普希金就是那样写的。你总不该像布尔什维克那样修正普希金吧!"

我不得不痛苦地相信,杰里巴什指的是旗帜,而我那关于相互厮杀的场面纯粹是胡思乱想。忽然,在1936年的某一天,也就是此时此刻,当我的双眼再次扫过这首诗时,我忽然感到眼前一亮:哦,太高兴了!

> 喂,哥萨克,不要拼命作战!
> 杰里巴什正骑马奔来,
> 挥舞着弯弯的军刀,
> 把你的头颅砍下!

难道说是战旗挥舞弯弯的军刀把哥萨克的头颅砍下?

这么说来,可怜的七岁无知儿童竟比俄罗斯的聪明绝顶的男子汉理解得更准确,竟比年长她三倍的布拉格大学生们理解得还要好。

但是,"黑山人?是些什么人?波拿巴问。"这首诗对我来说却是疑团重重。这两行诗中有两个陌生人,一行一个:黑山人和波拿巴。由于黑山人让连我也感到陌生的波拿巴都觉得陌生,因而对于我来说,黑山人就更加令我感到陌生了。

"波拿巴是什么东西？"不，我没有向母亲打听这个，因为我还记得那次让我十分沮丧的同她在一起的林间散步。那是我第一次，也是唯一一次向妈妈提了问题："妈妈，拿破仑是什么？""怎么，你难道连拿破仑都不知道？""是的，我不知道，没有人告诉过我。""好吧，那我就告诉你，拿破仑就是在空气中飘荡的东西！"

我永远不会忘记这种深深的无望的屈辱之感：我竟然连空气中飘荡的东西都不知道！我当然不会懂得"在空气中飘荡的东西"，但我可以看见：某一种叫拿破仑的东西在空中飘荡，它很快就被我的选读课本上另外几首诗《空中飞船》和《夜巡》证实了。

我当然会把黑山人想像成黑色的，想像成黑人，和普希金一样，而这个凶恶的民族栖居的群山在我的想像中也完全是黑色的：黑色的人居住在黑暗的群山里：在群山的每一座峰顶上都把守着一个凶狠的黑乎乎的小不点儿似的黑山人（简直就是小鬼）。而波拿巴则可能是红色的，而且是很可怕的。他独自一人占据了一座大山。（至于波拿巴就是那位在空气中飘荡的拿破仑，我倒没有存心去想过。因为母亲完全被我提的问题弄懵了，竟忘了回答我。）

回答我，告诉我拿破仑是什么人，不是母亲，也不是别的什么人，而是普希金自己。

"阿霞！穆霞！现在我要告诉你们！"这是身材细长、动作敏捷，略微带着狼一般迅速而羞涩的微笑的安德留沙跑上楼来，冲进儿童室对我们大喊大叫。"刚才雅尔赫大夫来看过妈妈了，他说，妈妈得了痨病，快死啦，我们就快要看见她全身蒙上白床单的样子啦！"

阿霞哭了，安德留沙则在蹦蹦跳跳，而我却什么也不能做，因为妈妈跟在安德留沙后面走了进来。

"孩子们！雅尔赫医生来看过我了，他说我得了痨病。咱们全家都得去海边。去海边你们高兴吗？"

"不！"阿霞哽咽着说，"因为安德留沙刚才说，你快要死了，而且会……"

"他胡说！胡说！胡说！"

"……会全身蒙上白床单。穆霞，他是这么说的吧？"

"穆霞，我没这么说，是吧？是她这么说的，对吧？"

"不管怎样，只要有谁说过，那一定就是你安德留沙了，因为阿霞还没到会说瞎话的年纪。你说我快要死了，而且还会被盖上？告诉你，我不会死的，恰恰相反，我们全家都要去海边了。"

去海边①。

出发前，整个1902年的夏天我都用在了抄写《致大海》这首诗上。我把它从选读课本上抄到我自己缝制的小薄本子上。既然选读课本里有了，为什么还要再抄写到小本子上呢？为的是能放在衣服口袋里，随时带在身边；为的是同大海一道去巴乔沃和林子里散步；为的是我自己拥有一个属于我的大海，一个我自己写的大海。

无拘无束。我独自一人坐在楼顶凉台的小笼子里，挥汗如雨——因为正值七月的正午时分，楼房的顶层闷热难耐，更主要是因为前年去世的外公送我的那件卡尔斯巴兹连衣裙已又破又小，穿上去难受极了。我汗流浃背，激动时稍一扭动就绽线，而且绽线的地方刺得我很难受。我用黑体垂直圆粗字体密密匝匝地把《致大海》抄到了我自制的小本子上。在笔记本里谈情说爱不大合适，而且我也没有笔记本。妈妈从来不给我纸写字，只给我画画用的纸。我把十张写字的纸折叠为八，裁开来，在中间只需缝一针，就制成了我的小本子。但只要我稍稍碰一碰它，它就极易绽开，极易散开，极易破裂，和我身上穿着的那件凸纹布和素色呢一样。不抄写时，我就干脆坐在小本子上面压着它，夜间则把我最心爱的带星点的鹅卵石压在它上面。不是压一本，而是压许多本，因为整整一个夏天的辛劳，我已记不清是第几本了。抄着抄着，我突然发觉，一行字快写完时已经有点倾斜了，有时会发现漏写了一个字，或者墨水滴在纸上了，或者袖口把一行字的末尾给抹掉了——于是，到头来

---

① 俄文"к морю"，亦可译为"致大海"。普希金有一首抒情诗即为《致大海》。

这个小本本已无法让我喜爱了,这已不是小本本了,而是最最普通的小孩子的乱涂乱画。纸页脱落了,而脱了页的本子是丑陋不堪的。于是我只得换一个新的(用阿霞的或者里安德留沙的),耐心地,笨手笨脚地用根粗大的针(我没有别的针)再重新缝制一个,然后再认认真真地抄上:"再见吧,自由的自然力!"

自然力,当然指的是诗①。在别的任何一首诗里也没有像在这首诗里讲得明白。为什么要再见呢?因为只要相爱,就一定会有离别。两者不可分,只有分别时才能懂得爱。而"我心灵向往的地方"——那个地方一定是很坚硬的、石头做的,非常牢固的某个东西,或许是块他最心爱的大石头,他总是坐在这块石头上。

但诗中我最喜欢的一段则是:

心欲挣脱亦枉然!

枉然——这就是说去不了那个地方了。那么到底是去哪个地方呢?我想,就是去我想去的那个地方。去奥卡河对岸,那儿我怎么也去不了,因为有奥卡河横在中间。还想去拉绍德冯②,去姨妈的童年时代,那儿更夫巡夜时会手持木板边走边唱:"更夫没睡觉,已经十点啦!"③于是家家户户便熄灯安寝,假如谁家不熄灯,医生便会找上门,或者干脆抓你去蹲监狱。枉然——也是指走进别人家,在那儿我将独自一人,没有阿霞做伴,成为别人家心爱的女儿,有了另外一个母亲,另外一个名字——也许是卡佳,也可能是罗格涅达,还可能是儿子,叫亚历山大。

你在期待,你在召唤,可我戴着脚镣。

---

① 俄文中自然力为"Стихия",诗为"Стихи",两个字字形相近。
② 原文为法文。
③ 原文为法文。

> 心欲挣脱亦枉然！
> 我为情欲所醉，
> 只能留在岸边。

枉然——就是说去不了那个地方，而强烈的情欲——自然是针对大海的。原来，普希金因为有了去"那个地方"的愿望才留在了岸边。

为什么他不走呢？因为他被强烈的情欲所迷醉，他宁愿这样，他宁愿与之结为一体！（这一点为我所有的经验，连同我童年时代的愿望，即完全的震惊所证实。）他完全清楚，他的命运，他的拒绝的态度将意味着什么：

> 只能留在岸边。

（天哪！当去那个地方是枉然时，人就失去了性别的属性，而那里则开始叫唤他的名字，从蓝色的忧伤和河流中渐渐显出了一副面孔：有鼻子有眼，在我童年的记忆里还戴着夹鼻眼镜，留着胡须……我现在那样称呼是犯了多么严重的错误，而童年时却没有犯！）

瞧，这个人光有名字，没有父名。他生前的几个朋友怀着一种友善的情感，在他的墓碑上刻下名字，但姓却没有写（此人曾有两个名字，无姓）——墓碑上空白一片。

> 一座峭壁，一座荣耀的陵墓……
> 沉浸在冰冷的梦乡中的
> 是庄严雄伟的回忆：
> 那儿熄灭了拿破仑……

呵，假如我早点儿读到这段诗，我就不会问："妈妈，拿破仑是什么？"我知道了。拿破仑就是那位在折磨中死去的人，就是那位被许多人折磨的不幸的人。这样的人难道不值得爱一辈子吗?

> ……在他之后,仿佛狂风呼啸,
> 另一个我们思想的主宰者,
> 从我们身旁飞奔离去了。
> 我看见了小星号,下面写着:拜伦。

但是星号看不见了,眼前出现的是:在什么东西之上——那是大海,阳光构成一个头颅,乌云是身体,这个天才在飞驰。他的名字叫拜伦。

这是灵感的极至。从"再见吧,大海……"这句开始我便泪如泉涌。"再见吧,大海!我永志不忘……"——他这是对大海承诺,如同我在离开塔鲁萨之际对我的白桦树,我的榛树,我的云杉树做出承诺一样。而大海此刻也许不相信他的承诺,大海也许会想:他会忘却的。于是他又许下了誓言:"我将长久地长久地倾听/你那晚间的轰鸣……"(我将不会忘记。)

> 你的悬崖峭壁,你的海湾,
> 你的闪光,你的影子,还有浪涛絮语,
> 我将在心中注满你整个的形象,
> 把你带入森林和沉寂的荒漠。

于是,眼前出现了这样的情境:普希金在自己的头顶上把大海整个搬走,这大海已融化在他的心中(我将在心中注满你整个的形象),因而他的心中也是一片蔚蓝——仿佛他成为一只纵向的水晶巨蛋,直冲云霄,他和这只巨蛋互为一体了(海天一体)。在特维尔林荫道上的那个普希金以自己的身体托住了整个蓝天,而这一个普希金则载着整个大海来到沙漠,把它倾倒出来,于是这里也成为一片汪洋。

>你的悬崖峭壁,你的海湾,
>你的闪光,你的影子,还有波涛絮语,
>我将在心中注满你整个的形象。
>把你带入森林和沉寂的荒漠。

当我说到波涛时,已经热泪盈眶了,每次都是这样,因此有时不得不另换一个小本子。

关于我的这份爱,尽管表现得很明显,但没有任何人知道。1902年11月,当母亲走进我们的儿童室,告诉我们说,要带我们去海边时,她根本没有意识到,她其实已经说出了几个多么具有魅力的字眼,即"致大海"。这就意味着,她许下了一个不可能兑现的承诺。

从这一时刻起,我便踏上了路途,去实现令我神往不已的"致大海"的心愿。出发前的整整一个月我都不用上学,无所事事,在这漫长的时间里我独自一人不断地去海边,去"致大海"。

至今我还能听得到我那顽固的、令人厌烦的、对谁都说的一句话:"让咱们来幻想一下吧!"在母亲的谵语、咳嗽和喘气声中,在动身前家里搬运东西时的轰隆声和咯吱声中,夹杂着我那顽固的、像害了梦游症似的、既独断又低三下四的话:"让咱们来幻想一下吧!"因为在你理解到幻想和孤身一人本是一回事以前;在你懂得幻想其实就是孤独的物质证明,是它的源泉,是对它的唯一补偿以前;在你明白了孤独是幻想的残酷的法则和唯一的行为空间以前;在你认同这些以前,生活应当继续,而我当时还是个很小很小的姑娘。

"阿霞,让我们来幻想一下吧!就稍微幻想一下!就那么一下子!"

"今天咱们已经幻想过,我都厌倦了。我想画画。"

"阿霞!我把谢尔盖·谢苗内奇蛋人像送给你。"

"你都已经把它搞裂了。"

"它里面是坏了,但从外面看还是好好的。"

"那好吧,咱们就幻想一下吧。不过得快一点,就幻想一小会儿,因为我还想画画呢。"

我把蛋人像送出去之后,又立即要了回来,因为阿霞那里除了有一些石子、贝壳之外,再也没有别的什么东西可以引起我对大海的幻想了。曾经为了这些贝壳,我还打了她。

和阿霞一道玩"去海边"的游戏,对大海的幻想只能是想像玩碎砾石的游戏;和大姐瓦列丽娅玩,因为她曾到过克里木半岛,所以可以想像鞑靼人的鞋子、别墅、紫藤、攀少女崖和僧侣崖等等,总之可以想像一切,除了自己。经过这种"让我们来幻想一下吧"的游戏,我的大海除了给我留下忧郁的不可知性以外,什么也没有留下。

我到底想从他们——阿霞、瓦列丽娅、家庭教师玛丽亚·根里霍芙娜、一同去海边的侍女阿里莎——那里得到什么?

也许,是想得到特维尔林荫道上的普希金纪念像?还是想得到那纪念像下面的波涛声?可是不,都不对。在我的"去海边"的幻想中没有任何可见的和物质的东西。只有那澳大利亚玫瑰色贝壳贴在耳边发出的声响,还有那个拜伦和那个拿破仑的模糊的形象——我甚至连他们的面孔长什么样都一无所知,还有最主要的东西——说话的声音,以及更加主要的东西——忧郁:普希金的召唤和离去给我带来的忧郁。

阿霞在别人的提示下会说"小石子、小贝壳"之类的词;瓦列丽娅因其有在克里木半岛生活的经验而能叫出紫藤和希梅伊兹的名字;而我怀着心头的愿望却什么也说不清、道不明。

但在最后时刻,救援到来了:第一个,也是唯一一个大海的信息:从我们就要去的内尔维[①]那里,娜佳·伊洛瓦依斯卡娅给我们寄来了一张蓝色明信片。满溢着蓝色:像这样蓝的地方和这样蓝的明信片,我从未见到过,也根本不知道它们存在。

深蓝色的松树,淡蓝色的月亮,黑蓝色的云,浅蓝色的月光柱——柱子两侧的蓝色这样幽暗,以至于看不见任何东西了,这就是大海,微小的,又是

[①] 意大利小城。

巨大的，完全是黑色的，一点儿也看不见的海，而在海角边的乌云里——那另一个天才离我们而去时驾乘的就是这片天，月亮被稍微遮住了点，在这片云里几个用浅紫色墨水写成的犹如人的头发那样鬈曲的字历历在目："快点儿到这里来，这里好极了。"

我弄到了这张明信片。我一下子就从瓦列丽娅那儿偷了过来。弄到手以后，立即把它藏到我自己的黑色书桌的底部，有点儿像少女们把自己爱的结晶连同自己全部的爱的情感一同投入井里那样！我时常用脑额顶着书桌盖子，闪电般瞄上几眼，仿佛要整个儿吞下它似的。我和这张明信片之间的关系犹如那位少女和情人之间的关系：秘密地、危险地、不能暴露地、幸福地生活在一起。

在黑色棺材和书桌抽屉的底部有我的珍贵的宝藏。在黑色木板格和书桌抽屉的底部是我的大海。我的大海完全是深黑色的，因为书桌本身是黑色的，而我偷明信片这个行为本身也是见不得人的。我偷它是为了别人见不到它，是为了看见过它的人忘却它，是为了它为我所独有，成为我的。

于是，耳边常听着深玫瑰色和浅玫瑰色的澳大利亚海边贝壳奇妙的声响，眼睛常看着深蓝色的明信片，我度过了我一生中最漫长、最空虚，然而又是最充实的一个月。这是我所憧憬的，但终究未到来的那一天的伟大的前夜。

"阿霞、穆霞，快看，大海！"

"在哪儿？在哪儿？"

"那不就是吗！"

那里原来是一片密密的光秃树林，只剩下树干和树枝，树下是一片平坦的、灰白色的水面，水少得可怜，跟《基督显灵》那幅画里的水一样少。

这难道就是大海？我和阿霞交换了一下眼色，轻蔑地哼了一声。

不过母亲给我们解释了一番，我们便相信了：这是热那亚海湾，热那亚海湾就是这个样子，至于真正的大海，明天才能看得到。

可是有数不完的明天呀，到头来还是看不到大海，只能看到峡谷里的一条窄窄的街道，房子密密麻麻地一个挨着一个，外面是热那亚饭店的墙壁。

房子那么密,即便有海,那海也得让位给房子了。跟父亲去港口散步也不能算做是去看海,那里的"海"我连看都懒得看一眼,因为我明白,这只是个海湾而已。

总之,我依然还在"去海边"的路途上,而且愈是离海边近,愈是不敢相信我能真正见到它,在热那亚的最后一天,我完全丧失了信心,甚至当父亲由于早上给母亲量体温时发现水银柱稍稍下降而兴奋不已,兴高采烈地对我们说:"好吧,孩子们,今天晚上你们就能看到海了!"的时候,我也没有怎么高兴。大海继续离我而去,当我们在经历过这些饭店、月台、火车、莫丹①和维克多·艾曼努伊尔,在"今天晚上"带着所有的皮箱和包裹住进内尔维的"俄罗斯饭店"时,夜已经很深,我从没见过的煤油灯一亮一灭,怪可怕的,母亲又发起高烧,额头滚烫滚烫的,我当时死也不敢提"去海边"的要求。

不过即使我的母亲身体完全健康,对待我也像别的母亲对待她的孩子一样随和,我也不会再提出那个要求了。

大海在这里,而我也在这里,是黑夜,是夜晚和陌生的房间的黑暗把我和大海隔开了,这黑暗迟早要过去的,我和大海将会一起留下。

大海在这里,而我也在这里,是拖延的幸福感把我和大海隔开。

哦,这天夜里我是怎样走向大海的!(后来我对谁这样倾心过?何曾这样倾心过?)不仅是我倾心于它,大海在这天夜里也穿过整个漆黑的夜晚向我走来:只向我一个人走来,全身心地走来。

大海在这里,明天我就会见到它。就在这里,就在明天。如此充实的拥有,如此平静的拥有我还从未体验过。大海进入了我个人的身心之内。

大海就在这里,可我却不知它在何处,由于我看不见它,所以它遍布各处,无所不在,我其实就在其中,正如那张明信片在书桌的黑色抽屉中一样。

这是我一生中最伟大的前夜。

大海就在这里,可这里又没有大海。

早晨,在去海边的路上,瓦列丽娅说:

---

① 意大利一城镇名。

"闻到了吗？这是什么味儿？从这边飘过来的味儿！"

怎么会闻不到呢！就从这边飘过来，到处弥漫着这种气味，可是……问题在于，我没能意识到：因为自由的自然力没有这种味儿，蓝色的明信片也没有这种味儿。

我警觉起来。

大海。我睁大眼睛望去。(18年之后，当我第一次见到勃洛克时，就是这样睁大了眼睛看他的。)

在矮墩墩的幽暗的岩石上高高地耸立着一根铁棍。"这叫蛤蟆岩，"房东的棕发儿子瓦洛佳忙不迭地向我们介绍说，"这是咱们的蛤蟆。"

我离蛤蟆只有几步远，只有一点点清澈的海水把我和蛤蟆岩隔开，海水中有一些碎石子和碎玻璃。(阿霞的。)

"这里是岩洞，"瓦洛佳一边望着脚下的路，一边向我们介绍说，"也是咱们的岩洞，这里什么都是咱们的。假如你们有兴趣，可以爬进去！只是你可能会跌跤的！"

我脚穿笨重的俄国式矮皮鞋，身上套着厚厚的犹如毡子式的褐色连衣裙，笨拙地往里爬，结果一下子便跌落水中(是掉进水里，而不是跌入海中)，长着棕色头发的瓦洛佳赶忙把我从水里拖上岸，把鞋子里的水倒干净，然后我便坐在鞋子旁让风吹干我的衣服——为的是不让妈妈知道。

阿霞和瓦洛佳则没掉进水里，他们带着一丝嘲笑的目光，得意洋洋地爬到"平板"上了，那"平板"就是岩石的平坦光滑的板岩壁。他们俩爬上去后就在松树下扔碎石块和松果了。

我一边风干衣服，一边四处张望：如今我看见在蛤蟆岩的另一边仍然是水，水很多，越往远处水越暗淡，直到最远处那一条白色闪光的白线为止，那闪光的白线如同浪花上的星星点点一样，也发出一片银光。我浑身都是咸的了——连鞋子也是咸的。

大海是蔚蓝色的，也是咸的。

我猛然转身，背对大海，用一块小小的岩石在岩壁上写了起来：

再见吧,自由的自然力!

诗是很长的,所以我从手能够得着的最高处开始写起,但我心里明白,诗这么长,恐怕没有一块岩壁够写完的,而在四周又找不到另外一块如此平坦光滑的岩壁,因此我的字愈写愈小,诗行愈写愈紧密,最后几个字简直像绿豆芝麻般大了。我知道,海浪就要涌过来了,我将无法再写下去,到那时,我的愿望就无法实现了——什么愿望呢?——呵,致大海!——那样不就什么愿望也不剩了吗?不过,这也无所谓,没有就没有!我必须写完它,在海浪涌过来之前,我必须彻底写完,海浪已经涌过来了,而我也刚好来得及写下最后的署名:

——亚历山大·谢尔盖耶维奇·普希金

可是,海浪把一切都冲洗掉了,像是用舌头舔掉的一样,一切又是湿的了,岩板又是光滑而平坦的了,它的颜色已变黑了,像花岗岩一样……

第一次看到了大海,但我并没有爱上它,而是同大家一样,渐渐学会了利用它,在它里面玩耍:采集石子、互相击水嬉戏,就像一个幻想获得非凡的爱情的少年一样,渐渐学会了该怎样抓住时机。

如今,30多年过去了,我看到:当年我"走向大海"其实是走向普希金的胸怀,我走进了普希金的胸怀,同拿破仑、拜伦一道,伴着普希金心灵的波涛的絮语和浪涛飞溅的轰鸣,走进了普希金的心灵。自然,我在有蛤蟆岩的地中海,以及后来在黑海和大西洋,都再也没有感受到这一点。

走进普希金的胸怀,也就是走进那张容括了世界和大海的全部蓝色的明信片。

(更确切地说,就是走进那个在我耳边鸣响的小贝壳里。)

"致大海"就意味着大海+普希金对大海的爱;就意味着大海+诗人,不!诗人+大海,即鲍里斯·帕斯捷尔纳克念念不忘的两种自然力:

自由的自然力的自然力,
与诗的自由的自然力共在——

在这里,诗人省略或者暗示了第三种,也是唯一一种自然力:抒情的自然力。

但是,"致大海"也包含着大海对普希金的爱:大海是朋友,大海在召唤,在期待,它害怕普希金把它忘却,因此,普希金像对待活人一样,一次又一次地对它许诺。大海是有回应的,那唯一的一次回应不像幸福的爱情那样空虚,而是极其充实的,超越了天际。

这样的大海——我的大海——我的和普希金的"致大海"的大海只能写在纸上和留存在心里。

还有一点:普希金的大海是告别的大海。无论是与大海,还是与人,都不是这样相逢的。只有告别才是这样。我怎么可能第一次与大海相识就感受到普希金与大海永远诀别时的心情呢,因为那是普希金最后一次站在海边。

我的大海——普希金的自由的自然力的大海,是最后决别时的大海,是最后看一眼的大海。

是否是因为我小小年纪就多次亲手写下了"再见吧,自由的自然力!"的诗句,或者没有任何原因,我不过是对生活中的一切都是在诀别时才喜爱,而不是与之相逢时;都是在分离时才喜爱,而不是与之相融时;都是偏爱死,而不是生。

完全从另一个意义上讲,我与大海的相逢正是与它的诀别,是双重意义的诀别——是与那从未出现在我面前的,是我转身背对真正的大海、用白色的石头在灰色岩面上再现出来的自由的自然力的大海的诀别,也是与那曾出现在我的面前,但我看了第一眼就无法再爱它的真正的大海。

再补充一句:我由于年幼无知而把"自然力"与"诗歌"当成一回事,现在看来恰巧是具有洞察力的远见:"自由的自然力"原来并不是大海,而就是诗,也就是人们无法与之诀别的,永远不会与之诀别的唯一的诗。

1937 年

鞭笞派女教徒

她们是以群体的方式存在,是以复数的形式出现,因为她们从不单独出门,总是两两同行,甚至是两个人提着同一只盛满浆果的箩筐行走,年纪稍轻的和年纪稍大的走在一起——所谓年纪轻和年纪大是相对而言的,因为她们的年龄都在同一个范围里——一个属于她们自己的年龄段:30至40岁之间。她们的脸都很相像,都是黑黝黝的,泛着琥珀光,在相同的白头巾和眉毛的黑边下闪动着相同的一类的眼睛,如穗状花絮般睫毛下那大大的褐色的眼珠死盯着脚下的大地,射出暗淡迟钝的眼神。她们的名字也是合在一块儿的,甚至父名也都是同一个:基里洛芙娜,而背地里,人们把她们叫做鞭笞派女教徒。

为什么都叫基里洛芙娜呢?这并没有提到一个叫基里尔的人呀[①]。基里尔是谁,他是否是她们的父亲,为什么他会一下子拥有这么多的孩子?30个?40个?抑或更多?况且都是清一色的女儿,没有一个是儿子?既然那个长着一头红褐色头发的基督并不是她们的兄弟,那么显然基督也不会是他的儿子。要是现在,我会很清楚:这个拥有许多女儿的基里尔只不过是作为一个女儿的父名存在的。不过在那个时候我没有这么去琢磨,正如我也没有去想,为什么轮船会起名叫"叶卡捷琳娜"。叶卡捷琳娜——这是一个名称,如此而已。基里洛芙娜也是一样,不过是个称谓罢了。

"鞭笞派女教徒"这个称号的发音很俏皮,这与她们的稳重体面的举止不相符,这一点颇令人惊奇。这个词的发音使我想到柳树,女教徒们就在那些柳树的下面和背后,活像一群白头雀,之所以是白头,是因为她们头上都戴着头巾;而之所以是鸟雀,是因为保姆走过我身边时常挂在嘴边的那句俏

[①] 按俄国人的姓氏习惯,基里尔的女儿的父亲为基里洛芙娜。

皮话:"瞧,这就是她们鞭笞派教徒的巢窝",这句话并没有丝毫指责的含义,而只是由别索契别墅到塔鲁萨的途中时常指点出的普普通通的路程标志:"瞧,我们已经走过了钟楼……瞧,已经可以看见了,我们走过一半的路了……瞧,这就是她们住的巢窝儿……"

她们这些鞭笞派教徒的巢窝其实正好是通向塔鲁萨小城的入口。经过了最后一道坡(要经过多少大坡哟!),没过许许多多的光明之后,走进了一片彻底的昏暗(一下子就完全暗下来了,原来是一片浓密的树荫),在经历了那难耐的酷热之后,突然迎面扑来一阵清新凉爽的空气,在经过了干旱的折磨之后,终于迎来了湿润,顺着那裂开的、深深扎进泥土里的,仿佛从地里长出的原木,走过冰冷昏暗、奔流作响的小溪,在左手第一个篱笆后面,"她们鞭笞派教徒的巢窝"就隐没在柳丛和接骨木树后面。这的确是巢窝,而不是房屋,因为房屋在所有这些灌木丛后面是完全看不见的,而倘若篱笆门偶尔敞开,那么被一切的美景和鲜艳的红色,尤其是被那美丽的黑色所陶醉的眼睛是无法发现那儿还有一个似乎是灰色的棚子的,根本不会在意这个。正如人不会看见自己眉毛以上部分。从来没有人说起过那些基里洛芙娜们居住的房子,人们只会谈论花园,花园吞噬了房屋。倘若那时人们问我,鞭笞派女教徒们都在干些什么,那么我会不假思索地回答:"她们在花园里散步,在花园里吃浆果。"

还是再来说说入口吧。这是一个通向另一个王国的入口,这个入口本身就是另一个王国,倘若可以把布满树荫的大道称做大街的话,那么这个王国占据了整条大街。不过我觉得这样称呼不妥,因为在左边除了那无际的篱笆墙之外,什么没有,而右边只是一些牛蒡草、沙地,和那条叫做"叶卡捷琳娜"的船……这不是入口,而是中转站:从我们这里(从这幢孤独的大自然中的孤独的房屋)到那里(到人们居住的地方——到邮局、集市、码头、纳特金小卖铺,然后,到城里的林荫道)的中转站。这是一块中间地带,一块无人管辖无人过问的空地。突然,你又会恍然大悟:原来,这根本不是入口,也不是什么中转站,而是出口!(因为第一幢房子却又总是最后一幢!)这是离开塔鲁萨,离开各种围墙和峡谷的出口,是离开个人领地的出口,离开自己的表皮的出口!这是离开各种肉体,进入广阔空间的出口。

我最喜欢这下坡时的一刹那间的感受,它胜过了我对整个塔鲁萨小城,更确切地说,对所有那些"客人",即那些聚会时的甜食、别人家的小孩子……的感受,我最喜欢走进这入口,走进这绿荫浓密、伴者冰冷的小溪哗哗流淌的昏暗之中时的瞬间感受,最喜欢走过那漫长无边的柳条接骨木树编成的灰色篱笆墙时的感受,我始终觉得,在这堵篱笆墙后面,所有的浆果,譬如,草莓和花楸果,会一下子成熟起来;那里永远是夏天,夏天会带着它所应有的一切鲜红的色彩和甜蜜的果实,一下子降临到身边,那儿是个令人神往之地,进去是不会后悔的,(可是我们却从未进去过!),只要一走进去,你的手上立刻就会塞满了各种果实:草莓、樱桃、黑豆,特别是接骨木果!

可是我不记得园子里的那些苹果了。我只记得浆果。在塔鲁萨这样的小城里,说来也怪,在收成好的年份里——这里每年的收成都不错——苹果都是用盖了布的篮子运到集市上去的,多得连猪都不愿吃了。可是,在那些基里洛芙娜们那里,并没有苹果,因为她们到我们这里来正是为了得到苹果,可是在我们那个"衰老的花园"里,也就是在由于我们而变得衰老,变得荒芜的花园里,虽然还有一些宝贵的品种,但大都已无人照料,几乎不能再食用,只能用做干货了。不过来偷苹果的倒不是她们,不是那些举止稳重、目光低垂的女教徒们,而是另外的人,也就是她们的圣母和基督,那个长着一头红褐色头发,瘦弱无比,胡子老长,眼睛很大的基督。现在我会说:基督穿得破破烂烂的,光着脚丫。这就是她们的基督和圣母——苍老的妇人,皮肤已没有了光泽,而是像一块皮,像一块皮革那样粗糙,虽然穿着并不破旧,但依然让人觉得有点奇怪。父母对这些不速之客的态度倒是有一点儿……像是命中注定一样,暧昧不清。"基督又来摘苹果啦……",抑或"圣母和基督又在附近转悠啦……"这些人没有征得同意,而这里的人也并不禁止。圣母和基督仿佛是家庭里的灾祸,仿佛是预先早已设下的灾难和不幸,这种灾难和不幸仿佛同房屋一道被承接下来了,因为那些基里洛芙娜们比我们更早地来到塔鲁萨小城,她们比任何人都来得早,也许,甚至比鞑靼人来得还要早哩,我们在小溪里还找到过那些鞑靼人用过的生锈的炮弹呢(到底是不是他们的呢?)。这不是一场突然袭击,而是乞讨。不过,必须补充一点,当我们这些孩子们冷不防撞见这些人正在偷苹果时,这伙人,尤其是基督,毕竟有点心虚,于是就躲到一边,避开我们,各自躲到另一棵苹果树后面,而圣母已经在那棵苹果树后面急匆匆地塞满了一大麻袋苹果了。在这种场合,这些人彼此什么话也不说,而我们也丝毫没有大喊一声来表明我们的存在的念头,我们似乎已经默默地达成协定,好像这伙人什么也没做,而我们也是什么也没看见,好像这里什么人也没有,这伙人压根儿就没来过,我们也同样没来过,也许,她们和我们都根本不存在,就是这么回事⋯⋯

"爸爸!我们看见基督啦!"

"他又来啦?"

"是的。"

"那么,好吧,愿基督保佑他吧!⋯⋯"

父母从不过问苹果被偷的事,而我们也不去报告。有时我们会发现红褐色头发的基督在一座干草垛中睡着了。年迈的圣母坐在他身旁不停地替他驱赶苍蝇。于是,我们一言不发,踮起脚尖,皱起眉头,互相用眼神指了指我们发现的这个"难得的宝贝",就轻轻地走开,来到我们的"穴窝",坐在那里面,晃动着双腿,斜眼瞧着那还在熟睡的基督和他身旁仍在为他赶着苍蝇的圣母。有时保姆并不是对我们说,而是当着我们的面告诉家庭教师,说这个基督是个不幸的醉鬼,人们又在水沟里把他拖了上来。可是,由于我们自己也曾在水沟里待过,所以这个消息并没有让我们感到惊讶,"不幸的"这个词向我们描绘了一个醉鬼,同时又好像往我们嘴里塞进了艾草(我们时常吃这些玩意儿),逼得我们过后不得不喝掉整整一桶水。

有时基督会唱歌,而圣母则在一旁随声附和,虽然她的歌声更加男性化,而基督唱出的却是女人的腔调,声音非常细嫩,但我们却一点也不感到奇怪。这是因为,第一,任何事情向来都不可能使茨维塔耶夫家的孩子们感到惊奇;第二,她本来就显得阴沉,而且身体壮实,而基督却显得开朗而柔软。本来嘛,每一个人都是凭自己的最合适的嗓音唱歌的,正如蚊子和大黄蜂的叫法相去甚远一样。一首关于各种绿色花园的歌从布满绿荫的偏僻的苹果园里传到我们那绿色的水沟里……我们甚至从未琢磨过(即使现在也不知道),他俩到底是不是母子关系,正如关于他俩为什么就是圣母和基督这个问题,我们不但从未问过父母,就连我们并不害怕的保姆,我们也没有向她问过这个问题。这倒并不是因为我们相信这俩人就是那从圣像上走下来的人(真正的圣母和基督应该在圣像上,另外,不管怎样,与苹果没有联系……),这两人不是那圣像里的人,但也不能说就是别人。也许,名字本身就会招致一种震颤——并非每一个人都可以被称做圣母和基督的!另外,我们倒是可以确定,他俩的身份是不容怀疑的,并且我们无权审判他俩。我们当时的感觉大约是这样左右我们的判断的:"既然他们偷了苹果,那么就不完全是基督和圣母,可是他们终究还是基督和圣母,这就意味着,他们的行为不能完全算是偷。"的确,他们不是在偷,而是在拿,而且现在我知道了,他俩躲起来并不是要躲避我们(孩童自己才是乞丐,才是小偷),而是要躲避那一双双眼睛。任何动物,任何孩童(不仅仅是孩童和动物,这一点请相信我!),当人们都盯着他们看时,都会受不了的。总之,在我们看来,这一对流浪者不仅仅是普通的人,假若不是真正的圣像里的圣人,那么也终究还是某种不平凡的人,是与圣人差不离的人。基督和圣母总是住在一起(也就是走在一起,关于他俩的生活我是一点也不清楚)。他俩彼此形影不离,永不分开,但却是离群索居,不与别人来往。我常瞅着他们暗自思忖:"可能是这么一回事:那个圣母总是走在那个基督的后面",因为她的确是走在他后面,的确是跟着他走的,而且总是保持一段距离,好像生怕踩着他的脚印(赤足的脚印)。她走在后面,好像还用身体支撑着他——他全身虚弱,心绪不佳,仿佛不是到他自己想去的地方,而是到他的脚想去的地方,甚至他的脚也十分清楚该往哪里去:一会儿走到车辙上,一会儿走到石头上,一会儿走到小草堆上,一会儿又全没了主意——干脆在瞎转悠。于是,在集市上能遇见他们,在大路上能看见他们,在长满牛蒡草的田野上能发现他们,甚至在奥卡河上也能看见他们……不过,正如那些女教徒们从未来摘苹果一样,这母子俩也从未带来什么浆果,甚至不能想象,基督有一天会突然带来草莓!你会觉得这种念头十分古怪。此外,基里洛芙娜们见人总是鞠躬行礼,而圣母却从不这样,至于基督就更不必说了——不但只是眼光一瞟,简直就是这个身体一闪而过!

"太太!基里洛芙娜们送来草莓啦……要不要收下?"

我们站在外屋,母亲站在前面,由于害怕脸上显露出突然而至的馋相(孩子下意识的心理最容易被母亲觉察!),我们躲在母亲身后,隐隐约约地伸出脖子。终于,我们抵御了那一堆草莓的诱惑,但却又突然和几乎刚刚从地面升起的女教徒们的目光相遇了(我们的身体是那样矮小!)我们看到了她们眼里那善解人意的微笑。当她们把浆果从笤筐里倒进盆子里时,基里洛芙娜(是哪一个基里洛芙娜?她们全都是一个人!一个人显现为30张不同的脸,套在30条不同的头巾下面!)那低垂的眼睛紧盯着母亲离去的背影,平静而不慌不忙地把一个又一个浆果塞到凑得最近的、最勇敢的,也是最馋的一张嘴里(通常就是我的嘴!),仿佛把浆果一个接一个地投进了无底洞。她是怎么知道母亲不允许我们饭前一下子吃那么多浆果,不允许嘴谗的呢?其实,她跟我们知道的途径是一样的——母亲从来不用言辞来禁止我们的,她只需使一下眼色就足够了。

我欣喜地确信,我是基里洛芙娜最喜欢的一个孩子,也许,她们正是喜欢我的这种贪婪,这种血性方刚的气质,这种坚贞不渝的品性——安德留沙长得高而瘦,阿霞呢,长得又瘦又小——她们如此喜欢我,也许还因为她们这些没有孩子的女人就想要一个像我这样的女儿,也许,有一个像我这样的女孩就足够了!

"女教徒们最喜欢我!"满腹委屈的我带着这种念头,渐渐睡着了。"妈妈、阿芙古斯塔·伊凡诺芙娜、老保姆(爸爸出于他的善良,对谁都是'最喜欢')最喜欢阿霞,而外祖父和女教徒们则最喜欢我!"为了这种组合,那位彬彬有礼的波罗的海移民本该感谢我!

在塔鲁萨天堂乐园的所有景致中,有一个景致最让我心动,因为它是唯一的。女教徒们邀请我们全家去割草场玩,噢,这是多么令人惊讶,多么令人奇怪的念头(母亲受不了这种全家出动的游玩,她觉得这简直不可思议——一家人全都出动,特别是让自己的孩子们在众人面前尽情放肆),噢,更让人震惊的是,我们也被带上了。当然喽,这是父亲坚持的结果。

"这个小姑娘会晕车的",母亲抚摩着我那事先已经是罪不可赦的小脑袋,说,"在马车上一定会颠得很难受,一定会呕吐的。她总是晕车,不管到哪儿都晕车,我简直不明白,她这一点究竟像谁。我老爸(她就是这样称呼"外祖父"的)不晕车,我也不晕车,你也一样,而且廖丽娅、安德留沙、阿霞他们都不晕车,可她倒好,刚一上车就恶心了。"

"是呀,恶心……"父亲温顺地附和着,"恶心,这可真叫人难办……(这时,他显然已经在想别的问题了。)呕吐,这真奇怪。(突然,他恍然大悟)兴许,吸点新鲜空气就不会呕吐啦……"

"哪儿来的新鲜空气?"母亲发起火来,显然,路途中的情景已事先让她感到莫大的委屈,"火车呀,马车呀,轮船呀,带弹簧的坐垫也好,没弹簧的硬座也罢,还有轮渡、电梯,她坐哪一样不呕吐?她到处呕吐,亏她还有一个叫'大海'的名字呢!"①

"我走路可不会吐",我怯生生地、但却是怒气冲冲地补充了一句,显然,由于父亲在场,我胆子大起来了。

"我们可以让她脸对着马匹坐,再带上点薄荷片和换的衣服……"父亲试图说服母亲。

"只是我不想和她坐在一起!不管是并排坐还是对面坐,我都不干!"安德留沙气恼地嚷着,一张脸早已阴沉下来,"你们每次都让我跟她坐,你还记得吗,妈妈,有一次在火车上……"

"我们不妨带一点花露水",父亲继续安慰道,"这回我坐在她旁边"。(你呢,小乖乖,可别硬撑着,要是万一想吐了,就悄悄告诉我,我们立即停住马

---

① 作者的名字"玛丽娜"有"海景"的意思。

车,你就爬出去喘口气。我们又不是去救火,用不着走得这么急……不过这也够奇怪的:为什么你总是要晕车?看来,没啥办法,就认了吧,你生来就是这样,天性如此罢了,真没办法,你甚至可以这么对我说:"爸爸,我想弄点鸦片!"你就快点跳下车,跑得远一点,别让妈妈伤心!)

总之,我们上路了——我终于带上了我的鸦片——终于到达了远离塔鲁萨的目的地,看到了一片片泛滥的草地——这就是女教徒们的割草场。

"哎呀,我们的玛丽娜,我们的海姑娘,小果果,瞧你的脸怎么这么青?是不是起得太早了,小心肝?昨晚没睡好吧,小美人?"基里洛芙娜们围成一圈,把我围在当中,领着我,像是强拉我跟她们跳圆圈舞一样,领着我团团转,害得我晕头转向,在她们手中传来传去,而她们呢,仿佛用一种共有的珍宝,一下子便把我吸引住了。在这个天堂乐园里,我一个亲人也记不起来了。无论是爸爸、妈妈、家庭教师、老保姆、廖丽娅、安德留沙、阿霞,我一个都不记得了。我成了她们的人。我同她们一起划船嬉戏,在船上晃来荡去,还躺在这些骚动不安的女人当中消磨时间,还同她们一道潜入水中,又浮出水面,像不朽的诗作(《忙乱》)里的那条看家狗一样,我还同她们一道去泉水边玩耍,一道燃起篝火,一道捧起巨大的彩色茶杯喝茶,像她们那样啃着糖块,像她们那样……

"玛琳努什卡,小美人儿,你就留在我们这儿,做我们的女儿吧,住在我们的花园里,跟我们一起唱歌吧……""妈妈不让。""那么你想不想留下来呢?"我沉默不语。"唔,当然喽,你不会留下来的——心疼你的阿妈呢。她大概很喜欢你吧?"我没回答。"大概,给她钱也不会把你让给我们吧?""不过我们不会去求你阿妈的,我们亲自驾车把孩子带来!"一位年轻一点的女教徒说,"带来后就把她关在我们的花园里,谁也不放进去。这样她就将和我们一起生活在这篱笆墙里了。"此刻,我内心里开始燃起一股奇怪而又热烈的,从未实现过的渴望。也许,这一切会突然真的发生?)"你就和我们一块儿摘樱桃,我们就叫你玛莎……"那位年轻女教徒犹如唱歌般轻快地说。"亲爱的,别害怕",年纪稍大一点的女教徒试图安慰我,显然,她把我发自内心的惊叹理解为恐惧了,"谁也不会把你拐跑,你尽可以和阿爸、阿妈,或者保姆一起来塔鲁萨,到我们这里来作客——尽可以在每一个复活节都来转一趟,大家都会来看你的,你却看不见我们,我们却可以看见所有的人,我们可以看见一切……你会穿一身雪白的衣服到这里来,像那黑桃皇后一样衣着鲜艳,光彩夺目,还穿着一双带扣的小皮鞋……""不过我们会让你换上我们的衣服!"那位嗓音如歌声般婉转悦耳的喋喋不休的众教徒随声附和道。"我们让你穿上黑色的长袍,戴上白色的头巾,让你蓄起长发,扎上小辫……""行啦,小妹妹,你干嘛吓唬她!她会信以为真的!每一个人都有自己的命运。她注定会是我们的女儿,她是我们幻想中的客人,是我们想像中的女儿……"

于是,她们拥抱找,紧紧地搂着我,把我举起来,往上抬——啊!

我仿佛被举到马车上、被举到山冈上、大海里,一直被举到空中,从那里我看到了一切:穿着茧绸上衣的爸爸、戴着红色头巾的妈妈、身穿的罗尔裙的阿芙古斯塔·伊凡诺芙娜,还有那边黄黄的篝火和最最遥远的奥卡河岸那平坦的沙滩……

我真想安息在塔鲁萨女教徒们那儿的墓地里。安息在那接骨木树灌木林下面,倘若能在那儿选一个刻着一只银灰色鸽子的坟墓多好。在那里,你可以找到我们这里最大最红的草莓。

不过,倘若这是个无法实现的空想,倘若不仅我不可能躺在那个地方,而且那个墓地就根本不存在,那么我期望我能被安葬在那一群山冈中的某个地方——无论是基里洛芙娜们到我们住的别索契这里来,还是我们动身去她们住的塔鲁萨小城,都得经过这些山冈——在一块从塔鲁萨采石场运来的石头上将刻下这一句话:

玛丽娜·茨维塔耶娃
渴望安息于此。

巴黎,1934年5月

往事追忆

I 神奇的色彩

安德留沙的老师是一个身穿灰色制服的大学生,当他遇到强烈的光线或是突然笑起来时,总是眯缝起他那双友善的褐色的眼睛。每天早晨,他到大学去听课,午饭后教安德留沙神学课程、语文和算术,到了晚上则成了我们的老师。不过话虽如此,其实他只教阿霞一个人。当她在吃午饭的时候又照例发出"咿、咿、咿、咿"的怪调而不肯乖乖进食时——这种情况首先出现在喝汤时,尔后又出现在上第二道菜时——无论保姆怎样一遍又一遍企图让她相信,喝了汤长得快,吃了肉饼身体好;无论妈妈如何跪在她的小椅子跟前央求她吃饭;也无论爸爸的最后通牒有多么严厉:"要么乖乖吃饭,要么从桌边滚开去!"都无济于事,而他,这位大学生,只消在她耳边嘀咕几句,她便抓起调羹,乖乖地把该吃的东西全都吞了下去。

她渴望嫁给他。"妈妈,他会把我带走的!"在照相馆里,她大腿翘二腿,面带微笑地坐在那里一动不动,甚至照相师客气地请她站起来时她仍不愿离去。当大人们在圣诞节里送给她一只洋娃娃作为圣诞礼物时,她立刻把这只洋娃娃称作阿尔卡什,尽管这只洋娃娃身上的纯俄国式上衣更像一个二流子。每天晚上,他都要给我们讲童话故事,当然喽,他其实并不想讲给我们听,而是只想讲给她听。"这个,这个,小阿霞,你知不知道……"(他说话有点结巴)"……这个,从前,有一位老太婆,这个,突然有一天她游到一张床上……不是老太婆,这个,还有一个老头子,早晨,他来到大海边,这个,你明白吗?到海边看,发现在渔网里的,这个,是老太婆,不是鱼……你听懂了吗?"

"懂啦!"她坚定地回答。

"于是,这个,他们三个便生活在了一起。老头定睛一看,还是原来的破衣盆,而在破衣盆里的,这个,是老太婆……"

我清楚地感到,他说得有点不大对头。妈妈从前给我们讲的老头老太婆和鱼的故事比现在他所讲的要明白得多。首先,那条鱼并非是普普通通的鱼,而是金黄色的;其次,这些各种各样的情形,阿尔卡基·亚历山德洛维奇完全没有提到;第三,一切并不是这么快就结束的。

但是阿霞却更喜欢听他而不是听母亲讲这个故事。因为讲故事的是他。当我们在林荫道上散步时,阿霞第一个从一群坐在普希金纪念像旁的长椅上的大学生中间发现了他。

这时,无论保姆怎样恳求,无论我怎样埋怨,都无济于事。不得不拉着她的手,同她一起奋力地朝那张珍贵的长椅奔去。

"哎呀,是你呀,小阿霞?是出来散步?噢,太好啦……这些都是我的同学……"阿尔卡基·亚历山德洛维奇一边腼腆地咕噜着,一边搓揉着他那双没戴手套的通红的手。阿霞坐在他的膝盖上,数起数来:

"1,2,4……我长大以后……5,3……那时我就和你在一起了……1,2,……大学生们莫名其妙,都笑了起来。阿尔卡基·亚历山德洛维奇也笑了起来,不过他明白过来了——阿霞在掰着手计算他还需等多少年才可以和她举行婚礼。

一天早晨,我们的德国家庭教师突然风风火火地闯进我们的房间。"抓起来啦,人们把他抓起来啦!真是不可救药!至尊的上帝哟!他还这么年轻呢![1]现在在他们身上还能看到什么?一个不幸的年轻人呵!教授的话真粗鲁!哎,我的上帝!一个没有个性的非驴非马的人!"

我们只听懂了最后几个字:阿尔卡基·亚历山德洛维奇是个非驴非马的人。然而到底有什么可怕的事呢?

虽然如此,但阿霞仍然拖长了音,发出"咿——咿——咿"的怪调,起初

---

[1] 此处原文为德文。

是轻轻地,尔后愈来愈响亮,愈来愈一发不可收拾,愈来愈难以劝慰……

她不必同阿尔卡基·亚历山德洛维奇告别。他被从莫斯科发配走了。过了许久,有一天妈妈竟撞见她在做一件古怪的事:她把墙角里的灰尘收集到自己的膝盖上,温柔地吻了吻。妈妈问她:"你这是怎么啦?"她突然又发出"咿——咿——咿"的腔调,不过还是可以听出她的心声:"和那件制服上衣一样……也是灰色的!"

那时她才4岁半。

Ⅱ 文学

当奥涅金后来又见到塔吉娅娜时,她已经出嫁并且已经无法再爱他了。"可是我已属于另一个人,并且将永远属于他……"①可是从前她是爱他的,而他却并不爱她。

我走到镜子前。镜子里是一张圆圆的,并且有点愚蠢的脸。不,完全不像塔吉娅娜,倒更像奥尔迦。可是奥尔迦是多么无聊呀。

"穆霞,吃午饭啦!"

然而塔吉娅娜最初也同样是一个小孩呀。也许……也许,她起先也是这副模样?她喜欢读书,我也喜欢;她不喜欢弹琴,我也不喜欢,我根本就不像奥尔迦!倘若非得选奥尔迦的话,那就让阿霞去选她好啦!我可决意不要她。

"穆霞,吃饭啦!"

全家人都已入座了。我的座位紧挨着妈妈。他正巧坐在我对面,在廖丽娅和阿芳辛卡中间。

"妈妈,我能和亚历山大·巴甫洛维奇坐吗?"

"为什么你要同他坐在一块儿?"

---

① 这是普希金的诗体小说《叶甫盖尼·奥涅金》中的诗句。

"我就是想和他坐一块儿！"

"那好吧。我真不明白,为什么你非得这样。"

于是我和廖丽娅换了个坐。

饭桌上人们总是在说些莫名其妙的话题。爸爸喜欢谈论语文学家和律师。不过我们更喜欢语文学家。有一天晚上我们见到了一位律师,他穿着一件黄色外衣,说话声很大,对爸爸讲他的生活,然后又把这全都写了下来,接着要了点钱,当他离去时,从楼梯上摔了下来,还说这对他又讲是常有的事呢。

上帝哟,幸亏亚历山大·巴甫洛维奇不是律师。他是个语文学家,爸爸也是个语文学家。第三道菜端上桌子,又是生奶杏仁酪。每逢圣诞节前夜,我们总得吃这东西,不过那时我们是在楼上的儿童室里吃饭,所以我们总是把它从小窗口里扔掉。可是今天不是圣诞前夜！阿霞哭着皱起眉头,安德留沙往碟子里倒了很多水,而我则悲哀地恳求妈妈能允许我不吃这东西。

"你怎么啦,小穆霞？"亚历山大·巴甫洛维奇吃惊地问道。

"我不想吃东西！"我无望地回答道。就让他认为我是由于对他的爱才会厌食的吧(我还什么也没说呢,可他应当明白！)。

也许,这就是爱情吧！阿方辛卡曾对我们说,当你非常强烈地爱着一个人时,你会什么东西也不想吃的,曾有一位小姐甚至因此而饿死了,于是他在她的坟墓上痛哭,为她献上了一束勿忘我花,后来他也死了。

吃完饭,我们回到楼上。

"亲爱的阿方辛卡,我应该写封信才对！"

"给谁写信？"

"给我一张纸吧。"①

她拿出一张玫瑰色的小信纸。我开始写信,她则站在我的肩后不停地窥视着。信写得很不顺。首先,由于我是这样开头的:"亲爱的奥涅金！",因此,我担心,要是万一他不能明白,这信其实是写给他的呢？另外,我不会拼"忍

---

①此处原文为法文。

耐"这个词。阿方辛卡也不会。

"噢,我知道我们该怎么办啦。我有一张很小的表达爱情的明信片,你只需把它翻译一下。"①

于是,一切该说的都已说了,该写的都写在明信片上了,这下我倒省事了。明信片上写着:"亚历山大,这多么不好……",②我把它译成:"亚历山大,你多么卑鄙";明信片上写着:"于是你欺骗了我对你的信任……",我译成:"……你出卖了我对你的信任……"

从法文译过来多么好哇!一切都那么庄严,那真是些深奥聪明的词汇!

只是我不懂,为什么称"你",而不是"您"呢?阿方辛卡安慰我说,别人都是这么写的,于是,信就这样写好了。但是怎样转交给他呢?阿方辛卡不愿去做这件事——万一让妈妈看见了咋办!安德留沙本来对亚历山大·巴甫洛维奇就忍无可忍,故意不去转交,廖丽娅又走了,这可咋办?对了,还有阿霞!

"阿霞,你还记得,我昨天送给你的宝贝洋娃娃阿尔卡什一件外套吗?"

"阿尔卡什从不穿外套。他还是个孩子!"

我没话说了。

"阿霞,你想要我那个藏在小蛋壳里的去年的小虫吗?白色的?"

"那你要我送你什么呢?"

"我什么也不要,我白送给你!"

阿霞轻蔑地看着我。

我难为情了,不得不开口:"你只需替我送一件东西给亚历山大·巴甫洛维奇,行吗?"

"那只虫是完整的吗?"

"是的,我也把蛋壳给你!"

"再给我一枝绿色彩笔,那我就去送……"

绿色彩笔!谁也没有绿色笔呀……是的,的确没有,不过蓝色加黄色正

---

① 此处原文为法文。

② 此处原文为法文。

好就是绿色。

"行,拿去吧!"

我们互相碰了三次头,表示决不反悔,于是阿霞便飞跑着去找亚历山大·巴甫洛维奇,边跑边喊,整幢房子都能听见她的喊声:"穆霞给您写了封信!穆霞给您寄来一封信!"

第二天清早,我醒来后,立刻感觉到我做了一件似乎是很愚蠢的事。要是万一他会在早饭桌上大声念这封信怎么办?爸爸一定会把我从饭桌上赶走的。整个早晨,我心不在焉地准备功课,钢琴弹得就更差了,我的老师瓦西里·伊凡诺维奇和妈妈怎么也搞不懂,我究竟是怎么了。最后大钟终于敲了12下。该吃早饭啦。也许我根本就不该去?这样他们读信时我不在场了。但我终究还得去吃午饭呀。也许,连午饭也不去算啦?那样的话,他就会给我送来一束勿忘我花了。难道该求他不要念这封信?但这一切都为时已晚。我已经不知不觉地坐到了饭桌边上。

饭桌上人们正在谈论廖丽娅的女伴拉耶奇卡·阿勃莲斯卡娅。

"这一类女生我真受不了!"妈妈说道,"没一点儿女人气,没一点儿分寸……"

廖丽娅一言不发,两眼直盯着鼻子。看来她要从桌边猛地站起来驳斥一番,看来,一场争吵在所难免了。

"拉耶奇卡是个挺不错的女孩!"突然亚历山大·巴甫洛维奇发话了,"她直率、活泼、真诚……"

为什么我听了这些话心里很不是滋味?我其实是很喜欢拉耶奇卡的,可现在……

"虽然她的行为举止有点儿怪,但我还是很喜欢她……"亚历山大·巴甫洛维奇继续说道。

"拉耶奇卡·阿勃莲斯卡娅根本不是个好女孩!"我突然宣称。

"我们没问你!"爸爸说。

"妈妈不喜欢她,我也不喜欢她。"

"穆霞！"妈妈大吃一惊。亚历山大·巴甫洛维奇微笑着和妈妈交换了一下眼色。

"等我毕业以后，我就和拉耶奇卡结婚，并且把她带到叶卡捷琳堡去"。

"那我就跟你们去。"

"我们一大早就走，你还在睡觉呢……"

"那我就不睡觉！"

"我把她带到我住的乌拉尔山去！"亚历山大·巴甫洛维奇快乐地哈哈大笑着，他那黄色胡子不停地颤抖着，两眼眯成了一条缝。

我扔掉了叉子，张开嘴巴嘶声竭力地喊道："我会毒死她的！"

"那人们会把你流放到西伯利亚！"

"那我会逃跑的，我要杀，我要杀她，我要杀您，我，我……"

我开始叫嚷，声音可怕极了。爸爸冲着妈妈直嚷嚷："这都怪那些书！"妈妈对阿方辛卡发火，而廖丽娅则怪罪亚历山大·巴甫洛维奇。我真不明白，为什么要戏弄我呢，这下，安德留沙倒心满意足了，他竟然悄悄地拽阿霞的腿了，而阿霞则偷偷地把那些讨厌的豆子塞到桌子底下……

我噌地一下从桌旁站起来，跑上楼了。我一头扎在床上，失声痛哭，把脸整个儿埋在了枕头里。这时响起了敲门声。就让他们敲吧！门反正锁着。让他们再敲一会儿吧……

"小穆霞，我来同你和好啦。快开门！"

"这准是廖丽娅派他来的。"我暗自思忖道，于是继续哭下去，就是不开门。不一会儿，阿方辛卡来安慰我了。

"这全都因为你还太小！"她用法语说，"等你长大了，一切都会变的。你不必把那些年轻人放在心上，应该对所有的人都冷淡。"

"是的，可是塔吉娅娜却不是对谁都冷淡的呀，她不也是首先写信的吗"，我反驳道。但阿方辛卡并没听说过塔吉娅娜。

稍稍得到些安慰之后，我开始写第二封信，这回我没有去翻译现成的句子。这封信里充满了恐吓、恳求、责备。但更多的是些感叹号。阿霞在得到我的锡制小鸟之后,同意再替我转交一趟。

晚饭吃得很平静,饭后他把这封信还了过来,信里到处是用红铅笔划出的文法错误。

看来值得好好琢磨一番了。为什么他要划出这些书写错误呢?这又不是听写作业。难道奥涅金当初也是这样把塔吉娅娜的信中的错误都划出来的吗?难道奥涅金真地爱上了拉耶奇卡吗?难道他真的想把她带到乌拉尔去吗?难道他在大学里念书?难道他有黄胡子?难道……

这么说,难道我真的像塔吉娅娜?

当阿方辛卡晚上走到我床边时,我告诉她,我再也不爱亚历山大·巴甫洛维奇了。

"这就对啦,根本不值得去爱!"她说,"我完全不明白,你到底爱他什么。瞧他那副模样,那么瘦,而且还……还是个家庭辅导教师。我要是你的话就会找一个你父亲身边的熟人。不过你有的是时间,你才7岁……"

"我谁都不会嫁的!"我斩钉截铁地说。

1911年-1912年

老彼门的房子

薇拉·穆罗姆采娃，
她和我同根生

▎外祖父伊洛瓦伊斯基

我要讲的不是"克雷洛夫爷爷"或者"安徒生爷爷"那样的一般泛泛的老人，而是我的一个确确实实的外祖父，只不过不是我的亲外祖父，同我没有血缘关系。

"妈妈，为什么安德留沙有两个外祖父，而我们却只有一个？"这个问题我是忘不了的，可她是如何回答的我却记不清了，也许，根本就没有什么答案，因为母亲不能说真话，只能这样搪塞："因为我的父亲，也就是你们的外祖父，亚历山大·达尼洛维奇·梅因是一个慷慨大度、公正宽厚之人，要他只爱自己的亲外孙们而不爱别人的外孙，至少，要他只送给自己亲外孙们小礼物，只爱抚他们而不同样对待别的外孙，是不可能的；而安德留沙的外祖父却是一个冷酷无情之人，老态龙钟，他只会拼命地爱抚自己唯一的外孙。"于是，安德留沙便有了"两个外祖父"，而我和阿霞却只有一个了。

我们的外公更好。我们的外公常给我们带香蕉吃，我们每人都有一份。而伊洛瓦伊斯基外公却只带金币，而且只给安德留沙一个人，直接塞到他手里，动作很快，一句话也不说，甚至连看都不看一眼，并且只在生日或者圣诞节这一天。妈妈立刻把这些金币从安德留沙手里夺过来。"阿芙古斯塔·伊凡诺芙娜，快给安德留沙洗洗手！""可这些金币完全是崭新的呀！""钱哪里有干净的。"（于是，我们这些孩子便有了这样一种印象：钱是肮脏的东西。）于是,外公给安德留沙的礼物不但不是件令人愉快的东西,反倒是件肮脏的玩意儿:不得不再多洗一遍那双早已由那位德国女人洗过的手了。金币滚进了一个叫做"伊洛瓦伊斯基"的贮钱罐,至于钱罐里已积攒下多少硬币,谁也记不清了。(在一个令人愉快的日子里,整个钱罐连同10年来积攒下来的伊洛瓦伊斯基的金币都不翼而飞了,倘若有人为此感到惋惜的话,这人决不会是安德留沙。我们从小就形成了一个观念:金子不仅是肮脏的东西,而且它的发音也是空洞的。)

我们的外公时常坐着自己的马车来看望我们,还把我们带到彼得罗夫斯克—拉祖莫夫斯克去玩,可是安德留沙的外公却谁也不带,因为他自己出门就从来不坐马车,总是步行。老人们说,他就因为从不出远门,才显得这么苍老。我们的外公时常从国外给我们带回些上了发条的蹦跳玩具,比如,最后一次从卡尔斯巴德回来时给安德留沙带了一个玩具小男孩,这玩具孩子能在墙壁上行走。可是在伊洛瓦伊斯基外公面前,原本活泼可爱的男孩安德留沙却一动也不能动,仿佛他身上的发条一下子出了毛病一样。每次他来过我们在三塘的家以后,整座古老的房子里到处都会听到这样的低声嘟哝和窃窃私语:"百万富翁"(老保姆语),"阔佬"(来自波罗的海的家庭教师语),而当大家聚到一块儿时,又异口同声地说:"别嚷嚷哟,瞧我们的安德留沙,安德留申奇卡,快成了富有的继承人啦,财产继承人……"对于我们这些7岁、4岁和2岁的孩童来说,这些语句没有任何含义,纯粹是一种魔术罢了,就像伊洛瓦伊斯基外公本人一样不可捉摸。他一进我们家门,便坐在大厅中央的维也纳椅子上,经常连身上那件直拖到地板上的长长的毛皮大衣也不脱下——三塘家中底屋的寒冷他是知道的,因为这过去就是他的房子,后来他把这座宅子送给女儿瓦尔瓦拉·季米特里耶芙娜做嫁妆了,她就是嫁给我父亲的。伊洛瓦伊斯基外公从不越过大厅走到别处去,也从不坐在大厅里那张圆圆的绿沙发上,而总是坐在那张立在光滑的地板中央的光秃秃的椅子上,犹如处在一个荒岛上一样。他常常盯着迎面走来并坐在他面前的小女孩,仿佛要拨开云雾看个究竟一样,问道:"这位是谁呀?是玛琳娜还是阿霞？""是阿霞。""啊，我知道啦。"话语中既听不出赞许，也听不出惊奇，甚至连意识也没有。什么也没有。不过，我们对他也同样毫无感觉，甚至都不怕他。我们早就知道，他其实看不见我们。2岁的、4岁的和7岁的孩子早就知道，对于他来说，我们根本不存在。于是，我们就彻底自由而平静地看着他，就像看特维尔林荫道上的普希金纪念像一样。如同一切纪念像对我们的影响一样，他在房间里对我们产生的唯一影响是在我们身上某种渐渐产生的并不痛苦然而却是深深的惊讶，它使我们呆若木鸡似的站在老人面前一动也不动，这种惊讶只有当大门咯吱一声关上，老人已离去时才会从我们身上消失。倘若伊洛瓦伊斯基外公永远也不走的话，我们就会永远站在那里不动弹。

春天里，我们那撒满白杨树绿荫的三塘家中的院落里会堆放下许多包了铁皮的箱子，它们原先都是伊洛瓦伊斯基外公的，后来成了安德留沙那死去的母亲——美人瓦尔瓦拉·季米特里耶芙娜的嫁妆，这个美人是我父亲的初恋情人，是他的至爱，是他永恒的痛苦与忧伤。

这里有红色的小鞋（我们小时候就是这么说的），高高的鞋跟有整个脚掌那么长（侍女玛莎哈哈笑道："他们的脚儿看来一定很小！"），有黑色花绸的面料，有雪白的披巾，长长的边角拖在地上，还有红珊瑚做成的梳子。这些东西我们在自己母亲玛丽亚·亚历山德洛芙娜·梅因身边从未见过。还有珊瑚制成的7种项链。（母亲对2岁的阿霞说："阿霞，跟着我念这个词：珊瑚项链！"）要是能让我们摸一摸该多好。可是用手去摸绝对不允许的。而这些红红的小梨子形状的东西是专门戴在耳朵上的。这又是什么？噢，原来是火红色的石榴石，火红的颜色真让人觉得里面甚至还装着葡萄酒呢。（"跟着念，阿霞：石榴石手镯"。"手镯。"）这一样东西是珊瑚做成的胸针，像一朵玫瑰花。珊瑚和石榴我都会用法语说。我知道，石榴石是可以吃的东西。可这丝绸花边听起来有点奇怪。还有一双曾祖母留下来的女式棉鞋。所有这些东西的名称对于我们来说都毫无意义，纯粹是魔术。（"据说，他们这家人都曾是演员，还在剧院里唱过歌剧呢……"，玛莎对我们的来自波罗的海边的家庭教师轻声嘀咕着,"听说,他们走了以后,我们的老爷还很难过呢"。"瞎扯"①,波罗的海人低沉着嗓子斩钉截铁地反驳一声,竭力维护家里的名誉,"他们只不过一个是有钱的女儿,一个是有钱的父亲罢了。她唱歌剧,就像小鸟儿啼叫一样,只是为了消遣消遣而已")我还看到一件用橙黄色丝绒做成的火红色的小男孩的衣服。穿这件衣服的小男孩通常被称做少年侍从。(我还看见一根黑色的细带,绳端是蛇头状的,人们就用这根带子撩起衣服的下摆——少年侍从就是这么做的。)这儿还有把长刀,叫做长剑。另外,这儿还有罗缎、波纹绸、项圈。我还看见一些精致的小匣子和小套子……到处弥漫着一股怪味——原来那是广麝香的气味。安德留沙确信不会再找到第二把刀子了,所以干脆把那把长剑挂在身上,骑到一匹支在一根木棍子上的小木马②上。我怯生生地对母亲说:"妈妈,这……这样真美!""我可看不出来。应该爱护这些东西。因为这都是廖丽娅的嫁妆。""看,这儿有一片银白色的雪花!""这是萘片。是防蛾子叮咬的。"萘片啦,飞蛾啦,嫁妆啦,广麝香啦,统统都毫无意义,纯粹是魔术罢了。

过了一阵子,在我们家的撒满白杨树绿荫的院子里出现了辆自行车的骨架。我之所以说是"骨架",是因为,我稍稍长大以后,很快就在我第一个看到的那些过分高大、长着奇长的脖子和远离地面的长腿,只留下骨架,而且多半只存在于图片里的动物那里认出了自行车的模样(那些动物的骨架真像自行车)。"这简直是一辆史前自行车!"善于自由遐想的大学生古里亚耶夫哈哈大笑地说,他的笑声简直像雷鸣。他在我们家专门辅导安德留沙学习7年制中学的预备班课程,可暗地里却偷偷要廖丽娅姐姐做他的新娘。这是一个自行车最初的式样,是外祖父送给,确切地说是留给(说得更简单点——扔给!)快要到学科学年纪的小外孙的。这种赠送并不是个慷慨的行为,因为外公又替自己买了一辆新的。对于一个9岁小男孩来说,最困难,最难以做成的事便是骑到车子上去。第二件难办的事便是骑着它兜风。因为只

---
① 此处原文为德文。
② 此处原文为德文。

有一尺长的小脚根本够不着脚蹬子。唯一可做的便是坐在车上不动,因为这辆车有3个轮子,绝对稳当,坐着很舒适。看院子的马特维骑着这辆车带安德留沙在院子里兜风。大人们从不允许我和阿霞坐到这件伊洛瓦伊斯基的珍贵的宝贝上。不过我们也从未有过这种幻想。在我们这座房子里,所有伊洛瓦伊斯基留下的东西,从女大学生瓦列丽娅的小玩具,到安德留沙玩的鱿鱼,对于我们简直是禁忌,只有茨维塔耶夫家族的人不许碰这些东西。这幢房子里充满了无声的禁忌和遗训。后来,我们家里又出现了这样一件不许我们碰的手枪和一架望远镜。可以这么说,从外公的这些东西上,我们可以判断出他的年岁的递增,正如从孩子穿的鞋子的变化上可以看出他的成长,只不过,与小孩的鞋子愈换愈大相反,外公的东西是愈来愈小的。不过,自行车、手枪和望远镜看来就是他留给外孙的唯一遗产了。其他的东西(百万财产——无论是带引号的还是不带引号的)都被革命夺去了。

  伊洛瓦伊斯基住在小季米特洛夫卡区,在老彼门的胡同里。我和阿霞从未去过伊洛瓦伊斯基家,只是听别人提到过,父亲有一天对母亲说:"你已经整整一个月没去过他们家啦,有5次聚会你都没参加啦,你要明白,他们全家会生你的气的!你还是克服一下,亲爱的,你应当露个面……""这就是说,我又得坐在角落里,整晚上地输掉文特牌!"我想,人们通常是这样玩螺旋的①:在屋子中央放一张桌子,桌子安在一个螺旋上,客人们坐在桌子周围,不断地拧旋,谁把桌子拧下来,谁就算赢了。这也叫做"拧鼻子",女大学生廖拉和伊洛瓦伊斯基家的年轻人们时常玩这种游戏,并且把门锁上,不让我们进去。这种游戏很无聊,甚至还很可怕,因为据母亲讲,直到半夜都既不能站起身来,也不能中断:各个拐角的门后面可能站着伊洛瓦伊斯基,他是不允许这么做的。后来,当我知道,所谓螺旋其实是指一种牌的玩法后,我就记住了母亲说的这句话:"当人们彼此之间无话可说时,他们才会打牌。"②又过了好久,我在叔本华的著作里又找到了这句话。"有啥办法呢,亲爱的,人无法改

---

① 注:在俄语里,"螺旋"与"文特牌游戏"词形相同,故作者把文特牌当成了螺旋。
② 此处原文为德文。

变,不过也不该指责他们,不该让他们受委屈……"父亲叹了口气,无可奈何。其实他自己也是深深地漠视除了书桌以外的一切桌子的。

安德留沙不喜欢待在伊洛瓦伊斯基家里。那儿没有他的同龄人,他会即刻落入外祖父第二个妻子的魔掌。根据她的名字和父名,人们称她亚历山德拉·亚历山德洛芙娜。А·А(姓科芙拉伊斯卡娅)比外祖父年轻30岁,大人们说,至今她还很有姿色,可我们的看法却正相反,因为她的脸上一副凶相,鼻子上的两个鼻孔像是被夹住一样不透气,所以说起话来声音就像是从被捏住的鼻孔里挤出来的一样难听。至于她脸上的"痣"——不过是一个麻点,就像是吃完了巧克力以后没把嘴唇擦干净而留下的一块斑点。她平时总是打扮得像只母鸡。总是穿着一件黑白色相间或棕白色相间要不然就是灰白色相间的小方格衫,这种色调要是看久了,真会让人眼花缭乱的,可还不得不盯着看很久,那蓝色的茫然的眼睛在她那无所不见的黑眼之下,渐渐低垂下去,长久地停留在她那有斑点的下摆上。在我们眼里,她全身紧束了的、绷紧了的衣服,诚如大人们描绘的那样:"像是用4根佩针极不自然地连接起来的"[①],以及那总是掉落的发簪,与那"4个佩针"一道,使她变得活像一个专门保存佩针的衬垫。

不过,А·А的孩子们可都是奇特的。她有3个孩子:褐色眼睛的娜佳,黑眼睛的谢辽沙和非常可爱的胖乎乎的奥丽娅,我们在家里常把她的眼睛比做"勿忘我花"。

季米特里·伊凡诺维奇·伊洛瓦伊斯基结了两次婚。他的第一个妻子以及他们所生的3个孩子都去世了。我记得在家庭相册里还保留着这些孩子的可爱的面容。(这一家人个个都很美!)第一次婚姻所组成的家庭里最后一个辞世的是那位时常被人忆起的美人В·Д。虽然这个家庭已没有了,但死亡并未停止。1904年,小美人娜佳和可爱的男孩谢辽沙(一个22岁,一个20岁)相继在老彼门的这幢房子里与世长辞。对于伊洛瓦伊斯基来说,最小的女儿奥丽娅的结局似乎比死亡更坏。她跑到西伯利亚,同一个有犹太血统的

---

① 此处原文为法文。

男人生活在一起,并在那儿的教堂里举行了婚礼。

1906年,我和阿霞失去了母亲,我们已经长大了,在经历了长期的颠沛流离之后,在与故土疏远了多年之后,又回到了祖国,回到了我们在三塘的家。客厅还是那么宽敞,在我们离开期间,客厅里只增加了一样东西,那就是安德留沙母亲的半身彩色画像(在我们的生活中,这样的画像是不祥之物),大厅中央是一张维也纳椅子,在光秃秃的椅子上,在辞世的女人那美丽的褐色月光下,在黑色毛皮大衣的道道波纹映照下,在光滑的地板中间,犹如在光秃秃空荡荡的旷野中间,坐着伊洛瓦伊斯基外公。他伸出手指,以茫然无神的目光注视着我:"这是哪一位?是阿霞还是……""是玛琳娜。""噢、噢、噢……"并不是因为他已多年未见着我们才认不出来的,而是因为他从未看清楚过我们的长相。也就是说从未把我们的名字和面孔联系到一块儿,而之所以从未联系到一块儿,是因为他对这根本无所谓。他之所以要问一问姓名(问一问站在他面前的到底是谁),这纯粹是出于历史学家的职能。一定要给事物起个名称,[①]而那些被忘却的东西都应该是没有历史性意义的东西。不过,对于"历史日期",也就是我和阿霞的年龄,伊洛瓦伊斯基从来也没有弄清楚过。不管在他面前站着的是5岁的玛琳娜还是15岁的玛琳娜,这与他又有何干,反正又不是穆尼谢克[②]站在面前,况且自己又是一位80多岁的老人!

"外公的房子可真奇怪",在伊洛瓦伊斯基家住了多年的安德列哥哥说,"从房子下面生炉取暖,而且总是在夜里,那时光脚走在地板上就简直不可能了,跳舞简直就像是在地狱里一样!可外公自己却睡在顶层房间里,开着气窗,冒着严寒,而且还强迫娜佳和谢辽沙也这样,大概,他俩就是因为这样才死的。而且,他几乎什么也不吃,一整天只吃3块黑李子干和两小盘燕麦粉。他整夜不睡觉,也不让她睡,时而写东西,时而来回踱步,有一次正巧我在楼下,我听见头顶上的脚步声时而向前,时而又向后,如此反复着。突然脚

---

① 此处原文为法文。
② 穆尼谢克:古希腊建筑师。

步声没有了,这就是说,他又开始写东西了。早晨我去学校时,他才开始睡觉,而当我赶回来吃早饭时他又在写作了,他到底是在不停地写啥东西?他说,他要一直写到最后的一些日子,可是,假如今天似乎就是最后的日子,那么哪里还会有什么'一些日子'呢?难道说,明天又会是最后的日子!……要是这样的话,那就没个完啦……可是,他却总是健康的!!!到现在他还能骑马兜风,吹起号角来简直会使我耳膜胀破!他自己很晚才睡,却把别人都安顿得好好的。当娜佳和谢辽沙还在世的时候,经常会有一伙年轻人来家里玩,他们在一起猜拳、算卦,或者随意玩点儿别的什么,可一到10点钟整,挂钟刚敲过,外公就穿着长大褂站在门槛上了。他立刻走进来,一个接一个地吹灭蜡烛,直到还剩下最后一支。他把这最后一支给我们留下了。然后,一言不发地走了。这就是说,客人们该回家啦。不过,客人们倒也挺狡猾的。他们故意用自己的套鞋弄出许多响声,让整个前厅里都充满了这种声响,好让外公以为他们已经离去了,等到他独自一人回到顶层房间里以后,他们又返回屋里,大吃大喝起来,只是尽量不弄出声响而已……"

外公向我和阿霞提了一个问题,甚至还不止一个,应该是两个。"在学校念书吗?""是的。""学的是谁的课本?""是维纳格拉多夫的。"(另一种说法:是维贝尔的。)他露出不太满意的神色:"噢……"不过伊格瓦伊斯基倒确实对我的考试有过帮助,而且不止一次。有一天,我打开他写的教科书,一眼看到了书页下端的一行用细小的铅体字印出的注释:"米特里达特[①]在庞廷沼泽中丢失了7头大象和一只眼睛"。我很喜欢这只眼睛。它丢失了,但我觉得它并没有丢,它留在了我心里!我坚信,这只眼睛一定是艺术之眼!因为如果不能发现丢失的东西,如果不能让失却的东西得到永存,那还谈什么艺术?

于是,我便继续阅读外公写的书,不管是过去写的还是后来写的;也不管是关于古代史、中世纪史还是近代史的,我统统都拿来读,很快我就确信,所有他写的书在我看来都有那么一只神奇之眼,而我们在自由主义学校里学的波托茨基、阿尔费罗夫斯基等等之流的所谓学者所津津乐道的"阶级斗

[①] 米特里达特:古代小亚细亚一个国王。

争",却完全没有这只神奇之眼,也没有人物,只能看见总是打斗不停的人群。而外公的书里却有活生生的人物,活生生的沙皇和女皇——还不仅有沙皇;还能看见形形色色的僧侣、好钻营的奸诈小人乃至强盗!……"您准备得很出色。您是看哪些文献史料来准备的?""伊洛瓦伊斯基的书。"自由主义的教师简直不敢相信自己的耳朵:"是吗?可他写的课本已经彻底过时了呀!(紧接着是片刻充满了各种思绪的停顿)。不过,话说回来,您掌握得确实很好,您的知识渊博极啦。尽管在阐述中有些地方还有点儿片面,但我还是要给您打上……""5分",我暗自悄悄提示道。类似这种笑话我会在我踏进的每一所学校里遇见,我总是不断地转学。于是,伊洛瓦伊斯基的课本,这个被一代又一代学生所厌恶的课本,却不止一次地成为我这个女学生在自由主义盛行的年代里获得5分的依靠。

伊洛瓦伊斯基向我和阿霞提的第二个问题是:"我编的《克里姆林宫报》你们读过没有?""读过啦。""那里面都写了啥?""是关于犹太人的事。""那么关于犹太佬我都写了啥?""您不喜欢他们。"(脸上显示出讥笑的影子,十分强烈,但不可言传)"您的确不喜欢他们!……"不过,外公对自己亲外孙的询问更加详细,也更加狡猾。"你也问他试试看,问他试试看!这简直是审问!这报纸归根到底又不是我写的!难道要让我把他学的东西都记住不成?"安德留沙抱怨不已,"我对他说:是德国人,他却偏偏要纠正我:是立窝尼亚人。可我觉得,即使是楚赫纳人又有什么了不起!昨天他折磨了我整整一个小时!"

《克里姆林宫报》每月出一次,主编、撰稿人、订阅人和发送员都只有一个——伊洛瓦伊斯基。(亲戚和熟人他都信不过。)不过,他还是感到有一个报刊审查员高高在上,因为在1905年,《克里姆林宫报》在被警告3次之后,终于被当局查封了,因为历史学家伊洛瓦伊斯基在报纸上公开而猛烈地抨击了俄罗斯最后一位沙皇在1905年10月间的具有历史性意义的行动。我记得,在母亲刚记了不久的日记簿里有这样一条记载(大约在1895年):"我去听了Д·伊洛瓦伊斯基关于立米哈依尔·罗曼诺夫为沙皇这件事的报告,到场的还有一些大人物。伊洛瓦伊斯基认为,米哈依尔·罗曼诺夫之所以能被选为沙皇，完全是因为他的卑微，他的报告很勇敢，但当着亲人的面，总有点儿不太合适。"外公很勇敢，很直率。任何事物，只要他一旦觉得远离了真理与职责，他总是一如既往地反对，总是表现出深深的忧虑。这种无畏与忧虑，在比1905年更加重要的年代里表现得尤为明显。"应当面带微笑地向沙皇们讲出真理"。在伊洛瓦伊斯基的脸上我从未看见过微笑。沙皇们是否看见过，我很怀疑。但是，他们肯定从他嘴里听到过真理。当然，《克里姆林宫报》后来又允许办了，于是 д·伊又继续把报纸塞满了自己佃户的房屋。我唯一一次拜访伊洛瓦伊斯基一家后留下的唯一的印象便是那一叠叠堆放在窗户壁槽深处的《克里姆林宫报》，厚厚的报纸已经堆到了窗沿上，彻底遮住了光线。这幢房子里的住户和来访者将无法看见上帝之光，无法看见这个世界。这丝毫不是什么隐喻，而是实实在在的事实。我希望你们会记住这间装有戈东诺夫时代拱门的半地下的房屋。

外公是一个精神矍铄、神采奕奕的老人。他身材匀称，肩膀宽大，90岁高龄仍旧腰板挺直，鼻梁高正，梳着一个漂亮的分头，满头卷发和漂亮的额头让人不禁想起屠格涅夫。额头下是一双虽冷若冰霜但却又大又有神的眼睛，只有当眼前有活物闪过时才会毫无表情地瞟一眼。

我一闭上双眼，脑海里就会立刻浮现出这种图景：在我们三塘家的小小的前厅里，一位老人裹着长长的毛皮大衣站在前厅的门槛边，面带羞涩的侍女怯生生地立在他面前，不知所措。10年以来，她一直没能克服这种羞怯的毛病。"你叫玛莎吧？你去告诉老爷，老彼门的老爷来啦，还带来了《克里姆林宫报》。"

II 老彼门的房子

这是幢死气沉沉的房子。这幢房子里的一切都已完结，唯有死亡和衰老还在——是的，一切消逝了：美丽、青春、魅力、生命，一切都完结了，只有伊洛瓦伊斯基还在苟延残喘。不屈不挠的老人决意生活下去。"他简直能活到下个世纪……埋葬了所有的孩子，而自己却……20岁的儿子已经在地下安息了，可70岁的父亲却还自在地活着……"这种悄声议论甚至怨言不绝于耳，可他仍决计活下去。

很久以后，当我读过法雷尔的《活着的人》后，我(上帝原谅我吧，因为这是罪过)什么也没有记起，只是眼前又浮现出了Д·伊洛瓦伊斯基。这本书写得很恐怖，净是一派胡言。一帮百岁老头埋伏在某个布满石砾的荒漠里守候着过往的行人，他们召唤年轻的旅客，尔后便吸干他们身上的血，以此来维系生命。不过，Д·伊洛瓦伊斯基可没有吮吸过任何人的血，不，他甚至还很疼爱自己的孩子，可是这两者之间毕竟还是有某种联系：伊洛瓦伊斯基也有这么高的年纪，他自己奇迹般地活了这么久，而自己的年轻孩子们却都被死神夺去了生命，这太奇怪了。他的第一个妻子、两个儿子、女儿；还有他第二个妻子给他生的儿子和女儿……统统去世了。这简直是一场吞噬青春的瘟疫。这场瘟疫只对他一个人网开一面。

无论在我们家，还是在他自己的家里，人们都时常指责他心肠狠毒，对人残酷无情。不，他对人并不残忍，他只不过性格异常坚强而已。无论面对什么，无论遇到什么事情，他都不会低下自己的头，除非在他伏案工作时(这种工作是每天不变的，无期限的劳动)。对他来说，似乎预先警告过无数次了！倘若你不丢弃你高傲的神态，不交出你判别事物的权利，也就是说，倘若你首先不在那显而易见的常态面前屈就的话，那么你就该明白——那些人都会死的。大家都会死的。可是他的眼睛看到的却是另一种东西。他的眼睛没有能够看出接连躺在桌上的尸体的意义。这位历史学家没有感受到自己家里的历史和生活。(也许，这本不是历史，而是命中注定的厄运，这种厄运也许只有诗人才能觉察？)从他的眼睛里只显出一种显而易见的眼神：他作为父亲的威严和发布号令的特权。死亡是上帝给予的不幸。这位老人无时无刻不感受到自己的罪过。可是，他究竟有没有罪过呢？

这些孩子都遭到了早年夭折的厄运。别笑,这种厄运确实存在。而伊洛瓦伊斯基呢,则像在神话中那样,也许仅仅是一个被厄运所利用的武器罢了。(时间必须吞噬自己的孩子。)当罪恶有它的意识时,罪恶就会显现。当它没有意识时,它也就不是罪恶了,尽管它可能是致人于死地的。伊洛瓦伊斯基仍旧活着——在伊洛瓦伊斯基身上有一种不可更改的追求真理的意识。又怎么能去审判一个无罪之人呢?

也许,所有的人都可以按自己的意志自由地生活,唯独他却遭受厄运的控制,厄运使他苟延残喘,但却使他的孩子们早早地归天:莫非这苟延残喘也是诅咒?(女巫不会死去。)

于是,这一切都是神话,于是,没有非神话的东西,不可能生活在神话之外,一切都来自于神话,可以说,神话预料到了一切,并且一劳永逸地把这一切都雕刻出来了,现在,伊洛瓦伊斯基在我眼里仿佛成了冥河上的摆渡神卡戎,他用帆船一个接一个地把自已所有死去的孩子运过了忘川。

从家庭照相册的像框里可以看见这些最先出世的男孩子,他们都应该比我大40岁,照片中间是他们年轻的母亲。孩子们的脸庞都像他们的父亲:大额头,蓝眼睛,平直脸,他们好像在生命的最后时刻还在越过母亲的膝盖相互打闹,相互泼溅那平静的忘川水……

这就是 В·мцс,她丈夫的至爱,却对丈夫毫无爱意,心中一直另有所爱,在那不勒斯的眼光下,她倾吐衷肠,在生下第一个儿子之后便与世长辞了。弥留之际,她语焉不详,手里捧着一束鲜花,显得华丽漂亮。淤积的血块在移动,它终于触到了心脏,在一串珊瑚珠宝的装饰下,她闭上了眼睛,脸上残留着一丝红润,那是南方的阳光和青春的初欢带给她的绯红的面色,它似乎还没有冷却,还有一丝温暖。仿佛,此刻她正挥动着胸前的珊瑚项链向被她遗弃在尘世间的儿子招手……

忘川上的浓雾仿佛正在渐渐散去——不,在我面前的不是相册!不是画像!娜佳明明是活的,长着棕色的头发,脸上泛着玫瑰色的光彩,仿佛浑身裹着一层炽热的天鹅绒,犹如阳光照耀下的一颗鲜桃,她穿着石榴红的披肩

(像冥王皇后),由于不停地打着寒颤,身体不停地收缩和伸展,使得身上的披肩一会儿敞开,一会儿又合拢,噢,不,她可不是裹在白布尸衣里!神话里没有白布尸衣,神话里都是活人,他们活生生地走向死亡,有的手持树枝,有的拿着书籍,也有的握着玩具……

(这条船上的一切都在变,只有船夫例外。)

这就是谢辽沙,那老朽的前辈们的活生生的再现(噢,你怎么一点也不明白呢,历史学家!),一位优雅、精细的年轻人,完全是孩子气的脸上长着一撮小络腮胡子,黑色的眼睛炯炯有神,但脸上丝毫没有玫瑰色的光彩,而是尽显苍白之色。他简直是一位从版画里,从家庭记事中走出来的复活了的1812年时代的青年,身穿一件再合身不过的制服(可惜,是大学生制服!)。(于是,在我幼小心灵的最深处涌出了一个神秘的字眼:谢辽沙——波尔—拉缅斯基……)谢辽沙就是波尔—拉缅斯基,就是少女们最爱读的泽奈德·弗雷特的小说中的人物拉乌尔·多布里……总之,是青年人永恒的梦幻:被宙斯所称颂的加尼梅特[①],被自然女神盗走的赫勒克勒斯[②]……可是,忘川里没有小昆虫,这是一条没有声响的河,对这条河来说,什么都不需要,甚至他那神奇的眼睛。

亲爱的谢辽沙和娜佳,1903年我在一个非常神圣的地方看见了你们,那就是热那亚的涅尔维。我看见谢辽沙在房间和母亲的阴影里,娜佳却在光线最亮的地方,只是偶尔被母亲的身影遮住了阳光。母亲一面守护着谢辽沙,一面注视着娜佳。他俩这会儿又都坐进了一辆堆满花的马车。所有的花都是献给她的,纸做的花,而小小的砂料(也许是铅粒)则献给了母亲。这是那个意大利人突然心血来潮,把玫瑰花抛给了小美人,而把一大堆无用的东西抛向了龙。(A·A自己本来也是个美人,40岁了还没长一根白发,她是怎样莫名其妙地摇身一变,成了一条龙的呢?)娜佳笑了,母亲却不露声色,但马车刚刚沿着"玛琳娜"大街走了一段路后,她立刻吩咐车夫掉头往回走并一去不

[①] 注:古希腊神话人物,特洛亚国王之子,宙斯使他成为自己的司酒官。
[②] 注:古希腊神话人物,宙斯之子。

返了。从花的包围中又来到了那一间屋子,屋子里,还算是健康的姐姐和病得很重的弟弟住在一起,都咳得很厉害,互相妨碍。大学生冯·吉·弗拉斯爱上了娜佳,他不是荷兰人,而是基辅人,也有病,也长得很帅,我和阿霞都管他叫做"修道院的猫",因为他胖乎乎的,并且不知怎的显得特别整洁,独自一人住在一个像僧侣住的单人间似的小屋里。我和阿霞经常为他传递写给娜佳的小纸条,有时也为娜佳递条子。那时,她经常把我们搂到她那温暖的怀里,逐个亲吻我们的额头,吻得特别热烈,而且经常没个完。我的母亲总是善待那些彼此相爱的人,那时她也很年轻,也有病,但却一连几个钟头守伺在她难以忍受的 A·A 身旁,同她聊一些自己无法忍受的关于日常家务的无聊话题,还得时刻照料她,时常想一想新的话题替她解闷,有时甚至还不得不胡编乱凑:比如,有一次谈到腌芜菁……(后来母亲对我们说:"那就让她去腌好啦!看她自己能不能吃得下去!")不过,母亲依然很投入地仔细守护着她,甚至彻底忘记了期限。可是,在一个美妙的日子里,幸福结束了,A·A 还没等到疗程结束,就借口生活费用昂贵(两人住一间,寄宿学校每天要交 5 法郎,还有许许多多别的开销……),决定把孩子从海滨的涅尔维送到灰暗的伊洛瓦伊斯基家去。其实真正的原因是娜佳所取得的优异成绩(不过这些所谓"成绩"其实并不十分可靠)。在临走的时刻,娜佳哭了,冯·吉·弗拉斯哭了,而且还不止他一个(哭得顶厉害的是一个满脸棕色胡子的人,他甚至根本就不是我们中学里的人,娜佳竟然连看都不看他一眼),我们的母亲也哭了,我和阿霞当然不例外,只有心地高尚的谢辽沙出于对母亲的敬重,没有淌眼泪,只是不断地从马车里探出头来,四下里张望,当时我们以为他是要再看一眼涅尔维,后来才明白,他是想再看一眼生活。

母亲,母亲只是儿子的母亲,并不是女儿们的母亲。她的在天之灵也许会原谅我这么说,她也许会明白,我其实根本无法评判这个问题。有一则乌克兰民间传说,讲的是亲生母亲和教母的事。有一位小姑娘深夜经过一个教堂,看见里面有亮光,便好奇地走了进去。教堂里,一个陌生的神父正在台上悄悄地做祈祷,而台下默默祷告的人也显得异常古怪:好久没有看见这样的人了,而别人也从不进教堂。突然,不知是谁拍了一下小姑娘的肩膀。回头一看,原来是慈祥的教母。"小姑娘,快跑,快离开这里,否则,让你的亲生母亲看见了,她会把你撕成碎片的。"可是,已经晚了:母亲已经看到了,这不,她正从人群中向小姑娘挤过来。姑娘拔腿就跑,母亲紧跟其后,她俩就这样在旷野上飞奔(女儿在地上跑,而母亲紧追不舍,在空中飞奔)。不过,教母也紧跟在母亲身旁,不让她欺负小姑娘,还不时地边跑边向女孩的生母抛撒十字架,并不停地在胸前划着十字架。终于到了尽头。终于看见了村落的边缘,看到了第一座农舍。终于听到了公鸡的打鸣声。教母向女孩告别了:"小姑娘,以后晚上看见教堂里有灯,可别再闯进去啦。在那里面做祈祷的都是些不安分的灵魂和不安分的神父。幸亏我及时赶到,否则你的生母会把你吃了,她会从死亡中醒来,然后把你咬碎。"

每当我讲起这个传说时,似乎总是在对自己讲明这个道理,而每当我说完这个故事之后,又总是要问别人:这故事讲的是什么?为什么是这样?但在所有听过这个故事的人当中,只有一个人,一个女孩子,很有把握地回答:"我完全明白。这故事讲的是关于嫉妒的问题。因为在母亲眼里,女儿是她的情敌。"这是对青春的垂死的嫉妒,是不幸的女人对一个幸福女人的嫉妒,是死亡了的女人对充满活力的女人的嫉妒。那么,再回过头来说说 A·A 吧:她身上充满了永不复生的死人那不安分的可怕的东西。因为 A·A 从来就没有活过。当年,这位年轻的美人之所以会嫁给年迈的伊洛瓦伊斯基,是冲着他的金钱和名望的。她终于可以把屋里的各种钥匙挂在腰间,终于把十字架挂在胸前了。根据家里人的传说,他特别嫉妒。倔强的老头是迷恋美色的。他不让她单独出门,只有一次,他允许这美人和的自己的一位老相识去跳舞,但过后却因此一辈子责骂她。真是枉然。她既高傲又真诚。(她丝毫不会卑下到背叛丈夫的程度,也不会卑下到糟蹋自己的美貌的地步。她永远是以一副不把自己的美貌放在眼里的姿态出现在我面前的。)孩子们出生了。这些孩子一出世,便立刻被一道由他们的奶妈、保姆、教养员、家庭教师和学校老师们筑成的传统之墙隔开了。至于父母的居高临下和孩子的低下地位之间的鸿沟就不必说了。确实,孩子们都生活在父母的脚底下,好像生活在重负之下:父母以其全部的重量全力踩踏着的,正是孩子们的头顶,也就是说,他们简直就是站在孩子们头上的。孩子们就像阿特拉斯神一样,用手托着苍穹,而苍穹上却住着各路神仙。(难怪他们的"底部"还有柱子!)这就是孩子们的痛苦之所在。那么,再回到教育培养这个问题上:应该怎样去靠近自己的孩子?难道要穿透整座充满情欲的坚固的厚墙硬挤过去?倘若如此,必须要有全身心的爱。我只是想问一问,要做到这一点,是否要求一个母亲必须去爱她所厌恶的,也许是无法忍受的男人生下的孩子?而这是否可能?是否不可避免?是否非如此不可呢?安娜·卡列尼娜能做到这一点,可那个孩子是个儿子,是她的儿子,是与她亲密无间的儿子,是个地地道道的儿子,是她心灵的儿子。对于 A·A 来说,这样的儿子只有一个,那就是她最后生下的孩子谢辽沙。他是她心灵与肉体的孩子,倘若一开始人们没有把她扼杀,她会活过来的。

没有灵魂的相像而只有身体的相像,这是不可能的。如果说谢辽沙身上具有的顺从、温柔、和蔼的性格,一眼看上去很有他母亲的精神特征,那么只能说,这是拿他同现在的母亲相比较,而不是和当年那个也像谢辽沙这么大的她相比较。当年,当她嫁给一个她所不爱的人,并且顺从地接受了这一切,因而从此毁了自己一生的时候,难道她所表现出来的顺从不比他的儿子毫无任何怨言地顺从母亲任何一个眼色的指示更多吗?我们在还没有充分体验过生活的谢辽沙身上看出安分的顺从,而在她身上,我们看到的却是一种倔强的温顺。

不过,生活也稍稍重铸了这位美人。当你知道,希望不会再实现,你别无他路可走时,你也就会安下心来。的确如此。即使你住在囚屋里,你也会适应的。你刚踏进囚屋时所感到的囚屋里的疯狂暴虐和无法无天,都会逐渐变成那里唯一合适的判别尺度。狱卒看到了囚徒的顺从,便也心软下来,略微有点儿让步,于是,一个可怕的联盟便开始形成了,这是一个真正的由囚徒与狱卒形成的联盟,一个由不爱丈夫的妻子和不被妻子所爱的丈夫组成的真正的联盟,她的轮廓是按他的样式仿照出来的。可是,两人之间又会有什么共同之处呢?难道在这位年迈的学者和并不爱他的美人之间果真有什么共同之处吗?А·А能从 Д·伊那里"仿效"什么呢?难道是仿效他一生的事业——历史研究?不,只有他自己才写历史书。那么是思想吗?可她也像所有真正的女人一样,对思想从来都是漠不关心的(假如因某种特殊缘故,也许她也会对那些思想产生兴趣的,只可惜这种假设根本不存在……)。不过,为了不让这一问题提得毫无意义,我们总应该找出一些她所"仿效"的东西。其实,她能从他那里仿效的只有方法。他的那些积蓄财产之道、持家之道、管教孩子的方法和执著于一种思想的原则等等,都为她所仿效。这些方法一下子都融进了她的习惯甚至不经意的一举一动之中,但却都是一种退化,因为这些方法在老头那里是针对国计民生而言的,而在她那里却退到了纯粹在小家庭的范围里;一个是在书本里谈论,另一位却是在生活里实践。伊洛瓦伊斯基对异族人的一切仇视在她身上却转化成对德籍女管家的仇视;老头的所有关于国家积累财富的理论到她那里则转变成如何充实自家的小储藏室;老头子津津乐道的那一套治家之道,却被她用来管束自己活生生的孩子。毫无疑问,在家里,伊洛瓦伊斯基确实是霸主,但只是思想上的霸主,也就是说他从不过问具体细小的事。他总是从大局上来指导。因此,确切地讲,他不像霸主,倒更像奥林匹斯神:他从未屈尊过问有关孩子的事。而 А·А 呢,却从不出家门,事无巨细,样样都要过问,包括孩子们的每一个举动,正因为如此,她所关注的一切也都是纯粹浮于表面的现象,她从未体察过孩子们的内心世界。这两人之间的差别正是只拥有审核大权的罗马教皇同一般的勇敢的基督教成员之间的差别。总之,在家里,А·А 是他的左右手,而这种左右手总是强于脑袋的。只要伊洛瓦伊斯基说:"年轻姑娘们应该经常去跳跳舞",А·А 便会说:"没错,不过在回家的路上她们可就会把自己的衣服挂在男人们可爱的'小肩膀'上啦"。(她说得那么强烈,似乎她很自然是因为看到孩子们的青春活力而伤心不已。)只要 Д·伊说:"年轻姑娘们应该和父母喜欢的男人跳舞",那么 А·А 便会接着说:"这就是说,她们不该同她们自己喜欢的人跳舞"。于是,说话的重心便由应该做的事转到了不能做的事。肉体的禁令变成了精神的禁锢。

为什么?为什么会有这些禁忌?它们是从哪儿来的?也许,是因为不久以前,人们曾禁止她生活,而她也激愤地(一开始还比较冷静,但越想越激动!)禁止她自己生活;因为她把自己活活地埋葬在老彼门的房子里。女儿们都一个个出落成大美人儿,尤其是其中一个,长得特别俊俏。"我也曾是美女呀"。女儿们都过得很快活。"我也会美笑呀"。

自己的生活被毁掉了,于是,她便在无意识中(我要特别强调这一点)产生了对女儿们的报复心理,据亲友们和仆人们中间广泛流传的再简单不过的传言,д·伊哺育了孩子们的成长岁月,而 A·A 却吞噬了它。不,她没有吞噬。她并没有吸吮孩子们身上的精髓,因为那时这些精髓兴许将来对她会有某种益处,她以自己严厉生硬的手压制她们,不给她们活路,想方设法使女儿们也跟自己一样不幸福。她的衰老吞噬着女儿们的青春,她们的墓碑就是明证。我喘不过气,你们也别想呼吸。

这不可怕吗?而这样的婚姻难道就不可怕了吗?这怪她自己!可难道她自己清楚吗?难道她早就明白婚姻意味着什么吗?只有在今天,人们才会明白。50 年前的人对婚姻往往充满幻想,他们会像蝴蝶展翅飞向光明一样张开双臂。满腔热情地投进这座地狱。于是,他们就像跌入深沟一样,落入了婚姻的陷阱中,不能自拔。那么,又怎么会知道这一切呢?也许,还得听从父母的旨意,听命于母亲的劝告甚至威胁?于是,结果只会是一种——不幸使心灵变得冷酷,可是,又怎么可以对无辜的孩子们进行报复呢?难道她明白自己是在报复吗?施加报复的其实是她身上那种聪颖的禀赋,正是这种禀赋替被践踏的自身完成了复仇。而她自己却在全然不知中培育了这种禀赋。(显然,夺走了她 3 个孩子中两个孩子的性命的那种疾病无疑是她自己身上的疾病,是她的天赋,她继承的遗产。况且,д·伊年轻时也患过痨病的,不过,他的青年时代是在什么时候呢?是否真正有过青年时代?这又是一个新的传说的开始,这个传说讲述一对用孩子的性命替自己延年益寿的父母……)

姑娘们并没有受苦。噢,她们行动自由,没有受到一点限制。她们有自己喜爱的节日盛装,有自己的女伴,并且结识女伴们的兄弟;她们能弄到观看节日庆典的门票,能坐在包厢里欣赏芭蕾舞,最重要的是——她们有"活生生的画面"……说出这个字眼,我就得讲一下那个年代。那是20世纪的初叶,是1905年革命的最前夜。当时学生运动的风潮还没有平息,还在发出潮水般的喧闹声。"训导员"这个词是我童年里最先有印象的词汇之一,我是从"卷毛狗"这个词的发音联想到它的。瞧,活生生的画面是一座挡箭牌,它挡住了集会、问题、询问、可怕的人和思想。这是一个摇晃不定的挡箭牌,是一面贴满古老陈旧的花缎的墙。而在这后面……

活人组成的静止不动的一伙人,被五颜六色的火焰装点着。这伙人凝神屏息,收敛笑容,火焰时暗时明,渐渐燃尽……落幕了!掌声四起。美丽的娜佳会让每一位迎面走来的人感受到春天的气息,她的身上凝聚着春姑娘的魅力,她的圆桃般的小脸上泛着五彩缤纷的光彩。活泼的美人,可她的美却在沉睡之中,她的美丽在她父亲的同龄人——七十多岁的叶莲娜、苏珊娜老太太的戴眼镜的、高度近视的抑或远视的、噙满泪水的——天晓得还会是什么样子的!——眼光之下黯然沉睡着……(我还能说出另一些历史人名,但那又何必呢?所有这一切都成为传说了……)

可是,那些蓄着大胡子的大学生和副教授们在干什么呢?(在这伙人当中只有谢辽沙没长胡子,他永远是娜佳身上一切变化的对应:五月对应着她身上的一切春的气息;而他这个王子又和这个美人多么般配。)夹鼻眼镜可以摘掉,可胡子呢?他们的确参加了《春姑娘》和《潘帕杜尔》的演出。长胡子的人是侯爵?难道这种荒唐事会在历史学家的家中出现?无论多么令人悲哀,可我还是不禁要笑出来。十年之后,对这一系列可怕的东西我仍然会不寒而颤:在死一般沉寂的房子里是"活生生的画面",而活人组成的却是死一般的画面。

曾有过活生生的画面,有过出门远游,有过在别人监视下的舞会,这种舞会令我想到我最早参加过的那些舞会带给我的沮丧之情。但是姑娘们总算对付过去了。生活对于一切意外总能应付自如。青年们的茶桌悄悄地转变成崇尚自由的青年思想家们聚会的圆桌(后来,这些人又都一律成了右翼民主立宪分子!)。甚至在自己十分可靠的挡板的保护下,古老房子里的蜡烛仍然弱不禁风,刚刚刮起一点点"思想"的微风,蜡烛的火苗便颤动不停。都是些什么思想呢?犹太人也是人。还有一些最最大胆的想法:"既然基督自己就是犹太人……"在这些想法中,一个词发出了还很羞怯的声音,但在这羞怯中却透着威严,除了它自己的声音,什么也不包含。这个词就是"自由",怎样的自由?一切的自由。摆脱什么而获得的自由?摆脱一切的自由。当然喽,首先是摆脱这幢房子的自由。不,不,不是说要摆脱父母。父母还是不可侵犯,不可怪罪的,况且难道是他们压迫我们吗?不,不是 д·伊为我们制定的早睡早起的命令在压迫我们,也不是 A·A 那怪腔怪调的斥责在压迫我们,父母自己也是受压者——是整座房子在压迫他们,整座房子,连同所有过去曾住过这幢房子的人们,都在压迫他们,今天已经不可能再像这幢房子的旧住户们那样生活了(可是否真的曾经可以那样生活过呢?)。房子用它那一堵堵犹如巴士底狱一样厚实的墙压迫着人们;用它那一个个深深的只合乎幽灵的口味的窗户的凹槽压迫人们;用它那一扇扇既非关闭,又非敞开,而是半开半闭的房门压迫人们;用它的天花板压迫人们,每天夜里,这天花板上总是响起令人烦躁的脚步声,不知是谁在楼上不停地来回踱步;房子还用它那紧紧挨着的喜爱窥视房中一切秘密的花园压迫人们。唉,确切地说,最压迫人的是花园,是它那虚幻的自由,其实,花园是一棵棵清醒着的树木的果实的巡视员,果实显然紧握着逝去的故人的手,湿漉漉的花园,古老的花园,它的篱笆不知伸向何方。压迫人们最厉害的莫过于彼门这个字了。彼门是谁?神圣的东西是什么?为什么没有保存下来?为什么在六个孩子中只有一男一女两个孩子没有被送进坟墓?伊洛瓦伊斯基那少女般天真浪漫的"自由"只不过是要摆脱这个可怕的神圣之物,仿佛正是它用拐杖把孩子们赶进了棺材。这种自由是渴望摆脱看守着他们和这幢房子的看守者的自由。(噢,彼门只会关心他的房子,他只想保全他的房子,他希望房子里的东西一件也不少,不管是柜子还是棺材,抑或是儿子。)"我们要摆脱老彼门家的房子!"我们自己也不明白,我们到底在说什么。有一天,在发了一通这样的脾气之后,娜佳说:"不管怎样,我和谢辽沙不会在这座房子里住久的。房子将留给奥丽娅。"而奥丽娅则仿佛受了什么委屈似的,对这种安排(其实是馈赠!)很不满意,竟然大发其火:"那我会把房子给炸了!"可是,俄罗斯却连同所有像老彼门的房子一样陈旧的房子一块儿先坍塌了。

　　的确有过来自父母的压力,但这是下意识的履行父母职责时必然产生的压迫。(我们不会忘记,在宙斯之上的是厄运之神。)并非他们出现时我们才感到有压力,这种压力无所不在,挥之不去:仿佛它就在整座房子的空气里,甚至会延伸到周围30里开外(向前延续30年!)。"该用你的右手弹'咪'这个音"——这句训斥并不意味着她是凌驾于女儿们之上任意吹毛求疵地折磨她们(女儿们对于她来说就像家里的衣柜一样,只是她操持的家政的一部分),同样,这句训斥也不意味着 д·伊在规定时间之外突然闯进来逮个正着。压力恰恰在于,根本就没有规定学习以外的时间,不可能有规定学习之外的空余时间,这整座房子本身就是一堂无限拖延下去的"历史课",但是要想表面上从压力下解脱出来,应付过去,似乎很容易。倘若要追根求源寻本质的话,那么,真正的压力就在于要承受信任的考验。不,不能用这个词:父母做梦都不会想到,孩子们会欺骗他们。父母的盲目自信(自信自己的正确性与权威性不可动摇)形成了一个门闩。门闩上并没有铁锁。况且人们早已清楚,信仰是一个比任何锁链都要厉害得多的枷锁,倘若不能欺骗信任你的人,那么又怎能去欺骗一个从来都不会去怀疑你,不曾对你起过疑心的人呢? 同母亲一样,女儿们也都很真诚,很高尚。老彼门的房子虽很沉重,但却充满了高尚的氛围。房子里没有丝毫卑俗之气。("我们住在里面心情很沉重,我们从来都没有这样卑下过"。奥丽娅是这样讲她离开老彼门的房子后跨进的新家的。)这并非是那种由一连串命令和欺骗、吹毛求疵和阴谋诡计组成的日常生活中的悲喜剧,通常这种悲喜交加的闹剧的结局都是喜气洋洋的。但老彼门的房子却不可能有这样顺利的结局。所以,这幢房子才会高高在上,统治着我们的心灵,所以它才会有丝毫不亚于普里阿摩斯之家①所具有的悲剧色彩。所以,在它之上的是厄运之神,厄运之神的威力恰恰体现在那看不见摸不着的来自父母的压力之中,体现在父母那肉体的犹如奥林匹斯神般至高无上的地位中:他们高高在上,在充满光明的上方,从那里发出看不见的指令,犹如电流一般射向半地下的花园里的尘雾。(因此,这幢父母住在楼上,孩子们住在楼下的房子,是唯一留存在我那纯粹是俄罗斯式的记忆中的房子。)可是,在我们三塘的家以及世界上所有与之类似的房子里,孩子们都住在拥挤、低矮,但却既闷热又明亮的楼上,而父母则住在富丽堂皇的虽宽敞但却空空荡荡的阴冷的楼下。孩子们住在楼上,因此躲开了父母。但在这里,孩子们却被父母驱逐到地狱般的楼下,被压在了那一个个醒目可见的冥王府的拱门之下。显然,老彼门的房子的历史比天王和提坦的贵族宫殿还要悠久。

但有时,Д·伊会不断深化这个形象,因此在我眼里他就不再是宙斯,而是统治地下王国的冥王了。

可怜的娜佳,她只在意大利度过了一个美好的春天,一生都在故乡的冥土中,数着一颗颗石榴种子!

还有她可怜的母亲,被鲜红的苹果所诱惑,一粒种子也没留下,却永远留在了冥土中。

还有可怜的 В·Ⅱ,在父亲的王国的门槛后被石榴红项链死死地缠住……

还有那位虽然也很可怜,但又因此而幸福的奥丽娅,她用所有冥王的财宝换回了土地上的麦穗——爱情。

可怜的是你们,可怜的是你。

宙斯也好,冥王也罢——这位父亲牢牢地控制着自己的孩子,管束着他们,俨然像个奥林匹斯神。像他这样的父亲是不能妄加评判的。而且这样的父亲已经不会再有了。只是曾经有过而已。

---

① 普里阿摩斯:希腊神话中的人物,特洛亚国王。

但是，在他身上也有过一种既非奥林匹斯神，也非冥王的气质，这种气质既配不上桂冠的荣誉，也配不上石榴石宝石的光环，它什么都配不上，只能让人想起灰烬与炉渣。这就是他身上的仇恨情绪：一种强烈的反犹情绪。其实，伊洛瓦伊斯基有一颗像犹太教信徒那样狂热的信仰旧约的心。对此我还从来没有对人说过。因为，按圣经的要求，依万君之主的嘱咐和莫伊塞的法规，正教徒应当仇视一切异教徒。这种仇恨遗传下来，也就导致了犹太人对基督徒的仇恨。而外公对犹太人的仇恨与此又有什么区别呢？伊洛瓦伊斯基时常流着热泪，为他那未曾谋一面就被神秘地抛弃的外孙哭泣，而这位外孙的血管里却流淌着犹太人的血液（可怜的奥丽娅之子，早早地便辞世而去了），这与一位狂热的犹太人为自己的有基督徒血统的孙子哭泣又有什么不同？Д·伊常常诅咒自己的最后一位活在世上的孩子——他的女儿，因为正是她使他的家族与犹太人有了血缘联系，而这与那一个狂热的犹太教徒因女儿与基督徒通婚破坏了家族的犹太血统而加以诅咒又有什么两样呢？

他俩难道不像是孪生兄弟？难道不像是双面人？

一个是反犹太主义者，一个是狂热的犹太教徒，这两人被一条粗大的仇恨的绳索彼此连接着，通过这条连接着彼此的筋脉，他俩犹如照镜子一般互相对视着。

但，正教徒的仇恨是正确的，而东正教的仇恨却是有罪的。

如果说 Д·伊心中有上帝，那么这个上帝必定是旧约中的上帝，是有害的、致命的上帝，是会给人带来干旱和虫灾的上帝，是另一个上帝而不是我们的上帝。

于是，为了能一句话就顶回出自罗赞诺夫之口那狂热的，充满灵性的，放肆的宏篇大论，当年17岁的阿霞便开口道：

"瓦西里·瓦西里耶维奇！在这个世界上只有一位这样的犹太人。"（罗赞诺夫不解地皱了皱眉头）。

"那就是您。"

虽然伊洛瓦伊斯基在任何场合都能有非凡的影响力，虽然他在他生活的年代里为他周围的生活环境增添了光彩，但他丝毫不是个刚愎自用的恣妄之人。他从来不说"我想怎样就怎样"（他的那只左脚如今能站起来了！）①，而总是要用头脑冷静分析一下。在他和巴格罗维爷爷之间除了两点相似之外，再没有什么共同之处了。第一点是他俩都有极强烈的个性，并且这种个性都不可避免地给他们带来了压力；第二点是，在他们两人的生活中都曾有一次对被生活的洪流抛进他们的屋檐下的孤独而无畏的女性产生过怜悯之情，这个女子是一个新型的女人，独一无二的女人。Д·伊显然非常尊敬我母亲，而她呢，尽管总是爱冲动，评价别人时总是不留情面，但在我童年的记忆中，却好像一次也没有指责过外公，对他的任何行为都不妄加评判，一个字都不多说。这种奇怪的好感好像源自这3个人之间的相互关系：外公是她丈夫第一个妻子的父亲，而他面对的是自己过去的女婿的妻子。而我母亲作为她丈夫的第二个妻子，总是要受到他的前妻的困扰（前妻的阴影犹在！），因为她必须面对丈夫前妻的父亲。实际上，某种东西把他们远远地隔开，向他们走着走着，又彼此走近了（这与彼此毫不相像的索菲娅、尼古拉耶芙娜和巴格罗夫爷爷的情况完全一样）。更进一步讲，倘若不是因为人们头脑中形成的一种看法，好像孤僻的学者和老头的女儿必定是美女和歌唱家（或者舞蹈家）；倘若没有这种彼此间遗传因素的规律，那么我的母亲似乎比他所有的亲生女儿都更适合做他的女儿。于是，他的妻子也好，女儿也罢，都没能成为他的好帮手（好像他也不愿意让她们来帮他！），他倒更愿意让另一个男人的妻子成为他的女助手，这个女助手在外公唯一的朋友的心中也完全替代了外公心爱的女儿的位置。而我的母亲呢，虽然与外公一家丝毫不沾亲带故，但她却是真正的日耳曼女人，最喜爱迎接困难的挑战，最尊重劳动，所以，她无法对一个无论是有意还是无意，总之一生都在工作，好像对生活中一切别的东西都一概不知而且也不愿知道的人有半点儿怨言。外公和母亲都彼此尊重，这种尊重其实是相互承认对方的身上体现出来的一种力量。我

---

① 原文直译为"我的左脚愿意这样"，这是俄语中的俗语，意为"想干啥就干啥"。

想,倘若她想描述自己对 д·伊的态度的话,那么她必定会这么说:"这是不能妄加评判的。""这是"指的是什么?我想,是指外公身上的那种非人的孤独感,这种孤独感会冷却他亲生孩子身上的血液。这是外公在工作中体现出来的非人的孤独感。

不过,他对她也是够宽容的了,不仅原谅了她那在他眼里从本质上讲野蛮而古怪的癖性,而且也谅解了她身上最让他受不了的一种情感:她对犹太人的好感。无论是在俄国还是在国外,她总是置身于一群犹太人中间,这简直无法理解,因为既不能用家族血缘来解释(她有一半波兰人血统),也不能用她所认同的社会团体属性来解释(她倾向右翼社会团体),看来,只能是因为她受到亨里希·海涅、鲁宾斯坦的著作的影响,受到了犹太天才的影响,以及她自身的女性的灵感和理性的作用,只能是因为她的良心起作用的缘故——我是指她身上的基督教精神的缘故,但我一想到"既没有希腊人,也没有犹太人"这句话,我又不能这么说了,因为她认为,犹太人是有的,并且比希腊人更友好,或许,所有这些因素都存在(数不清的因素!)。总之,是她和我的生活的最重要的一点在起作用——托尔斯泰式的"逆流"的思想!尽管对于她来说,她所逆反的是自己的血缘,以及各种各样的环境(犹如静止的水)。

不过,母亲对犹太人的这种好感是外公根本无法理解也无法接受的。因此,伊洛瓦伊斯基并不是一下子就默默地原谅她的这种情感的,并不是一下子就将这看做是亲爱的人身上固有的毛病而永远予以谅解的。

她去世时,老人深感悲痛。我还记得他寄到塔鲁萨小城的那封写给我们的信,字迹异常浓重。"你们失去的不仅仅是一位亲人,而且是一个伟大的人",他是这样写给自己唯一的朋友——我的父亲的。"朋友倒很多,但知交却没有"。这是他的又一个不满的而且是惭愧的(对我父亲而言!)表白,我觉得,这种友谊完全不是建立在共同的思想基础上的。如果说我的父亲是一个有忠君思想的人,那么,作为一个东正教的信徒,这种消极的、传统的观念,这种天生的顺从、和气以及冷漠,都是受别人,受另一个人的充分熏陶的结果。不过,假如一个人戴上自己所有的勋章仅仅是为了去替一个他连面都未曾见过的在集会中被逮捕的大学生说情,那么还能否称他为"忠君之人"? 一个不想惊动亲人,更重要的是,不想使自己的死造成某些"事件",于是没有请神父就死去(神甫的儿子、孙子和曾孙!),尽管知道总是要死的,这种人能否称做"东正教徒"?这样的"君主主义者"和"东正教徒"其实首先是人,并且仅仅是人罢了,"天下所有的人都有许多位子",这就是他那顶简单的信仰,这句话大人们在很多场合都会对孩子们讲。而伊洛瓦伊斯基除了体现为对异族的仇恨的那种对俄罗斯的爱,除了对君主制的那种超乎寻常的爱,以至于无法忍受对君主的审判之外,什么也不知道,而且也不想去知道。这种友谊是建立在彼此亲近的身体里,建立在彼此留下的阴影里。再没有比建立在骨肉之中的友谊更牢固的友谊了!这是两位失去了同一个家庭的老人。对于这样的老友,是不能妄加评判的。

我常常看见他俩单独在一起,在那间宽敞而低矮的、带有许许多多一模一样的面向花园敞开的窗子的屋里长谈。在朝房间开着的门框上方悬挂着伊洛瓦伊斯基珍藏着的一只狩猎号角(不过他从未打过猎!),他召唤客人和孩子们去用餐时就是吹的这只号角,想以此来向年轻人炫耀自己过人的发音量,说白了就是炫耀自己的肺活量。历史学家的这只罗兰德号角,现在已经永远地安静了。

我和阿霞曾住在斯帕斯克,那地方也叫克柳科夫,是尼古拉耶夫斯克铁路线上一座车站的名字。小的时候,这个未曾谋面的克柳科夫在我们的想象中似乎就是一个弯弯的钩子[①],就像老旧货商手里的那种铁钩子,或者是老妖婆手里的拐杖[②],这就是说,我们的想像总离不开老人手中的东西。从车站到家须乘马车,这是一种既没有将来也没有过去的东西;它总是在不断变换的情境中奔驰——驶过黑压压的云杉林,树叶那软而多刺的湿润的手掌触到脸上,就像洒圣水的刷子一样。漏斗状的房子在沼泽平原上显得一目了

[①] 注:在俄语中,"钩子"一词的发音与"克柳科夫"近似。
[②] 注:在俄语中,"拐杖"一词与"克柳科夫"发音相近。

然。进屋之前,首先得穿过一个花园,这座花园曾经是他们的,但不久将不再属于他们。房子里一片寂静。处处显出古老的气息。我觉得,这屋子里的所有房间好像只是独自生活着,延续着它们自己的存在,丝毫没有发觉,一半的家庭其实已经不存在了。而另一半尚在苟延残喘的家庭它们似乎也没有觉察。于是,当 A·A 身穿一条灰色围裙,胸脯挺得高高的,手里捧着一叠衣服,不知从哪间侧屋里突然冒出来时,没料到 Д·伊跟在她后面,也是穿着一身灰衣服,也是手捧一叠白色的东西(一叠报纸!),而且显得情绪烦躁。我们从来都不知道,我们在不经意间究竟走过了多少座房子里的多少个房间,仿佛这些房间压根儿就没有发现我们的存在,它们犹如古老海洋的浪涛,从我们身边涌过,继续奔涌向前。这是大海的浪涛,是家族的海洋的浪涛,它们只是偶尔由于自己不良的怪癖,百年之后又将我们的戒指啦、脸庞呀之类的东西送回岸边,送到子孙后代那里。

我和阿霞坐在绣花沙发上,起先觉得仿佛是坐在钉子上,尔后又觉得像是被钉子牢牢地钉在沙发边上似的。A·A 把我们安顿在沙发上后,自己威风凛凛地一屁股坐在我们对面的一张硬凳子上,从她那直挺挺的腰背来看,她好像还在站着,似乎很不舒服,她对手里的活儿(无论对手还是对活儿)好像心不在焉。两位老人之间有一架枝型台灯,两支蜡烛被绿色的灯罩罩住,发出的光亮照在脸上,使她不禁皱起眉头:"您想过没有,伊凡·符拉基米洛维奇……","您想过没有,季米特里·伊凡诺维奇……",但是,他俩究竟没想过什么,我们并不知晓。我们就这样傻坐在那里,她竭力用衰老的腔调和那些枯燥乏味的故事来哄我们,而我们则有点儿像小鸟儿一样,被 A·A 那紧逼不舍的眼光迷住了(追忆的眼光?比较的眼光?无神的眼光?),在 A·A 的脸上,我们认出了谢辽沙那双迷人的眼睛。谢辽沙曾经是她的活画像,而如今,在他去世以后,她反倒成了谢辽沙的活画像。瞧那张天生就满含讥讽的嘴巴,瞧那双眼睛里隐约透出的一丝讥笑(毫不显露的讥笑[①]),而无论是谢辽沙还是她,都不曾真正表现出这种讥笑。仿佛儿子在弥留之际,把自己的青春遗

[①] 此处原文为法文。

留给了她,此刻,青春的活力正在她的唇角边隐隐跳动,像是在捉迷藏。这天夜里,我爱上了A·A,而她也似乎有所察觉,也许,在失去了自己的亲生孩子之后,心肠变软了,她在同我们说话时,表情是那么动人,好像此刻向她说话的不是我们这些羞怯腼腆的孤独的孩子,而是她的亲朋好友。是呵,失去孩子的母亲和失去母亲的孩子,本来就是同病相怜的。她夸我们的鞋子很结实,夸我们的法语口音纯正,最后,她不知何故竟然感动不已,发誓要赠送我们一个礼物:给阿霞一本《太阳的孩子》,给我一本《太阳的孩子卡佳和瓦丽娅的青春》,这两本书都是她的一个亲戚写的。最让我们惊讶的是,我们还真的得到了这两本书,每一本都是崭新的,而且还都题了字:"挚爱你的A·A赠送"。

就这样,在这天晚上,儿子在母亲身上重新显现了。

……不过,在伊洛瓦伊斯基年轻的王国里还是有一个安静的角落的。这就是"小天使"谢辽沙的天国,他是周围一群阔少爷大学生中的洁白的天鹅,是母亲的儿子们中母亲的至爱。这里没有争论,没有疑问。这里的一切生来就注定了,命运早已安排好了一切。在所有的孩子中间,只有谢辽沙生来就信任彼们,甚至在弥留之际也不争论。这个穿着衣服的小不点儿简直是个模范的乖孩子,后来,成了模范的中学生,模范的大学生。可憎吗?是的,倘若他的眼睛、笑容、派头和轻浮的情调所具有的令人倾倒的魅力中确实暗藏着某种罪过,确实是对他自己的嘲弄,同时也确实是对你们的嘲弄——因为你们是那样信任这种所谓高尚的道德……倘若真是这样的话,那么的确是可憎的,可惜并不是这样。他那双几乎总是眯缝着的黑又亮的眼睛,与他的也总是嘴角闭拢、隐隐挂着一丝讥笑的嘴巴完全相配,这是一双在任何场合,无论是与人告别,还是串门作客(难怪他是死在客厅里!)都勇敢无畏的眼睛,是注视着他的一双衰老的眼睛,是体现了整个家族的血统的眼睛,是家族中最后一个成员的眼睛。

他究竟是什么样的人?是一个文静的人,一个小天使,一个母亲的小宝贝,一个老太太的心肝,一个阔少爷大学生,还是一个保皇党分子?

不，他不是一个文静的人，而是最最安静的人；不是一个一般的小天使，而是一个最最可爱的天使①；不是母亲的小宝贝，而是母亲的至爱；不是老太太的心肝，而是古老圣训的忠实捍卫者；不是阔少爷大学生，而是一个圣洁无瑕的年轻人；不是保皇党分子，而是心底坦荡的好人。

真奇怪：在这个美男子身上竟然有某种与巴维尔十分相像之处，不错，尽管一个长得奇丑，一个则英俊无比。巴维尔和谢辽沙同属一类人，只不过巴维尔是这一类型的丑陋的极端，而谢辽沙则是最美的极端罢了。但毕竟同属一个类型：都是死亡之人。似乎有点短的鼻子像是被剪刀剪去了一截，两只鼻孔异常明显，牙齿外龇，两眼深凹，颧骨塌陷。脸上的死的气息是那么浓，仿佛死亡存心为了在他们脸上展示它的形象，需要的并不是加重这死的气息（这与身体干瘪消瘦无关），而恰恰相反，需要的是减轻它对他们的控制（减轻对他们的塑造）。一般说来，小孩子的脸往往是这样的，可以确切地说，许多孩子都长着这样一张脸。（孩子很多，而脸只有一张。）而且通常是男孩子。而且必定都是有一双深褐色眼睛的孩子。我期望这会引起读者同情的（回应的）联想。

当我不断地把思维伸向那遥远的过去，企图确定，企图发观，究竟谁才是我第一个喜爱的人，谁是我在童年时代，甚至在童年时代之前就已最先倾心的人，但我失望了，因为我发现，在找到这第一个人（《温莎的调皮鬼》里的一个年轻的女演员）之后，总是发现还有另一个更早一些的人（在大牧首池塘边遇见的一位陌生的太太），依此类推，永无止境（只是进入到另一个遥远的国度！），于是，我想起了诗人的诗句：

我不知多少次顾盼，
似乎永远忘却了，
究竟何时我第一次有了爱情的萌动
抑或根本不曾爱过？

---

① 此处原文为法文。

而我呢,在这种爱恋的可恶的状态中不能自拔,天然地,自然地又立刻爱上了第二个人,也许,是第一百个……在这种没有开端的状态中继续爱下去,这种延续是命中注定的……可是,这种用言语表达爱情的日子是不可能有尽头的,它从本质上讲是无穷尽的。

不错,母亲可以证明我在两岁时就曾疯狂地爱上了一位黑眼睛黑皮肤的大学生阿伊纳洛夫,可是我却记不清了,另外,母亲又如何得知,这就是我的初恋呢?她怎么能担保,我已经不可能摆脱她的养育之手而投奔别人的怀抱呢?(既然存在永远没有完结,永远会不断涌现的东西——既然这些东西确实是存在的,大家都知道——那么依此判断,也应当存在永远没有开端的东西,永远找不到源头的东西。)但是现在,我已经深深地被谢辽沙打动了,我唤起了对他的追忆,而在我心中复活的他又激起了我的情感,这种情感使我开始觉得——尽管很不确信——我第一个爱上的男人就是他。

我又看见了我四岁时的样子:一个胖乎乎的小姑娘,接连几个小时默默无语地站在谢辽沙身旁,痴痴地看着他挥动铁铲,在山的陡坡一侧挖一条连接奥卡河与我们家别墅的台阶。有一天,阿芙古斯塔·伊凡诺芙娜终于被我的这种不屈不挠、坚忍不拔的韧性惊呆了,她确信,根本无法将我从谢辽沙所挖的台阶边引开。她问我:"为什么你总是一个劲地瞧这个台阶呢?①这里面一点有趣的东西也没有哇!"而我呢,却憋足了气,大声叫嚷道:"我在看他的蓝裤子……"裤子是蓝的吗?我不知道。那时他还是个中学生,而中学生的裤子一律都是灰色的。抑或,夏天总是穿粗糙一点的,粗麻布做的裤子。难道是奥卡河的蓝色?或者是爱情的感觉?但不管怎样。"蓝色的"这个词以及它给我的感觉,我永志不忘。

但某种东西在我心中涌起,最先的?亦或是最后的?"谢辽沙和娜佳"——不是伊洛瓦伊斯基家的。而是别人家的,不是谢辽沙哥哥和娜佳姐姐,而是另外的人,别人家的人。在《田垄》杂志的副刊里。这是我从哪里读来的?

---

① 此处原文为德文。

还是从哪里听来的？我们在塔鲁萨也像俄国所有的家庭一样，有一个习惯——在漆黑的夜晚，全家聚集到白色的灯光圈下（台灯的底座像一只熊掌那么大，好像一头大熊正爬向蜂箱！），每人都在读点什么东西。有时候人们会"忘记"小孩子们。我只记得一种灼伤的感觉，一种对心中的秘密的恐惧感，这使我仿佛有撕心裂肺的痛苦，关于谢辽沙和娜佳，谁也不说，谢辽沙和娜佳……谢辽沙和娜佳。也许是在《田垅》杂志的副刊里，他们是20世纪的曙光。

　　真奇怪，在老彼门的家里我居然上了一堂有益的课——一堂关于什么叫做"轻率"的课，尽管我还不太会轻率。瞧，这不是白纸黑字，明明白白地写在了娜佳的漂亮的纪念册里，那时这本纪念册正巧在瓦列丽娅那儿呢。

在空闲的时刻
我赶紧给你写上几行。
请接受妹妹和朋友的忠告——
不要相信男人们，我亲爱的朋友！

你快乐，你总是笑逐颜开，
在你的小脑袋瓜里微风荡漾，
但是，倘若你不想哭泣
那就别去相信男人们，我亲爱的朋友！

让他们对你起誓，
让他们威胁要扳动枪机，
那么，就让他们不得安宁吧，
你可千万别相信这些男人，我亲爱的朋友！

倘若你要相信他们，

> 他们就会给你一个
> 一辈子都忘不掉的教训。
> 别相信男人们,我亲爱的朋友!

我说的是"轻率",尽管从内涵上讲应该改为"理智"。但是,由于这两者我天生都不具备,因此那堂本该有所收益的课并没有在心中扎下根,因而,我,连同奥丽娅自己,还有可怜的娜佳,我们所有的人,无论是过去的、现在的,还是将来的,直至闭上双眼归天,阿门,也未能做到所谓的"不信任",而是充分信任任何一个我们所遇见的人。

不过问题的关键不在于我:而在于时代的声调,这种声调促使天资聪颖而品行高尚的姑娘在纪念册里写下了那些诗篇,并赠给了极有天赋而精神高尚的妹妹。

我不愿去评判。这是无辜的。其实很简单,"有一次去参加主显节晚会",而最重要的是——参加晚会的正是这些姑娘!("您叫什么名字?",他凝视着,并回答道:"阿加封"。)姐姐守护着妹妹(一位容易亲信别人的姑娘,)发出了永恒的呼唤:"别相信,他会骗你的!"这不是少女之心(永恒的美)的堕落,而是整个文化的堕落,由普希金开创的这种文化一直延续到这本贵族少女的纪念册的最后一页,上面不知是谁的手笔写上了这样的诗句:

> 等我结束了旅行,
> 女士,那时我将是你的!

(索宾诺夫与莫斯科女士们的告别,20世纪之初叶。)

在我还是七岁那年,有一天,谢辽沙对我说:"你能不能把你写的诗抄一份给我?""那当然行喽,见鬼!""干嘛说'见鬼'呢?"带着那种莫名的困惑甚至痛苦,尽管脸上差一点露出了微笑,我还是立刻把下巴壳垂到了胸前(为什么不照着他的脸凑上一拳呢?)四颗露在前面的像"铲子"似的门牙一下子紧紧地咬在了下嘴唇上。我有一种奇怪的感觉,这种感觉应该与我当时的气质并不相符,不知为什么,在谢辽沙面前(七岁的女孩站在十七岁的青年跟前),我总是感到害臊:我竟会是这般模样。到底是哪般模样?健康的(那时他还没有生病)、生硬的、粗鲁的女孩,长着黑黑的指甲。我就像一个黑人一样,为自己无法改变的黑皮肤而害臊。我还记得,当我看见他身穿天蓝色制服,与一群穿着另一种制服的同他格格不入的大学生们坐在摆放着绿色芭蕉树的大厅的沙发上时,我是带着多么大的精神压力才走进去的。跨过这段铺着镶木地板的距离并向他伸出我的手——这对于我来说要忍受多么大的痛苦。"你还在写诗吗?那就写吧,写吧!"听到他的声音,我立刻就想哭。我想哭泣,我悔恨,我竟是这么可恶,这是愚蠢,又送到了家庭女教师的虎口里,她又用牙膏盒子逗弄了我,而他对我却是这样友善,这样温存……也许,他是感觉到了什么,于是便竭力要逗我笑:"好吧,笑一笑,笑一笑吧,瞧,从来都是愁眉苦脸的,今天终于会笑了!"他愈是温柔友好地询问我,我愈是低低地垂下头,眼里噙满了泪水,吐出了最后一句话:"最好还是把本子带来,您自己念吧……"在我的印象里,他似乎是我整个童年时代中唯一一个没有嘲笑我的诗作的人(而母亲对我写诗却非常反感),斗牛士会用红布巾激怒公牛,可他却从来没有以我的诗作来诱我发怒……也许他自己也写诗?我只知道他时常写写散文。他12岁的时候(母亲告诉我的,她是见证人),有一次在父母举办的"星期五聚会"上,他在父母的一再要求下当众朗读了自己写的剧本《母与子》。剧中主要角色是:"20岁的母亲和16岁的儿子"。听众顿时哄笑起来,而作者呢,虽然不知原因何在,但知道大人们在嘲笑他,于是立即头也不回地跑进了自己的小屋里,谁也无法把他唤出来,甚至母亲也无能为力。

  不过,总的说来,母亲可以任意使唤他。更进一步说,他不能不处处跟随他的母亲。不能不事事听从他的母亲。我想,他们俩彼此间很少说话,更多的是相互注视。因为语言总是很危险的。倘若要他开口说话,他必定会说:"妈妈,为什么你总是打搅娜佳?妈妈,为什么你总是让我们的青春时光充满忧郁?妈妈,我们很快就要死去了。"可是从他凝望着母亲的眼神里,却只能读到这些:"我爱你。我是你的孩子。"

具有自由主义思想的青年人把他们身上的这种爱称做"保守主义思想",正如一个人往往会以所谓"政治上的反对派"观点本能地进行自我保护。人们往往用一些十分古怪奇特的字眼来表达那些原本是最最朴素简单的事物(更多的时候还会用外国话来表达!)。不过此刻你最好还是把事物想得简单些……

亲爱的谢辽沙,四分之一多的世纪过去了,今天,请你接受我对你的感激之情,我为那个大大的额头上铺着平平的短发的女孩,那个并不美丽、没人喜欢的女孩感谢你,你曾是那么珍重地从她的手上接过了小本子,又是同样珍重地把它递还给了我。

我也为那个旧世界感谢你,如今,所有的人都背叛了它,尤其是那些想要使它复活的人,尽管他们也是无辜的。您就是这个世界的一面最最明净的镜子。

感谢你对这幢房子的忠诚——即使是这么一幢陈旧的老房子。也为母亲感谢你。

离开涅尔维以后,兄妹俩便开始一步步走向死亡。

死神不是一下子来临的。我们听到从国内传来的消息,说父亲要把他俩送到斯帕斯克去。还说父亲要在那里用燕麦粥给他俩养身体,还要强迫他俩开着窗子睡觉。"当然喽(母亲拿着信),燕麦粥啦,窗户啦,都是有益的,可是,那儿太潮湿了……要知道,斯帕斯克是在沼泽地带呀……难道送到克里米亚去不更方便吗?"可是去克里米亚也一样行不通(理由来自老彼门的房子):人们又会一下子爱上娜佳,而被人们视为楷模的谢辽沙会不会又突然被某种污秽的东西包围?而母亲与他们同行,这就意味着,必须抛弃一切。抛弃一切,这就是说,整幢房子都必须扔下。扔下房子,也就是说,要扔下房子里的柜子。这些东西留给谁呢?留给当管家的那个瘦小的德国女人?可是她自己还是个天真的小姑娘呢,她该在哪里安顿呢?她只会惊恐地睁着一双碧蓝的眼睛,一眨不眨地盯着所有的人,尤其是盯着那个连苍蝇都从未欺负过的谢辽沙……她如何能对付不老实的侍女，如何能对付管院子的老头，还有醉醺醺的厨娘以及他们所有的同乡和熟人呢？她如何能阻止这些人的抢劫呢？另外，去克里米亚，这就意味着，要走进两个家庭，那么在 Д·伊举办的星期五学术沙龙上该由谁来沏茶呢？奥丽娅吗？可是奥丽娅自己还要由家庭教师管束呢，因为在3个孩子中就数她最不安分，最神秘，也最倔强，这不，又发现她身上有用来催生眉毛和睫毛的软膏了，她不但很固执，而且还大手大脚地乱花钱，因为原先那盒软膏已被我锁起来了，这就是说，她身上的这盒是新的。而所有这些化妆用的软膏啦，睫毛啦，要想让这位谢辽沙喜欢简直是白日做梦！那么又如何把他带进这幢房子呢？根本不可能。那么去克里米亚又有什么意义？

面对这些胡思乱想，Д·伊轻轻摇着扇子，简洁明了地说：

"我决定把他俩送到斯帕斯克去。新鲜的空气和燕麦——这才是最主要的东西。"

谢辽沙首先离开了人世。他知道死神已降临。这个对人间凡事一无所知的天真的小天使在这人世间最后一桩和天堂里的第一桩事件中的表现确实像个天使，他明了这一切。在我母亲生病的全部日子里，无论是在伯里瓦什·克维西桑修道院（甚至几乎在众多的小教堂里！），还是在里维尔·黑林山和雅尔塔疗养地，我都见过许许多多医生把肺里的最后一块碎片都咯出来了还胸有成竹地确信这只不过是"小小的支气管炎"而已；见过许多一家之长临到生命的尽头还没有料到将与孩子们永别；见过许多身患绝症的年轻人居然还在盘算着二十年后的晚会；见过许多像饿狼似的吃生肉的老汉，自己吞噬了最后一线生还的希望（妇女们，甚至是最年轻的女人，也无疑懂得不能吃生肉）；还见过一些重病缠身的人，他们满以为得的是另一种病，是人们在日常生活中常患的一种病，但他们身上却带着绝症的迹象，这种迹象将把他们最终送到某一间病房，送到那里的无疑都是必定要死的人，或者，像在涅尔维我们看见的那样，他们将在一群阴森恐怖的护士的看护下，沿着盘旋的铁楼梯，被送到对面的某幢房子里隔离开。而这位天真无邪的谢辽沙，却深知死亡已到来。可是他却从未有过面临死亡的体验,因为他是家中第一个患这种病死去的人,他从未住过疗养院,人们从来没有向他许诺过要带他去克里米亚,他也从来没有显出一副红润健康的面容,他的体重也并不轻,所以不会认为自己是乏力,是筋脉的萎缩,而生命还有救,总之,他一下子就明白了一切,并坦然接受了一切。他的一切人间的意念都只关于娜佳(他知道,娜佳也会遭此厄运):"快把娜佳送走,救救娜佳……"而所有其他的思想都集中在了上帝身上。

那么母亲呢?母亲在他心中,他把母亲珍藏在内心深处,渐渐离去,母亲与他的心同在。

娜佳已经卧床不起了,她躺在大厅里,从高高的窗户里眼睁睁地看着哥哥被抬了出去。昨天,当她凝望哥哥时,她知道,哥哥是她的伙伴,她喜欢哥哥,她坚信他会回来,而现在,当她再次凝望哥哥时,她明白,她爱他,并且,他将一去不复返了。她知道,她自己也将随哥哥而去。是的,她将跟随哥哥的身影,踏着同一片雪地,盖着同一片枞树枝,被同一批人扛在肩上……此刻,她再看哥哥最后一眼,从高高的上方向下凝视,她还从未那么高,那么清晰地注视过他,一切都和往日不同——如此清楚地,高高在上地俯视,相距得那么远,却又看得那么清楚,但一切却又是枉然,说近也近,说远亦远,就好像是一双手掌竟分开了一俄里远!就好像井底里映出的自己的脸庞,可视而不可及。在这决别之际,谢辽沙的脸庞在支起来的蔚蓝色的衣领衬托下,神情好像依旧是那么勇敢无畏……

笑容……睫毛……

薇拉·穆罗姆采娃站在奄奄一息的、长着一双褐色眼睛,面色绯红的女友身边,她搂过女友的肩膀,搀扶着,甚至是托着她。薇拉的头发鲜红光亮,而那双哭泣的眼睛仿佛正因为哭泣才显出了它的颜色,她的头仿佛苏醒过来了,仿佛第一次感受到了自身的分量,她啜泣着,想说点什么,可除了泪水什么词儿也找不着。屋外,雪地里,有一个黑色的孤影:正是那个当管家的德国小女人,她不敢注视谢辽沙,一旦看了,就会更加害怕。大人们不让她无所事事地等着做祈祷,也不让她去墓地,而是要她收拾房子,等着人们回来。于是,她就慌慌张张地收拾开了,只不过收拾的不是房子,而是院子——收拾院子里的树枝子(可别让管院子的发现!)。不久,她手里就有了整整一大束树枝子,黑色的、枝叶扶疏的树枝,真像在斯帕斯克见到的那种花束。她要把这些小树枝保存到她死的那一天,她要把它们铺在自己棺材的里面,垫在自己生前管账用的小箱子下,而当松针落地时,她要把它们收集一口袋,用巧克力盒子上的绳子把口袋扎起来。这巧克力盒子当然是伊洛瓦伊斯基家的年轻人去年圣诞节之夜送给她的(无疑,也是他送给她的)。呵,圣诞夜……圣诞树……

娜佳一个月之后便去世了,上帝给她安排了一个异常痛苦的死亡。对于像年轻美人的死亡这种永恒的现象,是无须用科学的语言来解释的。无论该怎样去识别那些伴随着她的疾病的生理现象,有一点是肯定的,那就是,她的病痛是异常可怕的,没有一个大夫能够使她免除这些病痛的折磨。她的死之所以比哥哥的死更加痛苦,还因为她依然苛求活下去。她不是祈求体面的无病痛的肉体的死亡,而是祈求生还,无论有多大代价,只要能活下去!

在热得发烫的床上,娜佳伸出滚烫的手,悄悄地塞给修女一些钱,期望她能在莫斯科所有的修道院里替她祈祷康复之日。还有什么比这场景更加惨不忍睹的呢。

她在二月里死去。人们也是踏着同一块雪地将她抬出去的。倔强的老人在这一天第一次显出了衰老之相,而那时他其实早已七十岁开外了。在葬礼上,他哭了。躺在棺材里的娜佳依然是个美人。这个当初被称做是从老彼门家的那幅动人之画中走出来的睡美人,如今真的睡下了,脸上依旧带着笑意,当年这种笑意有点儿调皮,而如今,这一丝笑意却领悟了人间的悲凉,也许,这根本不是什么笑意,只不过是我们凝望着那些沉睡之人时,隐约感到他们似乎在微笑罢了。父亲对我和阿霞说:"我没有见过比她更美的人",我们三人也经过了黑压压的云杉林,只不过这树林不是湿润的,而是被酷热烤得干裂作响,这不是斯帕斯克的云杉林,而是在德国的黑林山(我闭上眼睛,闻到了林中的气息,听到了针叶林在噼啪作响……他们都死了,都死了,都死了……)。"她的栗色卷发蓬乱不堪(她死得很痛苦,人们没能替她梳头),可是脸上却泛着红晕,还有一点儿笑容……"若不是父亲自己完全平静地接受了这个残酷的事实,那么他简直会带着近乎愤怒的腔调给我们讲述的,"如此美丽的人儿……如此美丽的人儿……"突然,父亲中断了讲述,也中断了我们的散步:"好啦,该回家啦。不然妈妈要等急啦。"(我的母亲一年之后也死于这种病。)

那么,现在该来讲一件非常奇怪的事了。我还是第一次讲它(1905年2月)。我之所以要讲,是因为那个世界——伊洛瓦伊斯基的老彼门之家和我们茨维塔耶夫的三塘之家的世界,像娜佳一样的年轻美人的世界,像我一样孤独的小女孩的世界,整个地结束了。完结的不仅仅是属于我的那个世纪,而且也是大家的那个世纪。由于内心那无法偿还之债,我要把它讲出来。

我是在弗莱堡的寄宿学校里从父亲寄来的信中得知娜佳的死讯的。娜佳之死给我的第一个感觉是,一条绳带的末端突然在我的手里停下来了。第一个感觉是,我必须去追赶。我必须沿着还有余热的印迹把她找回来。甚至(就像把泪水强行收回眼眶里一样)将她强行赶回原处——从哪儿来的还回哪儿去。必须设法让这一切还未发生。必须设法赶在前头——让时光倒流。要让她还原到原先的(活的,我自己的)位置,必须站在她面前,不放她走。对这一打击做出的第一个反响是:离开原地,赶紧出发。可是该去哪里?新处女地公墓还远着呢,况且那儿也没有她。该在哪里寻找?当然是在涅尔维找,在那儿曾最后一次见过她的身影,那是在利古里亚湾,从拐弯的马车里探出一顶弯曲的白帽,在海湾的背景映衬下,白帽下的脸庞让我永志不忘。于是,遵命行事,我要去涅尔维。伴随着心房的跳动,我跑遍了我们花园里的每一条被葡萄藤遮掩的小径,还时不时地迎头撞上垂挂着的柠檬和柑橘。顺级而下,来到了与我同名的"海之景花园"("看见没有,你可成了名人啦!你的名字到处挂",[①]仿佛娜佳在笑着对我说……),从那儿径直走进房子,先到他们

[①] 注:在俄语中:"玛琳娜"这个名字有"海之景"之意。

的屋里,她和谢辽沙曾在这间屋里不停地咳嗽,并且相互对咳;尔后又溜进餐厅,人们在新年到来之前曾在这里放游了几只小船儿,并许下了心愿,他们想的都是同一件事,可她却另有所盼,但却什么也没有盼到!然后我又走进了修道院的房子,还是没有找到她,我最后终于发现,她的确不在了,哪儿也没有她的影子,我走投无路了。我在哪儿才能找到她呢?我多想对她说……说什么?当然是我该对她说的话。胡乱猜想了一番,我终于有点儿疲倦了。干脆把这些都留到睡觉前再琢磨吧,于是我又把父亲寄来的信再看了一遍:"告诉你们一个悲痛的消息,昨天,二月几号来者,不幸的娜佳在巨大的痛苦中死去了……"

死——掉——了。这就是说,哪儿也不在了?

于是,开始了顽强的寻找———一处也不漏掉。

"你去哪里?""我把手绢忘在寝室里啦。"我三步并做两步地跃下楼梯,飞快地穿过嘈杂的走廊,由于腿迈得太快,赶不上节奏,在拐角处失去了平衡,差一点整个身体都飞了出去……也许,会在这里?莫非她知道,所有的人都在楼下。可是,除了我洗干净的洗脸池发出的冰凉的闪光,除了我铺好的床铺显出的冰冷的白光,这儿什么都没有。这里只有一样的白色,这儿的一切都是无望的,空荡荡的。为什么我就没有想到,这里太亮了呢?我为什么就没有想到,其实不必在这里费劲找,这里那么亮堂,有还是没有,一目了然。那么,现在应该想一想,暗的地方在哪里呢?倒是有一个暗的地方,那里永远是暗的,那就是练琴房,光这间房就上了整整一层楼,那层楼不住人。可是,在练琴①之前是谁也不准进的。离六点钟还差一个小时。这段时间该怎么熬呢?

"练琴喽,玛琳娜。"我故意慢腾腾地走出房间,绝不快跑,决不跑,甚至一个人经过空荡荡的楼层时,也完全控制住自己的恐惧心情,有条不紊地,细致地打开那扇很紧的像是存心与我作对的门(以便能够进去……)。我小心谨慎地在门后探出脑袋,不想惊动别人,犹如进门的是一个不可靠的外

---

① 此处原文为德文。

人。(最让我现在感到奇怪的是,当时我不但不怕她,而且怕我惊吓到她。)我坐了下来。我并没有东张西望。我打开钢琴。这是加隆产的钢琴。我一丝不苟地弹完了所有规定的练习曲目,并不着急办我自己想办的事,兴许它(亦或是她)自己会找上门来?……可是,当我开始弹奏《请跳华尔兹》①时,我的心再也忍不住了,于是,我并没有中断弹琴,而是顺着钢琴踏板的节拍喊起来:"娜佳!娜佳!娜佳!"起初只是心里在喊,然后轻轻地犹如蚊子哼似的喊了几声,接着又悄悄地略微提高了一丁点儿声音……(我没有放开喉咙大声地喊,我从来也没有大声叫过她的名字。)

"小姑娘睡了,做父母的,你们别再发愁啦。"②这是哪一位上帝让那笨拙的弗·里斯基突发奇想,竟叫我在课堂上念这种诗?恐怕还是那个上帝让平庸的弗·安妮心血来潮,竟叫我试着弹贝多芬的《致爱丽丝》③……

我再也没见着娜佳,无论我怎样呼唤,怎样祈求,她都不出现,当我在走廊里经过拐角时像长颈鹿一样扭过头去窥探身后那一丁点似乎突然出现的声响,那一丁点极其微弱的声响时;当我乘别人在玩球之际像只猎狗一样一动不动地坚守在暗处,窥视着我们每天散步的必经之路时;当我偷偷地紧贴墙壁,将身体探入每一个衣橱与墙壁之间的空隙,察看她此刻可能的必经之路时;当我在一个个有七百年之久的木制的癫狂和清醒的贞女神像中透过神香撩人的幕帷探望时;当我更加锲而不舍地瞪大了自己的双眼,在满以为会给我许多希望的旅馆④的窗帘后面寻找时,都一概不见她的踪影……无论是旅馆的门槛边,还是病房的床上⑤;无论是在哪一个流动的场所,还是在哪一个我隐约预感到的地方;无论是在每一个沉寂中,还是在每一个声响中,我都会悄悄地做好猛扑上去一把抓住她的准备。我这是为了实现自我的肯定,为了自我体现……

---

① 此处原文为法文。
② 此处原文为德文。
③ 此处原文为德文。
④ 此处原文为德文。
⑤ 此处原文为德文。

我的这双眼睛再也没有看见过娜佳。

在梦中我却能见到她。我总是做同一个梦：我走到一个地方，她刚才还在这里，这会儿已离开了，于是我便跟在她后面走，呼唤她，她面带微笑地转过头，但却继续往前走，我想赶上她，但却办不到。

然而痕迹是可以找到的。散步时，从花店里飘出某种花的芳香，一下子便复现了那场鲜花之战，复现了她。天上的云彩好像染上了她的面颊的绯红色彩，具有她脸庞的美丽曲线。甚至稀薄的大麦粥在还没有加入牛奶时也闪着她的明亮的眼睛的光辉。痕迹是有的。爱总能找到。一切都是痕迹。

也许，在我的讲述中人们听不出最主要的东西，即听不出我的忧郁。那么我会告诉你，这种爱就是忧郁。极度的，致命的忧郁。对死亡的忧郁正是为了相会。儿童的急性子，"现在就要见到她！"既然不能在这里相见，那就换个地方吧。既然活着不能相见，那就死后相见吧。"见到娜佳，我愿意死去"——我心中回荡着这种声音，这声音异常干脆，比二二得四还要清晰明白，像"我们的在天之父"这首歌那样坚定有力，倘若向我提一个问题：我最想做的是什么，那么我经历过那场梦之后，就会这样按我的心声回答。然后还想做什么？什么也不需要了，这就够了。只要能看见她，能注视着她，能永远地看着她。可也真奇怪：我对自己容貌的评价极其无情，在她的美貌（还有谢辽沙的英俊，以及所有人的漂亮容貌）面前，总是因为自己长得丑而难为情，但却丝毫没有怀疑过她会不愿见我："什么，难道如此美丽的娜佳看到我这样一个丑女孩，而且还是个小孩子，就不愿走近我？"似乎我那时就已经知道歌德的诗句了：

噢，我该是啥模样，就会是啥模样。①

而我将来长成的模样，一定是我心灵所期盼的模样，也就是像娜佳一样。倘若即使不是这样，倘若即使只是旧的外形……那么，

---

① 此处原文为德文。

在天空的云朵间，

既没有女性的面容，也没有男子的脸庞[1]

也就是说，人们既不会留意美丽，也不会留意丑陋……好像我那时已经知道了我现在才那么不可逆转地，无法纠正地，充满喜悦地理解了的东西：我一定会在见面的地方如愿以偿的。人们最后的先见之明是隐藏在他们的那些关于猎狗和狮子、云雀和大雁、赶骡者与沙皇的谚语中。这使我明白，在这场爱情的角逐中，我不会有竞争对手。

爱情中什么是最主要的？是了解与掩饰。了解所爱的人并掩藏起你的爱。有时掩饰（出于羞怯）比了解（出于激情）更强烈。前者是隐藏秘密的激情，后者是欲知事实的激情。我也是如此。要我谈论娜佳是无法忍受的，不让我知道她的情况也是无法忍受的。可是若要逼我喊出她的名字，那比不让我知道她更难受。我曾像一个胆怯的乞丐，靠偶尔得来的施舍过活，就像后来长大以后，在革命爆发的岁月里，靠夜间站在别人的窗户下用音乐卖艺得来的施舍谋生。（有一天夜里在阿尔巴特街上，从窗口"施舍我"的是拉赫马尼诺娃和拉赫马尼诺夫自己。）我是靠偶然听到的那些关于她的只言片语生活的，而我自己却从不提示什么。更确切地说，当我们在云杉林里进行漫长的跋涉时（而母亲总是在家里，总是躺在床上，躺着哪儿也不去，这是她最后一个夏天，已经奄奄一息，只剩一口气，离盖上枞树枝的日子不远了），当父亲开始给我们讲关于娜佳的事时，我总是设法从侧面提出一个问题把话题引开，引向详细地探讨某种疾病的方面去，这样，我便以某种离奇的，与我的本性截然相悖的狡猾成功地把话题从我心爱的人身上引开了（以免幸福的激情骤然迸发）。于是，当我还是个小小的孩子时，便在圣诞节除夕的早晨祈求上帝，希望圣诞之夜我痴痴等待的，我赖以生存的枞树还没出现。于是，当我长大以后，每当听到爱情的表白，便会立刻制止住它，不管是以狡黠诡辩的方式还是开玩笑的方式。总之，不让这种表白倾泻出来，而它的结局呢，一般

---

[1] 此处原文为德文。

说来，以后却永远也听不到了。

　　是什么力量使这个年轻的幽灵从神秘的远方，从新处女地公墓飞到黑林山（甚至更远！），来到我这个她一点儿都不熟悉的小女孩身边的？因为现在我看到，我对她的爱就是她的意愿，她向我走来，跟随我翻越苍郁的黑林山，她轻声地，但却是执拗地召唤我跳进当地的一条名叫尼亚加拉的小河的激流中——那是一条寒冷的，深不见底的，波涛汹涌的小河，它会像生命一样，突然中断。她强迫我不要谈论她，对所有的人都要保持缄默，尤其是对母亲。每一位坐在疗养院沙发椅上的女病人都有一张慈祥的发热的脸庞，而她似乎就从这张脸上注视着我。她利用我的近视，使我爱上了一位这样的年轻女病人，她一会儿使女病人长得与她很相像，一会儿又让这种相像彻底消失，于是，我就不断地处在这种着迷与失望的交替之中，不妨说得损一点：她促使我不可避免地将她和女病人进行对照比较，而这种对照总是对她有利的，而她自己早已料到了这一点。我心中的爱慕之情无论是当时还是现在，总是真诚的，我从来都不怕意识到它，不怕说出它。这种情感，我一刻都没有感到它是可以改变的，也许，它只能被暗中偷换，而且，这又是多么痛苦的偷换呵！

　　此外，年轻的女幽灵仿佛把自己所有剩余的绯红的容光都传给了我，因为只要有谁说："可怜的娜佳！"或者只要母亲看着自己的女伴（就是那位女士！），说："我但心她会像娜佳一样死掉"，我就会像一只松开的弹簧一样，不是从凳子上一跃而起，而是像一匹脱缰的野马，失去了控制，飞奔起来，去"寻找书本"或者"寻找一根棍子"，我知道，哪怕只耽搁一秒钟，我就再也不能，再也无力，再也没有愿望去保持我那绯红的容光了：这绯红的容光简直像一团熊熊燃烧的火焰！爱情是否就是如此盲目？可是人们又是怎样盲目地去爱呵！的确，甚至母亲也从来没有猜透我的秘密——其实这秘密就写在我的额头上呢！——当我跑回来时，她关切地说："瞧你风风火火的样儿！嘴里还小声嘀咕……这样会把人吓坏的。书啦……棍子啦……干吗这么着急，又没有着火！"不，着火了。

为什么我爱的不是谢辽沙?莫非我追忆的是我幼年时那令我后悔的爱?为什么我像大家一样,如此平静地接受了他的死亡?

因为谢辽沙自己就平静地接受了死亡,而娜佳却没有。

因为谢辽沙已经没有生活下去的愿望了,而娜佳却依旧想活下去。

因为谢辽沙已经彻底死去了,而娜佳却没有。谢辽沙的整个身心都升到了天堂,没留下任何一点儿东西,而娜佳的整个身心却留在了这个世界上,她并没有与自己内心的情感分离!

也许,还有一个原因,那就是谢辽沙的死竟使得母亲如此悲痛,可是却没有一个人像我一样(即使到现在我也敢断定)为娜佳的死伤心。

亲爱的娜佳,你想从我这里得到什么?诗歌吗?可是那时候我写的都是些儿童诗呀,况且还是用德文写的……

为什么你要跟我走?为什么你要站在我的面前?为什么在所有这些不久前还跟随着你,围在你周围的人中你只偏偏选择了我?

也许,亲爱的娜佳,你在遥远的天国里已经瞬间明察了将来的一切,于是你决意跟我走,决意跟随一个小小年纪的女孩,你心里明白,你是跟在自己的诗人身后,跟着一位大约三十年后的今天会重新使你复活的诗人身后。我说得对吗?

1912年5月,亚历山大三世博物馆落成前夕的一天夜里,已经很晚了,我在我们家里最后一次看见了 Д·И 伊洛瓦伊斯基,不,确切地说,是听见他说话的声音。谢辽沙·艾弗隆,我的新婚不久的丈夫,看到女仆很久未到院子里去开门,以为她已睡下,便自己去开门迎客了。大门咯吱一声打开了,传来一阵阵低低的唠叨声,好像在问:"这么说,主人不在家?"客人走进大厅,问道:"衣柜有吗?"接着是一阵沉默,随后传来被询问者的咳嗽声。可是提问的人依旧紧追不放:"我说,衣柜有吗?我问你呢,这儿按收据交付吗?"我从饭厅里探出头,看见谢辽沙依然满脸堆笑,稍稍地挪开了一点紧紧地披在老头身上的皮袄,那件皮袄仿佛是命运之神冷淡随意地罩在老头身上的,我正是透过这件皮袄(竟是在5月的日子里!也不嫌热!)认出了 Д·И 伊洛瓦伊斯基。"可不是吗(他轻轻拍了拍自己那宛如长袍的宽大袖口),我的这件皮袄恐怕是海狸皮做的呢,可别在洋洋得意的时候弄丢了(带着尖酸刻薄的挖苦口吻)!现在也时兴这样,小手接递过来,还说什么'请放心吧',还面带微笑,什么收据也没有……可是谁认识他呢,他究竟是侍役还是化了装的强盗?额头上可没写出来,即使写出来了,那也是谎言。不,需要号码,号码!"我躲到茶炊后面,继续张望。老人停顿了片刻,眯起眼睛:"我好像不记得您了……在前厅里我把您当成安德留沙了,现在我看清楚了,您不是他:您比他高,比他瘦(不以为然地),而且似乎还比他年轻几岁……""我是女婿丈夫……就是说,是女儿玛琳娜的女婿……不,我是想说,是伊凡·符拉基米诺维奇的女婿。我是丈夫。"伊洛瓦伊斯基将信将疑地问:"丈夫?"这时他已经显得异常平静了:"噢噢噢……年轻人,那就请您转告伊凡·符拉基米诺维奇,就说他的老彼门家的岳父来询问衣柜的事啦"。

这简直像是在讲故事!简直是见鬼了!老人竟然将自己的亲孙子和别人的女婿弄混了!老人披着他那长长的拖在橡木地板上的海狸皮袄,穿过昏暗的大厅,就在这几分钟之内,大厅整个儿暗下来了,走在大厅里,犹如走在白雪皑皑的旷野上,于是,越过这回荡着狼嗥的雪野,打开嘎吱作响的前门,走过一座座小木桥,打开犬吠不止的篱笆门,再经过第一组罩灯,迎着最后一缕霞光,他踏上了归家之路,径直朝自己的安乐窝——彼门的家走去。他终于走向老彼门的房子,走向这幢坐落在小季米特洛夫卡的房子,走向小季米特里,走向季米持里·乌比耶内,走向自己那幢没有孩子出没的,死气沉沉的,行将灭亡的小屋。

时光流逝。6年的时光:整个的战争和革命的开始。伊洛瓦伊斯基的整个世界都随着这段时光的流逝而一点点地走向毁灭。

1918年春天。响起了敲门声。原来是一位稀客——安德列哥哥。我对他从来都是一无所知,无论是他的生活,他周围的伙伴,他的苦楚,他的欢乐,我都一概不知,甚至连他的住址也不知道,我只知道一点,那就是他爱我们这些远房的妹妹更甚于爱自己的亲妹妹,倘若他还真的爱着世上某个人的话,那他只爱我们。

"玛琳娜!你们屋里的房客还在吗?他叫什么名字来着?""你说的是X吗?他还住在这儿。""那就请你帮忙通融一下,求他们把外公放了。""怎么回事?放了外公?""是的。他已经在契卡那里关了一个星期了。""为了什么?""因为信仰问题。他们到家里把他逮捕了。这太不像话了。""他有多大岁数了?""天晓得……也许快100岁了。""到底多少岁了?""至少有90岁了。""好吧,我尽力去办。"

晚上,我一直守候在那位房客"X"使用的电话机旁。楼梯上传来噔噔噔的响声。我打开房门。"恩里赫·别尔纳多维奇?""有事吗?""没说的,你们的布尔什维克们可真行啊,居然把那些百岁老人都逮起来啦!""哪儿来的百岁老人?""我的外公伊洛瓦伊斯基呀。""伊洛瓦伊斯基是您的外公?""是的。""就是那个历史学家?""当然啦。""可我还以为他早就去世了呢。""根本就没有去世。""可他有多大年纪了?""100岁啦。""什么?"我补充道:"说实话,九十八岁了,他还记得普希金呢。""记—得—普—希—金?!"突然,他像是抽风似的痉挛不已,发出歇斯底里般的狂笑:"可是,这……这可是……天大的笑话……我竟然……我……竟然把历史学家伊洛瓦伊斯基给抓了起来!!我在学校学的可不就是他写的课本吗,得了一分……""他是无辜的。您明白吗,这样做太不像话了,居然把一个这么大年纪的老学者给抓了起来,这也太可笑啦。""是的",他急促地回答,随后又陷入了沉思,"这,这的确是有点儿……好吧,我这就打电话……"出于礼貌,我退了出来,在楼梯上我听到了捷尔任斯基的名字,他可是我的这位房客X的唯一朋友。"……同志,这可是误会……把伊洛瓦伊斯基给……是的,是的,正是他……真不可思议,竟然还活着……"

我的那位朴实的"X"为伊洛瓦伊斯基外公的事忙活了整整一个星期,在这期间他都是坐着汽车四处奔走,两条腿反倒成了摆设!在这个期间,我什么也不问,因为我了解他,甚于信任他。第7天晚上,还是在那个时辰,"咚咚咚"楼梯上传来脚步声(刚好四步跨完了楼梯),紧接着是急促的敲门声:"玛琳娜·伊凡诺芙娜！""有事吗？""祝贺您！他们把您的外公释放啦。"他容光焕发，但脸上依然透出冷酷的表情，说话的声音也是这样，激动与冷酷掺杂着。"不过，您知道吗，这事办得可真不容易！"我怯生生地说："谢谢，我简直不知道该怎样来……""完全没必要。我乐意帮这个忙，要是我自己没有这个意愿，我才不会去跑呢，可是……他确实有90岁了吗？"也许是为了赶紧表示一下感激之情，我连忙说："已经91岁啦"。"可看上去才60岁。说话有力，精神矍铄。一点儿也不假。您说他还记得拿破仑？""该记得的他都记得！最重要的是，他还记得普希金。""X"在一瞬间半闭着眼睛，发出一声感叹："太棒啦！"而我呢，赶紧抓住这一瞬间，问道："为什么要抓他？""X"敞开房门："因为他有亲德意志意图。"天真的我顿时完全惊呆了："可是他是个哥萨克呀，甚至有一个哥萨克村镇的名字就叫做'伊洛瓦伊斯基'。""我没有说他是德意志出身——对于我们来说，出身并不起什么作用，我们可是国—际—主—义—战—士(他说这个词时，仿佛把6块方糖一个接一个地放进我的嘴里)，我说的是：'意图'。"我意味深长地点了点头："噢—噢—噢……""他一点儿都不显老。甚至比他年岁小的人都不如他有精神。""前不久他还骑过自行车呢。也吹过号角。""吹号角？快给我讲讲!(突然来了好奇心)那么，他为什么要吹号呢？""为了让大家都听见。他吹的是罗兰德号角，知道吗，那可是个有年头的古董啦。他还骑马呢，当然喽，这是在他的马还没有被……""被我们夺走之前。""X"刚健有力地帮我说完了这句话。

第二天一大早，安德列又出现了。"唉，玛琳娜，你的'X'可真不赖！他放了外公。""我知道了。""他在牢里蹲了3个礼拜。一直在骂骂咧咧！""你刚才说，谁放了他？""瞧你，那还用说嘛！""未必，不过请你务必转告他；就说是一个犹太人'X'把他从阶下囚中解放了出来。""你说什么呀，我的小祖宗，要是他知道了，准会请求再回监狱去！"

不过，他到底还是没有要求回去——他自己先离开了人世。伊洛瓦伊斯基终于离开了这个世界，离开了"Y"把他拘捕起来，"X"又把他放了出来的这个怪诞的世界，只身来到了另一个世界，我想，在他一生中恐怕很少会想到这另一个世界,他毕生都是整个儿沉浸在对逝去的往日世界的追忆中。他所追忆的往日世界的神秘性丝毫不逊于那个彼岸世界。

伊洛瓦伊斯基于1919年去世,在他出生后的第90个年头里离开了人世,究竟是怎么死的,我不清楚,而且未必会打听清楚,因为唯一一个能告诉我的人——他的唯一的外孙,我唯一的哥哥安德列在1933年4月也进了坟墓,他患的依然是老彼门家遗传的那种绝症,他只比自己那位仿佛成了老古董的外公多活了14年。外公唯一的外孙女,我的姐姐瓦列丽娅真正继承了老彼门家的所有激情,真正继承了他最主要的脾气:毫不宽恕一切的脾气,她至今还不能原谅我的母亲(1906年去世),因为正是我母亲在家里取代了她的母亲(1890年去世),而且这种仇恨一直殃及我们,她恨我和阿霞,恨我们讲话的声音,恨我们的脸庞,恨我们的每一个举动,甚至恨组成我们名字的字母!我们也许能够想像人应当怎样去仇恨该仇恨的东西,可是你无法想像当这种该仇恨的东西又突然变得双倍的可恶时,又该怎样去仇恨呢?瓦列丽娅正是以这种难以想像的方式发泄她的仇恨的:她简直不能看见我们,而一旦看见了,就会死死地盯着我们,当然,我的这位姐姐绝不想对我说任何话。可以取出《圣经》里的一个关于仇恨的场面,瓦列丽娅为我最温和的妹妹阿霞挖了一个墓穴,安德列死在她的手上,不过这已经转到我们的家庭史上了。

再来谈谈 Д·И 老人吧。我只知道,他死在老彼门家里,而且一直工作到最后一日。唉,知道也好,不知道也罢,都无济于事了。

我身边还留有对他的纪念,这就是他的一本书,我一直珍藏着,这是关于我的同名人,而且从某种程度上讲也算是我的同乡玛琳娜的一本书,母亲为了纪念她,也给我起了这个名字。

究竟是哪个冬天?所有的冬天都汇集成一个永无止境的漫长的冬季。不过,至少还记得这么一个冬天,好像到处都是跳跃着的裹着白布尸衣的高得出奇的人,他们从白白的雪堆后面蹦出来,直落到一件件孤零零的皮袄上,有时候,在皮袄下,落进了一套上衣里,随后,他们当中迟到的一位穿白衣的步行者(依然是个特高的人)。突然间缩小了个头,钻进了皮袄里。不错,就是在这样一个到处都是跳跃着的白色人儿的冬天里,我和如今已不在人世的 T-Φ 斯克里娅宾娜一起去她的一些音乐界的朋友那里,于是我听到了这样一席话:"真是个不寻常的老头!简直像石头一样顽固!首先,他刚一坐下,我们的一个女侦察员就从书柜里取出 5 册诉讼法法典朝他扔去,差点儿砸在他的脑袋上。当我对她说:伊达·葛里高莉耶芙娜,不管怎样,您可得当心点,这样会出人命的!可他居然对我说:'别担心,太太,我不怕死,书就更不必说了,我一点儿也不怕——我这辈子写的书可比这几本多得多。'审讯开始了。N 同志立刻开门见山:'您有哪些政治信仰?'被审讯者拖着长腔:'我的政—治—信—仰?'大概 N 以为这老头已经完全处于理智不清的状态中了,于是便简单明白地问道:'您对列宁和托洛茨基怎么看?'被审讯者沉默不语,我们以为,大概他又没有听明白问题,或者,他可能是个聋子?可是突然,只听他带着一种完全冷漠的口吻回答道:'列—宁和托—洛—茨—基?我压根儿就没听说过。'这下,N 可火了:'您怎么会没听说过他们?现在整个世界都听得见他们俩的声音!那么,见鬼,您到底是什么人?是保皇党分子?立宪民主党人?还是十月党人?'而那位可爱的老头竟然还在开导她:'您读过我写的著作吗?我过去是保皇党人,现在仍然是。慈悲的主人,您多大岁数啦?大概有 31 岁了吧?不过,我已经 91 岁啦。我的老爷,我头脑里的观念是绝对不会改变的,哪怕改变十分之一都没门儿。'这下我们全都笑了。老头儿可真是个好样的!一点儿也没有丢掉尊严!"

"这是在讲历史学家伊洛瓦伊斯基吧?"

"正是他。您怎么会猜出来的呢?"

"那么,您认为他真的没有听说过那两个大人物吗?"

"怎么会呢?当然是听说过的。可能别人真会信他的鬼话,但我是不信的。他编出这番话的时候,眼睛里闪着火光,那是道蓝光!"

叙述者曾是一位契卡女侦察员,外公以及许许多多更年轻的被审讯者的大无畏精神使她惊咤不已,这位女侦察员渐渐意识到,自卫军也是人,她很快就摇身一变,成了原始艺术博物馆玩具部的一位服务人员。她丈夫是被自卫军杀害的。她有一个儿子,脑袋大大的,剃光了头发,总是挨饿……

A·A已老态龙钟。她的晚年很痛苦。A·A失去了所有的孩子(最小的女儿也出国了),孑然一身,和自己所有的柜子、箱子一起挤在一间半地下的带拱门的屋子里,这里曾是娜佳住的房间,房间的各扇窗户都是朝着花园的。周围是一个新的世界,既有天底下各式人物组成的拥挤的第一群体——众多房客的群体,也有各式新思想的广阔视野,还有革命所具有的闪耀着密集的火光的巨大天地。她又如何能应付得了呢?首先,她要与之斗争。她只身留了下来,但是她在坚持捍卫着。捍卫什么?捍卫自己的善。并且真的捍卫住了。为了能在革命浪潮最火热的关头,带着这样的名字,在这样的审判中战胜这样的"房客"(为了体面的缘故,她这样称呼),并且不是一个,而是整整两个过程,要做到这一点,必须保持住自我,按亲近她的人的说法,即必须成为一个执著地忠于自己的个人权利的人。

我们试图重新建立她的时代,那十一个革命的冬季的时代。

在严寒中起床。(没关系,这样对身体有益,反正一辈子都是开着天窗睡觉的。)喝不加糖的茶(生活困苦),吃黑面包(也是因为生活困难),排队买肥皂(没什么,会挺过去的。捍卫属于自己的东西,而既是自己的东西,那就一定得捍卫!)。瞧,在整个队伍的玩笑般的高度赞许中("真是个严肃的女公民!碰上她您就别想插队!")成功地赶走了"无赖",手里摸着自己的那块劣质肥皂。回到家里,得吃点东西了。她吃得很少——已经习惯了(只是——没有燕麦粥!似乎她与 Д·И 结合,共度余生,仅仅是为了能在一块儿吃燕麦粥。这种推断让人不觉联想到一幅非常动人的有关马的画面……)。吃过东西,她就开始埋头翻箱倒柜了。我看见她跪在地上,那依然高傲的侯爵夫人般的小脑袋顶着柜子的铁皮顶盖。头很疼。没关系,自己的重负不算累!一匹匹呢子、亚麻布、素色呢、压花纹布、绸缎……该抛弃哪些?该丢下哪种?好好想一想吧,所有这些东西都会让那些贱民夺去的。正是那些贱人。正是为了那些贱人才跪在地上……

斯摩棱斯克市场。年迈的老妇人身披一件皱巴巴的棉袄,脚穿一双高高的尖皮鞋。从那白色的高加索头巾下(也有点像是谢辽沙当年用过的)露出一双没有丝毫善意的黑眼睛。没有推销,没有拖延,通过一只伸开的手掂一掂分量,便立刻报了价。随后便沉默不语。可是商品自个儿为自己开了口。"多少?""就这么多。""瞧你,大婶……(在犀利的目光的逼视下语气不得不缓和下来),您怎么能这样呢,女公民……(最后,终于忍受不住那种目光的逼视了),您就行行好吧,太太,看在上帝的分上……难道您想让一个公民完全变成穷光蛋吗?是不是呀?"(报出个数目。)"不行"她冷冰冰地答道,犹如冰块的坼裂声。噢,难道她会在这些人面前让步,真的把布匹卖得更便宜些吗?要知道,她可是连对自己个人的青春的情欲,连对自己亲生的孩子都不会让步的人呀。她对谁都不会让步,无论何时,无论何事。于是,在这双毫不友善的眼睛的双倍压迫下,在优质商品的诱惑下,那个公民塞给了她几张钞票,把布匹夹到了自己的腋下。两人都在数,各人数着自己的东西,毫无羞怯感,尽显出一幅完全平等的画面。

带着一纸包精制的白糖,还有一块白面包,不过不是夹在腋下,而是放在英国出产的猪皮制小皮箱的底部,她终于回到了家中,回到了自己的洞穴里。

女儿的信一封接一封地寄来,坚持要她出国去。可是,怎能与家里的这些东西分别呢?莫非都随身带着?那是绝对办不到的。卖掉吗?连闪一下这种念头都会浑身打颤。那又怎能设想什么都不带,没有侍从,没有手提箱,没有提篮,没有包袱,没有布袋,就这么一个人孤零零地离开呢?偶尔她还会寄给女儿一些用得着的东西:那是当她斯摩棱斯克市场成功地卖掉了东西之后换得了几个英镑的时候,或者是她出售了那种珍珠般的银灰色的[①]丝绸衣服的时候。光是这件衣服的一个后襟女儿在塞尔维亚就替自己缝制了一件衣服。

有一个人曾在1927年从莫斯科写信给老太太的女儿,谈及她的情况:

---

① 此处原文为法文。

"老妈妈的情况很糟糕——只有一间房子,堆满了东西,白天和黑夜都亮着灯……"

白天亮灯,是因为一株冬天覆盖上一层白雪夏天披上一层绿衣的灌木,严严实实地遮住了阳光。

而夜晚点灯,则是因为要在灯下沉思。

就这样,她一直活到了1929年。

一月的一个夜晚。A·A正准备睡下。屋里点着烛灯——烛光如同白天时一样,依旧是那么洁白,火苗依旧向上,显得那么稳重。窗外是寒冷的花园,窗下那株上了冻的丁香花,犹如守卫的岗哨,守卫着整个橡木做的栅栏门。

她脱下自己的方格上衣裙,接着又脱下带风纪钩的下摆裙和带有12只纽扣的胸罩(第四只扣子在一根细线上——这居然能固定得牢!),松开条带,小心地把这些衣物叠成一叠。她只穿一件内衣,穿过拥挤的衣柜壁橱,抬起倾斜隆起的盖顶,露出大理石板,把嘴唇凑近细细的水流边。穿上睡衣,她小心翼翼地把线穿过一根针。掏出发针,她又用刷子加工了一番,一直到它们变得油光锃亮为止。随后她又把坎肩缝补了一下。接着,她起身立在席子上,对着一盏长明灯轻轻地祈祷:"愿我们永不断粮",愿灵魂安宁。

好像有人敲门。原来是灌木丛那挂满冰渣的树枝敲打着栅栏门,犹如一个冻得僵硬的手指在敲门。不,确实是手指在敲门:是手指那弯曲的第二个关节在敲门。一声,两声。要是来了歹人怎么办?……第三声。没错,准是又悄悄地躲开了。A·A冷冷地说:"是涅尔维的幽灵。"不过,为了确信一番,她又穿过衣服柜子的尖尖的拐角,只身单腿跪在一堆还没有收拾好的"克里姆林宫"牌衣服上,将额头伏向窗框。什么也没看见。只有那死一般沉寂的栅栏门。传来一阵冰冻的窗玻璃的碰撞声。

可是,在这样的房子里又有什么害怕的呢?有那么多人住在里面,又有什么可怕的呢?有多少人住,就有多少只手枪。在这样的栅栏后面,有这样的守院人,还有什么害怕的呢?况且,谁又会专门在夜间去吓唬人呢?他为什么要这样做呢？（在那一时刻，A·A忘记了一点，即敲门也可能不只是为了吓人，还可能是为了警告。倘若她现在如同她在那个最迷糊的时刻想要做的一样，想走出去的话，那么她也许看见的将不是什么可怕的东西，而是令她感到亲切的东西——那在漆黑的夜里炯炯发光的眼神！——它不是沿着地面走过来的，而是飞离窗户，腾空飞行。假如她确实除了倒下的丁香树枝外，谁也没看见，什么东西也没发现的话，那么也许那个发出预先警告的人由于没有别的办法，可能用树枝敲了敲门……）

她定了定神，便躺在了冰冷的床上。

闭上眼睛，烛光依旧。还是白天的烛光，还是白天的火苗：平稳而温柔。合拢的眼帘下出现了那个打市场上来的士兵的脸，她昨天正是卖给这个士兵一匹花缎。（这匹缎子是从娜佳那件具有贵族气派的、还从来没有穿在身上过的衣服上弄下来的。）这张士兵的脸充满稚气，没有胡子，"布尔什维克"式的一绺竖立的头发耷拉在额前。真可惜，这匹布只卖了这么一点点钱，这可是好料子，他该多给点儿钱才对……

那么，是否是儿子呢？她忘了吗？没有。（如今，她在花园里耙地时，铁铲碰到了那株灌木：灌木发出清脆的响声，仿佛花环发出的声音，在周年纪念日里可别忘了收拾一下瓷器：花儿剥落了，只剩下一根丝线了……）可是她从来都不走下去，从来都不走到底部，走到只有他一个人呆的地方。否则，就不能活了。可是应该活下去。可又为什么要活下去呢？不过那些箱子柜子又该如何处置呢？这些东西该托付给谁呢？这可都是些还没有用过的，没有碰过的，没有打开的，10年来一直完好地保存着的，并且一直保存到今天的东西呀。给女儿？她已远在天边……给周围的这些人？把所有这些东西都给他们？！不，不行，要活下去，一切都可以挺过去，决不能叫这些东西落入他人之手，什么也别留下。对，什么也不留，谁也不给。

她终于睡着了。

不幸并非从窗户外来。它是从门外飞来的。又传来了敲门声。A·A还没醒。又响了第二声，敲得更加急促。"谁呀？""伊万，守院人。亚历山德拉·亚历山德洛芙娜,有事找您。""什么事呀?明天再说吧!""不行呀,事很急,请您原谅,我不会打搅您太久的。""那就进来吧,我可要开了门就躺下的"。

他进了屋。站着不说话。呈现在她面前的可不是想像中的那双眼睛。A·A威严而激动地问:"怎么啦?开口呀!"随后又降低了嗓门,"到底怎么啦?"那人对着门说:"进来吧,孩子。"

老房子似乎等待的只是这个。

进来一帮强盗。他们是闯进来抢钱的,但是却只搜出64卢布和几个戈比。他们是一帮贱货,丝毫没有"善"的影子。他们逃窜到高加索,但却被严密地跟踪监视起来,不久都被逮着了。被判了刑,有的还被枪毙了。

老彼门的房子就这样,在双重的鲜血中寿终正寝了。

我想用德拉·穆罗姆采娃的同名回忆录中的话,作为我的结束语,以她的名义写下自己的话:

如今占据了老彼门的教区教堂的是一个共青团俱乐部。

1933年

爬满常春藤的塔楼

不久前,我翻开里尔克的《哀诗》中的一首,念道:"献给图伦—温迪娜—塔克西丝公爵夫人"。图伦—温迪娜—塔克西丝?这名字太熟悉了!只是,图伦不知道是指什么。噢,对了,想起来啦:这是指那爬满常春藤的塔楼!

女锅炉工玛丽亚飞快地奔进空荡荡的教室,对我们说:"俄国小姑娘们,有人来见你们啦!"我和阿霞是唯一还留在寄宿学校的学生。玛丽亚跑进教室的时候,我们俩正在百无聊赖地随便乱翻着我们的文选课本,等待着明天那没有任何承诺的复活节的到来。

"来的是一位先生。"玛丽亚接着说。

"长什么样?"

"一般的样子。真正的先生。"

"年轻的还是年纪大的?"

"我不是对你们说了嘛:一般的样子。既不年轻也不老,年纪正合适。快点走吧,只是,小阿霞,我的小姐,您可得把前额上的头发理一下,不然您的眼睛会被挡住的,就像抓耗子的狗一样。"

女校长的房间是个极不寻常的"绿色房间",那里是接待室。客人从一把绿色椅子上站起来,向我们迎面走来。他显得既熟悉又陌生,平时总是不穿西装,可现在却西装笔挺,甚至还带着高高的领子;平时手里总是拿着盛着啤酒的托盘,显出一副醉醺醺的模样,可现在手里握的却是礼帽和手杖,他和我们的女校长站在一块儿,在这些绿色的窗帘的映衬下,显得极为古怪。他就是"天使庄园"的主人恩格尔思威斯,真正掌管我们这座奇特的乡村旅馆的人,我们在夏天结识的朋友卡尔和玛丽的父亲。

"麦尔先生非常好客,他邀请你们明天到他家里作客一整天。他将在早晨6点半来接你们,然后在晚上6点半把你们送回来。不过还得看天公是否作美。我已经同意了。你们还不快谢谢麦尔先生。"

这突如其来的幸福,我们将要造访的这神圣之地,使我们顿时目瞪口呆,我怯生生地道了谢,不知为什么,我的声音竟像男低音歌手的哼唱,而阿霞却激动得尖叫起来。随后是一阵沉默。戈尔·麦尔死死地盯着自己的脚,确实,穿着一双新皮鞋,连自己的脚都认不出了。他激动的情绪丝毫不逊于我们,似乎也被那神圣之地征服了,抑或是因为那太紧的领口憋得透不过气的缘故。不知为什么,我总觉得,他特别想朝我们递眼色。谁也没有坐下。走出房间时,阿霞终于按捺不住好奇心,开始胡乱猜测,并且壮着胆子询问:"卡尔是否已长大?父亲如今应该去哪里?"

寝室空了,玛丽亚刚把灯关上。明天!眼帘下首先闪现出陡然升起的公路,然后从某个拐弯处出现了可爱的,寒冷的,美女般迷人的水流不急不缓的勃列尔巴赫河。这条河整个地隐没在两岸的柳树丛中,我们其实并没有看见它,而是感知到它的存在,由于水太凉,大人们从不允许我们下河玩耍,不过有一次我们还是跌入河中,衣服全湿透了……再往前,便看见转弯处的一尊耶稣受难十字架,然后从公路上向左拐,于是便很近啦!在一片绿葱葱的李子树和苹果树丛后面,首先显露出来的是旅店①,随后我们的天使也出现了,他体态肥胖,还长着无数只翅膀,据说,他年事已高,但看上去却很年轻,甚至比我们还年轻得多——完全像个3岁的孩子,深受大家的喜爱。这位天使站在房子门口,而弗莱尔·维尔津则从屋里出来迎接我们,不过,对于我们来说,能看见玛丽和卡尔才是顶重要的,我只想见玛丽,而阿霞则想见卡尔。

要是天气好的话,明天早上6点半就出发!

醒来后第一件事便是向窗口望一眼。确切地讲,是向窗口和摆钟望一眼。我帮阿霞扣好了胸衣背后的6只纽扣。但是该穿什么衣服呢?穿平时的

---

① 此处原文为德文。

衣服肯定不合适——这可是复活节呀,可是穿上节日的盛装也不行呀——这样既不能爬树,也不能在树下玩耍了。

"我出发时要穿旧海员服。"

"那我怎么办?(阿霞满肚子委曲。)海员服太长了,我穿了简直要拖到地板上啦!"

"那么你就穿小矮人的裤子吧!(看见她已经哭起来了。)算啦,你还是穿海员服吧,它正好到你的膝盖。袖口长一点儿没关系,卷起来不就得啦!"

早饭铃响了——这铃声是专门为我们俩响的。学校的头儿们还在熟睡。只有玛丽亚同我们一起用餐。早饭同往常一样,是不加糖的淡咖啡(全校在自己的校庆纪念日那天"自愿"地把糖让给了"穷孩子们",好像以后将永远这样做)和没有奶油的面包,但面包里却有一种红红的令人恶心的植物胶,只有那个像是永远吃不饱饭的不幸的巴西女人阿尼塔·雅乌茨才吃得下这种东西,她什么都能吃,极其贪嘴,要是可能的话,她能把别人的那一份也都舔得干干净净。

"唉,小阿霞,娇小姐,您可又像是用胶布把嘴封上啦!让我来喂您吧,不然可来不及啦,只剩一刻钟啦。"

6点半到了。又过了一刻钟。7点了。天气不大好,确切点讲,天气很一般,天空布满了乌云,不过,谢天谢地,没有下雨,暂时还没有下雨。又过了半个钟头。当然喽,他此刻准是在集市上耽搁了,他一会儿准会来的。戈尔·麦尔是个真正的男子汉,他才不会在乎这种天气呢,这几滴雨在他眼里根本不算是下雨!雨滴愈落愈大,起先还是丝丝小雨,不一会儿便成了倾盆大雨了。8点钟的时候,学校最年轻的头儿——安妮小姐出现了。

"孩子们,你们准备一下,半小时后去教堂,自然,戈尔·麦尔现在不会来了。"

8点15分时铃声又响了,这是在催促我们去洗胶鞋。这铃声依然是专门为我们俩响的。

传教士在说啥？平时,在教士布道时,学校里年轻最小的阿霞总是昏昏欲睡,然而这次她却破天荒头一回没有睡着。她没有睡觉,而是在轻轻地,然而却很伤心地哭泣。令她伤心的不是"他没有来",而是另一个念头:"万一他又突然来了呢？万一他来了之后谁也没遇着,于是又走了呢？这会儿可是复活节,整座城的居民都登到了'天使'山庄上,戈尔·麦尔带着食品,他可等不得。"

在回来的路上,安妮小姐对我说:

"俄国小姑娘,为什么你一句话也不说？阿霞竟还哭了一阵呢。难道你不想登高,不想上你的朋友们那里去吗。"

"唉,我总是对什么都了如指掌,我早就知道啦。这本该是多么好呵！"

突然,我止住了泪水,脱口说出两句诗:

上帝保佑你,这本该多美好！
上帝保佑你,这本不该是命里注定！

"玛琳娜,你喜爱诗歌,我很高兴,可是对你来说,读舍费尔①的诗毕竟还太早了点。"

"我没读他的诗,妈妈总是唱这两句！"

复活节的早餐跟往年一样,我们吃两样东西:一样东西我们叫不出名儿,大概是一种"上等的野味",另一样是糖渍水果。吃完早饭,随着一声铃响(铃声专为我们而响),我们在空荡荡的寝室里洗手。天空在下了一阵雨之后,变得多么晴朗！

玛丽亚气喘吁吁地跑来:"俄国小姑娘们,听着,学校头头们命令你们赶快换上最漂亮的衣服。"

"我们穿得已经够漂亮的啦。"

---

① 注:约瑟夫·舍费尔(1826—1886):德国诗人,小说家。

"你们有花边领子吗?"

"没有。"

玛丽亚眼睛一亮:"我有哇。我这就借给你们,因为……我在这里也待腻啦!"

她说完便跑去拿,不一会儿,只见她手里拿着两件衣服回来了:两件一模一样的衣服,都是大凸花边的披肩,花纹奇特而精致,一直延伸到腰身以下。两件衣服都有一颗巨大的海星,简直可以从它中间把头伸过去。带有凸花花边的海星的衣服是我的。而带有手工编织的海星的衣服是阿霞的。两件衣服都很长,我的那件一直拖到肚子上,而阿霞的那件竟盖到了膝盖上。

"现在你们简直像小天使一样美丽!"

(噢,天使,天使!)

……大概准备去散步。我们准备同安妮小姐一起漫步在施洛斯别尔戈的小道上,不错,我们还穿着复活节的盛装,不过穿着这种盛装却哪儿也去不成,什么也做不成……安妮小姐这会儿只专门陪我们两个人……

我和阿霞都穿上了新装,但都不大合身,我的这件衣服好像总是四处挤推我,而阿霞的那件却宽大得出奇,套在身上松松垮垮的,好像里面还可以装一个大活人似的。我们迈着并不愉快的脚步,阴沉着脸,走下楼去。这种赌气的方式只有小孩子才有。

一辆马车停在屋外。竟然还是辆带篷的马车。这辆车真棒,名副其实,光彩夺目。这辆重重地涂了油漆的马车由两匹栗色的毛色锃亮的马拉着。两位小姐坐在马车里,她们都穿着珠光闪闪的神秘黑衣,这身打扮像是去参加庄重的出殡仪式,头上戴着黑帽子,手里还握着几束浅紫色的花朵和几束铃兰草。

"孩子们,上车吧!……"

我们怯生生地把脚儿搁到脚蹬子上。

"玛丽娜年纪大一些,就坐在我对面吧,而你呢,阿霞,年纪小一些,坐在安妮小姐对面吧。"

（巴乌拉小姐的眼睛活像虾子和青蛙的眼睛，大大的，一眨也不眨；而艾伦小姐的眼睛则像小哈巴狗的眼睛一样，眨巴个不停。她盯着你看的时候，简直就像一条卷毛哈巴狗用它那卷毛下含藏的一双红里透蓝的眼睛看人一样。哪一位小姐的眼睛更好一些呢？）

漂亮的马车一声不吭地启程了。

首先映入眼帘的是一幢幢古老的房子，尔后是另一些矗立在田野上注视着我们的充满着一派祥和之气的房子。好一片祥和的原野。接着，一座座长满松林的山冈从远处升起，渐渐向我们靠近……这是黑林山………

我们这是去哪儿？也许是突然去那里（简直是狂热的幻想），也许是奇迹般地突然去"天使山庄"？可是我们现在走的不是那条道啊，那条路是上坡的，可现在我们走的却是平路。况且大门也不同，那里的门是由格奥尔吉看守的，而如今我们看见的却是由马丁在把守……可是，倘若不是去那里，那又是去哪里呢？也许，哪儿也不去？也许，只是坐车兜兜风？

"俄国小姑娘们，你们怎么也不问一问，我们这是到哪里去？这些马都是从哪里弄来的呀？"

"不应该向大人问问题。"阿霞说。

"也许，最好不要知道。"我说。

"阿霞很有教养，应该夸奖。可是穆霞你呢，却喜欢一个人胡乱幻想，这很危险。听着，我们这是驶向……"突然我的耳朵里闯入了一个谐音：图伦—温迪娜—塔克西丝。我脑海里顿时闪电般地出现了一座爬满常春藤的塔楼。这会儿，我琢磨了一阵之后，头一次明白了："Thoun"我原以为就是"Thoun"①就是法语中的"tour"（塔楼），而"Taxis"和植物"Taxus"发音相近，这种植物我当时并不知道（其实就是一种紫杉树），其含义就是常春藤。图伦—温迪娜—塔克西丝。这意思就是：爬满常春藤的塔楼。

---

① 塔楼（德文）。

后来我才发现，原来根本就没有什么塔楼。只看见一幢带有露台的白房子，房子上的每扇窗户正如白天时一样，都是黑洞洞的，从远处望去，犹如黑夜里一双深邃的目光。这一双窗眼很像那只盯着我们看的栗色小狗的眼睛，这只狗浑身长着棕色卷毛，连眼睛也是棕色的，与整个身体很般配；这时我们发现，从露台上露出一个年轻妇人的身影，她长相奇特，穿着一身栗色雕花纹衣服，像一片棕色云彩一样飘然走来。

"您能把孩子们都带来，我真得谢谢您。她们都在寄宿学校过复活节吗？可怜的人儿！她们都叫什么名字？玛丽娜？阿霞？名字真美，简直是意大利的人名。您说她们都是俄国小姑娘。可是她们小小年纪都很懂事，真是了不起的孩子！"

这个女人的嗓音十分奇特，动人得像唱歌一样，也仿佛是栗色的。（"昨天我听了大提琴独奏，它发出的声音完全同你的棕色眼睛一样美。"歌德年迈的母亲在给年轻的贝蒂纳的信中就是这样写的。）

"小阿霞，你到这儿来高兴吗？"

"是的，亲爱的弗莱尔。（一副虔诚的样子，好像是站在圣母面前。）"

"不能说'亲爱的弗莱尔'，应该说'弗莱尔公爵夫人'才对。"巴乌拉小姐纠正道。

"上帝哟！难道可以纠正孩子们的错吗！况且是这样出色的孩子！（突然恍然大悟：）当然喽，亲爱的小阿霞和玛丽娜，你们应该永远听巴乌拉小姐的话，样样都要听她的，不过今天我们在一起，我们是一伙：玛丽娜，小阿霞，还有我……"

"还有吉拉斯。"阿霞补充道。

"那当然喽，还有吉拉斯，今天我们要请求她宽恕我们所有小小的放肆举动和恶作剧，因为我和吉拉斯犯的错也不比你们这些孩子少。难道不对吗，吉拉斯？"

吉拉斯是一条可爱的棕色小狗，不过不是名贵品种，没有长而密的绒毛。就算是塞特种猎狗，但绝对不是爱尔兰产的塞特种。它走过来盯着你看

>> 192

时,你会发现一双有点儿发绿的眼睛,然而它的目光却向你暗示,它是这里的主人。我们初来乍到,还有点儿不好意思,大人们围着我们转,也使我们很不自在,我们这会儿只好怯生生地,装出一副漫不经心的样子,不停地抚摩着这条小狗,我们知道,当大人只顾自己说话的时候,我们就有救啦,真正属于我们的自由时刻就会来到啦。

这次给我们喝的茶真是好极了,简直无法形容。倘若真的想描述一番,那么必须首先把我们过去6个月中在寄宿学校里的饥饿生活描述一遍才行,并且还得描绘一下那种对于孩子来讲恐怕比饥饿本身还要糟糕的无法形容的单调难耐的伙食,一种斯巴达式的严厉难忍的伙食:面粉汤、兵豆、大黄,或者豌豆汤、土豆、大黄。总是大黄,大黄,千篇一律。这是很显然的,因为这东西就长在花园里,而且煮的时候也不加糖。这种饥饿看来必定是很凶残的,这种单调难耐的伙食看来必定是很严酷的,因为它们竟然使两个根本就从不贪吃的小姑娘,两个丝毫不贪婪的小姑娘居然也会一连几个小时幻想着怎样才能有机会用手逮几条钻到花园小溪里的小鳟鱼,并用油灯烤熟了吃。这些带有蓝色斑纹的小鱼都是温顺、奇特的生灵,我们把它们叫做"安妮的小鳟鱼",因为在安妮小姐看来,它们似乎比我们更懂得音乐。

这顿茶丰盛无比,其间我们吃到了纯正的巧克力,而且数量不限,还有装在碟子里的酥糕,量也是那么多,大人还从来没有给过我们这么多量的糕点呢。不过让我们暂且先搁下这顿妙不可言的茶吧。我只想告诉你们,那时我们的胃简直幸福极了,与眼睛和耳朵一样幸福,而耳朵也像内心一样快活。

不过,耳朵不知怎的开始感到不安了。有些东西我不明白,有些则听不出来。据巴乌拉小姐说,我的父亲是一个著名的建筑师,已经在莫斯科建成了第二座博物馆(显然,第一座是鲁米扬采夫斯基博物馆!);我们的母亲是一个著名的女钢琴家(但从来没有在公开场合演出过),我呢,具有非凡的天赋(不知是在算术方面还是在手艺方面?),而阿霞则异常地多情善感。我的头脑是那样出奇地早熟,竟然已经在俄国的儿童杂志上发表作品了(我收到

《儿童之友》和《源泉》两家杂志),而阿霞则是那样多情善感,以至于每顿饭之后都会跑到巴乌拉小姐跟前,像只小猫一样在她怀里撒娇,也即表示亲热。(女学生们规定不能用餐巾,而阿霞还不能适应这项规定,于是,每顿饭之后,她都有意识地利用这种亲热的机会把嘴巴、面颊和手都蹭干净,也就是说,把留在嘴边的豌豆、油渍和大黄都蹭在巴乌拉小姐那身黑衣服上。巴乌拉小姐也真够冤的,被无端戏弄了居然还不知觉,反倒为假相所迷惑,感动不已。所有的人都知道这把戏,只有被捉弄的小姐一个人蒙在鼓里。而且,大家都在快活地等待着报复。)

"无论她们做出什么事……我都能够原谅她们……因为她们都很善良,在大街上看到一条狗,都会齐声为它祈祷!"

这时,才智超常的我和多情善感的阿霞已经躺在地板上跟那条狗亲热起来,我们俩忘情地,投入地吻着那条狗,阿霞亲它的这半张脸,我亲它的另半张脸,我们俩分别躺在狗的两侧。

"最好别亲它的脸,"女主人并无把握地说,"听说,狗身上带有……"

"什么也没有!"我激烈地抗议道:"我们要亲一辈子哩!"

"一辈子?"图伦—温迪娜—培克西丝追问道:"真要亲它漫长的一辈子?看来,它们身上真的什么也没有。"

耳边又响起了巴乌拉小姐那如细纱般平稳轻柔的赞美之辞:父亲怎样了不起……母亲多么出色……年纪较小的那位连看见小甲虫都忍不住要掉眼泪……(说谎!)年纪较大的那个已经会背诵所有法文诗歌了……可以让弗莱尔公爵夫人亲自考考她……

"小贵客,把你最最喜爱的一首诗背给我听听!"

于是,我的两只耳朵顿时竖了起来,倾听着我嘴里念出的声音,这声音犹如一排排巨浪,传达出雨果伟大的颂诗《拿破仑二世》的铿锵诗句。

"告诉我,玛琳娜,你最大的心愿是什么?"

"见到拿破仑。"

"还有呢?"

"希望我们俄罗斯人能消灭日本人。把整个日本都消灭掉!"

"那么,你还有没有第3个跟历史事件没什么关系的愿望吗?"

"有的。"

"什么愿望?"

"能弄到一本名叫《海蒂》的书。"

"这本书写的是什么?"

"写一个女孩是怎样又回到山里去的。大人们把她从山里带出来,要她去工作,可她干不了,她又回到自己的老家,回到阿尔卑斯山的一个牧场里去了。她和爷爷在那里有许多山羊。爷儿俩孤零零地生活在山里。没有人去找他们。这本书是约翰娜·施皮里①写的,她是个作家。"

"那么你呢,小阿霞,你有什么心愿呀?"

阿霞仓促地答道:

"我想嫁给爱迪生。这是第一个心愿。第二,我想有一个'电梯',②只不过不在家里,要在外面,在花园里……"

"那么,第3个心愿呢?"

"第3个心愿我不能对你讲。(她的目光注视着巴乌拉小姐。)完全不能说!"

"孩子,孩子,别不好意思!你不会有什么不好的愿望吧?"

"这当然不是什么不好的愿望……只是现在说出来不大方便,不太礼貌罢了。(巴乌拉小姐的脸上显出一丝恐惧。)这个愿望的第一个字母是W。不,根本不是您所想的那样!"突然,她踮起脚尖,一把搂住脸上一会儿显出恐惧的神色,一会儿又露出微笑的弗莱尔公爵夫人的脖子,悄悄地,然而声音却很响地说:"Weg!(出去!)从寄宿学校溜走!"

然而,她们俩谁也没有听见,也许,根本就不会听见,因为这时又热烈地谈论起别的什么事情来了,她们谈到圣灵降临节的假日,谈到放假时学校会

---

① 约翰娜·施皮里(1829—1901),瑞士作家。

② 此处原文为法文。

去哪里度假,到时会不会去。

离别之际,背靠马匹坐在车里告别心爱的宝地,是多么惬意呀!马儿拉着我们,头也不回地离去了,它们将把我们径直送回到我们不想去的地方,而我们的眼睛里却流露出不愿离去之情,流露出对即将告别的人们的依依不舍之情……我们无畏地,漠然地凝望着:阿霞望着安妮小姐,我望着巴乌拉小姐,我们的目光穿过她俩的帽子,越过她们的头顶,阿霞起先想站起来,后来终于直挺挺地站起来了,我们面对这幢白色的房子,心潮起伏。房子渐渐隐没在黑色的松林中,再也看不见了。于是,我们又听见了吉拉斯最后几声狂吠,这条狗本来今天是要出门闲逛的,但它没有去,而是被主人引到了房子里,同我们相识了。我们是多么想和它调换一个位置呀,不仅仅是换换地方!在我内心深处,在难以探听到的心灵深处,一个可爱的,珍藏着的不可抗拒的长长的声音发出了内心的呼唤:

"上帝保佑你们,亲爱的异乡孩子们!"

过了一个星期,当那幢白色房子已经彻底消失在松林里的时候,当枞树已经彻底地合拢收起以后,当那亲切的呼唤已经完全躲进了内心的深处时,巴乌拉小姐在那间依然如故的绿色房间里把一包东西交给了我和阿霞。写明送给"玛琳娜"的包裹里装有《海蒂》这本书以及另一本名叫《将来她会怎样?》的书,而且还有一句赠言:"亲爱的玛琳娜,将来你会怎样呢?"而写明送给"小阿霞"的包裹里装的原来是一盒拼图积木块,不仅可以用它们来造一个电梯,而且简直可以造出一个纽约城,爱迪生就住在那里,她和爱迪生的婚礼也将在那里举行呢。

这就是里尔克的杜伊斯堡的"哀诗"。图伦—温迪娜—塔克西丝。爬满常春藤的塔楼。

1933 年

妈妈的童话故事

"妈妈,我和穆霞你更爱谁?不,别说两个一样喜欢,不可能一样喜欢,总会对其中一个稍许更偏爱一点儿,并不是说对另一个爱得更少一些,可是终归对这一个更稍稍偏爱一些!说实话,倘若你更爱穆霞,我并不会感到委曲(带着一种胜利者的目光看着我)。"

除了那道目光之外,一切都是十足的虚伪,因为她和母亲,此外,最关键的是,甚至包括我在内,都十分清楚——母亲更偏爱的是谁,她只不过想等待那句从母亲嘴里说出的对于我来说是致命一击的话。她知道,其实我也在等待这句能够打击她的话,然而,她更清楚,我满面通红,以同样紧张的心情翘首以待的那句话,是永远也等不到的。

"更喜欢谁?为什么我必须更偏爱某一个呢?"母亲显然有点儿忸怩不安了(而且显然她在故意拖长了声调)。""既然你们俩都是我的女儿,我怎么能更偏爱你或者穆霞呢。那样可太不公平啦……"

"是的,"阿霞毫无把握地附和着,显得有点儿沮丧,她只好暗自吞下我那胜利者的目光。"不过,终究你更喜欢谁呢?就是说,哪怕稍微更喜欢一丁点儿,就那么一点点儿,略微一点点儿?"

"从前有一位母亲,她有两个女儿……"

"穆霞和我!"阿霞迅速地插话。"穆霞钢琴弹得更漂亮些,吃饭的胃口更好些,而阿霞……可是阿霞的盲肠被切掉了,她差一点儿死掉……她也和妈妈一样,善于把舌头卷成圆筒状,可穆霞却做不到,总之,她显得小、巧、玲、珑(说得十分吃力,身体直挺挺的)……"

"没错,"母亲确认道。显然她并没有听见女儿说的话,只是径自在继续编织着自己的童话故事,也许,心里想的完全是别的心事,譬如,在幻想自己的儿子,"两个女儿,姐妹俩。"

"可是姐姐很快就老了,而妹妹却总是既年轻又富有,不久就嫁给了将军阁下,或者嫁给了摄影师费舍尔,"阿霞兴奋地续说着,"可姐姐却嫁给了看养老院的老头奥西普,他的手都干瘪了,因为他用黄瓜痛打自己的兄弟。对吗,妈妈?"

"对的。"母亲答道。

"而妹妹后来还嫁给了公爵和伯爵,她有4[①]匹马,分别起名叫做:蜜糖儿、小黄瓜和小男孩——一匹是棕色的,另一匹是白色的,还有一匹是黑色的。而姐姐呢,这会儿她已经苍老了,变得那么脏,那么穷,奥西普拿起一根棍子就把她从养老院赶了出来。于是,她就在泔水池里生活了,她喝了很多泔水,结果变成了一条黄狗。有一天,妹妹坐着一辆马车出门,突然看见一条可怜巴巴的、龌龊不堪的黄狗在泔水池里啃一块没有一丁点肉的骨头。妹妹太善良了!她居然发了善心,"过来,小狗,到马车里来!"而那条狗(向我投来一道仇恨的目光)一下子便钻进了车里,马儿又接着跑起来。可是,伯爵夫人瞟了狗一眼,突然惊讶地发现,原来它的眼睛不是狗眼,而是一双卑鄙的、苍老的绿眼睛,尤其是,她突然间意识到,她面前的这条黄狗就是她的衰老的姐姐,于是便一下子把它从马车里扔了出去,那条狗便摔得粉身碎骨了!"

"是的,"母亲再次肯定地说,"她们没有父亲,只有母亲。"

"父亲是不是死于糖尿病?因为他糖吃得太多,而且不光是糖,还吃了很多甜点心、各种蛋糕、奶油、冰激凌、巧克力、奶糖块、还用小镊子夹那些白色的糖果吃,是吗,妈妈?萨哈林禁止他吃这些东西,说这会让你进坟墓的!可他还是不听话。"

"干嘛提萨哈林,"母亲突然清醒过来,"这事早就发生了,那时还没有萨哈林这个人呢?而且没有任何医生。"

"那么有盲肠炎吗?阑尾炎?那么小小的肠子,既看不见也听不见,所有的东西都往里落:各种骨头、鱼鳍,连樱桃核也有,还有糖渍水果核,还有各

[①] 原文如此。

种指甲……妈妈,我亲眼看见穆霞是怎样啃铅笔的!没错,就是这样,她没有铅笔刀,她就用牙齿削铅笔,接着就咽下去,削下来便咽下去,铅笔变得一丁点儿长了,因而她就再也没法画画了,于是她就狠命地拧我出气!"

"撒谎!"我满怀愤怒和惊恐嘶哑地叫起来,"我之所以拧你是因为你当着我的面咽下了我的铅笔,那枝笔上还有'穆霞'两个刻字呢。"

"妈——妈!"阿霞呻吟起来,不过由于形势对她不利,她开始改变策略。"当一个人想说是,可嘴里说的却是不,那么他究竟说了什么?他是否两个都说了呢,妈妈?他是否各说了一半?假如他这时快死了,那么他会去哪里呢?"

"谁去哪里呀?"母亲问。

"是去地狱还是去天堂?这个人说了一半谎话。是去天堂吗?"

"喔……"母亲沉思起来,"在我们这里,我不知道。在天主教徒们看来,这得去炼狱。"

"我知道!"阿霞得意地说,"清洁工杰克,他给小勋爵一个铁马掌和马头的红套子。"

"后来,当那个强盗命令她做出选择,允许她保留其中一个孩子的性命时,她一把将姐妹俩同时抱住,说……"

"我知道!"我闪电般地迅速答道,"那个强盗是这位妇人的敌人,是这位有两个女儿的妇人的敌人。没错,正是他杀害了孩子们的父亲。后来,因为他太坏了,竟还想杀掉其中一个小女孩,起初还想把两个都干掉……"

"妈妈!穆霞怎敢讲你的故事?"

"起先他想把两个孩子都杀死,可后来上帝制止了他,于是他便想杀掉其中一个……"

"我知道他想杀谁!"阿霞说。

"你不会知道,因为他自己也不知道,因为对于他来说,杀死谁还不都一样,他只是想为难一下那个妇人——因为她不愿嫁给他。是这样吗,妈妈?"

"也许吧,"母亲仔细聆听着,"可我自己也说不准。"

"因为他爱上她啦!"我信心十足地说。此刻,我已经不能自控了,"他最好是在坟墓里见到她,而不是在……"

"瞧你说的都是些什么荒唐话哟,简直是天方夜谭!"母亲说,"你这都是打哪儿听来的?"

"从普希金那里。我已属于另一个人了,但我将永远忠于他(稍稍思忖了一番)。不对,好像是从《茨冈人》里得来的。"

"可我觉得,是从《信差》里学来的,我可是禁止你读这本书的。"

"不,妈妈,《信差》里说的完全是另一回事。《信差》里有埃尔弗,也就是气仙们,她们在野外围成一圈,一个年轻人因为受到父亲的咒骂,只好在干草垛上过夜,他突然爱上了领头的那个气仙,因为她很像那个淹死的同貌姊妹。"

"妈妈,什么叫同貌姊妹?"阿霞问道,她已经被我的气焰压倒了,口气明显软了下来。

"就是奶娘的女儿。"

"那么我有同貌姊妹吗?"

母亲指着我说:"这位就是。"

"呸!"阿霞不屑一顾。

"妈妈,她阿霞根本不是我的同貌姊妹,对吗,妈妈?"

"不是你的,"母亲肯定地说,"因为阿霞是吃我的奶长大的,而你是由奶娘喂大的。你的同貌姊妹应该是你奶娘的女儿。只是你的奶娘只有一个儿子。她是一个茨冈人,凶得很,而且还很贪婪,有一次,外祖父送给她一对镀金的耳环,可她却嫌耳环不是纯金的,竟然把它从耳朵上扯下来,扔在地板上踩,一直踩到地板上什么也不剩为止。"

"那么,那两个后来被杀掉的女孩有几个奶娘呢?"阿霞问。

"一个也没有,"母亲答道,"她们是由母亲自己喂养的,也许,正是因为这样,母亲才会如此爱她们,谁也不忍心丢弃,所以她对那个强盗说:'我不能做出选择,我永远也不会那么做。请你马上把我们统统杀掉吧。''不。'强盗说,'我希望你长久地痛苦,我之所以不把两个孩子都杀掉,正是为了让你永远地痛苦,让你为你自己的选择痛苦,……好吧,快说,你到底选了谁?'

'不',母亲说,'与其让我自己选择一个亲生女儿去送死,还不如让你这个又老又可恶的恶棍直挺挺地死在我面前算了'。"

"妈妈,那么她终究对谁更怜爱一些呢?"阿霞忍不住又问,"因为其中一个女儿是有病的……胃口很差,不吃肉饼,也不吃豆子,吃鳕鱼甚至会呕吐……"

"是的!当大人给她端来鱼子酱时,她把酱糊在桌布下面,还把嚼啐的鲱鱼吐在阿芙古斯塔·伊凡诺芙娜手中……一般说来,在她的椅子下面总有泪水,像个泪水池一样。"我恶狠狠地说。

"可是,为了不发生意外,为了让她不饿死,母亲跪在她面前,说:'看在上—帝的份上,再吃一口吧,我的小心肝,小宝贝,张开嘴巴,我再喂你一口吧!'这说明,母亲更爱她!"

"也许吧……"母亲真诚地说,"也就是说,更怜惜一些,尽管只是因为没有喂好饭而心疼她。"

"妈妈,别忘了阑尾炎!"阿霞激动地说,"因为妹妹4岁的时候曾经撞在一块石头上,结果得了阑尾炎,她看起来大概快没命了,可是夜里雅尔赫大夫来了,他是从莫斯科来的,甚至没带棉帽,没带雨伞,冒着冰雹来的!他浑身湿透了。他是一个圣人,对不对,妈妈?"

"是的,他是个圣人",妈妈坚信地说,"我没有遇见比他更神圣的人了。另外,他还病得不轻,下那么大的雨!他非感冒不可。而且,真是个可怜的人儿,就在别墅跟前跌倒了……"

"妈妈!为什么他没有得盲肠炎?就因为他是一个医生吗?要是医生病了,谁来救他?只能由上帝来替他治病吗?"

"大家都是靠上帝才得救的。你也是由上帝救活的。只是上帝借雅尔赫医生的手为你治好病。"

"妈妈,"我不想再听阿霞唠叨了,便抢着说,"既然他是个圣人,那为什么他不说'腹部',而是说'肚子'呢?'怎么啦,穆霞,肚子又疼啦?'用这个词不是很不文雅吗?"

"他不习惯说那个雅一点的词",母亲解释道,"大概,他小的时候大人就是这样教他的吧?……当然喽,这的确很奇怪。不过像他这样心肠好的人,用词不准是可以原谅的,而且不仅如此,什么都可以原谅他。只要我还活着,我就要永远为他祈祷,我要在神像面前替他点上一支蜡烛为他祝福。"

"妈妈,那姐妹俩后来怎样了,她们还活着吗?"大家沉默了一会儿后,阿霞终于又首先发问了,"或者她想得太久了,使得他烦腻极了,干脆一走了之。"

"他没有走",母亲说,"他并没有离开,而是对她说:'让我们在教堂里点上两支蜡烛,其中一支代表……'"

"一支代表穆霞!另一支代表阿霞!"

"不,这个故事里没有人名,'……左边的一支是姐姐,右边的一支是妹妹,哪一支熄灭得早,那么……'于是,就这么说定了。拿来两支一模一样的蜡烛……"

"妈妈!不可能一模一样。其中一支毕竟会稍许长那么一点点儿……"

"不,阿霞",母亲严厉地说,"我再对你讲一遍,的确是一模一样的两支蜡烛。'你自己点燃',强盗说。母亲在胸前画了个十字,然后点燃了烛头。两根蜡烛燃烧起来——火苗是那样平稳,似乎两根蜡烛丝毫也没有减少。夜幕已降临,而两根蜡烛仍在燃烧:它们彼此谁也不比谁多一点或少一点,两根蜡烛酷似两个双胞胎。上帝了解一切,上帝知道,蜡烛还能燃烧多久。强盗说:'你回去吧,我也该走了,明天早晨,太阳一出来,我们就上这里来。谁先到就等一会儿。'"

他们走出教堂,给大门上了一把大锁,把钥匙放在一块石头底下。

"妈妈,自然是强盗先到的吧?"阿霞问。

"自作聪明!早晨,太阳升起来了。可是,他俩谁也不比谁早,也不比谁晚——强盗从左边来,母亲从右边,两人从相反的方向同时到达。因为这两条通向教堂的路是完全相同的,就像两条胳膊、一对翅膀一样。于是,从两条路上,从两个方向上,强盗和母亲准时来到教堂里,一刻也不差,而教堂对面,一轮红日已经冉冉升起!他们打开门锁,走进教堂,却看见……"

"一支蜡烛已经完全烧光了!而另一支还剩下那么一丁点儿……"阿霞

激动地说。

"两支都燃尽了",我冷冷地说,"当然,因为一整夜过去了,两支蜡烛自然都燃掉了,可谁也没有看见,于是一切都要从头再来。"

"不,两支蜡烛依然平稳地燃烧着,谁也不比谁少,谁也不比谁多,一点也没有减少,丝毫也没有烧到桌面……还和昨天点着时一样,母亲和强盗站在那里一动也不动,没有人知道他们究竟站了多久,可是,当她清醒过来时,却发现强盗已经不见了。她不清楚强盗究竟是什么时候离开的,怎样离开的。人们终究没有等到那个强盗,也没能在他栖息的城堡里找到他。只是过了几年之后,在民间开始流传一个关于一位神圣的隐士的传闻,说这个隐士住在洞穴里,而且还……"

"妈妈!他就是强盗!"我叫了起来,"总是这样的。他当然成为一个地球上最好的人,成为仅次于上帝的最好的人!只是——我觉得太惋惜了。"

"你惋惜什么?"母亲问。

"我可怜这个强盗!因为当他变得像条被打伤的狗,身无分文,步履蹒跚地走在路上时,她,当然……要是换成我,当然,我会发疯地爱上他的!我会把他带回家,然后一定娶他。"

"应该说嫁给他",母亲纠正道,"娶媳妇——这是男人干的事。"

"因为是她先爱上强盗的,只是她已经嫁人了,跟塔吉娅娜①一样。"

"是的,可你完全忘了,正是他杀死了她的丈夫",母亲激动地说,"难道可以嫁给一个杀害自己孩子父亲的凶手吗……"

"不,"我说,"她每到夜里一定会很害怕,因为那个人会捧着被砍下的脑袋出现在她面前。还会开始发出各种声响。也许,孩子们会生病……要是那样的话,妈妈,我自己想成为一个隐士,就住在水渠里……"

"那么孩子呢?"母亲意味深远地问道,"难道可以抛开孩子不管?"

"那么,妈妈,我会在小本子里写下送给他的诗!"

1934 年

---

① 指普希金的诗体小说《叶甫盖尼·奥涅金》中的女主人公。

亚历山大三世博物馆

"敲响了亚历山大三世去世的丧钟，这时走来了一个莫斯科老太太，她倾听着钟声，说：'我想把我留下的财产捐给纪念去世君主的慈善机构。'财产并不多，总共只有两万块钱。博物馆也就从老太太的这笔两万块钱里诞生了。"这就是以沙皇亚历山大三世命名的艺术博物馆如何诞生的故事。从我小时候起，我父亲伊凡·符拉基米洛维奇·茨维塔耶夫就经常把这个故事详细地逐字逐句地讲给我听。

不过，建造博物馆的幻想却更早就有了，这幻想的出现要早得多，当我的父亲——符拉基米洛夫斯克省舒伊斯克县塔里查村的一个贫穷的乡村牧师的儿子，26岁的语文学家，受基辅大学派遣踏出国门，双脚第一次踏上罗马的石头时，这个幻想便产生了。不过我还是弄错了：当他一到罗马，就下定了决心一定要建成那座博物馆，而关于这座博物馆的幻想自然产生在来罗马之前——当他还在基辅众多的花园里漫步时，也许，当他还在偏僻的舒伊斯克县的塔里查乡村里，在松明灯下学习拉丁文和希腊文时，就已经有了这个幻想。"真想亲眼瞧一瞧！"后来，当他长大成熟之后，又说："要是别人（和他一样的赤着脚的细长消瘦的人）也能亲眼目睹该多好！"

我敢说，建造一座俄罗斯雕塑艺术博物馆是父亲与生俱来的梦想。我父亲就出生于1846年。

卡卢加省的塔鲁萨城外有座名叫"别索契"的别墅。（这是一个老贵族的业已消失的田庄里的一幢旧房子，正好当别墅用。）别索契别墅离塔鲁萨城有两俄里，孤零零地坐落在森林里，矗立在峻峭的奥卡河岸，周围是那么美的白桦树……那是秋高气爽的日子。最后一批无名的野花——颜色鲜明的，浅玫瑰色的野花，散发出奇异的芬芳，后来我认识了这种经常随处可见的花儿，它们就是车前草花。爸爸和妈妈上乌拉尔山为博物馆弄大理石去了。小小年纪的阿霞问家庭教师："阿芙古斯塔·伊凡诺芙娜，博物馆是什么样的呀？""博物馆是一座房子，里面会有各种各样的晒干了的鱼和蛇。""为什么要晒干呢？""为了让大学生学习用。"也许，她在憧憬将来有一天会像"大学生"那样有渊博的知识，她陶醉在这幻想之中，快乐无比；也许，她仅仅是因为父母不在家而快乐，总之，她出人意料地狂欢起来，像是一个异常耀眼的奥地利的罗尔舞中的"鬼怪"。接着，我们又给爸爸和妈妈写信——我可以动笔写，而还不识字的阿霞只能画几幅画寄去，她画了一些博物馆和乌拉尔山，在每一座乌拉尔山上都有一座博物馆。"这儿画一座山，那儿再画一座山，再画一座"，她作画的热情是如此高涨，竟然舌头都伸到腮帮子边上了："这儿再画一座博物馆，那儿再添一座，再画一座在这里……"我呢，也伸出舌头，真诚而有力地做出结论："你们已经找到建博物馆用的大理石了吗？硬不硬？我们塔鲁萨也有大理石，只是不够坚硬……"我又胡乱瞎想开了："你们为我们弄到猫了吗？是乌拉尔种的吗？我们塔鲁萨也有猫，但不是乌拉尔种的。"但是这几句话我没敢写进信里，因为我们家的规矩很严，不允许我这样放肆。

在一个美好的早晨，一块块五色缤纷的石头堆满了整座别索契别墅：有天蓝色的，有玫瑰色的，有浅紫色的，都带有像小溪和河流一样的条纹，花样繁多……有块石头像一大片烤熟的牛肉，还有一块石头上有无数个小孔，像深蓝色的煮沸的咖啡，那一块白色的，有一点儿发灰，又有一点儿闪光的大正方形石头我们甚至都没有仔细端详，这块石头正是造博物馆用的。然而，父母终究还是没有带回一只乌拉尔种的猫，尽管他们许下了诺言。

我对博物馆的最初印象之一便是它的奠基仪式。"奠基"这个字眼已经融入了我们的生活之中，它同许多别的字眼一样，在生活中是独立地自行确定的，并没有被人为地填充什么含义，或者说，它开始就具有了另一种意义。妈妈和廖丽娅赶着缝制在奠基仪式上穿的服装。外公将从卡尔斯巴德赶来参加奠基仪式。上帝保佑,但愿奠基仪式会碰上个好天气。沙皇和两位公主将参加仪式。最后,我们当中不知是谁开口问道:(反正不是我,在这种场合,我总是唯一一个缺乏好奇心的人,也就是说,我是唯一一个充满绝对的宿命论观点的人)"妈妈,奠基仪式是怎么回事?""人们将举行祈祷,然后皇帝把一枚硬币放到石头下面,于是,博物馆就将在这里落成。""放硬币是干什么用的?""为了祈求福气。""那以后会把硬币再拿出来吗?""不,一直留在那里。""为什么呢?""行啦,别缠个没完啦"。(硬币放在了石头下面。我们在塔鲁萨曾如此埋葬过一些被公猫瓦斯卡咬死的小鸟。在小土堆上还支起了一个小十字架。)当然喽,大人们并没有带我们去参加奠基仪式,可是那天阳光明媚,天气棒极了,妈妈和廖丽娅穿着节日的盛装出发了,国王放下了一枚硬币。博物馆的奠基仪式就算完成了。父亲兴奋得连续3天不停地哼唱着自己一生中唯一会唱的旋律:威尔第[①]的某个咏叹调里的前3小节。

我最先看到的博物馆还只是脚手架。脚手架上的人看上去就像停在树枝上的鸟儿,就像山坡上的羊群,自由自在,在空荡荡的高处,仿佛彻底置身于梦境之中……"你别这样跳来跳去的!小心点儿,小山羊!"请你们一定记住这只"山羊",因为它还会闪现在我对博物馆的最后的印象中。

我和阿霞走在前面,大人们——父亲、母亲、建筑师克莱因以及另外一些先生走在后面跟着。父亲平静而愉快地讲述着:"这儿将建这个,那儿将建起那个,从这儿到那儿要建一个……"("这个","那个"究竟是什么?父亲在哪儿见过它们?可是现在看他那副神态,好像他看得清清楚楚,甚至还亲手指给你看呢!)透过木栅横梁往下看,是一片黑土地,而穿过这些门扇横梁往上瞧,又是一片蓝天。似乎从这里向上飞与往下栽会一样容易。这就是建造博物馆的脚手架。站在这上面是我第一次离开地面。

这又是另一番景象。在这个即将出现一座博物馆的院子里,在这最寒冷

[①] 注:威尔第(1813-1901):19世纪意大利杰出的歌剧作家。

的时候,一群快乐的长着一对黑眼睛的人们滚动着一个个巨大的大理石石块,这些正方形的石块都比他们人高,活像一个个巨大的方糖。他们边干边说,口音中不断有剧烈而响亮的卷舌音,就像"大理石"这个词一样。①"这些都是意大利人,他们是专门从意大利赶来修建博物馆的。快问候他们,对他们说'早上好,过得怎么样?'"②他们以微笑表达他们最诚挚的谢意,生动的笑脸上竟露出一排异常雪白的牙齿,简直比所有的白糖块和大理石都要白。过了一些年以后(我简直想说是100年以后)当我读到奥·曼德尔施塔姆③写在一张信纸上的献给我的诗作《莫斯科的佛罗伦萨》时,我不是回忆起,而是又亲眼看到了那些在沃尔霍卡的意大利石匠们的身影。

"博物馆"这个字眼总是伴随着一些人的名字传入我们的耳朵:谢尔盖·亚历山德洛维奇大公、涅恰耶夫—马尔采夫、罗曼·伊凡诺维奇·克莱因以及古谢夫—赫鲁斯塔尔内。第一个名字不必解释了,因为大公是艺术品赞助人,建筑帅克莱因也不必多说了(他建造了横跨莫斯科河的德拉贡米洛夫斯克大桥),可是涅恰耶夫—马尔采夫和古谢夫—赫鲁斯塔尔内这两个名字就需要稍稍解释一番了。涅恰耶夫—马尔采夫曾是古谢夫城最大的水晶制造厂厂主,所以他又被称做古谢夫—赫鲁斯塔尔内④,究竟是由于他本人就十分喜爱艺术,还是由于为了所谓"精神上的需要",或者甚至只是为了精神救赎的需要(意识到金钱只是身外之物,并不可靠,这神意识在俄罗斯人的灵魂中是消除不掉的),我不清楚,总之,在我父亲的不断的强烈影响之下(可以说,父亲就像那些意大利人摆弄大理石一样,轻松地降服了马尔采夫),涅恰耶夫—马尔采夫成为博物馆主要的,更广一点说,简直就是唯一的捐赠者,倘若说父亲是博物馆的精神缔造者的话,那么马尔采夫就是它的物质创

---

① 俄语中:"大理石"这一个词就有两个卷舌音。
② 此处原文为意大利语。
③ 奥·曼德尔施塔姆(1891—1938):20世纪初俄罗斯诗人。
④ "赫鲁斯塔尔内"在俄主中意为"水晶的"。

造者。(在莫斯科甚至流传着这种笑话:"茨维塔耶夫—马尔采夫。")

涅恰耶夫—马尔采夫不住在莫斯科,我们小时候从没见过他,但经常听别人提起他。对于我们来说,涅恰耶夫—马尔采夫几乎就是我们日常生活中不可缺少的一部分。"涅恰耶夫—马尔采夫打来的电报"。"和涅恰耶夫—马尔采夫共进早餐"。——"上彼得堡找涅恰耶夫—马尔采夫去"。这个名字几乎就是日常生活中的字眼了,而且还稍微带点儿神秘色彩,顺便补充一下,老实说,没有一个孩子能够明白这个字眼的真正的幽默的含义,也就是说没有一个孩子能懂得这个字眼的最真实的含义:对这个人的了解(可怜的,可怜的神秘人物!)。

"我该拿涅恰耶夫—巴尔采夫怎么办呢?"每次用完那种早餐之后,父亲总要向母亲抱怨,"又是各种肥母鸡和牡蛎……我根本吃不下牡蛎,更别说什么各种沙勃利葡萄酒啦。可是,凭什么我,一个乡村神父的儿子,要享受牡蛎呢?可这个坏蛋却偏要强迫我吃,逼我非吃不可!""不,这样可不行哟,我亲爱的,你就赏个脸,吃下去吧!"也许,他以为我是在跟他客气吧?可是当他心里连一点儿惋惜之情都没有了,我还跟他客气个啥哟!要知道,这100卢布我能为博物馆做多少事哟!每一只门闩插销他都会跟我讨价还价,可是把100卢布花在自己的肚子里,花在这些可恶的牡蛎身上却一点儿也不心疼。钱就这么白白扔掉啦!要是能给我花在建博物馆上该多好哇!明天还得同他一起吃早饭,后天也一样,这样光吃早饭就要用去整整500卢布。干脆让他把我的那份早餐的钱给我得啦!要知道,最叫我心痛的是,竟然是我自己吃掉了博物馆……"

渐渐地,我父亲确定了与涅恰耶夫—马尔采夫交往的原则——在他面前摆出事实,也就是摆出账单。核算准确可靠:账要付,建议应该回绝。对于精明能干之人来说,和账单打交道是不可避免的。账单是他命中注定的伴侣。而请求则是满足了完全的意志自由,甚至是替为所欲为提供了方便之门。两者的差距在于:一个事"不得不",而另一个则是"既然可以不"。这就是我父亲——一个最不精明的人的精打细算。于是,涅恰耶夫—马尔采夫用巧克力糖款待我父亲,而父亲招待耶夫—马尔采夫的却是一个个账目。并且总是在早餐快结束时,正当涅恰耶夫—马尔采夫强怕他喝下沙勃利葡萄酒时把它拿出来。"他付他的账,我付我的钱……""你说什么?""没什么,瞎说罢了。"不过,当我父亲兴致好了起来,有点儿得意忘形之时,他居然想得寸进尺了(也就是说想赶紧结束早餐,将定购既成事实):"尤利·斯捷潘诺维奇,要是我们能从国外购买一些东西那该多好哇……"提心吊胆的捐赠者不等他说完便赶忙发话了:"我办不到。我会破产的。瞧那些工人……怎么,难道您想最终让我破产吗?这到头来可是个无底洞!就让沙皇给吧,以他父亲的名义……"开支订得愈少,捐助者否决得愈彻底。于是,出于老年人和百万富翁特有的固执,他从未批准过购买一些不大值钱的零碎东西。不过,1905年,当他经营的那些工厂都停了产,并给他带来不可估量的亏损的时候,他倒丝毫没有削减对博物馆的捐助。涅恰耶夫—马尔采夫捐给博物馆300万卢布,死去的沙皇捐了30万卢布。这些数字我记得绝对可靠。亚历山大三世博物馆就靠我父亲14年无私的辛劳和马尔采夫那300万同样无私的捐款建起来了。父亲把他和马尔采夫之间的那一大堆通信给了自己的一个侄女儿——长着一张圆脸蛋的牧师的女儿,女大学生冬尼娅,要她把这些信件抄到一本厚厚的书里,以此来督促她干点儿事,挣一点儿小钱。可怜的冬尼娅,折腾了老半天也弄不懂书中的内容(她是学医的!),烦恼地把它称做"我的不毛之地"。如今,这一大堆信件在哪里呢?我记得,经过3个月的劳动,姑娘得到了30卢布的报酬。价钱就这么多。而父亲在建造博物馆这件事上的独特的节俭作风也可见一斑。"她挣了30卢布,而且至少会知道博物馆是怎么回事,它是如何建造的。这样总比跟女友们一起喝茶消磨时间要好些!"

我父亲最亲近的合作者是我的母亲——梅因的女儿玛丽亚·亚历山德洛芙娜·茨维塔耶娃。她负责他所有与国外的通信往来。在这些书信中,她常常以自己出色的口才一下子就达到了父亲费了九牛二虎之力也完全达不到的效果。比如,她会在信中开一个特别优雅的玩笑,说上几句很别致的奉承话(同法国人通信),或者引上几行诗句(同英国人通信),抑或提出几个关于孩子和花园的问题(同德国人通信)——总之,是以一种充满人情味的腔调谈正经事,以个人的口吻来写非常正式的信件,有时仅仅成功地用了一个词组就立刻产生了奇效。当然,她成功的主要秘诀并不是运用了那些词组,词组只不过是陪衬,关键是她有一颗热忱的心,没有这种热忱,措辞再妙也白搭。说到她对父亲的帮助,我首先要提的就是她那永不消退的参与的热忱,一种渗透了女性的热情的奇特的参与之心,凭着这颗火热的心,无论遇到什么都能迎刃而解。帮助建造博物馆首先就意味着在精神上援助父亲:信任他,而如果需要的话,还必须为他着想。于是,从向固执的捐助者购置门把到设定圆柱上的图案,有关博物馆的一切事务她都以女性特有的热情积极参与了。这是我作为当年的一个小见证人所应该说的,因为不会有人替我说出这一切(因为一无所知)。1902年,当她得了肺结核病,同年幼的孩子们一起出国以后,她参与、关心的热忱不但没有减弱,反而更加高涨——以她全部的思念牵挂着远方的博物馆。从莫斯科不断地寄出详细的汇报,博物馆每增高一寸,每拓宽一尺,都要详尽地写在这汇报里寄往国外,不是寄到热那亚的涅尔维,就是寄往洛桑,要不就是寄到弗莱堡。(父母往往会通过门框发现孩子长高了,通过日记本发现孩子长大了,这种欣喜大概与此类似。)而从涅尔维、洛桑以及其他各地也纷纷寄回那些充满爱心的关切,当健康允许时,更确切地说,当病情允许时,她就遵照父亲的嘱托,往来于德国各城市间,想尽一切办法为博物馆辛劳奔波,父亲与德国有特殊的关系,不过她在德国既遇到冷遇,也遇到微笑。(精明能干的德国人对她报以微笑……)我和阿霞也并没有忘记我们那魁梧的弟弟。他在每一封信里(有时是从洛桑寄来的,有时又寄自弗莱堡)都要先讲一讲某一次的湖上旅行[①],或者依次攀登黑林山的情况,然后便开始了十分幼稚可笑的问候:"公猫瓦斯卡还好吗?博物馆建得怎么样了?"不过,随着时间的推移,他的信也写得逐渐有修养了。当我快满11岁时,就连我也渐渐地投入到这项工作之中,具体地说,就是当我们在国外的时候,由我来用德文给父亲写信。(父亲的语言天赋很高,不过,由于

[①] 此处原文为法文。

是自学的,在写和说的时候还不得不通过俄文转译。能达到他的母语水平的只有意大利文,他年轻的时候曾在博洛尼亚大学学过多年。)如今我还能记得《希尔德斯海姆的银色珍宝》[①]和《弗莱尔教授》。因此,每当爸爸在回信当中不忘在日期的末尾又加上一句话:"请您替我转达我对您可爱的善良的小女儿的问候"[②]时,我就甭提有多自豪了。

我一直都用德文同父亲通信,直到1913年他去世为止。

现在我要提到一场可怕的灾难,那就是1904—1905年的冬天,博物馆的部分收藏品被大火吞噬了(显然,被烧毁的是在德国定购的木雕艺术品),这对于父亲、母亲,以及我们全家所有人来说,都是一场可怕的劫难。我记得这场火灾大约是发生在圣诞节期间,因为父亲当时也在弗莱堡,同我们在一起。他收到了电报。父亲默默地把它递给了母亲。我还记得她嘴里发出的急促的、喘不过气来的声音,没有说什么话,好像只是长长地"啊"了一声!由于她当时已经病得很重了,于是父亲在她身旁一个劲地安慰她,声音是那样温顺,充满柔情:"没关系。不管怎样,上帝会保佑我们的。"话虽这么说,但他的语气是软弱无力的。(电报是火急火燎地发来的:博物馆失火啦。)我还记得父亲当时默默地流下了眼泪,我和阿霞还从来没有看到过父亲流泪的模样。于是,我们俩都害怕地背过脸去。

母亲直到她生命的最后一刻还惦记着博物馆,在她弥留之际,她还以最后一丝话语,以最后一点儿气力预祝父亲能顺利地缔造成他的宝贝孩子(也是她的!)。我想,她那临终前的眼睛看见的不仅仅是正在成长的我们姐妹俩。

说起母亲,我不能不提及她的父亲,也就是我的外公亚历山大·达尼洛维奇·梅因,在那位老太太向博物馆捐款之前,在建造博物馆的计划正式确定之前,在博物馆还无影无踪,看不见摸不着之际,他就已经给予了父亲的这一幻想以极大信任,他坚信父亲的幻想一定会实现。当时他已经病魔缠身,但仍

[①] 此处原文为德文。
[②] 此处原文为德文。

然不倦地支持父亲,还向博物馆捐赠了部分财产,因此,我可以平静地说,造博物馆的构想其实是在我外公 A·Д 梅因家确立的,在涅奥巴里莫夫斯克胡同里,在莫斯科河上确立的。如今他们都已不在人世了,于是我应该把这一切都述说出来。

1933 年 8 月

桂　冠

（纪念 И·В·茨维塔耶夫教授）

博物馆开放的两年前，人们建议父亲搬到刚建成的国立馆长房里去住。"好好想想吧，伊凡·符拉基米洛维奇，"我们的老管家奥里姆彼耶芙娜诱惑他说，"那房子既宽敞，又舒适，所有房间都挨在一起，厨房就在眼前，用不着穿过整个院子。房间里通了电，再也用不着点油灯了，还有浴缸，再也不需要去公共浴室了，一切都很方便……至于眼下住的这幢房子嘛，可以交出去……""交出去，交出去！"不料父亲突然发了火，"我一辈子都过得很高尚！"接着又仿佛自言自语道，"我所有的孩子都出生在这座房子里……我在这里亲手栽下了白杨树……"随后，他的声音愈来愈低，几乎听不见了，而说的话令老管家莫名其妙，"我为了这件事整整花了14年的心血……为什么我需要用电？！房子应该给家里的佣人，正好有4间屋子，都是很不错的房间……两间屋子用作厨房……"后来确实是这么办了。

这年春天父亲从德国为他的博物馆带回来一件很重要的礼物：一架锄草机。"过海关时什么税也没付。我把它装在皮箱里，上面堆上几本书，就把箱子放在脚底下。'您这里面装的是什么？''箱子里吗？是希腊文的书箱'。大概他们以为，一个上了年纪的教授，穿着朴素，是不大会撒谎的。像这样一个学者，除了希腊文的书，还会带什么！总不至于会携带化妆品吧。于是，我便免交了关税。好好算一算吧！光是关税就可以再买一台这样的机器啦"。（我永远也不会忘记他站在博物馆前那块自己栽培的草坪上的神情——他是第一个试用这台机器的人，热忱地，恭恭敬敬地，一丝不苟地，然而却是笨手笨脚地操作着它。）我想，这是我父亲一生中唯一一次违法行为。不过，为了博物馆,他曾做好了犯下比这大得多的违法行为的准备,至少做好了长久地干犯法之事的准备。他时常坐在莫斯科河畔的某个商人的妻子面前,慢慢地呷着茶,连哄带骗地说:"老嫂子,要是这么办的话,大家都会满意的,而且好处不少呢。侄儿?侄儿反正会把这些钱糟蹋掉的。"老妇人开口道:"是吗?""上帝做证,他准得挥霍掉。不是用去喝酒就是拿去赌牌。"老妇人降低了嗓门:"是的,真的会拿去赌牌的。"父亲紧追不放:"可是上帝做证,这些钱都是他们已故的父亲一个硬币一个硬币地积攒下来的。就让侄儿他自己去挣钱糊口吧。我小时候也是光着脚丫到处乱跑的……"我记得,经过这番劝导,父亲最终一下子从这位社会名望颇高的老太太那里为博物馆得到了一件精美的珍藏原件:一尊皇帝狄度[①]的大理石头颅。这个头颅至今还装点着博物馆。

人们对设想中的博物馆的态度是迥然不同的。我记得,1909年,当我还是个中学生时,莫斯科著名的教育家瓦赫杰洛夫就曾对我说:"为什么要建博物馆?如今需要的是实验室,而不是博物馆;需要的是厂房,而不是博物馆;需要的是学校,而不是博物馆。没关系!就让他们去建吧!等革命一来,我们就要把一张张吊床搬进去代替那些雕像。还要把课桌搬进去。至于他们现在造什么,这倒无所谓。墙壁总是对我们有用的。"总的说来,知识分子和年轻人态度冷淡,显得漠不关心,父亲在自己的这个事业中只能是孤军奋战(正如每个钟情于自己的事业的人一样)。不过他并没有发现这一点,抑或有意回避了这一点。否则,当别人对博物馆表示出一丁点同情之心,提出一个小小的"关于博物馆"的问题时,他怎么会如此欣慰呢,他又怎么会如此热忱地指引与我们一般大的男孩女孩们去参观博物馆,并且亲自指点,亲自讲解,详尽地回答那些最幼稚的问题呢——他可是个65岁的老人哇,而且忙得出奇呀。我坚信,没有比他更热忱的人了——既然他是全身心地投入这项事业,这就意味着,再也不可能做得比他更投入了!后来,他又把博物馆展示给俄国的上层社会。在他的引领下,参观者之间的差别湮没在永恒的灵感之中,甚至是在灵感中消逝。只有别人的灵感才能加强这个灵感。它是稀有的,

---

[①] 狄度(39—81):古罗马弗拉维王朝皇帝。

但却又是无处不在的。

我不禁想对你们说一件有趣的事,好让你们看一看,有一次他是如何带人参观博物馆的。我们家里新来了一个看管院子的仆人,是从农村来的,只有17岁,圆圆的脸蛋,棕色的眼睛,面颊上滚烫滚烫的,就像他冒着热汗生起的热乎乎的炉子一样冒着热气。他名叫阿列克塞,确确实实是一个敬畏上帝的人,简直就是上帝的忠实的孩子:不喝酒,不抽烟,只保留睡觉的习惯。不过,一旦睡过去可就很难弄醒。

就是这位"上帝之子"有一天对我说:"小姐,我怎么才能去看一看我们老爷的大楼房呢?听说,沙皇陛下要亲自光临,要是我也能顺便……"喝过早茶以后,我对父亲说:"爸爸,你能不能领阿列克塞看看博物馆?""好哇。阿列克塞是谁呀?""就是替我们家看院子的人。他对博物馆特别感兴趣……""唔……他未必……不过,就让他看看吧……"当天喝过晚茶以后,我又问道:"爸爸,你带阿列克塞去了吗?""甭提啦!""怎么了?""你瞧瞧,像他这样一个没受过教育,甚至有点儿傻头傻脑的人,到那种场合不出洋相才怪呢,看见我的那些赫刺克勒斯们[1]和维纳斯们[2]就害羞得不行,甚至还感到害怕,你简直想像不到,他竟然一路上都是闭起眼睛装瞎。是的,是的,是的。用胳膊肘捂住眼睛,这样一路走完了整座博物馆。'阿列克塞,你快睁开眼看呐!现在已经没什么难为情的东西啦!'嗨!哪能呢!他满脸通红,像只大龙虾,从胳膊肘下偷偷看了一眼。就像被开水烫着了似的,又眯缝起眼睛。于是我只好放他走了。"一大清早阿列克塞来家里生炉子了。"喂,阿列克塞,你喜欢博物馆吗?""房子倒挺不错的。""为什么你在那里总是闭着眼睛?"阿列克塞悄悄地说:"那儿都是光着身子的女人……"在厨房里他才进一步大胆地解释给我听:"当然啦,老爷应该更仪表堂堂,他们胸前都有奖章,而我却是乡下人,所有这些在我看来都特奇怪!都这么一大把年纪了,还干这种事!居然把光身子的女人放在汉子面前!还竟然想给这祝圣……要是让牧师看见了

---

[1] 注:赫剌克勒斯:古希腊神话中的大力神。
[2] 注:维纳斯:古罗马神话中的爱与美的女神。

准会吐唾沫！博物馆难道就是这玩意儿！"

在博物馆正式开放的前夕，家里流传着一条消息，据说人们"为了博物馆"专门给父亲授予了"博物馆荣誉监护人"的称号。这个传言得到了证实，于是关于制服的说法又传开了。"得用真金缝制，"父亲难过地说，"想想都害怕，这金子值多少钱呐……""没办法，爸爸！他们给你'荣誉监护人'称号，你就得准备制服！""我不反对给我这个称号，""可是监护人就监护人呗，……凭什么我这个老头子还得准备金子？""爸爸，这可是形式！""我知道，我知道，可是一想到这件制服要套在一个像我当年那样光着脚丫的人身上，而我往罗马竟然要寄……700卢布！（微微一笑。）可整个制服根本不值这个数！"当然，制服缝制好了。在我们家的大厅里首次试穿了一下，大家都讨论了一番，制服做得好极了，结实得很，到处都缝上了一些说不出名字的小花。"爸爸，别难过！这可都是为了博物馆呀！"（带着善意的微笑，但仍然叹息不止：）"好吧，既然是为了博物馆！"人们为父亲缝好了制服以后，又开始为女儿们缝制衣裳了（"穿着洁白的，不露肩的城市服装的女子"）。不必说，父亲亲自去张罗布料——到某个自己过去经常光顾的商店，"找我的一个熟人，我跟他已经有30年的交情了……""首先，布料必须得结实，博物馆开幕仪式只有一次，而白净的衣服任何时候都会派上用场，至于款式嘛，我建议做成最普通的款式，比方说，两个笔直的前襟，用带子连接上，后面缝一块接角布。"（父亲虔诚地信任所有女人服饰里的接角布的作用。）负责给我们做衣裳的是我们家一贯的好裁缝奥里姆彼耶芙娜。不用说，所有的衣服父亲都让试穿一遍。"只是别做得太紧了，亚历山德拉·奥里姆彼耶芙娜，别太紧了！面料绰绰有余，可玛琳娜是那么瘦小，我真不明白，为什么衣服要做得那样贴身，穿在她身上简直要把骨头都显出来啦，放宽松些，放宽松些！"奥里姆彼耶芙娜虽说在父亲面前是言听计从，但缝纫机一响，却又我行我素起来，就是说按我们的口味做。最令人感动的场面是当父亲看见我们穿着做好的新衣裳时，从本质上讲，就是当他突然认不出我们时，他居然骄傲而赞叹地认出了自己的式样和那块接角布！

信不信由你,在博物馆正式开放之前,父亲花了好几个晚上在我们过去的幼儿室里亲自教我和阿霞行宫廷请安礼?!"我有几次被招进宫时亲眼见过,所以我了解得一清二楚"。(双手提起上衣的下摆,稍稍弯下膝盖):"一个腿在前,一个腿在后,屈膝,身体弯到腰部,停止不动,然后……不,请别像只山羊一样跳跃!应当像这样。当然喽,要是你们的妈妈来教你们就好啦,她学得更像……"

"我不是对你们说过了嘛,别急着嫁人,"奥里姆彼耶芙娜扯断最后一根缝线,轻轻对我们嘀咕说:"你们就像现在这样做小姑娘不是挺好嘛……我就是这么看的。要是能一直做小姐,要是现在能做个宫娥,那么每天都可以看见皇上的皇后啦。不然,你们就嫁给小男孩!""亚历山德拉·奥里姆彼耶芙娜!""而我应该给你们缝上特别精细、特别轻盈的,宫廷小姐穿的衣裳……可现在要是嫁给中学生,那么你们就只配一辈子穿普普通通的呢制衣服……唉!"

在博物馆开放的前一天,一大清早,一个信差急匆匆地从博物馆赶来找父亲。"有什么事?""不知道,只是那边请您快点儿去,穿随便点,不要换衣服……"父亲立刻出发了。他不一会儿就回来了。"为啥叫你去?""要我领年轻的皇后参观博物馆。""就她一个人?""是的。她怪可怜的,神经有些毛病,不能忍受人头攒动人群聚集的嘈杂,这不,她就决定提前先来一饱眼福。"她怎样参观的呢?"随从推着一把带轮子的椅子,我走在旁边。""她问了什么没有?""没有,她什么也没问。我们就这样默默地看完了所有展厅。""她甚至没说她很喜欢这个博物馆?""没有。大概,这个可怜的女人病得很厉害:脸颊滚烫,眼神不集中,好像心不在焉……我开始还一一介绍展厅,后来我就不再讲解了,因为我发现她其实并不在听我说。她的眼睛既没向右看,也没有向左看,而是始终注视着前方。不过最后还是说了一句话:'谢谢您,教授。'……真是个可怜的女人!可怜的女人!"

这一切我虽然没有见着,但却在我脑海里留下了深刻的印象,我仿佛亲眼看到这幅景象:一大清早,在滚动的轮椅上,走过了所有的展厅,置身于雪白的雕像中间……

博物馆终于迎来了开放的那一天——那是一个5月的日子,蔚蓝的天空,阳光灿烂。一大清早就传来了门铃声。铃声响毕,来人送上一个花环,一个月桂枝花环!原来这是一位我们家的老朋友,已经俄罗斯化了的那不勒斯女人专程赶来向父亲祝贺这个伟大的日子。这个情景我将永志不忘。父亲身穿一件旧长衫,他前面站着一位满头银发的美人,一双眼睛炯炯有神,两人中间就是那个花环,那个妇人执意要父亲戴上花环,而父亲却说什么也不肯,他温柔而又坚定地推辞道:"行行好吧,我亲爱的!穿着一身长衫的老教授突然戴上个花环像什么样!您倒是应该戴上它,美人儿就应该戴花冠!别这样,亲爱的,快替我拿掉!我真心地感谢您。只是恳求您允许我把它……哎呀,您呐,手脚可真利索!"意大利女人两眼放光,闪动着泪花,把这一个象征着忠诚的花冠高高地举在父亲的头上:"以我的祖国的名义……这儿的人们不善于尊敬伟人们……伊凡·符拉基米洛维奇,您做了一件多么了不起的事情呀!""哪里,哪里,亲爱的,您这话可真叫我难为情!我只不过实现了我自己的一个夙愿罢了。上帝保佑了我,人们也都帮助了我。"

第二件礼物是我们小孩子献上的,那花冠已经放在了这件礼物上,因为这礼物是一个大托盘。这礼物看上去没什么特别的含义,好像是一件平庸的礼物,但其实不然。首先,爸爸经常在办公室里自己喝茶。其次,这个大托盘如今就能派上用场,眼下来访的客人的名片都可以放在它上面。奥里姆彼耶芙娜热心而忠诚地说:"我以后就把信放在这银色的托盘上献给伊凡·符拉基米洛维奇,就像献给伯爵和公爵大人一样!他哪里不如他们!(于是,她又开始讲她的神话故事了:他亲自用手推车推着皇后!)"最后,也是最主要一点:有一个可以刻上日期的地方,而这个值得纪念的日期才是最重要的。托盘献上了,父亲又按人们亘古不变的习俗那样开始了委婉的致谢:"为啥要给我这个老头递上这个银色托盘呢?你和阿霞才需要它呢,你们现在快要出嫁啦,招待客人时会用得着的……谢谢,谢谢你们。这个托盘真漂亮,真结实,真派用场……只是让你们如此破费,我实在心疼……"

我永远也不会忘记：在洁白的大厅里放着一张铺着绿呢面的牌桌，桌上有一只银色的托盘，托盘里有一个桂冠，它正沐浴在第一束5月的阳光里。

1933年9月

博物馆正式开放

天空慷慨地展示出它的蔚蓝，在这一片蓝色下映衬出博物馆洁白的身影。大门两边分别站着两行贵族学校的学生，由于站立得太久了，他们都背靠背支撑着，使得每一行看上去都是由一个个双面人——然而面孔都是多么年轻！——伊阿诺斯①组成。第一个走进大门的是一位披着长襟皮袄的老头（已经是5月份了！）。"你们这儿的更衣室在哪里？""请交给我吧，阁下。""给牌号吗？这可是件海狸皮袄，可别在这高兴的日子里弄丢了……"他就是我父亲的老岳父，已成为老古董的历史学家伊·（洛瓦伊斯基）。

楼梯控制着这里所有的一切，它的身影也是洁白的。楼梯右边站立着米开朗琪罗②创作的大卫③，俨然是一个守卫者。他英雄般的身躯比人高，甚至超过了上帝的身躯。客人们散布在各个展厅，正等候着沙皇的光临。突然，传来了一阵轰隆隆的声响，人们惊恐不已，四处奔逃，只见一些银色的碎片撒落一地，水流四溢。原来，我父亲那18岁的女婿碰倒了盛有高加索矿泉水的托盘，水淌了一地，还泛着银光，犹如孕育了它的山泉一般。待老人们确信这不是炸弹爆炸后，他们都安下心来。

到处都是老人，老人，老人。到处都是勋章，勋章，勋章。找不到一个没有像车辙般深凹的皱纹的额头，找不到一个没有佩带如星般闪耀的勋章的胸脯。我哥哥和我丈夫在这里是仅有的年轻人。当然，一群年轻的伟大公爵不算在内，因为这一群公爵是大理石浮雕像。我仿佛觉得，今天，俄罗斯所有的老人都涌到这里向古希腊永恒的青春活力致敬。这是一堂生动的历史和哲

---

① 伊阿诺斯：古罗马神话里的门神。
② 米开朗琪罗(1475—564)：文艺复兴时期意大利雕塑家、画家、建筑师、诗人。
③ 大卫：米开朗琪罗在1501—1504年间完成的大理石雕刻。

学课:这就是时间给人们带来的一切,这就是时间给诸神带来的一切。这就是时间给一个人带来的影响,这就是艺术给一个人带来的一切(看一眼雕像便可知)。还有这最后一课:这就是时间给一个人带来的影响,这就是一个人对时间带来的影响。可是我由于当时尚年轻,对这些问题还全无思考,我只是感受到一种不安的情境。

黯淡的脸色是老年人最主要的特征,然而,表面上看,它甚至比金子更显眼,因为这里所有的老人仿佛都是被黄金浇铸成的:年岁愈大,胸前佩带的金质勋章就愈多;人愈衰老,胸前的勋章就愈金光闪闪;眼神愈呆板暗淡,胸前的勋章就愈耀眼。他们亦是一群雕像,但却是另一种类型的。如果说那些高贵的青年的雕像看上去是栩栩如生的大理石的话,那么这些高官显赫的老爷们则反倒是由一种材料构成的雕像:这材料是由老朽的,空心的,填满了僵死废料的骨架的木质化僵硬的(在俄语中找不到一个确切的词儿)石膏组成。有一个场景我是永远忘不了的:一个这样毫无生气的犹如石膏像的老头在楼梯上绊了一下,躺在那里动弹不得,只能摇晃着脑袋,直到我丈夫跑上去小心翼翼地,然而却很坚决地将他扶起来。这场面使我觉得我丈夫扶起来的不是一位老人,而是只洋娃娃。说到"洋娃娃"我更想指的是那些太太们。她们一个个皮肤白皙,模样相似,都伸着一只长长的脖子,高高的衣领紧包住喉咙,更显得她们身材修长。她们都一律身穿高高的紧身胸衣,都修了一个高高的如"台阶"般的发型,她们可能都还年轻,也可能都已上了岁数,倘若说还年轻,那只意味着年岁还不算太大,即还称不上老年,总之,这种年纪生活中其实是没有的,这是一种抽象概括的年龄,是由某个具体的日子、地点和服饰决定的,也许,是由博物馆顶上那均匀分布的仿佛摄影机发出的立体灯光决定的……这些洋娃娃已全然不是那孩童之玩物,尽显出其注重、可怕和令人着迷的特性。墙壁、白发与太太们白皙的皮肤组成的三种白色只是一个背景,一个底色,只是那条由衣服上的金带和金质勋章汇成的川流不息的老人河——金色的帕克托尔河的沿岸。还有一个惊人的矛盾:博物馆造得那么新颖,可里面的观众却极其老朽,地板刚刚使用,还是崭新的,可踏在上面走来走去的脚却是极其衰老的。到处是(雕像的)幻影、(大官的)幽灵、(那活生生的大理石花坛的)梦幻,以及无数个洋娃娃……我敢说,在这博物馆正式开放的第一天,这里的雕像似乎要比人活泼得多,不仅是看上去这样,其实也的确如此,因为每一尊雕像都是艺术大师用心浇铸出来的,都是我父亲亲手从刨花中精选出来的,其中倾注了他全部生命的爱,凝聚着他全部的心血;在一双双充满爱心的手,一双双普普通通的懂得了爱的含义的手的帮助下,父亲把它们放置于预先确立的位置上,小心翼翼地后退几步,仔细凝视着,嘴里不停地赞叹着:"真好看!"我觉得,谁也不会去爱这些大官和太太们,也许,根本就没人爱过他们,正如他们也不曾热爱过谁,不曾热爱过任何一样东西……眼前的博物馆就像它的这个字眼一样冷漠,这个博物馆不在四周,而在他们身上,他们就是博物馆,博物馆里只有他们。但是,别忙,请等一等:这里还有某种活力!在太太们清一色的如白云般洁白的服装中,完全出乎意料地,甚至是难以置信地闪现出一条五彩缤纷的裙子!这是独特的,彻底的与众不同的身影。这条裙子上连接着"带衬垫"的女式衬衫。莫非这是一位顽固不化的"60年代女人"?莫非是一位穷困潦倒的贵妇人?不,她是一个最保守的历史学家的最保守的妻子,她把自己奉行的保守主义推广到了衣柜里,就是说,她不顾("居住在白色城堡里的太太们的")常规,决计保存下多余的 5 尺白罗缎。她对完成了这一天职十分满足,她沉浸在自我迷恋之中,迷恋于自己那条独一无二的五彩缤纷的裙子所产生的诱惑力,她把自己精心修饰得很整齐的小脑袋抬得更高了,这是一个高傲而尚年轻的侯爵小姐的小脑袋,两鬓自然卷曲的头发挂在太阳穴上[①]。我内心里对一切个人的英勇气概都有一种异常热切的向往之情,然而,我却不能很清楚地明了产生这种向往之情的模糊不清的思想根源,我只是在欣赏而已!可是揭幕仪式主持人却不在欣赏。他迅速而不断地把眼光投向令他感到受了侮辱的游人,似乎忧心忡忡,不知下面该把他们领到哪里去,怎样带过去,只是当另一个心思涌上心头时,他才把他们忘却:他突然发现,除了那些蓄着大胡子,胸

---

① 此处原文为法文。

前挂满星章的商界头头们之外,谁也不站在队伍里,只有这些商界头头们一进来就排成了队。"先生们,女士们……皇帝陛下一家人就要光临啦……我请求……我请求……太太们都靠右站,先生们都站在左边……"可是没人听他的。大家都在听一个体态笨重、块头很大,长着一张充满智慧的脸庞的官员说话。他夹带着从容不迫、稳重有力的手势,正对着一个人侃侃而谈,而实际上,大家都在洗耳恭听。老人们都不时地瞟一眼涅恰耶夫—马尔采夫胸前的白鹰勋章,大家都清楚,他正是因为造博物馆有功而荣获这枚勋章的。"先生们……先生们……我请你们……皇帝陛下一家人就要来啦……"

我们都已经来到楼上,来到即将举行祈祷的大厅。专门为沙皇本人准备了一条红色的小路,人们都不自觉地绕开它,脚从不往红色地毯上踩。宗教界人士都云集一堂。我们大家都在等待着。快了,那个时刻愈来愈近了,可能那个时刻现在已经来临,因为在人们的脸上,激动的情绪如同波浪般涌起,在那一双双暗淡阴沉的眼睛里突然发生了某种变化。犹如突然晃动了一下燃烧着的蜡烛一样,突然晃动着一丝光亮。"现在他们来啦……他们到啦……他们走过来啦……走过来啦!……"人群突然"像变魔术一样"(这个词组不仅在这里很贴切,而且简直是不可替换的),一眨眼间便自动分开了:女士们靠右,男人们靠左,中间留下一条红色的小径,显然,现在就要有人走在这条小径上啦,就要有人踩在它上面啦……

沙皇迈着有力而稳健的步伐,快步走来,他那蓝色的大眼睛里流露出和善而愉快的神情,似乎这双眼睛随时准备露出笑意。突然,一道眼光径直向我射来,径直射入我的眼里。刹那间我看到了这双眼睛:这双眼睛不仅仅是天蓝色的,而且是完全清澈透明的,纯洁的,像冰一样纯净透亮的,与孩子的眼睛完全一样。

旁边的太太们人头攒动,犹如掀起了充满生机的波浪,平稳地滚动着。皇帝的身后既没有随从跟随,也看不见皇后的身影——

许多穿白衣的少女飘然而至……一个……两个……

四个……许多穿白衣的少女？根本没有——在太空里
　　　飞来许多白色的蝴蝶？那是一大群魅力无比的
　　　尊贵的公主……

　　她们毫无拘束,从从容容地走进来,倒也像父亲那样,走得很快,向左右两边频频微笑地点头示意……年纪小一点的小姐们都披着任意摆弄的长发,有一位小姐那高高的眉头上留着金色的刘海。她们所有的人都戴着一模一样的、大大的、带有弯曲的宽檐的浅底白帽子,也像蝴蝶!这会儿她们似乎已准备好了,马上就要飞掉了……跟在孩子们后面走的是皇后玛丽亚·费德罗芙娜,她也向人群频频点头示意,也面带微笑,并且也身穿白衣服,但却已放慢了脚步,她那宛如陶瓷的一张脸上露出了迷人的微笑,这一行人都走了过去。我们组成的人墙跟着伸直开来。

　　陛下,祝福你!

　　祈祷结束了。沙皇正和父亲交谈,父亲与往常一样,答谢时总是显出一副恭谦的样子,几乎把头低低地偏向一边。皇上瞟了一眼他的女儿们,微微一笑。她们俩也都笑了。主持人把莫斯科的贵妇人们介绍给皇后玛丽娅·费德罗芙娜。一阵又一阵人头攒动,皇后频频点头示意。这攒动的人头犹如波浪翻滚的河水,水下不知什么在跳动。水草似乎就是这样沉没在基吉日河底的……皇上由父亲陪同,继续跟着往前走,他身后是一片耀眼的金边佩带、奖章、勋章,好似克雷洛夫的魔笛……

　　祈祷结束以后,气氛变得冷清起来,好像空气突然变得更稀薄了。几个人头在雕像周围打转。人们在评论着诸神,说着他们或她们的名字……不时传来赞许的叫喊声……

　　一个充分俄罗斯化了的意大利女人,父亲的老朋友和崇拜者,自始至终都非常谦虚地躲在一旁的阴影里(如果也可以把这块灯火通明之处叫做"阴影"的话),这时,她突然站了出来,带着一种似乎由于无法实现自己心中伟大的决定而备感绝望的心情，抓住父亲的衣袖，说："伊凡·符拉基米洛维奇，您应当站出来！"随后，她又像占卜女人一样，连喊三遍："出来—站起来，出来—站起来，出来—站起来！"于是，我看到了奇怪的一幕：我的父亲竟然丝毫不抗拒，好像根本还没听明白她说的意思，只听到她的腔调就乖乖地顺从了，他好像在很深很深的梦境中梦游一样，真的走出来，站到了高处。如同往常读书或听别人说话时一样（此刻他读到的是他的过去，而听到的则是未来），他几乎把自己那满头白发的圆圆的小脑袋低低地偏向一边，显然没有看见所有向他张望的人。他就这样站在了大门口，在博物馆的大墙下，被白色的圆柱包围着，屹立在自己生命的顶点和事业的巅峰上。这个情景正象征着圆满的安谧。

"爸爸，皇上都跟你说了些什么？""皇上问我：'教授，请您告诉我，我们做祈祷的那个美丽的、明亮的、宽敞的大厅叫什么大厅？'我回答说：'叫希腊展厅，陛下'。他困惑了：'既然这博物馆里展出的都是古希腊艺术品，为什么这间展厅单独叫做希腊厅呢？'于是，我开始解释给他听，皇上忽然对他的两个女儿喊道：'玛丽亚！纳丝塔西娅！快过来听听教授是怎么说的！'而我则对他说：'算啦。陛下，难道这些小羊羔们会对一个老教授的话感兴趣？……'"

"爸爸，皇上看了我一眼呢！""真的吗？""一点儿也不假！"父亲饶有哲理地说："当然可能啦！人的眼睛总得往一个地方看吧。"说完，他的眼光便从我身上转移到母亲最后一张画像上，在这画像里，母亲特别像拜伦。父亲喃喃地自言道："博物馆开放啦。"

他的目光又向前搜索，停留在另一个曾引领过他的女天才的身上，以老人特有的情感与内心的活力，怀着满腔的感激之情，自言自语道：

"不知那位闻名于欧洲的智慧美人，为无数诗人歌咏，为无数艺术家赞颂过的慷慨募捐者，美丽的公爵夫人季纳伊达·沃尔康斯卡娅是否会料到，她那关于俄罗斯雕塑艺术博物馆的幻想注定要由一位贫穷的乡村牧师之子去实现了，这位乡村牧师的儿子在12岁以前竟然连皮靴还没见到过呢……"

1933 年

父亲和他的博物馆

Ⅰ 夏洛特堡

我快 16 岁了,阿霞快 14 岁了。三年之前我们的母亲过世了。

夏洛特堡离柏林很近。那儿天气一年到头都很热。太阳像崩溃了一样,倾泻出如激流般的光照,仿佛瀑布从天而降。那些年,姑娘们的时髦穿着非常吓人:长长的裙子,长长的衣袖,翻袖口和袖窝束得紧紧的,衣领围着一个套圈。这简直不是衣服,而是束缚人的监狱!脚上是黑色的长袜和黑色的皮鞋。整个脚都成了黑乎乎的一片!

"爸爸,还要走很久吧!"

我们已经走了整整半个小时了,而父亲走一个小时的路程,换成另一个即便是走得很快的人也得花上整整一天的工夫才能走完。

"快啦,快啦,还有 15 到 20 分钟就到啦,不会再多啦!"

我的父亲是一个狂热的,确切地说,是一个狂热得不可救药的,更确切点讲,是一个天生的步行者,因为对于他来说,走路就如同呼吸,对这一行为根本毫无意识。要他停止脚步,无异于要求一个人停止呼吸。我和妹妹只好在后面气喘吁吁地跟着。我们鱼贯而行——父亲走在前面,我紧跟其后,阿霞跟在我后面。

"这就是夏洛特小城。"(大概,这座小城的名字是某个"贵妇人"一时心血来潮,以她自己的名字命名的吧)。如今,这夏洛特堡仿佛完全是一座空城了。所有的栅栏门都是关闭的。四周连一条狗都看不见。我们这几个人倒好像是街上逛荡的仅有的几条狗。虽说"栅栏门都紧闭着",可究竟有没有栅栏呢?究竟有没有房屋呢?其实我并不清楚,也没法弄清楚,因为我是头也不抬地在干净的马路上走着,仿佛被自己那双黑脚丫的运动本身给迷住了。

"爸爸,快到了吗?"这又是阿霞问的,我可是沉默不语,因为我是天生的步行者,为此我很自豪,况且我生来就特别骄傲,从不轻易认输。

六只黑皮鞋踏在洁净的马路上。

两只在前,两只紧跟着,还有两只拖在最后。

不过,这样拖延下去总不是个事儿!应该杜撰点儿什么安慰一下自己。于是,我开始想像了。我设法让自己相信,这一切只不过是一场梦。我此刻正在睡梦中。因为这种令我挥汗如雨的高温,这种骄阳似火的酷暑,一句话,这种可怕的天气现实中根本不存在。而且,任何一个梦幻,甚至是最长的梦幻也不会超过3分钟时间,这就意味着,我不会累着的。即便是在梦中也不会感到劳累的。

只须坚信一点——根本没有疲倦。

这时传来了父亲的喊声:"我们到啦。"

到处堆放着由大理石标本仿制出来的石膏像模型,倘若算不上是无边无际,也至少算是一个巨大的石膏像的世界。

眼前净是雕像,雕像,雕像。

"你们都是好样的,走了那么长的路也没发一句牢骚,"父亲一边擦去额头的汗,一边说,"为了奖赏你们,我要送给你们每人一件石膏像,现在我要和馆长先生谈会儿话。你们乖一点,我不会谈很久的。"

于是,我和阿霞一同来到了这个神秘的国度,我们两双黑得出奇的小脚便来到了这个全部是由凝滞僵立者的白色裸露的脚组成的世界里。我们开始寻觅,一个雕像挨着一个雕像,一个躯体接着一个躯体,一个头颅跟着一个头颅,仔仔细细地寻找。说实话,我不是很喜欢雕塑。倘若父亲允许我挑选的不是两件石膏像,而是两本书的话,那我就会立刻从一大堆书中选出我最渴望得到的那两本。可是现在毕竟不是选书,我毫无办法。我们只好尽量找寻某种不太像雕像的东西。

为了千万别选出一模一样的玩意儿,我们决定从两边分头去找。偶尔,我们互相喊话,就像在森林里采蘑菇一样:

"喂、喂!找到了吗?"

"还没有,你呢?"

"也没有。"

"你看得见我吗?"

"看得见!"

"你在哪儿?"

"就在这儿!"

这简直就是在雕像堆里捉迷藏。最后阿霞终于喊了起来:

"找到啦!好像是一个男孩!"

顿时,一股微微有些嫉妒的好奇心油然而生,我本该朝着她的喊声飞奔过去,但却没能跑得那么快。我费了半天劲才钻到她那里,甚至可以说是硬挤过去的。

确实,是一个小男孩。同我们年岁相仿,甚至还更小些,也和我们一样,有一绺刘海耷拉在额前。这不是一尊雕像,不是躯体,而仅仅是一颗头颅。

"喜欢吗?"

"你也许会喜欢,可他自己未必喜欢这样。"

我还没来得及再次隐没在这稠密的人类化石之林中,就又传来了叫喊声。

"我又找着啦!又是一个男孩!"

我走近瞧了一眼:"这根本不是男孩"。

"就是男孩!"

"我对你说——这不是男孩。"

"知道吗,你脑袋不正常啦,你该不会认为是个女孩吧!"

"我并没说这是女孩。这更像是位天使。"

"那翅膀呢？"

"看来是一个希腊或者罗马的天使。总之无论如何也不是一个人，不是小男孩。"

"管它是不是人，反正我已经找到两个啦，而你却还是两手空空。"

是的，我什么也没有找到。因为我一心想找到一个非常合我心意的雕像，可以说不是挑选出来的，而是我一见钟情的雕像，是命中注定该属于我的雕像。寻找这样一件东西丝毫不比寻找未婚夫来得容易。

唉，要是这里有波拿巴①的头颅就好啦！要是有他的头像，我早就把它拿过来紧紧贴在胸前了。可惜，他出生的年代比希腊和罗马要晚很多年呢！恺撒的头像我不要，马尔克·阿夫列尔的头像我也不要。

只能继续在女人的雕像中搜寻。

瞧，一个女人出现啦！她的脑袋像是被搁在了肩膀上一样，纹丝不动，眉头紧锁着，像是忍受着痛苦的折磨，嘴巴张开，像是喊出了声音。在所有这些没有灵魂的美人当中，唯有这张脸上还存有生气……

她是谁呢？我不知道。我只知道一点——她属于我！既然我再也找不到令我如此倾心的人了；既然除了她，我什么也不需要，谁也不需要了，那么，毋须多想，我便很自然地将另一个似乎是一位品质高尚的，头发上披着件像是头巾的玩意儿的淳朴姑娘的雕像顺便挑了出去。她是我顺手捡的第一个雕像！

既然已经找到了，于是我们便尽兴抚摩着雕像。

"想要颗糖吗？"

"行呀！"

一滴鲜血使我的小手指变得黏糊糊的，我紧紧攥着一颗酸酸的俄罗斯水果糖，不知为什么，人们给这种糖块起了一个法国名字"蒙巴西埃"，莫非这些糖果也曾在那里侨居过？我们俩重新端详了一下手中的糖果，同时以闪电般的动作迅速地把它们推进了两张张开的大嘴里：阿霞把一颗绿糖块推

---

① 注：即拿破仑。

进了一头狮子的嘴里;而我则将一颗红糖块塞进了一个古代英雄的嘴里。

真难以想像,绿色的宝石和红色的石榴石顿时使这两个石膏像的舌头增添了无限生机,简直太神了!

妹妹把手在石膏像嘴里又往前伸了伸,说:"你知道吗?他们没有喉咙。一点都没有,那里面是个死胡同!"

(传来了父亲的喊声:"阿霞,穆霞!""来啦,爸爸!")

"应该把它们取出来!"

"不,就放在里面!"

"可馆长会怎么想呢?"

"他看不见的:他戴着眼镜呢。而且万一看见了,也根本不会相信,像我们父亲这样的人的女儿竟然会……"

"假如他相信了,也决不会说……"

"假如他决定说出来,也来不及了……"

"……那么,我们究竟该怎么办呢?"

噢,太可怕了!爸爸和馆长正向我们走来!

"亲爱的小姐们,你们找到了自己称心如意的东西了吗?"馆长问道。

"瞧,这个,这个,还有这个,这个也是。"

"一眼就能看出,你们不愧是父亲的女儿!"馆长带着赞许的口吻逐一查看我们挑中的雕像,"达纳吉尔,还有这个(他忘了名字)唔,这是亚马孙女人,这是阿斯帕西娅。选得不错,眼光很好!尊敬的教授,请您允许我把这些雕像赠送给您的女儿吧!"

原来,我第一眼挑中的心爱的人是亚马孙女人!她是阿喀琉斯心爱的敌人,他杀死了她,但又为她哭泣。而另一个品行高尚的女子,那个"被我第一个顺手挑中的"女子,正是阿斯帕西娅!①

"还不快谢谢馆长送给你们这么美妙的礼物!"

我们道了谢。但是我们真正的谢意馆长先生恐怕要稍后才会发现——

---

① 注:亚马孙、阿斯帕西娅、阿喀琉斯均为古希腊神话中的人物。

我们真正的致谢留在了那古代英雄和狮子那两张张开的嘴巴里。

我们心满意足地告别了这神奇的王国。

"现在让我们去喝杯啤酒吧。"父亲说。

Ⅱ 割草机

父亲时常出国办事。有一次他从国外带回来一台修理草坪用的割草机，原来博物馆正门前的小草地上的一块草坪被他自己踏坏了。

"这是送给你的，这是给阿霞的，这是给安德列的，这个嘛，是为博物馆准备的。"

所谓"这个嘛"就是指那台修理草坪的割草机。这台花园里不可或缺的玩意儿很重，闪闪发光，让人一见就会对它产生好感。父亲小心翼翼地将它从一只用绳子捆了三道的不大的箱子里取出。

"怎么样，不错吧？"

"太棒啦！"

"猜猜看，我花了多少钱？"

"100马克？"

父亲笑了起来："正好少了一半。"

"那么过海关时付了多少税？"

"一点儿也没有交"。

"这是怎么回事？"

"是这么回事。我把它带在身边进了车厢。'教授先生，您的箱子里装的是什么？''是希腊文书籍，朋友，是希腊文的书。''啊！先生是教希腊语的？''我在莫斯科大学教书，伙计，已经有30个年头啦。''大概，希腊语很难学吧！''不，不很难，只要有恒心就可以啦。''要是我能懂希腊语，我会非常自豪的！'就这样，还没过两分钟，我就在国境线上教起他希腊语来了。他是个非常可爱的人！简单地说，我们分别时已经俨然是一对好朋友啦。"

"那倒是，可假如他最后还是请你打开箱子怎么办呢？"

"要是那样，我就这么说：这简直是出乎我的意料，准是书商弄错啦……不过根本不会冒险：瞧瞧我，难道我像那种除了往箱子里装希腊文书，还会塞些别人的东西的人吗？"

不，一点儿都不像，父亲看上去是表里如一的，是最诚实的人，因此不会有任何怀疑……

大概人们就是凭着这些滑头诡计而升入天国的吧。

Ⅲ 礼服

对于我父亲来说，新衣裳带给他的如果不说是灾难的话，那也是痛苦，反正绝对不是快乐。

"爸爸，现在该给你缝制一件上衣啦。你身上穿的已经有点……"

"还挺合适的。这衣服还很结实，一个洞也没有。"

"可是颜色……"

"穿了5年啦，难道还会像新的那样？等你活到我这把年纪，你就会明白，衣服穿这么旧是不会再好看的。"

"不管怎么说，爸爸，为什么你不去再订做一件新衣服呢？"

"为啥？现在这件不还是挺好的嘛？要是别人看不上眼，那就别看好啦。况且，谁会根据穿着打扮去对待一个老教授呢？"

第二天，他在楼梯上喊我哥哥："安德列，听着，安德列，你还记不记得我那个裁缝朋友瓦咨洛金的地址？我想了想还是决定把它翻新一下。"

"什么？！"

"把上衣改装一下,翻翻新。"

"你最好去买件新的得啦!"

"买,买……你就知道买。你打在摇篮里起就从来不知道什么是贫困的滋味。可我知道,每一个铜板都是来之不易的,所以我不习惯大手大脚,凡是还能用的,我都舍不得扔掉。"

请你们千万理解我的话:父亲的行为根本不是什么吝啬。

不过确切地讲,这也是一种吝啬,这是一种最高境界的吝啬。

这是贫穷父母的孩子的吝啬,看到自己的父母辛苦劳作到最后一息而舍不得有丝毫的奢侈,他自己也就不忍心为自己乱花一分钱了。

因此,这是一种体现了孝子之心的吝啬。

这是一位曾经历过穷大学生窘迫生活的人的吝啬,他觉得,如今一切浪费挥霍都好像是对当今那些贫困大学生的犯罪。

因此,这种吝啬是对自己青年时代的忠诚。

这是一位农民身上特有的吝啬,他知道,土地上生出钱是多么不易。

因此,这种吝啬是对土地的忠诚。

这是一个禁欲主义者的吝啬,对于他来说,肉体永远是多余的,而精神永远是不够的;他永远要面临着灵与肉、物质与精神的抉择。

这是每一个事务繁忙者必有的吝啬,他知道,最不可饶恕的损失就是时间的浪费。

因此,这种吝啬是对时间的珍惜。

这是每一个渴望过一种精神充足的生活,除此以外别无他求的人必有的吝啬。(列夫·托尔斯泰抛弃一切尘世的利益并非"空想",而实在是一种实际的需要,因为对于这位大作家来讲,管理财产要比把财产都发放掉要困难得多。因为一张普通的未经装饰的桌子实在比一张抛了光的带有许多桌柜的写字台更能满足需要,那奢侈的写字台的桌柜里净是些多余的东西,它们只让头脑填满一堆毫无用处的废物。瓦格纳[①]为什么在生活中如此热衷于豪

---

① 注:瓦格纳(1813-1883),德国音乐家、作家。

华阔绰的装饰,对于我来说总是一个天大的谜,而他那无与伦比的天才反倒并不使我感到奇怪。)

因此,这种吝啬代表着精神的富有。

(毋庸置疑,我非常熟悉这些所谓的吝啬,因为在我从父亲那里继承下来的诸多习性当中,就有这一习性!如果我明天赢了100万,我决不会去为自己买一件貂皮大衣,而只会买回一件我们的农民时常穿的那种廉价的质量很一般的羊皮袄,并且不是卡拉库尔产的名牌货。这种羊皮袄虽然很普通,但很耐穿,非常暖和,穿在身上既不会引起别人的妒忌,也不会显得难为情,更不会招来非议。)

最后我还要强调一点,这种吝啬是一位施舍者身上的吝啬。他之所以吝啬是为了能尽可能多地施舍。

他乐于施舍,直至生命的最后一息,因为他在生命的最后一刻仍在筹划着奉献。他之所以叹息是因为他留在这个世界上的时间已经不多了,他已来不及完成对博物馆大石柱的改造了,在那些批评家眼里,这些石柱相对于其高度来说显得过细了。因此,父亲决定拿出三倍于自己作为教授,馆长和荣誉监护人的工资来重新改建。但留给他的时间却不够了,他因此而叹息不已。

……而他救助过的穷大学生、穷学者、穷亲戚又有多少呵!

但是我发现:他的慷慨是建立在精打细算、勤俭节约基础上的。譬如,当他亲手塞给一位大学生200卢布作为去意大利的盘缠时,总是不忘叮嘱一句:"去火车站最好乘有轨电车,这比坐马车去要便宜得多,也快得多。乘电车只需5戈比,而坐一趟马车得花50戈比呢!"

对父亲的这种"吝啬"最大的打击来自那套礼服。这是专为"荣誉监护人"订做的礼服(由于他建造了这座博物馆,因而他被授予这个称号)。这套礼服既还未制成,因此还不可能给它翻新。这套礼服应该比新衣裳还要新,因为它整个儿是由金线缝制的!

"不错,这是值得庆贺,可这得花掉我700卢布呐!"这就是我们向他祝贺时听到的回答。

"难道为了这个称号也得付那么多钱吗？"

"不是为了称号，是为了那件礼物。"

"怎么！你会有一套礼服？是用银线缝的吗？"

"要是用银钱缝的就好喽……"

随后，父亲开始量体长，整个过程他都阴沉着脸，一言不发。

"既然他是裁缝，就让他自己看得啦。这可是他的事！"

况且，在我的记忆中，父亲还从未有意识地照过镜子。今天，当他一声不吭地量完尺寸后，他又止不住发了通牢骚，声音低沉，像熊瞎子哼哼一样："做一件衣服要700卢布，这明明是抢劫嘛！我们不妨估算一下：呢子花去75卢布，金银线花去100卢布，再付给裁缝50卢布的布料和手工费……对了，衬里还得再花掉25卢布。这么算来，总共才要250卢布。这个价线已经够可以的啦！就算是再大方一点吧，得花300卢布。那么剩下的400卢布哪里去了呢？都落到谁的手里了呢？"

"可是，爸爸，要知道，宫廷里的裁缝可不是一般的裁缝，他们的手工费可绝不是50卢布这个价呀。"

"得啦，宫廷裁缝也好，一般裁缝也罢，还不都是裁缝。裁缝只有两种：好裁缝和孬裁缝。而对于我来说，只要做出来的服装能让我的手脚塞得进去，就都是好裁缝！什么宫廷裁缝！说白了，你原来就是为了这个字的发音，为了'宫廷'这个字眼而不得不多付钱呗！"

礼服终于做成了，我们帮着父亲穿上它，系好纽扣。

我们不约而同地高声惊叹起来："太美了！你穿着多么合身呀！还不快好好看看自已！"

他为了转移我们的视线，赶忙将自己惶恐不安和疑惑不定的近视的眼光转向镜子里。

"确实不错!甚至太过啦!(随即又重复起他的老调。)整整700卢布花在自己身上!太丢人,太难为情啦!"

"可这钱并不是花在你自己身上的呀,这是为了博物馆呀,爸爸!"

他一下子警觉起来:"等等,等等,等一等……你说什么?"

"这都是为了博物馆呀。这是为博物馆增光彩呀。用你自己这一身崭新的礼服为你自己亲手创建的新的博物馆增光彩。金色的礼服定会为大理石建成的博物馆增色不少。"

"你的嘴真厉害,一套一套的,真像你母亲,她当年就是凭三寸不烂之舌把我支配得团团转。"

"这可不是什么嘴巴上说说的哟,爸爸。这是你亲眼所见的呀。博物馆那白色的楼梯上,你站在两根石柱中间。深蓝色的,银白色的和金黄色的光彩融于一身……看呐,这礼服做得多漂亮呀!衣服上的叶子……小树枝……像真的一样……"

"要不是金线缝制的就好喽!"

"可基本上也没用什么真正的金子呀!至多用了一丁点儿,几乎发现不了,甚至还有点儿发绿。总之,这礼服还是挺朴实的,样式非常优美!"

"没错,但愿别太显眼了。不过看上去像是……圣像上的衣服!"

于是,他又重重地叹了口气:"难道真的是为了博物馆……"

Ⅳ 栖息地

关于父亲身上的禁欲主义习性,还有一个小小的证据。父亲经常去德国为造博物馆一事奔波,每次去德国他总是住在一个收容院里。这座收容院接收的都是些可敬可爱的,但却是身无分文的人。

"住在那里的人每天早晨6点钟一听见敲钟声就起床了。"

"你也一样吗?"

"当然啦。早起有助于健康嘛,然后女人们擦地板,男人们刮胡子。"

"你也刮胡子?(我父亲下巴上从来不长胡子,但上唇却留有很长的下垂的小胡子,像克列曼索的小胡子一样。)"

"对啦,我也刮胡子。然后大家齐唱国歌。"

"你也唱?"

"是的。"

"可是,爸爸,你唱歌总跑调呀。"

他乖乖地承认了:"是的,我唱歌总走调,但我唱得很轻,别人根本听不见,我只不过稍微张一张嘴罢了。"

"可他们唱的都是新教的赞美诗呀!"(我们的正统的女家庭教师插嘴道,她整天憧憬着修道院的生活。)

"是的,是新教的歌。可他们的歌喉多美哟,歌调也很好。接着就开始喝加了牛奶的咖啡了……然后大家都各自离去,直到晚上才回来。"

"可是,爸爸,那里也许是救世军①的避难所吧!"

爸爸和蔼地说:"也许吧,不过我不太相信,因为我在那里自始至终都没碰到一个穿戴像样的女人。"

V 桂冠

终于迎来了博物馆正式开放的那一天。这值得庆贺的一天的早晨是忙碌不安的,一大清早就响起了门铃声。是从博物馆来的信差?不,门口传来的是女人的说话声。

门铃声吵醒了父亲,他很快就已身披长衫站在大厅的门槛上了。他身上

---

① 注:救世军为基督教一宗派。

的这件青灰色旧长衫看上去已经有年头了,早已褪了色。对门迎面走来了一位非常美丽的,身材很高的女人,这位身材高挑的美丽的太太长着一双绿色的大眼睛,这双迷人的大眼睛镶嵌在深而黑的睫毛和眼帘圈中,像卡门一样,她的脸上也像卡门一样,泛着淡褐色的,几乎是赤褐色的红晕。

她是我们全家共同的朋友:是我年迈的父亲的博物馆的朋友;是我那些非常幼稚的诗作的朋友;是我那业已成年的哥哥花费在钓鱼上的那些不眠之夜的朋友;也是我妹妹长大以后取得的第一批成就的朋友。她既是我们每一个人的单独的朋友,也是我们全家整个的朋友。当母亲离我们而去以后,我们都躲在了她的友谊的庇护伞下。她就是莉季娅·亚历山德洛芙娜。她出生在加夫里洛,是个半乌克兰血统,半那不勒斯血统的女人,她身上既有公爵夫人的血液,也有一颗浪漫的心。

父亲瞟了一眼来访者:"上帝哟,真抱歉,莉季娅·亚历山德洛芙娜!瞧我这身打扮……我不知道是您来了,我还以为是信差呢……真不好意思,我……(他难为情地指了指身上的长衫)"

"不,不,不,我亲爱的,尊敬的伊凡·符拉基米洛维奇!这样反倒更好些。在这个有意义的日子里您的这身长衫就好像是古罗马的托加①。对,就是托加。甚至还像是古希腊的坎肩。没错。"

"可是……(父亲更加不好意思了)我,您知道吗,我还不习惯这样……"

"请您相信,这是哲人身上的真正的托加!况且,再过几个钟头,您将光彩照人地展现在我们面前。我来得那么早,因为我想在这个伟大的日子里第一个向您祝贺,今天是您一生中最美好的日子,对我也是这样。不错,对我也是这样。在我的一生中我什么也没有创造。上帝没有给我这种幸福。所以我才这样爱您。我对您是一见钟情。对您的爱永远不会消失——只要我还有一口气。这都是因为您是一位创造者。只因为您是创造者。我应该第一个来向您表示祝贺,祝贺您生命中的这一功勋,祝贺您劳动的成就。我以俄罗斯的名义,也以我个人的名义,给您带来了这个东西。"

---

① 注:托加是古罗马的一种高贵的礼服。

在惊讶万分的父亲眼前出现了一个桂冠。

"唉,不行,不行,别这样……"

"您快戴上它吧,现在就戴上,让我好好看看。让这只桂冠戴在您那美丽而高尚的额头上吧!"

"额头?莉季娅·亚历山德洛芙娜,亲爱的,您太让我感动啦,可……桂冠……是送给我的?!这,的确,我也太不配啦!"

(父亲是一点都不注重外表的,因此他连想都没去想,一个身穿长衫的受奖者会是一副什么模样!)

"不,不,不,别争啦!"来访的客人嘴里不停地央求着,两眼闪着泪花,"我必须给您戴上桂冠。哪怕只戴一瞬间!"

于是,当我父亲带着腼腆的感激之情向她伸出双手时,她狡猾地,以一个纯粹是意大利人的动作,给他庄严地戴上了,不,其实是像把帽子低低地拉到额头上一样,把桂冠扣到了他的脑袋上。

他一边避让,一边央求:"求您了,别这样!别这样!"

她也在不住地恳求:

"噢,别摘下!这桂冠戴在您头上真合适!"

于是,她怀着赞叹的所有激情(因为赞叹是我所知道的一切激情中最伟大的激情!),深情地吻了吻他。一位35岁的美人深情地吻了一个快70岁老人的戴着桂冠的额头。

过了片刻(桂冠已经摘下,被小心翼翼地放在了桌上),女客人仍旧站在那里,紧紧握着我父亲的双手,说:"我想让您知道:这是一顶罗马桂冠。我特意从罗马邮购来的。树干是装在桶里运来的。而花冠的枝条是我亲手编织的。是的。虽然您出生在符拉基米尔省,但罗马是您青年时代的城市(对我也一样!),您的内心是有罗马精神的。哎,要是您的妻子能有幸活到今天该多好哇!这也会是她给您的礼物!"

我的父亲于1913年8月30日去世。这一天正好是博物馆开放后的一年零三个月。我们把桂冠安放在了他的灵柩里。

1936 年

未婚夫

不是我的未婚夫,也不是阿霞的,而是大家共同的未婚夫。而总地说来,不是任何一个人的,因为没人想要这个未婚夫。我们还有一个姐姐,可她已经嫁人了。不过即使没有她,我也不会要这个未婚夫。谁会要呢?大概,只有那些没有感觉的姑娘才会想要的。未婚夫很年轻,如果说他不算英俊,那至少举止还算文雅,行为的确很端庄(一切都显得很有教养:文质彬彬、明白事理、心地善良,等等等等,只有一点除外,那就是:他显得不够亲密,正是由于这一点……),正如人们常说的,一脸"聪明相","有修养",出身有教养的家庭,前程似锦……正是这前程决定了一切,因为我们——我们父亲的两个尚未出嫁的女儿中的一个,必须去实现这个美好的前程。他为了这个前程而来求婚,不,不是求婚,甚至连献殷勤都算不上,而是围着姑娘团团转。竟会是这样!就像一只馋猫围着卖肉的人团团转。况且,这是一只吃得饱饱的馋猫,甚至还稍稍吃得过于撑了点。他身材魁梧,敦厚结实,而且,不知为什么,浑身大汗淋漓,好像皮肤下面不停地在淌汗,就像地下水在土壤下面不停地流淌着一样。总的说来,他这个人整个儿与水有着密切的联系。首先是他的眼睛:除了给人留下诚实的第一印象之外,什么杂念也没有,完全是一汪纯净之水:这是一汪诚实的天蓝色的水。这水使人感到一种无法忍受的真诚。两只纯洁无瑕的瞳孔注视着你。人们把小孩子的这种眼睛称作纯洁无瑕的双眼,而长大了之后,又叫做诚实的双眼。为什么人们会把女人的这种眼睛称做冷淡而有魅力的美人鱼的眼睛,而把男人的这种眼睛看作是诚实的眼睛呢?男人的这双眼睛成为诚实可靠的保证,可通常这样的眼睛恰恰为那些诡计多端的滑头家伙所有。他们正是凭着这样一双眼睛青云直上,飞黄腾达,成为第一流的学者,成为大人物的女婿,最后混上个院长的职位。"有这双眼睛的人是不会干出……"不,长着这种眼睛的人反倒会做得出来,他们什么都会干。这双眼睛有一种特殊的性能。当这双眼睛一眨不眨地直盯着你们的双眼,目光久久不离去的时候,你们会觉得,你们的目光就像戏台上被推倒的木柱子一样,被彻底击溃了,你们不得不被全身审视一遍。第二个感觉是:这种人嘴上说一套,可眼睛里闪现的却是另一套:眼神里流露出的才是自己内心的念头,而且必定是不好的念头。"我可了解你!""了解什么?""我可了解你有多么卑鄙,可你自己还不清楚呢。"于是,你慌了,开始找寻自己身上的卑鄙。倘若是一个弱者,他准会找得到。不管怎样,你们会被这双眼睛早早地击倒。因为这双眼睛的特点就是它拥有权力。这双眼睛就是法官,就是审讯员那缜密的眼睛。既是审讯,这就意味着将对你开导暗示一番,就意味着强迫你承认!"承认什么?!""承认你其实和我一样。"(这就好似昔日的苦役犯审讯自己昔日的战友。)这俨然是同谋者的眼睛,你们想躲避这双眼睛简直是枉费心机。如果你们想读懂这双眼睛,那你们将愈陷愈深,不能自拔,倒不如还是相信这双眼睛为好。说来也怪,知识分子把这双眼睛称作"诚实的双眼";而普通百姓则无一例外地把它们叫做"无耻的双眼"。关于这双眼睛,你永远听不到"黑色的眼睛"这种说法,不,人们永远把它们描绘成明亮的眼睛,而且只会描绘成天蓝色的眼睛。这天蓝色的双眼必定带有黑色的睫毛,这黑色的睫毛仿佛白纸黑字般明白无误地书写出一个真理,这个真理赫然醒目:"当心!"说到底,这还是一双纯净如流水的诚实的眼睛。

未婚夫与水有不解之缘,还因为我们相见的地方就在奥卡河岸。未婚夫双亲在小城塔鲁萨有一幢别墅。当我和阿霞第一次踏进这座别墅时,我们立刻满腹狐疑:我们觉得,这幢别墅里有一种怪怪的气氛。可到底是什么令我们如此疑惑呢?呵,原来是一种过于安宁祥和的气氛!未婚夫的父亲腆着大肚子,满脸堆笑地迎了出来。他穿一件深蓝色的锻子上衣,一根带璎珞的腰带捻着扎在腰间,勉强支撑着他那过于肥胖的肚子。他异常殷勤地邀请我们"喝放了蜂蜜的茶",甚至使我们觉得他对我们"十分尊敬";未婚夫的母亲长着一双同儿子一模一样的眼睛,只不过因其"妇道人家"的身份而使这双眼睛暗淡了许多,换句话说,母子俩的眼睛本是一样的,但母亲的眼睛却是有所分离的:她把眼睛里那一切蔚蓝色的部分都融注到儿子的眼里,从而冲淡了自己的双眼。她请我们坐到桌边吃果酱,好像她要竭力使我们相信,果盘里盛的不是醋栗,而是活的珍珠宝贝。我们觉得,她的殷勤召唤仿佛会给我们带来一个个可怕的噩梦。整个环境本身就是很奇特的,不错,就是这环境本身:最让我们惊讶的莫过于这里的每一件物品究竟是如何将人牢牢地围困住的:椅子是如何把人紧紧地贴在它上面的;沙发是如何让人深陷其中的;桌子(其实就是埋伏)是怎样把人监禁起来,让人不得擅自离开的;这里的一切聚合起来只有一个目的,那就是使人陷入一种深深的麻木状态,失去反抗的欲念。这一切太令人奇怪了,至于他们家里展现出来的明显与我们普普通通毫不起眼的家迥然不同的所谓"俄罗斯风格",就更甭提了:盐瓶里搁着许多长柄勺子,小小楼阁的轮廓框架异赏奇特,烟灰缸乱七八糟地随处乱放,还有房主人嘴里进出的话,就像马车夫的假惺惺的甜言蜜语一样,动不动就"哎呀""哟"地大惊小怪,其间还穿插着"请主保佑""上帝有眼"等感叹。我觉得,他们一家人表现出来的最主要的东西是对人尊敬备至。这种尊敬会一下子将我和阿霞引领到一个无法逃避的境地里——引领至托利亚真诚的眼光的注视下。

一路上我们不停地在爬坡、下坡,经过一个个犹如波浪一样绵延不断的山冈,终于从塔鲁萨回到了我们的别索契。一路上我们大惑不解:"这究竟是怎么回事,假如我们是公爵小姐或者是老太婆就好啦,或者干脆是某个出了名的演员也行……我们什么都不是,可为什么他们这家人会喜欢我们呢?瞧我们这一头竖着的头发,瞧我们的这两只胳膊肘,这副模样不可能讨他们欢喜的……按理说,他们应该讨厌我们才对。"

"应该一见面就把我们赶出去。"

"可你发现没有,他们是如何夸奖我们,如何对我们说出的每一个字眼点头哈腰,满脸堆笑的?……"

"父亲尤其如此。"

"母亲更过分。"

"可托利亚却油光满面地坐在一边。阿霞,我敢发誓,他眼馋啦,心动啦。他准是挑中你啦!"

"瞎扯。假如他真的眼馋的话,那当然是看中你啦,因为他最起码还要等我3年,至少3年。而娶你只需等一年就够了。"

他与水的第三个联系是澡堂。无论是在塔鲁萨,还是在莫斯科,你每次应邀去他家做客,总能碰见他妹妹尼娜远远地站在门槛边对我们说:"托利亚还没回来哩。(然后贴着耳朵悄悄地说。)他在澡堂里。他要我别告诉你们,不过我出于友好还是告诉你们得啦。"

当他洗完澡回来时,总是显出一副沐浴后的轻松神色,连说话的腔调都像蒸汽一样飘飘然:"您的脑袋真像天使一样美丽……"遇见这种最软绵绵的话倒很好对付,只需斩钉截铁地回一句:"请您别说蠢话!"

"真是个在澡堂泡昏了头的家伙",阿霞怒气冲冲地说,"尽管我还从来没见过整天泡在澡堂里的男人,但我看见他就像这号人。他应该去干用擦子替商人搓背的活,这比他写关于海神的诗更合适。怪不得他父亲总是夸耀他从普通的市民成长为最高级别的监督人。当然,我赞同平等。"这位三年级女学生神情激动地继续说道,"只是别跟他结婚。即使嫁给我不爱的沙皇,也别嫁给我喜欢的圣堂工友。况且这一位我还不喜欢。"

生日早餐总是令人难忘!在我们那宽敞的白色大厅里,节日的餐桌早已铺好,满头银发的德国女人正围着餐桌张罗个不停,透过一张张可爱的,年轻的,泛着红晕的脸庞,你会看到一张白净的留着淡褐色落腮胡和髭须的脸。这就是安纳托利,他那永不知疲倦的眼睛向我和阿霞抛来一道道目光,落在了其中一个人的身上。

"玛琳娜!为了您的神秘的幻想干杯!阿霞,为了我们的神秘幻想干杯!"

"你说什么?!"

---

① 此处原文为德文。

"看在上帝的分上,亲爱的小宝贝,别嚷得这么吓人!"①

每次他来我们家串过门之后,我们家的德国女人总要对他评头论足一番:"是个不错的小伙子,文静,懂礼貌,又很有风度。只可惜①,他的脸色不太好②。他应该做做体操,多吃些糖水李子。"

可我们家的女仆却以一个普通平民全部的本能的直觉厌恶安纳托利。

"小阿霞,说什么也别嫁给这号人!虽然他们个个都长得白白胖胖的,甚至还都长着一双可爱的蓝眼睛,但他们都是(悄声细语地)……大坏蛋。他们一声不吭,但肯定会打死你的。他们会怪里怪气地掐你的肉,说不定还会用大头针来扎你。因为他们的心最狠毒了。"

未婚夫经过了整整一年的动摇之后才最终决定把追求的目标从妹妹身上转移到姐姐身上,没错,正是从妹妹身上移到了姐姐身上,因为一开始就像俗话说的那样,"两害相权取其轻",他在我们姐妹俩当中自然挑中了阿霞,挑中了这位个头较小的、长头发的女孩,以为她的将来会很有希望,以为阿霞与他之间可不存在什么难以逾越的阻碍——将他俩分隔开的无非就是一堵活的时常变更的"墙"而已:夏天形成这堵墙的是乡下的少男少女们,冬天则是城里的男孩女孩。可是,他与我之间却矗立着一座圣赫勒拿岛③的悬崖峭壁。因为当他刚一开口说话:"玛丽娜,您简直长着一双森林女神的眼睛……"我立刻用一种真诚的联想打断他:"在圣赫勒拿岛上竟然没有一棵树,这太可怕啦,据说树倒是有的,但恰巧不在拿破仑住的那地方。要是您那个时候住在岛上,您会杀死哈德孙·洛④吗?"这样一来,还怎么能继续有关森林女神的谈话呢?我不是偶然才提及森林女神的,因为未婚夫每次谈话总是以谈论各种神仙开始的,不是森林女神,便是江河水神,要么就是美人鱼以及灶神的女祭司维斯塔尔卡。他总是试图用古希腊神话和梅列日科夫斯基诗歌中的所有女神来敲开我的嘴。但是,当他绝望地发现,除了玛丽娅—露易

---

① 此处原文为德文。
② 此处原文为德文。
③ 该岛是拿破仑被流放的地点。
④ 哈德孙·洛(1769—1844):英国将军,1816年到拿破仑被流放的圣赫勒拿岛任总督。

斯的咒骂，除了专门从易北河赶来看他的公爵大人瓦列芙斯卡娅的赞叹之外，他终究不可能从我这里得到什么满意的回答，于是，未婚夫最终还是放弃了继续纠缠下去的念头，他泄气了。不过，他还给我献了许多四行诗，他还时常用他那真诚的目光死死地盯着我，迫使我在他的目光的逼视下垂下头（因为这就是他凝视我的目的所在！），然而，这一切举措都已是为了以备万一，都是为了储备，以免万一阿霞果真不愿意……而阿霞呢，我亲爱的阿霞，我真喜欢这13岁的少女哟！她真的没有答应他——说什么也不愿嫁给他。

"阿霞，您什么时候才能不再和那些米沙和格利沙之流来往，跟他们这种人交往简直丢您的脸，什么时候您才能丢开那些讨厌的干草棚和篝火堆呢？阿霞，你什么时候才能最终长大成人呢？"

"在您看来，永远也长不大啦。"

"您是否最终看破啦？"

"永远也看不透您。"

"您还是多么年轻幼稚哟！太小啦！"

"在您看来，我永远是年幼无知的。"

在莫斯科托利亚的事业很不顺利，因为在塔鲁萨大家都在交头接耳，传闻通过河水传到了未婚夫的耳朵里，甚至不妨说，就是奥卡河告诉了未婚夫，昨天夜里他那13岁的未婚妻是跟谁在一条破旧的小船上约会来着，又是跟谁在河边沙滩上一直溜达到凌晨3点钟，并且还扯着嘶哑的嗓子大叫："德兰士瓦[①]，德兰士瓦，我的祖国……"在莫斯科，雷雨和暴风雪将一切痕迹都消灭干净了。不过，第一个向他兜底的正是阿霞自己。

"托利亚，我认识了一位现实主义者，他跟普希金一样，长着一双黑眼睛！"

"普希金可是天蓝色的眼睛。"（还引了一段文字。）

"你撒谎，托利亚，你的眼睛才是天蓝色的呢。他的名字叫帕沙，可我却叫他帕夏。"阿霞说了很多很多关于那个新朋友的事。必须指出，阿霞本质上

---

① 德兰士瓦：南非一地名。

是一个很好的姑娘,具有一种十分可爱的,独特的,与众不同的优雅气质,倘若说她不去伤害别人的心,那是因为她那早已具有的无限的人性之善和女性之善的缘故,而这颗善心只是没有用在安纳托利身上而已。

"要是您还能像《战争与和平》里的安纳托利就好啦",她若有所思地说,不停地从他的两侧盯着他,"因为您看上去挺像列文①,不,不是列文,而是像……"

"您读这些严肃的书实在太早啦……"未婚夫打断了她,好像不愿听见,他到底长得像谁。

"那么您读这些书就不嫌早吗?这些书最好永远别去碰。"

"爸爸,你觉得安纳托利怎么样?"

"是我们新来的守院人吗?"

"不,爸爸!我们的守院人叫安东。我指的是那个文静的大学生。"

"啊啊啊……他好像住得不是很远吧?(显然,这个问题是我们似乎感到已无话可问的时候随便提出来的。)他身上有一股怪味儿……"

这就是父亲对他的评定。尽管他在父亲面前总是显出一副奉承巴结的样子,总是竭力讨好父亲②;尽管他在与父亲谈话时总是不遗余力地引用大段大段的拉丁文和希腊文;尽管他为了成为父亲将来的女婿而付出了大量的心血,但最终却得到了父亲这样的评价。其实,父亲以其淳朴的心地,从来就没有要招他为女婿的念头,在父亲看来,我和阿霞年纪都还小,而最重要的一点是,我们的气质与他相去甚远。

一晃几年过去了,虽然是短短的几年,但却是实实在在的几年。刻着我们生日纪念字样的核桃果又堆高了;门框上刻着我们身高的标志又攀升了。我们"按部就班"地升入了最高一个年级。突然,我们在别索契收到一封寄自塔鲁萨的信,是邮差亲自送来的。信是寄给阿霞的,是托利亚的笔迹。我们拆开一看,除了看到那工整细小的字迹外,我们还发现他画了一条肥肥的被压

---

① 《安娜·卡列尼娜》中的人物。
② 此处原文为法文。

死的小毛虫。

"混蛋。"阿霞冷冷地说。

"简直就是一幅自画像。"我更准确地补充道。

在这条毛虫下面有一段话:"为了您自己,也为了我,请您珍惜自己。"

"坏蛋。照他写的看,好像我已经成了他的人了!"

于是,阿霞随即大笔一挥,在背面写道:"我这就把您的东西退还给您,我想告诉您,我这儿再没有您的东西啦,一个也不剩啦。"

"当心点,阿霞!为了这条毛虫他会记恨你的!"

这条毛虫(当然是一个意外)好像是一种不祥之兆,因为它仿佛用那粗大的字体向安纳托利明确指出,他与阿霞的结合是完全不可能的了。这是最后的一笔,最后的一个线条。那年冬天阿霞在兜风的时候认识了鲍里斯·T,并很快就嫁给他了。

又过了很多年。1921年的春天。阿霞刚刚从费奥多西亚回来。从1917年起,她就一直滞留在那里。最后一个年头的生活极其困难。如今她已变得瘦弱不堪,衣衫不整,但依然活泼可爱,富有生命力。

"玛琳娜,我想到博物馆去找一份差事。"

"你疯啦!现在安纳托利在那里当馆长呢。"

"馆长是安纳托利?!他竟然没有娶上咱们?他真幸福!"

"他不仅没要咱们,而且顺应天命,娶了一个最普通不过的小姐。"

"顺应天命,娶了一个小姐?我这就上博物馆去!"

她回来便向我描述开了:"我去他那里啦。他坐在爸爸曾用过的那张桌子后面,根本没有站起来。'您来了很久了吗?''昨天到的。''您有什么盼咐?''我想在博物馆找个活干。''这儿已经没有空余的位子啦。'于是我便温柔而明确地对他说:'也许,为了我能找到一个位子?无论如何,托利亚,请您想想办法。''让我好好想想吧,不过,假如真的找到了什么职位,您可不能……''放心,我不会挑三拣四的。'正在这时,玛琳娜,他的妻子没敲门便闯了进来,就像是在自己家里一样。她可真是个年轻美丽的女人,当年我们哪里比得上她哟！一点也不错,的确是个小美人儿:脸蛋漂亮极了,简直像个小洋娃娃,手指甲长长的,非常好看,胳膊肘长得也很美,穿着一身洁白的带绉边的衣服。她轻盈地飘然而入,对托利亚卿唧喳喳地说了些什么,随后又轻盈地飘然而出。他居然没有给我们相互介绍。至于他根本就没有给我让坐,就更甭提啦,于是,我从头至尾都是站在一边,愉快而陶醉地欣赏着眼前发生的一切。"

一个星期以后,用打字机打出了一份馆长签发的通知,宣布阿霞已被录用为图书馆编外助手,薪金为……不过我估计弄错了,我只知道,薪金少得可怜。于是,阿霞作为一名编制外的服务人员在父亲创建的博物馆里工作了10年,比馆长安纳托利待的时间要长9年半,不知为什么,人们很快就要求安纳托利赶紧让出馆长这把交椅。不过他毕竟还是在这个位子上坐了一段时间。

现在安纳托利已经当上一名作家了。他写的书装帧都很漂亮,红红的切边,用平纹布硬书皮包着。他的书的题材都取自国外,而写作的方法则是概括综合的方法。于是,他最终竟也没有娶我,而是成了一名作家。只是,他究竟是什么样的作家呢?

1933 年 9 月

你的死

每一个人的死,都必定是融入别人之死的行列中,都必定会在这死亡之列中处在一个承上启下的地位,即便是最出类拔萃的佼佼者,譬如说你吧,莱纳[①],也毫不例外。

没有一个人站在棺材上不曾浮想联翩:"我这是跟在谁的后面进了棺材,又是在谁的前面先进去的?"这样,在你的死去的家人中,在一个个作古的人当中,便产生了某种联系,这种联系只存在于特定的、当下的意识中,而在每一个特定的意识中,这种联系又都是彼此不同的。于是,在我的意识中你出现在 A 和 B 之间的神秘之人面前,在另一个失去了你的人的意识中,你出现在 C 和 D 之间,如此等等。我们的意识之和便是包围着你的环境。

现在让我们来谈谈这种联系的种类。时常出现的最糟糕的情况是,这是一种表面的、局部的、依次有序的关系,说白了就是一种日常生活中的关系,说得更明白些——是一种凄凉的墓地里的关系,即坟墓的号数偶尔相邻。这种关系毫无意义,因而也就谈不上是一种联系。

举一个例子。X 和 Y 生前没有任何关系。即便是他们的死之间也不存在任何共同之处,倘若不把他们的生与死看作相同的命运的话。两人之间没有任何亲缘关系。这样一个棺材从我们的坟墓行列中显露出来,于是这一行列便合拢为两个对我们来说有意义的坟墓了。我们每一个人的死,以及我们大家共同的死所组成的序列就是以这种方式建立的。谈到联系,我其实只想谈这些组成我们每个人之死的死亡之链的死。

每一个死亡都会使我们回头去体验这每一个死亡。每一个死去的人都会把所有先他而去的人再拉回到我们面前并且同时也将我们呈现在这些先

[①] 莱纳·里尔克(1875—1926):奥地利诗人。

逝者们面前。倘若没有这些后逝者,我们迟早会将那些先逝者忘却。因此,从棺材到棺材,形成了一个连环,保证了我们对死者的忠诚。在记忆中,也即在自己的坟墓之列中存在着某种死亡的共存现象。因为我们所有死去的那些亲人,无论他们是安息在莫斯科,长眠于新处女地公墓里,还是永远地躺在了突尼斯,抑或别的什么地方,对于我们,对于我们每个人来说,其实都是躺在了一个墓地里——长眠于我们的心里,随着时间的推移,渐渐地躺在了一个如亲兄弟般融洽的共同的坟墓里。这就是我们的共同的坟墓。众多的人长眠于一个坟墓,而每一个人又都安葬于众多的坟墓中。你所失去的第一个亲人的坟墓与最后一个离你而去的人的坟墓最终在你自己的墓碑上交汇了,于是,这个坟墓之列终于合拢为一个圆圈。不仅仅地球(生命)是圆的,连死亡也是圆的。

通过我们接吻的嘴唇,我们彼此伸出了被吻过的双手;而通过他们那双被吻过的手,接吻的嘴唇也彼此亲近,相互融洽。这是永恒的连环。

于是,莱纳,是你使我与所有失去了你的人相亲近,正如我同样也使你与所有离我而去的人相亲近,尤其是与其中的两个人相亲近。

死亡带着我们飞越一座座坟岗,仿佛飞越了一排排巨浪,将我们送回了生的境地。

莱纳,你的死亡在我的生命中分裂开来,一分为三。一个在我的心里预备着你的死亡,另一个则最终确立了你的死亡。一个是前奏,另一个则是正音。随着时间的稍稍推移,又听见了另一种音响:三和弦。莱纳,我从未来的高度可以预见,你的死对于我来说正是三位一体的东西。

约翰·罗伯特[①]

"喂,阿莉娅,在那个法国女人那里玩得怎么样?"

"妈妈,太奇怪啦!最怪的是,我们居然还是去了,因为假如我们不去的

---

① 此处原文为法文。

话,那么在所有的孩子里就只会有两个人,两个小女孩去她那里,一个是大一点的女孩,另一个还是个刚会识字的小不点儿呢。要是那样的话她可就白忙活,白准备啦。您知道吗,我太惊奇啦,她家的房子可怪哩:楼梯是大理石的,铺着地毯,栏杆光滑发亮,还安着一些铜铃……走在这样的楼梯上可舒服啦,不过,当然喽,她并不会感到舒服,因为她家住在7层楼上,法国人住的楼都高得很,而她没准已经70岁了。

"房间里就更奇怪了:名画啦,镜子啦,都是纪念品,就连壁炉上都不例外——到处摆放着纪念品:有编织品、针织品、各式各样,还都题了词。这些纪念礼物都是男女学生们赠送的。而书呢,妈妈!简直多极啦,四壁都摆满啦!大多数都是关于罗兰之歌①,关于'埃莫尔的四个儿子'②的书籍。而最奇妙的是,一间屋子里竟然有两架钢琴。正因为她非常穷,所以才很奇怪。因为假如是个富人家里有两架钢琴的话,那就没什么可以大惊小怪的了。有钱人买东西总是往多了买:桌布啦,小刀子啦……想买多少就买多少。高兴起来一下子就买下两架钢琴这没什么了不起,就是再买两架也是可能的。可是我们这位法语教师却不同,她有两架钢琴完全不可思议。看来,这非常明确了:这是出于喜爱。(妈妈,我现在有一种很奇怪的念头:要是她突然在夜里长成巨人,一个人毫不费力就能同时弹奏两架钢琴呢?一个人长出4只手,同时弹两架钢琴呢?)

"屋里冷得可怕。虽然两个壁炉都有火,可仍然像在大街上一样冷。"

"请你说得有条理些。从头说起,从你们一到那里说起。"

"我们一到她家,主人就让我们和廖利克坐下来读一本厚厚的关于巴黎的古书。过了一会儿,铃声开始不断响起,她过去的一些女学生开始陆续到达,她们都穿着皮大衣,年纪从17岁至40岁不等。其中还有一些母亲。法语教师显出一副惊慌不安的神情,她手忙脚乱,总是不断地端着茶杯往厨房里跑,而我则顺便助她一臂之力,帮她张罗一番。噢,对啦!妈妈,我最终还是没

---

① 罗兰之歌:法国古代史诗。

② 此处原文为法文。

有换掉那只盒子,这可妙极啦,您还记得吗,您曾经说过,重要的是糖果本身,而不是装糖果的盒子。不,妈妈,盒子也很重要——这是圣诞节的礼物呵。糖果装在盒子里——这就是一份礼物,而没有盒子,那不过是一把糖果而已。盒子总会留下来的,它的用处还不少呐:可以收藏书信、小带子,以及其他诸如此类的东西。她高兴极了,很想将这只盒子作为礼物送人,但我请她把它留到上路以后,因为她明天就要去乡下探望她的姐妹们。廖利克给她带了些橙子和苹果,他想在小铺里为她买几束花,他说,花上10个法郎就可以买很多,但最终只好作罢,因为母亲不同意。她把橙子拿出来招待客人,而把苹果收起来,大概,也准备带给姐妹们。第二天她就将带着各种礼物出发了。

"妈妈,也许她很穷,甚至比我们想像的要穷得多,也许她所有的积蓄都花费在房租和她的几个姐妹身上啦。我之所以这么猜测,是因为她家里除了草莓以外什么吃的也没有。不过可可和茶倒是可以任意挑选。她的一个堂妹妹在帮她干活,也穿着一件皮袄。不过她自己反倒永远是穿着一身黑衣服,脖子上套着一条黑色丝绒带,上面挂着一个圣女贞德的像章,这枚像章是银质的,您知道吗?大概,她也和您一样,认为既然是在自己家里,那么女主人就不便打扮得太漂亮,不过,也可能是因为她家里确实一贫如洗,别的什么也没有,至少,除了她身上那件黑衣服,我不曾见她还有什么别的衣服……"

"那么,后来怎样了呢?"

"后来,一个胖乎乎的小家伙过来跟我们一起玩,我以为是个小姑娘,可后来发现,原来她脸上扑了粉,还在嘴唇上涂了口红,这下可把我给弄糊涂了。一有机会,我们就拿这小家伙开涮,对她品头论足,谁知才过了5分钟,这小东西就从我们眼前消失了,大概,那个小女孩——就是那个才刚刚会识字的小女孩一会儿说她像个油球,过一会儿又说她像个肉团[①],同时我们在一旁也不甘落后,也都竟相嘲弄她,惹得她生气了。后来,屋里变暗了,法语教师给我们放幻灯片,让我们欣赏艾菲尔铁塔。这铁塔离我们既近又远。无

[①] 此处原文为法文。

论是谁,都会有这种感觉。

"妈妈,我饿坏了,真想吃东西,但我忍住了,只吃了一只草莓。廖利克也只吃了一只。而那个小姑娘却把剩下的都吃光了。

"后来我们打算起身回家了,但法语教师说什么也不放我们走,因为还没有跳舞呢。我和廖利克本来以为我们只是在一旁观看呢,弄了半天,原来我们每一个人都必须跳。"

"你是怎么跳的?"

"别人怎么跳,我也就跟着怎么跳。法语教师的舞跳得真好,舞步轻盈,不过,她当然跳的都是些过去的舞蹈。而廖利克看见人们跳的舞不是匈牙利舞,便失去了兴趣,满脸不高兴,谎称自己头昏,躲到一边去了。但她终究还是跟他跳了一曲。她几乎跟所有人都跳了一回,累得够呛。是的!她才是舞会上真正的主角。当他坐在沙发上,抑或出现在客厅里时,她显得异常年轻。她躺在草地上看书,身边放着几只苹果。她身穿一件玫瑰色的缝了绉边的衣服,显得美丽动人。如今她依然消瘦如故,只不过现在是由于年事已高的缘故,而当年则是由于年轻苗条的缘故。鼻子也长高了点。这是她妹妹描绘给我们听的——不是那个有神经病的妹妹,而是另一个脾气有点儿古怪的妹妹说给我们听的。这个妹妹有一个怪癖,她不喜欢人们把零碎的杂物扔出房间,她总是把它们收集起来,好好保存。这情景真奇怪。"

"你们是怎么分别的?"

"噢,我们告别的时候可热闹哩,和每个人都一一作别。我们互相接吻,我和她都说了一大套感激的话。您的书她非常喜欢,但是我觉得,她好像并没有注意到书上的题词,她并没有意识到,这些题词是写给她的,她大概只是想以后慢慢去读这本书。不过,这也没关系,当她第二天在车厢里看到题词时,会更高兴的。在分别的时候,我再次邀请她来参加我们的枞树晚会,她说她一定会来的。那到时候我们将送她什么礼物呢?是手套还是纸张呢?"

究竟送她手套还是纸张?可钱呢,却好像故意跟我们作对似的,偏偏又没有了,总是这样!总是没有钱买下最后一个礼物。

也许,送她一个笔记本?有些笔记本可便宜啦。或者,不顾我们的意愿,也不管是否可行,干脆两手空空地去参加枞树晚会?也就是说,什么礼物也不送,只喊她来参加晚会罢了。人们一般在什么时候送礼物呢?礼物只会送给小孩子们……根据那些愚蠢的自我约定和找来的各种理由显然可以断定:礼物是必须要送的。只是究竟是送手套还是纸张呢?

好像小男孩的母亲已经买下了一双手套:"我替她买了一双温暖而结实的手套,不然的话,可怜的她还戴着原来那双完全该扔掉的破手套呢。自从我到过她那寒冷的家以后,我就一直想为她买点儿可以保暖的东西。但愿她不会觉得自尊心受了伤害。"(从俄罗斯人手里接过礼物——就是耻辱!可是假设这是一个穷人赠送的,反倒无所谓了。)

既然手套已经有了,那么可以确定,应当买些纸张送她,"5~6法郎,不会超过7~8法郎,顶多10法郎。究竟该为这个老太太买什么样的,并不很清楚……"

(当她唠唠叨叨,喋喋不休时,我们觉得她真的"老"了;可一想起她的名字,又只觉得她是一个女士!)

这是最精致的,无可挑剔的了……这要6法郎,这个嘛,9个半法郎……这得要12个半法郎……这是18法郎……①

一个个纸盒子发出轻轻的声响,堆在一起。一只很显眼,另一只很鄙陋,第三只看着令人厌倦,第四只很贵重,第五只也很贵,第六只依然很贵。总是这样,选着选着就会大叫起来:"啊,我都忘啦,这儿还有一只盒子!"②这最后一只才是最合心意的。(似乎这是在检验我们的鉴别能力的准确性,是对他作为一个管家的轻微的考验……)

这是一只天蓝色的盒子,麻布做的。顶盖上有许多天蓝色的小花,很普通的小花,一点儿也不奇特。盒子边上没有小齿,没有像英国产的盒子那样粗糙不平的边缘……这样的盒子很多,都差不多,都很便宜。

---

① 此处原文为法文。

② 此处原文为法文。

"再没有比这更方便、更精致的啦。一点儿也不贵,太太,有 40 页纸、40 个信封。又好又划算。"①

刚一到家,还没进家门便叫了起来:"阿莉娅!买到送给法语教师的礼物啦。"

法语教师约翰·罗怕特小姐去参加俄国小姑娘阿里阿德娜家的圣诞晚会②。那只纸盒子放在圣诞枞树下面,此刻它已经不是商店里的那一只盒子了,因为它已经有了名字啦,它旁边放着一包玫瑰色的礼物——那是廖利克送的。枞树晚会马上就要开始啦,我们的法语教师就要来啦。她曾去过俄国,可自从她 50 年前到过俄国之后,究竟有没有再参加过俄国人的枞树晚会呢?然而,尽管圣诞枞树上的东西琳琅满目,十分丰富——树上的东西都是最后在车站旁的花店里买的——但这并没有使我们认为有必要再新鲜十足地发一回邀请,她不是来参加枞树晚会的,而是如同往常一样,来给我们上星期四的法语课的,这是她度假(法国人的假期)之后的第一堂课。于是,她是来给我们上课的,但却正巧赶上了枞树晚会。知道吗,廖利克,什么也不要说,径直把她引进屋就行啦。或者干脆告诉她,说今天我们想在楼下上课,因为楼上没有生炉子。总之一句话,圣诞晚会上,法语教师遮住了孩子们的圣诞枞树。(这就像一位根本不知道自己将升天的忠实的教徒应该替那些翘首等待的天使们遮住天空一样。)

"大概,她这就要到啦。还差 10 分钟? 噢,还有整整 10 分钟。"

"现在该到啦。几点钟啦? 她可从不迟到。"

"也许,因为今天刚刚度假归来,所以要迟到一会儿? 你知不知道(孩子们互相盘问),今天第一课究竟要讲些啥?"

"她说 5 号来。"

"可 5 号是昨天呀,为什么她昨天没来呢? 她对我说的是星期四来。"

"可告诉我的是 5 号来。但是今天是星期四,假如真是星期四来的话,那

---

① 此处原文为法文。

② 此处原文为法文。

么现在应该快到啦。"

准备送给她的两件礼物就这样留在了枞树下。

一天天过去了,法语教师还是没有来。一开始人们心里有点不安,后来大家都习惯于这种不安的心情了。法语教师没有来,而她一次又一次的失约,在我们这座房子的所有老老少少的住户心里渐渐发生了微妙的变化,她的失约成为我们日常生活中的一种特别的插曲,成为某种带有渐渐消退的内容的东西。(这是自足的、无意义的曲调。)当初人们因为法语教师没有来而惊讶万分,可现在倘若法语教师真的来了,人们反倒会更加惊讶了。人们的惊讶其实已经将原始的出发点更换为新的作用点了。如今人们已经在新的视点上产生惊讶之情了。(这么说吧,莱纳,过去我们都奇怪,像这样的人怎么能活下来,可如今我们都在奇怪,这样的人竟会死去。)

人们通常很少注意动词的形式,人们一方面在做,却又不清楚为什么要这样做,人们经常犯这样的错误①。一开始,人们一次两次三次地各自埋怨着"法语教师没有来",而后来,这种埋怨逐渐变成一种经常性的共同话语:"法语教师从不来"。这其间的变化是一条多么漫长的道路。法语教师已经永远地消失了,起先,(对于我们来说)她的消失还是一种非常偶然的现象。如今,无论是在用午餐还是在用晚餐之际,我们老老少少一家人中,总会有人以一种早已固定下来的惊讶的口吻,面对餐桌上的一只只碟子,突然发话:"法语教师没有来。"顿时,大家按常规齐声发出同样的回应,仿佛大家就等着这句话似的。也许,是病了?可要是真病了她应该写信来呀。也许,是妹妹病了?可要是这样的话她也该写封信呀。也许,正因为她孑然一身,所以无人可写?可要是这样的话礼物也无人可送了。也许……

法语教师不知哪儿不太舒服,她病倒了。

人们的头脑都很冷静——(奶奶、舅妈、舅舅和小男孩的母亲,以及小女孩的父母,都是如此)人们都见过世面,老于世故——他们当中有人生活在苏维埃俄罗斯,有人在军队中服役,也有人侨居国外,最重要一点是,人们都

---

① 此处原文为法文。

有一种血染的自豪感,凭着这种傲气,人们一眼便可认出那些流放犯;这些人想用孩子来替代自己,用孩子的明天(这是怎样的明天哟!)来替代自己那早已破碎的或者摇摇欲坠的今天;他们都是些昙花一现之人(时间不够是他们永远的缺陷),因此,他们总是千方百计地无情地对待孩子们的时间,总是对孩子的时间忧虑不已。而这时间是极为紧迫的,孩子们的时间匆匆流过,孩子们略带羞怯,因为好的孩子总是显出一副悠闲的样子,当然喽,这是就特定情形而言,尤其是对于女孩子来说,她们时常哄着自己的小弟弟,把上课当成休息。功课复习一遍又忘掉了,课本拿过来没多久又放了回去。法语教师没有来嘛。

整幢房子似乎变得不堪一击了,快要崩溃了,在这幢房子里,没有一个人步履匆匆,他们都无处可去。该把牛奶摆上桌啦,因为这会儿法语教师要来啦……该把餐厅收拾一下了,因为现在法语教师快到啦……该把头洗一下啦,法语教师很快就到啦……该把煤球放进地窖里去,否则法语教师一会儿就来啦……

房子里冷得很,只有两间屋子生了火,法语教师一来就把一切都重新安置了。既然教室设在这里,那么饭厅就得设在那儿,缝衣室就得在那儿,如此等等。整个房子不得不重新搬动。

渐渐地,我们明白过来,原来这位身体瘦小的、听不见也看不见的法语教师(她时常神不知鬼不觉地轻轻到来,你时常会听到这样的对话:"法语教师来过了吗?""是的,来过了,但是又走了。")是这幢大房子的动力和骨架,这是一幢坚毅的房子,因为这是一幢俄罗斯的房子,这又是一幢异常复杂的房子,因为里面合住着两个家庭。

这些指望着孩子们的人都做了些什么呢? 6个大人在合计。但谁也没想出什么好主意。有人建议说,应该给法语教师写封信。一开始态度很明确,但不久就愈来愈有疑问,愈来愈觉得这显然不完善,愈来愈觉得这样做是徒劳无益的,是无任何指望的。法语教师没有来,她走了。不,不是走了,而是消失了。

第一个开口的好像是小女孩的母亲，但说的都是些胡乱猜想的摸不着边际的话。总是这样。小女孩的母亲在餐具橱里拿了把刀(那儿总共有两把刀)，背对着小男孩的舅妈，而此刻，小男孩的舅妈正坐在餐桌上叮当作响地摆弄着一把剪刀。因此，接下来的一个问题是从背后传来的。

　　"怎么没有一个人去法国女人那里？"

　　"到那个法国女人的家可太远啦！"

　　"她不觉得远，我们又怎么会觉得远呢？"从舅妈说话的语气里不难发现，她那表面上盛气凌人的机敏之下暗含着她的阴险毒辣。

　　"她不觉着远，可对于我们来说确实很远。"小女孩的母亲冷冷地一口咬定。

　　"不管怎么说，应该去她那里，一定要去的。"舅妈唠叨埋怨着，她看来有点儿伤心，因为她那机敏的俏皮话没有击中要害，没有起到效果，而在我看来，这种她未曾听到过的(就特定意义而言)无礼的回答倒没有使她吃惊不小。

　　"不管怎么说，还是应该去的，最好还是去……"

　　"那到底什么时候……"不过这句话她没有听见，因为这句话压根儿就是在嘴里的喉咙管中嘀咕来着，根本没有说出口。

　　于是，总是外婆最先开口。

　　"要么是她病得很重，要么就是她已经去世了。"老人似乎早已心平气和地顺从了这一切，只是带着一种平静的忧郁前顾后盼。

　　"不过，她已经不在了，终究不是指'她'……"那一天晚上，在用完法式午餐和俄式晚餐后，最先开口的毕竟还是小男孩的母亲。

　　"假如她至今还保持沉默的话，那么她要么是病得很厉害，要么是去世啦。"

　　于是，整座房子苏醒过来了。

　　莱纳，你是否想过死亡的共鸣？在一座房子里，当你经过长时间的、苛求的、使你筋疲力尽的疾病的折磨后，终于平静地入睡了。现在似乎应该思考一番这种宁静了,现在不去考虑,更待何时呢。这是一种怎样的宁静呵!这宁静才刚刚开始!

倘若一个人正在房子里慢慢死去,那么这座房子必定是悄然无声的;倘若房子里的人已经死去,那么这座房子则会轰然作响。在前一种情形里,房子在沉睡,死亡之水洒满了它的每一个角落,在它的每一处缝隙里都有死亡的阴影,在地板的每一个凹陷处都仿佛形成一个小小的墓穴。死亡之水洒满了整座房屋;而在后一种情形里,整个房子都被活水所浇注。仿佛盛满活水的小玻璃杯摔成了碎片,而在每一个碎玻璃渣里,哪怕是会伤着人的玻璃碎片里,也都可以看见一片生机。在行将就木之人的房子里,人们不会哭泣,要想哭的话都会躲起来偷偷地哭;而在已经逝去之人的房子里,人们都会哽咽着大声痛哭。发出的第一个声响便是带泪的轰鸣。

莱纳,你是否想过死亡的生命本能①?那时筋疲力尽,而现在手头又满是事情要做,可人也只有两只手,两条腿,两手平静安宁,两腿则响声不断。那么比方说,两手端着水,是否就更安静了呢?然而,是从哪里弄来的这满满的水的呢?是怎样弄来的呢?通过什么弄来的呢?他就是在今晚5点钟变得贫困到了极点。"由于种种悲痛、愤怒和贫困",是终祈祷开了!人们回答我(不是你,莱纳,而是别人):不是针对他的,而是针对他的身体的。够了!难道每一个尚未揭密的人都不知道,神父呀,棺材匠呀,摄影师呀,都只不过是我们磨蹭从事的双手的借口,是我们自行确立的东西,我们的文雅规范而已!都是我们对生存的完全的赞同。我们抓住的不是死去的人,我们牢牢抓住的是棺材匠!我们急于想替死者拍一张照片,但与其说是出于想将死者保存下来的愿望,毋宁说是出于另一种愿望——将他偷换掉:用照片偷换活的线条(用对他的追忆来替代活生生的痛苦折磨);毋宁说是因为我们相信,我们迟早会将他忘却。底片就是我们在忘却中的签名。要保存吗?当然要保存!

要区分一下,要绕着走。要修正一下,促进一下,要好好操一番心,将其改做成原先的式样。这种操心含着某种羞怯的感觉。几乎当着你的面一切都

---

① 此处原文为德文。

发生了,可一切又都没有发生。①莱纳,我想对你说的却是另一番话。Nichts kann dern geschchen, der geschah 俄语的意思是:对于已实现的东西,是不会发生这种事的。

对未知的驯服,对死亡的驯化,而在那时,也就意味着对爱情的驯化。通常,这会很不中听。这是死亡到来之际我们表现出来的在爱情中的笨拙。

……对于异教的这种死后的迸发,还有一种更为简单的解释。死亡只存在于行将就木之人的家中,在早已作古之人的家里是不存在死亡的。死亡先于肉体走出家门,先于医生离开家门,甚至比灵魂离开得都要早。死亡第一个走出了这幢房子。由此可以不顾这死亡之苦难,轻松地喘一口气了:"终于都结束了!"什么结束了?可不是指人们所爱戴的那个人,而是指死亡。由此可以庆贺死亡的离去,简单地说,所有那些参加特里兹纳②的人,都可以庆贺一番,可以在追悼活动中大吃大喝("既然要我们不吃不喝",那我们就狂饮豪食!)对于我们这些后来者们,大吃大喝可以说就是一种悼念,一种再现和重复,重现那神志不清、没有声响的状态,重现那业已开辟之路,重现一切的细枝末节。那儿是痛苦的折磨,而这里是死者的絮语。死亡降临之后的房子高声叫喊起来。我说的正是这个。

真正的第一片宁静(这种宁静使人觉得耳朵里响起了南方正午时分那熊蜂的永不休止的嗡嗡叫声)只有当死者被抬出房门后才会降临。届时已没有可以喧哗叫喊的对象了。届时唯一可做的事便是动身前往墓地。

在行途中,我们会读一读题词;而到了墓地之后,我们会将坟墓委托给守墓者,自己悄悄溜掉,去为自己将来的死亡选一块宝地……

因而,当过去的房主听说别墅里现已住着新人时,他们会走近前去呆呆地站在一旁张望,要么就干脆绕着旧宅溜达一圈……

这么说来,这幢房子苏醒了。正因为它显然是苏醒过来了,那么它过去显然是睡着了:在整整三个星期的日子里,它仿佛被自己所有的住户施加了

---

① 此处原文为德文。
② 注:特里兹纳是古斯拉夫人祭奠死者的最后仪式。

魔法,昏昏睡去:外婆、舅舅、舅妈、小男孩的母亲、小女孩的父母、小女孩自己,以及小男孩,都对它施加了魔法。

正是由于房子又活了过来,我们才明白:她已经死了。

"妈妈,我现在要给法语教师写封信。"

信

亲爱的法语老师:

　　我们白白地等了您那么久。每个星期一,每个星期三、四以及星期六我们都在等您,可您终究没有来。

　　我的作业已经做完了,所有功课都学完了,奥列格也一样。您是不是已经把我们邀请您参加圣诞枞树晚会的事给忘啦?我想是这样的,因为3个礼拜前的星期四,您没能来参加我们的节日晚会。我得到了很多书:龙萨的史诗①、马罗的作品②、韵文故事、《列那狐传奇》③、《玫瑰传奇》④以及《罗兰之歌》。我和奥列格各自为您准备了一件礼物等着您的到来。

　　亲爱的法语老师,假如您能来我们这儿,请写信告诉我们。吻您。

阿利阿德娜。⑤

"那天晚上她太累啦,简直累坏啦。我一直想对她说:'您干吗要忙这忙

---

① 龙萨(1524—1585):法国文艺复兴时期诗人。
② 马罗(1496—1544):法国文艺复兴时期诗人。
③ 《列那狐传奇》:中世纪法国民间长篇故事诗。
④ 《玫瑰传奇》:法国中世纪长篇叙事诗。
⑤ 此封信原文为法文。

那的？还居然想出跳这些舞……赶紧放了我们吧，您最好坐到椅子上烤烤火，暖一暖身子，休息一下吧。'可她说什么也不愿让我们不跳舞就走，一会儿要我们看带插图的书籍，一会儿又请我们吃东西，一会儿又让我们跳舞，她一个节目也不肯拉下。还有那些穿皮袄的女士，真不知为什么她们会突然冒出来这么多，她们把整个房子弄得冰冰凉，冷得出奇。您不知道，那才叫冷呢。我们这儿已经够冷的啦。可那天，就更别提啦，我一晚上都没能暖和过来……。"

小男孩的母亲和我沿着"光滑的大理石楼梯"缓缓而上。楼梯台阶不断地把我们引向一个又一个小小的楼梯平台。在最顶层的一扇黑黑的大门边我们站住了。显然，我们已经走到头了。那儿有左右两扇门。法国女人住在右边那扇门里。我们沉默了一会儿，便敲了敲门。沉默了片刻，又敲了几下。又默不作声，接着又敲了一会儿。敲门声渐渐稀疏下来，其中的间隔愈拉愈长。似乎敲门的声音停留在门的表面，根本就没有穿过门而传进去，抑或，虽然钻进去了，但却被门后的整个空间吞噬掉了（那是一个与我们格格不入的彼岸世界）。里面无人回应。大门关得死死的。

"我们去找一下那个看门的女人吧，可以在那儿等一个钟头，还可以顺便打听一下，兴许她知道点什么？"她用一种约定俗成的半低不高的嗓音说道，就像人们在谈论熟睡的人和别人时常用的那种嗓音，而不是低声耳语（任何奇怪的东西都会使人用这种音调说话）。

"也许，我们应该敲一敲这边一扇门？"

左边那扇门里很快就有人答应，门开了，首先出现的是一盏煤油灯，尔后一张年迈的老妇人的脸庞出现在我们眼前。

"对不起，太太，您可知道约翰·罗伯特小姐在不在家？我们敲了半天门，可没人应。显然，屋里没人。她是我们孩子的家庭教师。"

"请进，请进，我很乐意说她。我跟她做了28年的邻居啦。"她把煤油灯移开，原地转过身，把我们引进屋。那盏油灯放着光，似乎应当给我们引路。①

---

① 此处原文为德文。

灯光后面跟着老妇人和我们俩。

"请坐,请坐吧。我还没完全听明白,你们是说,你们的孩子怎么来着……?"

"我们的孩子跟她念书。我们是外国人。我们的孩子跟她学法文和其他功课。我们住在维列弗。"

"噢,原来是这么回事。我知道她外出总是乘坐小有轨电车。①这就是说,她去过你们那里?维列弗真是个好地方,我们每个礼拜天都要去那里。"

"不错,她去过。不过我们已经有一个月没有她的消息啦。她本该参加我们的俄罗斯枞树晚会的,因为我们俄国人的这个节日要比你们的晚。要相差13天……我们还特意准备了礼物……"我们竭力用各种可靠的陈述来消除这不解之谜。

"这么说她被邀请去参加你们的枞树晚会?你们可真好客。"

"是的,不过她并没有来,我们已经等了她两星期啦。我女儿还给她写了封信(到这里竟完全疏忽了一点,即这封信是今天早上刚刚写好的,因此再怎么快也不可能指望有回信——早上到此刻才多大会儿功夫呀!),写了信,可没有收到回信。她究竟出什么事啦?"

"她死啦!难道你们不知道??"②

"她是23号去世的。离圣诞节还有两天。前一天晚上她楼上楼下地跑得太多啦。她只在肩上披了一件小小的披巾。'约翰,您会着凉的!'我说着还替她把衣袖往下拽了拽。③她不时地跑出去买这买那。第二天她得去看她的妹妹们。"

"可是前一天,也就是22号,我们的孩子和这位女士,小男孩的母亲,还在她家做过客哩。是的,没错,就是在22号。她邀请了所有的学生,还跳舞来着……"

---

① 此处原文为法文。
② 此处原文为法文。
③ 此处原文为法文。

"这我可一点儿都不知道。什么时候？在几点钟？"

"快4点钟的时候，而离开她家时已经快7点了。她那天非常快活。不跳完舞说什么也不放客人们走。难道第二天就出事了？我可真不明白。"

"是的，23号早晨出事啦。她患了疝气，还得了一种恶性肿瘤。她从来都不愿意带绷带，因为这得请一个大夫，而她，您明白吗，并不愿意这样做。疝气是她的老毛病了。这么说你们来法国以后就一直不知道她有这种病？那请你们别见怪，我话说得太粗啦。"①

"这么说她已经死了快一个月啦？"

"对，一个月了。今天正好整整一个月。你们刚才说她还跳舞来着？大概正是因为跳舞才害了她。得了疝气，又没带绷带，这怎么能跳舞呢……"

"可她究竟是怎么死的呢？有人在她身边吗？"

"她就一个人，身边没有别人。3点钟她的堂妹来看她——她的堂妹有时来帮她做一点儿小小的家务活，②约翰在这前一天把钥匙给她了，她敲了敲门，见没人回答，便开门进去了。她看见约翰横着躺在床上，衣服穿得整整齐齐的，还戴着帽子和手套，显然，她当时正准备出门上课去——她去看妹妹前还得再给人上最后一课。可怜的约翰！她今年64岁了，还一点儿都不老呢。我们已经做了28年的邻居了。我们是好朋友，互相都亲切地称呼约翰、苏珊……③这可真不幸哟！……你们也许知道吧？她有一个妹妹……"

"是不是得了精神病？"

"没错，而且是突然一下得了这种病，谁也没有料到。约翰，这个多么聪明，多么坚强的姑娘，不得不挣钱养活妹妹们——不仅仅是养活两个妹妹，还得养第3个，因为第3个妹妹和那个有病的妹妹住在乡下，是她在照料病人，可在乡下又能挣什么钱呢，尤其是一个搞艺术的，就更不用说啦，她的三妹是个艺术家，很不错的艺术家。这件事对她的生活打击很大。她本可以嫁

---

① 此处原文为法文。
② 此处原文为法文。
③ 此处原文为法文。

人,本可以过上幸福的生活的……可是……"①

"不过她也在我们家玩过……那些日子真是美妙无比!那天是个节日。②我丈夫和女婿是音乐家,约翰也是音乐家。你们看见她屋子里的两架钢琴没有?一架是她自己弹的,另一架是为学生们准备的。她其实也是个音乐教师。这不,我们还举办过家庭音乐晚会呢,约翰弹钢琴,我丈夫拉小提琴,女婿吹笛子。顺便问一句,你们的朋友当中有没有人想学音乐的?这样吧,我先给你们一张我的名片。"

这名片上写着
——小提琴和长笛——歌剧教授③

亲爱的约翰·罗伯特小姐,你可记得,当初你是怎样动身来到俄国小姑娘阿莉娅家的,你连她家究竟是在维列特还是在别列维都没有问;亲爱的约翰·罗伯特小姐,你来得那么勤快,那么准时,不顾雨天路滑;亲爱的约翰·罗伯特小姐,你给孩子们上钟点课,一上就是两个钟头,好像是在1926年抑或1925年,可才收7法郎的报酬,你从不计较金钱,从不"钻进钱眼里",却一心为我们,为俄罗斯的知识分子④着想;亲爱的约翰·罗伯特小姐,每当你拿到每月一次的装在信封口袋里的酬金时,总是畏手畏尾,推推让让的:"也许,这钱你们现在正急着用?"或者:"不用那么着急给钱嘛"⑤……亲爱的约翰·罗伯特小姐,你从不乘火车来,而是只坐电车,并且不坐到别列维下。而是在梅顿站下,为的是替我们俄国知识分子省点钱:每周来4趟,每趟可省下1法郎60分钱;亲爱的约翰·罗伯特小姐,每当我们给你端来一杯咖啡,一块

---

① 此处原文为法文。
② 此处原文为法文。
③ 此处原文为法文。
④ 此处原文为法文。
⑤ 此处原文为法文。

面包时,你都惊恐不安:"唉,为什么这样? 太客气啦!"并且总是在喝完这杯咖啡后,依据穷人的人格准则,将面包留下;亲爱的约翰·罗伯特小姐,你还记得你曾给俄国侨民那一岁的儿子唱过的那首歌吗:

"V siele novom Vanka jul"……

你给她唱这支歌,是希望他别忘了俄罗斯,还给阿穆尔起了个名字叫穆尔;亲爱的约翰·罗伯特小姐,你可还记得,去年,你不仅参加了我的俄罗斯晚会,而且还到得最早——

"有一瞬间我似乎听到了行军的脚步。也许,这就是对战争的诗意幻想? 我似乎听见,部队在行军,号角在吹响,战马在奔驰……我之所以听觉这么敏感,是因为我是个音乐家。这太妙啦,太妙啦!"①

亲爱的约翰·罗伯特小姐,你还是平生头一次把星期三(5号)和6号(星期四)这两堂课的时间记混了;

亲爱的约翰·罗伯特小姐,你终究没有得到新的手套。

雷尼·里尔克,你是否对约翰·罗伯特小姐很满意?

现在,我想把你曾经献给别人的那些话再呈送给你:

<blockquote>
那些询问者不关你的事,
你只以轻柔的目光
看着那些受苦的人。②
</blockquote>

此外,一个偶然的机会得知,你读完的最后一本书是《心灵与舞蹈》③。

这就是你,约翰·罗伯特小姐最后的生活。

---

① 此处原文为法文。
② 此处原文为德文。
③ 此处原文为法文。

万尼亚

俄国男孩万尼亚死了。我第一次听人提起这个男孩子是在今年夏天,是他的姐姐在海边告诉我的。当时,我正坐在沙滩上逗我那刚一岁半的儿子玩。"我有个弟弟,"我的这位女友冷不丁地对我说,"可他的智商几乎才刚刚跟您儿子一样。他刚会开口说话,无非是:爸爸、妈妈、叔叔、谢谢、请……""他几岁啦?""13岁了。""智商发育不良吗?""是的,他可是个好孩子,非常善良。名字叫万尼亚。"

"这名字不错,是个地道的俄罗斯人名,而且不常见,如今没人用这个名字啦。"我边说边努力抑制住这名字给我情绪上带来的反应。

我第二次听人讲起万尼亚是在一个熟人那里,那天晚上他曾和万尼亚的姐姐一同去过万尼亚母亲家。

"我一路上心里总有点儿不安:跟这样的小孩该怎样相处呢?陪他一起玩吗?那未免有点儿荒唐,因为那样势必要对他连哄带编的。可是他立刻让我放心了:他一见到我便露出了微笑,迎面叫道:'叔叔,叔叔!'"

"他有多高?"

"个头倒不矮,跟他的年龄很相仿,他完全不像我担心的那样呆头呆脑,什么也不明白。保姆开始收拾桌子准备开晚饭。'小万卡,摆桌子',于是他便去铺桌子了,只是把碟子弄错了,大碟子换成了小碟子。而保姆也毫不客气,当即责备道:'你这是怎么啦,小万卡?难道这也叫碟子?你是疯了还是怎么着?'保姆真了不起,她把自己的一生都献给了他。他们一家三口人——母亲、保姆,还有他,就这样生活着。他是她们俩生活的寄托。"

"当我正同他母亲说话时,突然听见他喊道:'叔叔!叔叔!'我抬头一望:原来他已经悄悄地走到我身后看着我。他脸上的善意的微笑多么美好哟。我很明白，他会给人带来欣慰。从他身上真的能看到光明。"

过了一段时间。突然有一天，传来一个消息，说万尼亚病了。他得了肺炎。

消息得到了证实。这消息是从默顿传来的。从那幢红砖瓦房里传来了这个消息，我隐约知道，那座房子正是万尼亚的家。这条消息沿着两个不同的方向传播：既传到了克拉马尔她姐姐那里，也传到了别列维，传到了我的耳朵里。他的确得了病。于是我觉得，被病魔死死钉在床上的万尼亚，竟然也似乎到她姐姐和我这里旅游了一趟。

时间一天天过去了。从默顿不时地继续传来各种消息。不久，我那未曾谋面的万尼亚的病已经成为一桩理所当然的事实了，再没有人会感到奇怪，这终究是事实，尽管这事实并不符合生活的常理。

"您的弟弟怎么样啦？"

"情况不妙，总是在发烧，整天离不开樟脑……"

在父亲弥留之际我就领教过樟脑这种药物，在我眼里，它其实就意味着死亡。

"再坐一会儿吧……"

"不啦，我得到妈妈那里去，弟弟病得不轻。"

我不是带着一种万能的同情之心想到万尼亚的母亲和保姆的，而是怀着一种无法替代的苦楚去想念她们的。但是我的思念是断断续续的。

莱纳，我被你的死亡吞噬了，也就是说，我把迄今为止我所忍受的一切亲人的死都与你的死联系在一起：无论是母亲那高傲的死，还是父亲那异常令人感动的死，以及其他许许多多各式各样的死。我究竟是把这些死亡与你的死联系起来呢，还是与你的死对立起来？一想到万尼亚的病榻，我自然要警觉起来。

两个房间，一间厨房。房间里有一张小床。（就算床很大，但既然是一个只会叫"叔叔"的人睡着，那终究还是张小床！）日常操劳和宗教礼仪使房间里的一切都井然有序，保姆绝望至极。（母亲又会是怎样的心情呢?!）可怕的是,这里是默顿,不是莫斯科(要是在莫斯科的话……)。那些关于别人之墓穴的不允许有的无意识的念头是很可怕的……人们将他送至默顿……倘若不是默顿……倘若那天没有带他去小铺的话……倘若……

"弟弟怎样啦?……"

"他很乖,很听话,躺在小床上,完全像个小孩子,多么叫人感动呵……"

关于万尼亚的生活,我所知道的最后一点是:他吃鱼子酱。

"今天我吃了鱼子酱。人们给弟弟也端来了一份,他没有吃完,我吃完了。他什么也不想吃,却突然喜欢上了鱼子酱……我们都高兴极了……"

鱼子酱使我想起了母亲临终前喝的香槟酒。那个时候,母亲什么东西也不想吃,只想喝香槟。鱼子酱也意味着死亡。

"明天您要待在那儿吗?"

"说不准,假如我不必留下来陪母亲的话,可能我会去的。弟弟的情况很糟,随时都可能……"

就在我们谈完鱼子酱的两天之后,我们房子里的一位女房客从大街上回来,边进门边嚷嚷:

"那个小男孩最后还是死掉了。"

"两间屋子带一间厨房。"看不见小床,什么也看不见,只有空空的四壁。追悼仪式在黑暗中进行。我站在前厅和第一间屋子前的门槛上。灵柩仿佛远在千里之外,不可触及。

门铃不断地响,向遗体告别的人来了一批又一批。

神父走了出去,他似乎在自己的周围营造了一个人们不得进入的空间。这是一个只属于神父自己的神圣空间。这空无一人的区域是由一种超俗的非凡的因素创造的。这是一个可以移动的空间。这空间没有为任何人准备位置,它是属于所有人的。这像容器的可伸展性还是如同内容的可压缩性?因为绰绰有余而拒绝了必要之物。因为孑然一身而拒绝了自己和所有人。所有的人都感到宽敞自在。只是还会拒绝很多很多东西。

"我建议您请这些唱诗班的歌手……"(神父说)。

"那为什么不？……"

"最好请这样的歌手……"

"这么说，他们唱得更好些？"

在这问话的声调里流露出一股固执的倔劲，我很害怕这种固执，因为我不想听到回答。

"……可恰恰相反，我却听说是另一些人唱得更好……"

"唱是唱得不错，是的……（瞧！这不就得啦！）可那些人傲慢得很，很不好接近，而我给您介绍的这些歌手却……"

在半明半暗中我吻了吻经过我身边的万尼亚的母亲和保姆。

"您是走来的吗？累坏了吧？快坐一会儿吧……"

脸上没有眼泪，面带善意。

（呵，这就是俄罗斯人身上最美好的品性——稳重而平静地面对苦难！）

我为什么没有走到灵柩跟前？因为我有一种伪装的羞愧和伪装的恐惧，恐惧初次见到这小男孩时势必要流出的眼泪。这是对羞愧的恐惧和对这种恐惧的羞愧。我真希望所有人都离去，好让我当着躺在棺材里的他的面向他的母亲和保姆说说你，莱纳，说说我通过你所知道的一切。我知道，在这一时刻，我留在这里，而对于她们，对于一直要留在这里的她们来说，我是无可替代的。我知道，我的位置是无法替代的。我怯懦了，正如书里常说的那样，道了别，便走了出去。

——亲爱的万尼亚！

这种呼唤是出自勃洛克的诗《灰暗的早晨》。《灰暗的早晨》深深地打动了我的内心世界，这是听不见的呼唤，是只能高声诵读的呼唤。

——亲爱的万尼亚！

倘若现在你能够看见我们聚集在一起，倘若你能看见这座挤满了人的大教堂，也许你会问："今天是什么节日？"那我们会告诉你："万尼亚，是你的节日。我们在为你庆祝。"

是的，万尼亚，今天我们正是为了你才汇聚在这座教堂里的，在教堂里你占据了最不显眼的位置。但是,今天,你在教堂里的位子是最最主要的。我仿佛此刻已见到你——你就在这里,在左边的角落里,那儿是你那最不起眼的位子,然而却是永久的位子。我看见你在做祈祷,在受洗礼,我看见了你那容光焕发的面孔,看见了你的微笑……你是教堂的常客,是它最忠实的拜访者,我不记得有哪次做礼拜你不曾参加过。的确,在做祈祷时,你并不是永远一成不变地念着祷词,有时你会把祷词忘记,那时你就会用自己的话来祈祷,只用一个字眼来祈祷:上帝呵!上帝!

你是多么热爱这个上帝,多么信任这个上帝呵!

当你心境不佳时,你就请求我讲寓言故事。人们告诉我说,我是听到你的呼唤才走进这幢房子的。我永远不会忘记,你在开始忏悔之前,是怎样稍稍抬起身子,用自己那虚弱的手做出一个手势,希望所有参加祷告的人都离开你身边的。在你身边只留下一些亲人,你究竟有哪些罪过呢?然而你明白,忏悔的秘密只能发生在两个人单独面对的场合,在这里,你那颗敏感的心已使你仿佛成为教堂最忠实的儿子。你对我说的话不多,可是,当你感到罪过已被宽恕时,你是以何等幸福的心情,以何等光彩的面容重新抬起手,将亲人们重新召唤进屋的。

亲爱的万尼亚,倘若现在你从自己高高在上的天国里的位置能够看见我们大家——你一定看见了——看见我们围绕在你的小小灵柩周围,看见我们的眼泪,我们的痛苦,那么你,万尼亚,会对我们说些什么呢?你想不想再回到这里呢?不,万尼亚,无论是你还是别人,只要看见了那个美丽的天国,就再也不会愿意回到大地上来了,你只会对我们说一些感激之辞。你会感激父母,他们给了你无数的呵护与关爱;你尤其会感激保姆,万般感激之情,只汇成一句话:

"谢谢你,悲伤的老保姆。"

请为我们祈祷吧。

母亲站在床头，不知这是否是我的想象——只见她每一次都稍稍撩起盖在儿子脸上的被单，不知为什么将孩子的脸稍稍抬起，尔后又轻轻放下。对每一个孩子都如此这般。为什么要这样？为什么不干脆……

问题不在如何更简便些，关键在于，母亲来到这个世界上，她显现在所有孩子面前，而最后一次则要单独地显现在每一个孩子眼前。随后，"看吧，你们还没有看见"降生呢，"看吧，你们以后再也看不见"安葬了。显身之后，她把自己的脸遮掩起来，随后又显身，随后再隐没——愈来愈深，直至大家都再也看不到她，直至隐没到棺材盖上，直至逃避于整个大地，径直消融到土地里。

母亲又把儿子拉回到自己的怀抱中。

在这一举动中还隐含着一种朴素的母性的关爱。

另一种东西，不是肉体，不是石头，不是蜡，也不是金属，而是另一种东西。一种从未见过的东西。一张从未在我面前出现过的脸。眼前这东西并不存在。这是另一世界的另一种物质。

这东西特征非常明显：这是一种不可比拟性和无法适应性。无法摆脱，无法忍受。其表象纯粹无法理解（因此这种无法理解性是有思想内涵的）。这是一种不可分割性和不可分解性。刀子割不开，斧头砍不裂。死者的脸庞不是件模塑品，而是一块天然合金。

一切终端都连接在一起，汇成一个中心。

一旦形成，便将永远如此。

蜡也许更像这种东西，但这跟蜡又有何相干。

该怎样回应存在于这里的这一物质呢？应该拒绝。

我看了看这只手，我知道，这手是抬不起来的。生命有多重，我们是知道的，但这不是生命，而是死亡。这只手并非因为灌了铅而沉重，而是因死亡才变得沉重。这是死亡的净重。这死亡存在于每一根手指里。必须得举起整个的死亡。正因为此，你才无法举起。

这是眼睛的举动，是嘴唇下的举动：

首先：不要接吻。不是双唇（生命）去吻额头（死亡），而是额头（死亡）去触双唇(生命)。不是我在制热,而是他在制冷。不可理解?这是一种持久保热的性质。持久保热?不,是冷辐射。我将站在这里使之发热,向他则躺在这里让其冷却。在自然界没有这种冷。这种冷是属于另一自然界中的。

金属、蜡、石块,一切都变热了。一切都有所反应。一切都温暖了。

额头拒绝了。

万尼亚,我要使你重新获得生命。

首先,我发现你一切都很狭窄。颧骨很窄,嘴唇很窄,肩膀很窄,手也很窄。因为你身上一切都很狭窄,所以你不会感到紧。因为不觉得紧,所以会很快乐。

额头上有头发的光亮,撇开并不存在之物的固有的本质,还可以看见温柔而严肃的孩子气的脸庞,此刻我要将它拉回到生命中。

就是这些,莱纳。关于你的死又该说些什么呢?

我要告诉你(也是告诉我自己),在我的生命里根本就没有你的死,因为在我的生命里,莱纳,尽管有萨伏依王朝等等的历史陈迹,但并没有你的位置。过去是这样,将来依旧是这样。我是否相信萨伏依?是的,我相信,丝毫不亚于我相信天国,的确如此。[1]这一点,你大概会明白吧?

我也想对你说,我从来也没有感到你是死的,而我是活的。(我从来就没有在某一瞬间想到你。)假如你是死的,那我也是死的;假如我是活的,那你也是活的,无论是怎样,难道这还不都是一样吗!

但是,莱纳,我还想对你说一点——不仅是在我的生命里没有你,在整个生命世界里你也不存在。是的,莱纳,尽管可以把你和生活相联系:可以把你与书籍,把你与国家,把你与地球上一切的空旷之处,把你与你那无处不在的缺席,把你与因为你而变得空旷的大半个地球联系起来,但你仍旧从未在生命中存在过。

只曾经有过幻影——我这么说仅仅是一种最伟大的感激的表露[2](不是针对你而言,而是对所有人)——也就是心灵对眼睛的一种最伟大的迁就

---

[1] 此处原文为德文。

[2] 此处原文为法文。

（迁就于我们对现实的渴望）。这是一种长久的，不断的，有耐性的幽灵，它给予我们活着的人以生命和血液。我们想看见你，于是我们就真的看见了；我们想读你的书，于是你便写出来了；我们想得到你，于是你便存在了。他，我，别人，我们大家，整个大地，以及离不开你的我们整个动荡不安的时代。《与里尔克在一起的日子》……

通灵之人吗？不是。你本身就是灵魂。我们才是通灵之人。

假如你一年前走进我的房间，那我会像现在看见你进来时一样茫然，甚至可以进一步讲，假如我现在看见你走进我的房间，我还不至于会像一年前看见你时那样惊愕，因为你现在走进来的样子会……更自然些。

> 三面墙，天花板和地板——
> 这是否就是一切？
> 现在——请你现身吧！

这还是我夏天时写给你的诗句。难道不是以大家的名义写给你的吗？

我们以全部的意志，也就是以意志那全部的可悲的缺陷，以全部的薄弱的意志，以全部的对你整个人的祈祷，施咒于你，使你能回到大地上来，并且将你牢牢地抓住不放，直至可以松手的那一时刻的到来。

你是我们这个时代的意志和良心，我们这个时代里虽然出现了爱迪生、列宁等等这样的非同凡响之人，但在这爱迪生、列宁等等非凡之人辈出的时代里，你才是唯一的时代领袖。你不是一位须承担责任的君主，而是责任本身的君主。（曾几何时，我们就是这样把自己，把自己所有的疑问都交给了歌德，无论我们愿意与否，我们都将他视做自己的回答。我们同样将你视做责任。因此我们也将你交出：歌德是光明，而你是血液。）

"肉体只不过是出自一种激情。只不过是为了不恐吓那看不见的东西罢了。"[①]你就是这样谈论自己身体的最近这几个年头（其实是最近这些天）的。

---

① 此处原文为德文。

这是谁的话？是否是一位病人之语？反正不是人话！

请回忆一下自己的马尔特吧，回忆一下那些人是怎样跟在他身后行走在巴黎所有的街道上，几乎像是漂泊游荡一般，向他乞求着什么，而求得的并不是一切，只不过是得到他而已。同样，我们也跟在你身后，直至那一时刻的到来。请你回忆一下马尔特吧，是他通过墙壁转交了意志和邻居，那邻居他还从未见过呢。邻居也没有请求。可马尔特却听见了哀号！

"谁是你所亲近的人？谁最需要你？"[①]亲人的解释就在新教的神学课上。对于我来说，这种解释是至高无上的。

我们都曾是你的同道之人。

我们喜欢你，喜欢你的坦诚、忏悔、悔恨、疑问、渴望、堕落和安宁，我们甚至喜欢你手上的伤疤。通过它们所有的血液都流走了。

血。这个词已经提到过了。

我最初并不明白你的败血症——怎么！在旧约之后他第一次说了"血"，说了"血"这个字眼，径直说出了"血"这个字儿！这毕竟不是一篇文章，我不想证明，正是他死于败血症和贫血症。这是一种怎样的讽刺！并非全是讽刺，而是我最初一阵激动时的目光短浅。

流出好血液，用以挽救我们已败坏的血液。干脆把自己的血输入我们的体内。

停顿。

我知道，夺去你性命的疾病可以通过输血来治愈，也就是说需要一位愿意救你的亲人将自己的血献出来。这样，你的病便可治好了。你的病正是去输血引起的——你将自己的鲜血输给了我们大家。世界病了，与整个世界同血缘的亲人就是你。可是由谁来挽救输血者的生命呢！

这与诗歌毫无关系可言。"只是多余的坏血症"，"白白损坏了血液"，人们正是这么说你的。这"枉然"与"多余"行径的极点便是血液的彻底坏死，也即是死亡。你的死亡。

---

① 此处原文为德文。

我感谢生活,感谢生活所赋予的形式和称谓的准确性。同时,我不想宽恕生活那侮辱性的对日期的模糊不清——12月29日替代了12月31日年除夕,我不想宽恕你所钟爱的1927年的生活……

莱纳·里尔克,每一个医生都可以证实这一点,即你是死于坏血症。

在你输出自己的血之后,你死了。

莱纳,尽管你的死很伟大,但毕竟在我心中有人将成为你身边的病友,他们是:

法语教师约翰·罗伯特小姐,

以及不知受了谁的委屈的俄国小男孩万尼亚,将他们的姓,甚至第一个字母除去,就是

约翰——(整个法兰西)
和
万尼亚——(整个俄罗斯)

我并没有选极端个别的名字,也没有选极端完美的邻人。

莱纳·里尔克安眠在罗纳河上的拉格涅山崖上,独自一人,没有邻人相伴,他也安息在爱戴他的我这个俄国女人的心里:

在我心里,他安息在约翰与万尼亚之间——安息在男女约翰之间。

1927年2月27日于别列维

中国人

　　为什么我喜欢外国人喜欢到无所选择的地步？不要说那些种族相近的南斯拉夫人、那些比邻而居教养类似的德国人，以及那些习性相近、同发着响亮的卷舌音的意大利人，甚至那些令人生疑的阿拉伯人和傲慢的波兰人，我都无一例外地喜欢。为什么当我在市场上听到带口音的法语，准确地说，是听到加重法语的一种口音时，我就不禁开心地微笑起来？有时我根本不需要买包菜，但却鬼使神差般地从"外邦人"那儿买上一棵，甚至回家之后再次返回买第二棵，仅仅是为了再听一次"外邦人"那叫法国人听起来怪腔怪调的法语"谢谢"和斧头劈下似的一声"太太"，有时则是简单的一声"再见，常来啊"。为什么那包菜明明并非好货，但对我来说那"外邦人"的货摊却总比别的货摊更好？为什么我的手总要通过货摊去握一握阿拉伯人的手、黑人的手抑或我自己也弄不清的某个人的手？当狡猾的法兰西报贩子在市场上一面口吐狂言，乱扔罐头盒子，一面吹嘘法国沙丁鱼而大骂葡萄牙沙丁鱼，我便感到受辱，立即走开。要知道这并不是骂我——这与俄国人有什么关系呢？然而，骂葡萄牙沙丁鱼，就触犯了我，刺痛我的心，因为正是我那颗受伤的心灵使我远离当地人的圈子，它比守护天使更有力，也比警察有力——尽管后者拉你的方式有所不同。

　　如此这般地喜欢外国人，是不是因为我们这班外路人在巴黎活得不好呢？不是的，完全不是因为这个。第一，我觉得在巴黎不错（决不比任何我未曾选居的地方差），第二，对于我的一位市场上的亚美尼亚朋友来说，在巴黎显然也很好，这位朋友管所有年轻的姑娘都叫"大妹子"，管年纪大的都叫"大妈"，①连穿着华美的女士他也从不喊"太太"。这就是说，问题并不在于生活的好坏，所以我对外国人的爱也就并不是一种出自"患难之交"的情义。②

---

　　① "大妹子"、"大妈"原文为法文。
　　② "患难之交"，原文为法文。

原因在于，任何人，不管他是一个酒鬼还是一个三岁小孩子，都可随时喊我们"外邦人"，而我们却不能这样去喊他；原因在于，除了我们祖国版图上的某一点，我们不论站在其他版图的哪一点上（哪怕这一点上有整片的大草原）。我们都会站不稳；脚不稳，大地也不稳……；原因还在于，一个小小的火星就会使愤怒袭向我们，人民总是满怀愤怒，合法的凌辱的愤怒总是指向那最令人愤愤不平的不公正的那几类人。我们每一个人，不管是狗还是狼，在这里必定都是克雷洛夫寓言中的羔羊，我们分明都有罪——把小溪弄浑了。当小船遇到暴风雨而不得不将一些人扔掉时，最后总是我们被无辜地、合法地从船上抛出去；原因在于，我们所有的人，从非洲人到北极人，都不是共有着不幸命运的患难之交，而不过是在危险的境地中结为同志①；原因也在于，如果说我们都处在上帝之下的话，那么在异国的土地上我们同时还处在人们的愤怒之下，处在平民百姓的愤怒之下，老百姓永远压在我们头上，愤怒永远压在我们头上；原因还在于，敌意是一种很古老的东西，也是一种很强有力的东西。我喜欢一个外国人，是因为他总是把头缩在脖子里，而有时在同样的场合又把头高高地举起。

不是"活得不好"，而是过得不适意。

有人问我："那么你呢，在莫斯科过得怎样？"是的，确曾有过那么一档子事，还不止一次呢：

"噢，瞧，臭资产阶级，还戴着帽子呢！"从那人的眼神可以看出他们是一个充满仇恨的阶级。

"我可是生在莫斯科的啊，你是打哪儿来的呢？"我正是用了我生在莫斯科的优势压倒了他。谁也破坏不了"生在莫斯科"这个事实，这个我的立足之点，甚至就是像我现在这样离她十分遥远而且不被允许回国，也改变不了这个事实。他们要杀我，但抓不到我。

我说过"在危险中结为同志"，不过总没遇上这种同志。在某些时刻，祖国比异邦更危险，就像人之必死比任何可能发生的不幸事件更危险一样。为

---

① 此处原文为法文。

了逃避死亡,很多难民都逃走了。"在危险中结为同志"不是从肉体上说的。对凌辱而不是对死亡的恐惧,使我们大家都把头缩起来,而对隐蔽的凌辱者的挑战,又使我们中的另一些人把头抬了起来。在外国人的字典里是没有关于凌辱的字眼的。

在尊严受到伤害之中结为同志。①

我到邮局去寄手稿。稿子用的字是印刷体,但为手写,显然应该当挂号信来寄,也就是说,要花三个法郎。然而虽是手写,但又为印刷体,也就是说,是可以当"印刷品"来寄的。②忙着干这些有违良心、胆战心惊的勾当,我放过了正在构思的一个短篇小说的开头,而等到再想起这个开头时,正好看到一个中国人把头探在窗口上,手中抓着一些小物件,活泼爽朗地做着手势。

"德利亚,德利亚。"我听出他那急促而尖细的孩子般的声音。

"他说什么呀?"邮局小姐用法语问另一位。

"这是日本人,"另一位小姐说,"他讲日语"。

于是,一个字一个字地,邮局小姐像对两岁小孩一般地对中国人说:"这个值多少钱?"一面在他面前晃动着一个像是钱包的发光的小玩意儿。见他显然是不懂,她把话再缩短一些,就像对一个周岁孩童说:"这——多少?"

"德利亚,德利亚,德利亚!"中国人小声说。

"这是中国人,他说的是'特里'——三。"我向那位手抓钱包想买的可爱的邮局小姐解释说。

"这位太太懂中文,她说他讲的是'三'。"邮局小姐细声向自己那位同样可爱的、渴望买那个东西的同伴解释说。那位同伴公然离开自己的窗口,从第一柜台上抓弄到另一只同样可心的小钱包。

"我不懂中文,而懂德文,"我诚恳地解释道,并从语言学上加以说明:"德语讲'德莱',意思是'三',我们俄语讲'特里',阿拉伯数字'3',像个问号,横起又像一道眉。我是俄国人。我们和德国人是邻居。"

---

① 此处原文为法文。
② "印刷品"原文为法文。

"那么请您告诉他,太太……"邮局小姐带着一种激动莫名的敬意说。

"俄国人?"中国人突然转向我,"莫斯科?列宁格勒?毫(好)!"

"这么说您也懂俄文吗?"我撇开邮局小姐,转问中国人,高兴地说。

"莫斯科的,去过,列宁格勒的,去过,'哈拉绍'的——'毫'的!"①那个中国人说着不通的俄语,满脸一副生就的丑模怪样。

"他知道俄国,"我激动地对邮局小姐说,"要知道,我们是邻国,简直差不多可以说是半个同胞……"

"您给他说说,两个法郎!两个!"被搅糊涂了的邮局小姐说,为了便于理解,她叉开两个指头伸到我的眼前。

"我懂了,是两个",我又用德语转对中国人说:"这位女士给两个法郎。"

"德—德国的,德国话!柏林!"中国人笑眯了双眼,然后回过神来,用不通的德语说,"不是两个,是三个,三个。"

"他不要两个,他要三个",我向小姐证实,不觉又担心起来,可别让他什么也得不到就走呀,"但他可能会让步。不过,我要提醒您,这是中国人,说来话长。"

趁着小姐们像笼中鸟儿似的在窃窃私语地商议着什么,我把我左手上的镯子指给中国人看。镯子上刻着一只神奇的鸟儿,那鸟儿张翅展尾凶猛地飞翔在迎面摇动的一枝神奇树枝上方,那枝子恰似鸟儿的水中倒影。

"希纳!希纳!"中国人狂喜起来,用他那黄黄的指头小心翼翼地触摸着手镯上那大块的银子。

"是的,我在'希纳'店买的,那是在莫斯科,在战争—krieg 时期。"②

"战争?买的?"中国人差一点儿笑起来。

然而,即使你能理解我的话,亲爱的,几乎可以同胞相称的人儿啊,那我也不会向你讲述我是怎么弄到这只手镯的。买到的呗,就这么简单。我在阿尔巴特街上走着走着正撞上一个中国女人,就像碰到一根柱子上一样。她穿

---

① 俄文"好",发音"哈拉绍",此处中国人为发音不正确。

② krieg,德文,战争。

一件肥大的淡青布衫,满身都是银饰,脸上怪模怪样的。因为我生来喜欢银,所以也就喜欢大戒指,而当时(1916年)对我来说最大的戒指是——诗行:

你把自己银戒指
冷冷贴近我双唇……

接着,用纯民间更古老的诗歌:

我一连第几次啊,
不吻手臂吻戒指……

正因为这就是那种古老的、民间的、大大的戒指,所以我要买。这种戒指上带着可留文字的小牌牌,这种戒指不是焊接而是压卷的,可以大小自如戴在每一个指头上,我把一个大大的银卢布直接送到那个中国女人的眼前:
"卖吗?"
"不,不,不,不",中国女人发出尖细的声音,就像有人刺了她一下。我不禁默默地再拿出一个卢布。终于讲妥了:把我身上所有的卢布都给她,她则把自己所有的戒指都给我——不管是带空白小牌牌的,还是小牌牌已被刻满了字的,我们都希望这些戒指是吉祥信物而不是咒人凶符。但是,我刚走了七八步远,就看到那女人那儿一个大大的银箍儿在闪光,这闪光渐渐叫人受不了,分分秒秒地变得像是灼热烫人:我意识到我没能从那女人那里买到那只带小鸟的美妙的手镯,而是为无用的戒指花了钱,怎么事先一点也没有发现没有觉察呢。当我返回,那中国女人已不见了。我在阿尔巴特广场找她,在波里奇斯金斯基大街找她,在沃兹德维仁卡找她,都找不到,她消失了。

过了几天,还是在阿尔巴特街,我简直不敢相信自己的眼睛——那是她!我一眼就看到:她手腕子上那只手镯完好无损!(那时在全莫斯科,除了我还有谁会需要银手镯呢"?)我拿出一张十卢布的纸币:

"卖吗?"

"不,不,不……"

我又拿出一张五卢布的纸币,在她那塌塌的鼻子前晃了晃。

"真想买?"她低声含混地说,活生生地就是德语所说的那种"细语",简直不是人在说话:像树叶沙沙作响,仿佛没有任何意义,仿佛不是我不懂,而是没有什么可以懂的,就像猫舔碟子,这样,她刷地抓住我的纸币!现在我要手镯,可是——噢,说来真是叫人惊怪、愤怒、绝望、心寒,她就是不给,连摸一摸也不给,她只是叫着"不,不,不,不……"。可我的钱却"不,不,不,不"地不见了。难道是被她一口吞了?

"给我手镯!"我尽我所能地厉声叫道。而她,双眼全闭(一张脸完全像木偶),把那只戴手镯的手臂藏在腋下,用另一只手压紧。此刻她眼看要走开!眼看要跑掉了!本已惊呆了的我更加呆若木鸡了。"不,不,不……",她继续嚷嚷道。不过,这时打来了一拳,无言的重重的一拳。我转脸一看,是一位士兵。他站在一边目睹了这场戏。

"这个,看见了吗?"士兵问道。

是的,我看见了。那女人眼睛闭上后又睁开,一个急速而驯顺的手势,那手镯就出现在手腕子上了。她给了我,我戴上了。

"好你个斜眼黄脸婆啊,"此刻士兵已经是出于一种个人寻开心而挥动着双拳了。""你嘛,钱拿了,怎么手镯抓住不放?对你这种坏女人,我……"

不过士兵的最后几句下流脏话淹没在他的哈哈大笑中,因为那中国女人已经跑掉。她跑得是那么快,急匆匆地、小心翼翼地、像讨好的小丑一般,用她那两只中国泥娃娃似的小得出奇的脚跑掉了。

"你真是犯傻了!对不起,女士,小姐!怎么能这样对待这些不信上帝的人呢?东西还没拿就先给钱。你给了,怎么,15个卢布吧?"

"15个。"

"看来你的钱是太多了。要是我,为了这个东西,请原谅女士(他又说了一句脏话),也就是给她一个卢布,连一个也不值,只能给半个……"

直到如今,那带小鸟的手镯还戴在我的手上,至于那些作为"吉祥信物"的戒指,并没有带给我特别的幸运,而在特别倒霉的一天我则干脆将其摘下,因为即使它们也不是什么"咒人凶符",但也许对一个中国人来说是利,对一个俄国人来说就是害呢?上帝可是知道他们——这些几乎可以同胞相称的人的。

"不,不,不……"中国人仍然小声细语着,"不,不!"

"两个法郎他不卖。"邮局小姐伤心地说。

"那就两个半吧。"

"那我丈夫会说什么呢?"

"您就对丈夫说是两个法郎嘛。"

"您是这么想的吗?"

"是的,拿着吧,要不我可要买走了,这些我全都买走。"我说。

中国人的行囊一眨眼间就被七手八脚地打开了,走出一个紫红色的奇妙的大肚子满清官员,接着有像漏斗状的枝子,是杜鹃花枝?还是木兰花枝?还有轿子,米饭。我得到的是最后剩下的一件顶蹩脚的小物件,甚至根本就不是中国货,而是日本产品:两个憔悴无神的日本女人,头上插着梳子,没有肚子。然后,我友好地、不抱什么希望地乱翻一气他珍藏的那些货物:镶镜子的黑匣子,匣子上有金色鹳鸟(口衔一支香烟)做锁扣,有金色烟袋锅,啊,给我一个惊喜!还有装在金色盒子里的香烟!

"多少钱?"我问中国人。

"对你,只要两个法郎。"

"是好货吗?"

"好货!"中国人眯缝起眼,翻着大大的鼻孔说。

"这是什么?"感兴趣的邮局小姐问道。

"中国香烟,便宜。"

"有玫瑰味,"邮局小姐嗅一下,陷入幻想般地说,"怎么,这是玫瑰烟,抽起来可能很惬意、很奇特吧。"

"您就买吧！"我替中国人揽生意。

"噢，不，我丈夫只吸'日丹'牌香烟，您知道，男人吸玫瑰烟可能会呕吐的。"

"那么就请尝尝我的吧。"我抓起一盒。

那小姐一脸的惊恐之色。

"您怎么啦！这烟是您的！"

"所以我才向您和您（我转向另一位）推荐啊。"

"不，"一位小姐坚决拒绝，"我不能叫人为了我而糟蹋东西"。

"反正我早晚要打开这盒烟的。"

"太太，您在家里当着您丈夫的面打开它是另一码子事，但为了我而打开它，却是……"

"嘿，请满足我的要求吧，"我恳求道，"我自己先来抽一支，大家都来抽，中国人也请来一支"。

"我非常感谢，但这不行"，小姐为显示其决心，拖着椅子向房子深处离去。

"那我要打开啦！"

我打开了。啊呀，令人惊讶！哪里是什么排列整齐的白色或玫瑰色的卷烟，而是一些紧紧压在一起的粗糙不堪的黑色三角马赛克一样的东西！我迟疑地向他伸出手说：

"这东西叫人怎么吸呀？"

邮局小姐在指缝之间摸索着那些东西，突然尖叫起来：

"这简直是煤渣！"她亮出黑乎乎的手指，对中国人严厉斥责，"您瞧，您卖给这位太太的是什么？"

但是中国人用鼻子对着盒子大声吸一口气，然后满脸装出很舒坦的样子，说："毫（好）！"

"恐怕这种东西是专门放在烟袋锅（一种中国烟斗）里抽的。"一位邮递员走过来说，"我岳母就有这种烟斗，点上烟时味道很好。"

"我也有这种中国烟斗,"小姐带点傲气地说,"只是从来没点过烟"。

"这样说来,您就拿点儿吧!"

"干什么?"

"为您的烟袋锅提供燃烧的煤。"

"可我的丈夫……"

"您就买我的面子,免费拿些去吧,我能拿它们怎么办呢?我又没有中国烟斗,总不能把它们当做便宜煤塞到炉子里去吧?"

我的玩笑起了作用,大家都笑了,但她仍没动手。

"就拿些吧,"那位内行邮递员转对我说,"太太,您是俄国人吧?我了解俄国人,凡是他们头脑里想到觉得相宜的事,他们就干,他们不能容忍那些与他们不对劲的事。是吧,太太?"

"完全是这样,"我很严肃地肯定说,"还有,当不让他们干他们觉得相宜的事,他们宁肯把这颗脑袋丢掉,懂吗?"

于是,最后把一盒"玫瑰烟"塞在那位惊惧不安的小姐的手里,我们——中国人、我儿子和我就出来了。在汽车川流不息的十字路口,我们等了好一会儿。"不,不,不。"中国人看着那些车子,头直摇。终于,我们过了马路,他要向右拐,我则向左拐,在握手告别时我发现,他就像我们一样把手紧紧抓住,而不像法国人那样手都不伸过来。接着,走过几步之后,我听到他发出某种"哎,哎,哎,呀,呀,呀"的,虽是扯着嗓子喊出的,但仍很细弱的声音。我回头望去,只见他黄色的脸,一头马鬃似的长发,奔跑着,手里挥动着什么。原来那是一根小木棍上一朵花,他把它塞在我儿子的手里,说:"呐,呐,我的,你的……"

我说:"穆尔,拿着吧。"又转对中国人:"谢谢,多少钱?"他挥动着空手,激动不安地干笑着:"不,不,不,给你的,我的给,我给,我给的—的—的……"他高高扬起自己那张木呆呆的脸说:"俄罗斯的,毫(好)!莫斯科的,毫(好)!……"

"多好的中国人啊,"我儿子一面对那个玩具哈着气,一面说,"邮局小姐为什么那么怕拿您买的那些'煤渣'?"

"因为在这块地方,不能送东西给不认识的人,要是送,他们会被吓一跳的。"

"可是这个中国人不也是生人吗……但他能成功地把皱纹花斑纸一会儿吹成一朵花,一会儿吹成一只鸟,一会儿吹成一只梨,一会儿又吹成一座小小的宫殿。妈妈,中国人多少总比法国人更像俄国人。"

1934年

生命保险

父亲、母亲和儿子一家三口人正围坐在一起安静地用晚餐,也许,是在用午餐吧,反正随便怎么说都行,因为午餐也好,晚餐也罢,吃的都是一样的色拉,因此,这道罗马风味的色拉也就把俄式的晚餐与法式午餐给结合起来了。

突然,小男孩开口说道:"妈妈,法国人可真富有。"

"不是法国人富有,是俄国人富有!"母亲措辞激烈地纠正道,"一般说来,这个词只习惯于指国家。"

"为——什——么?"小男孩惊讶不已,"一个国家怎么会是富有的呢?它并没有双手呀。"

这时响起了敲门声。母亲顾不得去识别眼前这个善于咬文嚼字的儿子(精明狡猾、巧妙机灵的小家伙)①的语言伎俩,跑去开门了。一个个子很高的,手里握着顶帽子的陌生人站在门槛边那黑漆漆的过道上。

"对不起,太太,"他发出稚嫩的嗓音,"我是监察员……"

母亲向后退了几步,将他请进屋。年轻人跟在她身后走进厨房,站在了饭桌、堆放器皿的小桌、煤气、炉灶、贝壳和吃饭的人坐的椅子之间,犹如在四面涨潮的时刻找到了一寸唯一的干地;犹如在众多鸿沟之间找到了一寸坚实的土地。他右脚着地,左脚绕在右脚前面,歪在一旁。

"是吗?"母亲眉头稍稍动了动,连眼都不抬一下,就又坐下来吃色拉了。

"我妨碍你们用餐了,请原谅,不过我是监察员,并且……"

("准是来收税的!"她暗自猜测,"可我们不久前才刚刚交过,大概,他们又想起了那个被偷的将军,于是又要把所有的俄国人都重新再登记一遍?")

---

① 此处原文为法文。

"这是我的名片。"年轻人继续说道,并把名片在她眼前晃了一下,便又随即收了起来(大人们往往就是这样把准备明天送给孩子的"意外的礼物"——一本翻开的带插图照片的书在孩子们眼前晃了晃就又收起来了,于是孩子们觉得,要是能看仔细了,那书里的照片肯定首先像她自己,也会像送给她书的人)。

"不过他为什么不说自己是警察[1],并出示证件呢?"她思忖着,并若有所思地替他做了个出示证件的动作。"那么,究竟为什么要逮捕我们呢?"

"我是来办保险的,"她头顶上传来了年轻人的说话声,这声音仿佛是为了证实她的猜想毫无根据。

一听到这不祥的(因为一开始她把他当作是警察了)字眼,她便停止用餐,等着下文。

"我到纽叶尔蒙来",她头顶上继续响起他那年轻的声音,"专门查看住户房屋的火灾情况。"

("上帝哟!"她脑袋里顿时一闪,"我这儿的电线可糟透啦,所有的都安在拐角里,经常烧断!这纽叶尔蒙是什么地方呢?")

"看来,你们不懂法语",他拭探性地问了一句,而正是这句话使在场的人都突然意识到,从这位年轻人一进门时起,无论他说什么,他们都一言未发,甚至连一个音节也没有说,这样难怪他会有这种猜测,岂止是这种猜测,在这种情况下他完全有理由问:"看来,你们都丧失说话能力啦?"

"噢,不!"母亲叫了起来,这一生动的提问一旦触及她,她便真的活跃起来了,"我们法语说得好极了。可是,对不起,您需要我们做什么?"

"您问我需要你们做什么?"年轻人面带笑容地继续说道,"我已经对您说过了:我去纽叶尔蒙"。

"是个失业工人!"母亲猜想,"显然,他正在回位于纽叶尔蒙的家,途中想检修一下炉子。应该拿出来让他检查检查"。于是,她瞥了一眼:

"我们家不是很有钱,"她怯生生地说,"我们家里的炉子都清洗过啦,不

---

[1] 此处原文为法文。

过我们还是可以……"突然,她停顿下来,因为她意识到,呈现在她面前的这张年轻的、红润的、胡子剃得干干净净的、洗得白白净净的脸,根本不像是失业工人的脸,甚至连修炉工的脸也不像,逆着他那道射向盘子的目光看过去,她分明又看到一条崭新的樱桃色的领带和干净的灰色西服。

"这是专门为穷人着想的!"这位纽叶尔蒙的小伙子愈说愈来劲了,"我才不去管那些富人呢!就算他们全家都一个个相继死去我也不过问,他们的生活不会因此而遭难。这只是针对穷人,针对靠自己的双手挣钱糊口的人的。"

"可是你究竟是指什么呀?"她打起精神问道。

"生命保险呀,难道我没对您说过吗?"这下他又更来劲了,"我去纽叶尔蒙,我主要想说服那些穷人,那些靠自己的双手干活维生的人,接受我的建议。"(突然,她听明白过来了,原来这小伙子根本就没有说什么纽叶尔蒙,他说的是"mmuellement",最后一个音节他讲成了"蒙"这个音了。)①

(他把目光移向丈夫那双细细的、手指长长的手:)

"您丈夫是位艺术家?"

"不。"丈夫勉强地予以否认。

"不是吗?"年轻人还想向他妻子再探询一下。

"不是的。"妻子确认道。

"真有趣,"他琢磨道,"我还以为他是个艺术家呢。不过,我还得跟您谈谈,因为您丈夫看起来好像不大听得懂法语。这么说吧,这件事仅仅只对靠自己的双手干活挣钱的人才很重要。您设想一下,太太,假如您不幸失去了自己的丈夫",无疑,这位年轻人只是假设,并不是真的指身边的这位正在嚼东西的大活人,只是打个比喻,设想出一个她从未谋面的丈夫,因而也谈不上失去他,"于是您孤身一人活在世上,还要抚养三个年纪很小的孩子,其中最小的一个还在吃奶呢。"

"我没有要吃奶的孩子",她回答道,"您现在看到的这个男孩已经9岁

---

① 保险公司的这位小伙子说:"Jc paasc annuellement",意思是:"我每年都要做一次巡视调查",照字面直译为:"我走每年",听起来好像是"我到纽叶尔蒙去。"

了。"

"可别人家有哇,您可不能说别人也没有呀,"监察员亲切地纠正道(在考场上,面对一个答题虽然很顺利,但却说得过了头,信口雌黄的学生,教师们往往正是用这种方式去开导的),"我就认识一个妇女,当她丈夫从建筑工地上坠落身亡时,她家里有6个年纪很小的孩子……"

"哎呀!"她惊叫一声,被这一可怕的场景吓得浑身哆嗦。"这太可怕了!是从高楼上掉下去的吗?"

"没错,从7楼上摔下,"监察员强调道,换了一下两脚的位置,"是我亲自发给她保险金的。您以为,她会不高兴?"

"太可怕了!"太太又一次发出惊叫,不过这一回完全不同于前一次了,"收到这样的钱还很高兴,这太可怕了!"

"可她有孩子呀,"监察员继续开导着,"6个嗷嗷待哺的孩子,她高兴的不是他们父亲的死,而是孩子们未来富足安乐的生活。假如是您,太太,不幸丧失了自己的丈夫……"

"请您听着!"她喊了起来,"您这已经是第二次说到我丈夫的死了。这是犯忌的。我们当着活人的面从不这样做。我们是外国人,我还要进一步明确地告诉您,我们是俄罗斯人,并且,(她边说边走到另一间屋子里去拿香烟)您要知道,俄罗斯人的耳朵听不得这样的话,俄国人只能听别人说自己的死。是的!"

"太太,"年轻人已经移到走廊上去说话了,"您还是没太明白我的意思,我绝不是想说,您必定会失去自己的丈夫,我只是想说,这种不幸是有可能发生的,对任何人都一样,您也不例外。"

"现在您已经第三次提到这犯忌的字了!"年轻的太太发了火,边吸烟边向他径直走去,逼得他又重新回到厨房里,"我不想再听见这个字眼啦。假如这就是生命保险,那我向您宣布,我不想替别人的生命保险。"

"那假如先生自己替自己保险呢?"

"不管是别人的生命,还是自己的生命,我们都不要保险,我们生来就没有这种习惯,另外,我们没有钱,我们还得搬一次家,并且……"

"可我的建议正巧就是对搬家的人有用的呀。在搬家的路上难免会发生些不幸的事故:比方说,大橱吧,20 年来这大镜子橱都放得好好的,您明白我的意思吗?突然它倒下来,并且还……"

("多么可怕哟!"她竟然捂住了双眼。"我们家的大橱当初正是因为不结实才卖给我们的……")

"我们不怕大橱倒下来,"她坚定地说,"当然,我们会尽量不让它倒下,可是当橱子真的要倒下来时,那也没办法,这是命运,懂吗?每一个俄国人都会这样回答你的。"

"俄国人总是说'不'",年轻人若有所思地摇晃着膝盖,"在梅顿(我住在梅顿)有一幢房子里住的全是俄国人,他们全都不会说法语。你一敲门,一位先生或者太太马上就走出来对你说:'不!'于是我立即离开,因为我知道,他们听不懂我的话。是的,太太,这里的俄国人大都跟您不一样,他们一般都听不懂我说什么。不过,让我们还是回到保险这个问题上来吧……"

"最好别回到这个话题上来!"她激烈而诚挚地叫了起来,"我们有全部的理由不去保险,第一,我们是地地道道的穷人,我们无论如何也不会支付这笔钱的,我真诚地警告您,您尽可以来我们这里游说,但您将一无所获,您尽可以给我们写信,但我们决不会回信;第二,不过对您来说是第一点,对于我们,对于我丈夫和我来说,替我们之间任何一个人的死付钱,这种念头是极其可恶的。"

"这位先生也和您想得一样吗?"监察员问道,"他看起来好像听不懂法语。"

"他的法语很好,而且和我想得完全一样。(同时,为了适当缓和一下气氛,消除一下怒气:)也许,当我儿子长大以后,并且成了家以后……可是我们是另一代人了,我们这代人是多愁善感的……(看到小伙子这回没有听明白,她又进一步解释道:)我们是'忧郁的','迷信的'人,是'宿命论者',关于

---

① 此处原文为法文。

斯拉夫人的灵魂①,您大概已经听说过这些了吧?"

"是的,我甚至还和母亲一起看过这样的电影呢。一个戴着毛皮高帽①的俄国老将军在一座大教堂里举行婚礼,当他发觉他那年轻的妻子爱上了一个穷军官时,将军便一个人远去西伯利亚,并将自己的钱袋从雪橇上扔给了她。我母亲甚至都感动得哭了……(又沉思了很久:)你们的情感给你们带来了荣誉,我们相信,你们的儿子会让你们高兴的。他的胃口总这么好?"

("应当请他坐下才对",这时她脑子里闪现了一下这个念头,"毕竟他现在是客人嘛,可是凳子该放在哪儿呢?要么,干脆给他递一支烟吧……")

"我在家里排行第 15",监察员若有所思地以完全是另一种梦游般恍惚的声调继续说道,"在我后面还有两个孩子。我今年 26 岁,我母亲 52 岁。她有 17 个孩子,其中两个得了肺炎,她自己的肚子上还开过两次刀,甚至可以说是三次,因为第二次动手术时医生们把一块纱布忘在她的肚子里了……如今她看上去就像是我的姐姐,她也像您一样身材匀称。我们有时候还跟她一起开开玩笑,逗逗乐。"

"17 个孩子,这可太好了!"太太带着一种将信将疑的口吻热烈地惊叹道,"他们都还健康吗?"

"不,只有我活了下来;我最后一个哥哥去年在开车的时候撞到了树上。当时他 34 岁。"

"那么……其余的人呢?"她怯生生地问。

"其余的人?全都死于不幸。有的溺水而死,有的摔死了,还有的被活活烧死啦。"

("简直像圣女贞德",小男孩低声咕哝道,声音低得几乎听不见。)

"……我还不能结婚成家,您明白吗?我还得尽量往后再拖拖,尽量晚一些……母亲干脆就不会……噢,我们被管教得很严厉,假如我现在胆敢反驳父亲,那我肯定要被搧一记耳光,而我也会心甘情愿地挨这记耳光。我父亲 62 岁了,他有 105 公斤重。"

---

① 此处原文为法文。

>>292

"大概,您的双亲不是巴黎人吧?"

"不,是巴黎人,确切地说,母亲是巴黎人,而父亲是诺曼底人,您看我的个头也不算小了(他总是像一座塔一样矗立在她头顶上),可我还是我们家中最矮的一个呢。其余的人简直长得像巨人!然而恰恰是我存活了下来,于是我不能结婚,我既不能成家,也不能死于不幸的意外,因为倘若我走了,那么三个人都会完蛋……母亲给了你这副身高,给了你这体格,有这样的母亲就有这样的儿子。噢,您不了解我母亲,我每天下班回家后,她总要从床上爬起来替我热饭,我回家经常不准时,因为总会遇到一些不幸的意外,任何时候都有可能遇到!但不管我何时到家,10点钟,11点钟,12点钟,还是1点钟,她都无一例外地起身为我热饭。今天她也不会例外的,她会出来迎接我的。难道我可以结婚成家吗?我26岁了,可我一次也没有,您明白吗,一次也没有单独一个人去看电影或者乘坐小游船,每次看电影或坐船我都陪着母亲,我们总是在一起娱乐。①难道我能够成家吗?"

"您真是个好儿子!"她真诚地惊叹道,并且不自觉地将目光移到了自己的小儿子身上,仿佛在问他。"愿上帝保佑您,保佑您母亲和父亲身体安康!"

"是的,对我来说,健康是必不可少的,我不能死,我们也相信,您的儿子也会使您快乐的。孩子,你将来想干点什么?"

"我想服兵役,②然后当一个飞行员。"

"不,飞行员可不能当,否则你母亲非得整天望着天空不可,况且地面上出的事故本来就够多的了,更别说天上啦。至于服兵役那倒是另当别论的。如今是好时光,再没有比现在更好的时候啦,你以后再也不会这样幸福啦……那么好吧,太太,祝您能够在您的儿子身上找到幸福。假如我在某些地方触伤了您的感情的话,请您谅解……您爱您的丈夫,您有自己的精神源泉,保险金因此没法帮助您,正如没法帮助我一样,现在我理解您了……"

于是,他再次握住了门把,准备离去了。在这之前,他已经多次悄悄地握

---

① 此处原文为法文。
② 此处原文为法文。

过门把了，但这一次是真的要走了，他深深地鞠了一躬：

"多谢您了，请您原谅我打搅了您。"

"你们简直都疯了！"丈夫突然发起火来，像一头猛兽一样从桌子边跳了起来。"因为你们我什么事都给耽搁了！"

"那您为什么不出去呢？"她问道，连自己也意识到，这话问得很虚伪。

"为什么？因为您和他堵住了门，我简直就像坐在埋伏圈里一样。"

"我一不小心把西红柿都吃光了，对不起，妈妈，我听得太入神了，结果把您的那一份也给吃掉啦。"说着又把壶嘴子凑到嘴边："唉，我想喝水！您知道吗，他话真多，我听得嗓子里都冒烟了……"

这时又响起了敲门声。

"对不起，太太，只是我还想告诉您，今天我要和母亲一同去看电影……"

送走了丈夫，也就是说，跟他握手道别之后，握着冰凉的门把在他身后把门关上，安顿好儿子，让他像一块石头沉入河底一样睡倒在床上，只是到了这时，她才缓过神来，并且还不是一下子就缓过来的。刚才的那些场景她觉得仿佛是一场紧张的梦境，她觉得自己就像那个从建筑工地上坠落的人一样，心跳紊乱。她走到桌边，在顺手拾来的一个信封的背面计算起来：他今年26岁，排行第15，母亲52岁，这些只有满足下面的条件才能成立：母亲在15岁时出嫁，并且是连续生下自己的17个孩子的，一天都没有浪费。也许有这样的事……这很困难，不过倒是有可能的……要是有三次都是生出了一对双胞胎的话，那就更可信了些（当然喽，这些孩子也必须得成双成对地死：一下子同时淹死两个，一下子同时摔死两个，一下子又同时烧死两个，这样死亡的次数会少一些）……然而不管怎么说，17个孩子中只有他一个人活了下来，其余的人都死于各种不幸的实实在在的偶然事故，这听起来毕竟有点儿……另外，看他讲这番话时的那种既放肆又官腔十足的腔调，简直像是在背诵一张价目表……再看他说起他那位要出门迎接他的母亲时的腔调，就更有点儿奇怪了。

那么,这到底是怎么回事呢?她不清楚。不过,即便这一切都是那个小伙子一时灵感迸发而编出的奇特谎言,那么,难道这就不是一个关于自己,关于一位有17个孩子的母亲的最后存活下来的对母亲无比忠诚的儿子的动人神话吗?难道这就不是关于自己,关于真正的自我,关于最完美的自我的动人神话了吗?难道就不是对尚未实现的幻想的呼号了吗![1]难道就不是儿子孝顺之心的全部潜在的力量了吗?

一个年方26岁,身材高大,英俊潇洒的青年人,一个无论从个人的观点出发还是从整个巴黎大街上的老百姓的一般观念出发都算得上是颇具魅力的小伙子,与一位并不算老的,甚至根本就还是很年轻的陌生女子谈话,而且是在昏暗的过道里!这小伙子居然至今还会挨父亲的巴掌,并且竟然还心甘情愿。难道这就是一个当代青年人的理想?或者说是一个老派的青年人的理想?

"也许吧,"她继续琢磨着,"这我不敢保证……或许,这17个孩子根本就不存在,或许,正因为这17个孩子不存在,所以也就不存在他们的死亡,也许,那个喜欢搧耳光的诺曼底人——孩子的父亲,也并不存在。想想都可怕,每一记耳光都是从105公斤重的胖子身上打来的!也许,父亲就根本不存在,这一点可能最关键。"

不过,母亲是存在的。

1934年6月

---

[1] 此处原文为法文。

马的奇迹
(一个真实可信的事件)

　　因为她漂亮又愚蠢，并且越愚蠢就越显得漂亮；愈漂亮也愈显得愚蠢，所以他爱上了她，并且，由于他除了一个空闲的委员职衔以外，别无他物可以送她，因此他就让她当了个管理各马戏团的女委员。

　　就这样，美人儿尼娜便开始在各种例行的和特殊的会议上担任主席，她参加会议的时候，手里还抱着自己美丽的婴儿，当她不得不做一个简短的讲话时，她便把孩子托付给坐在她左右两边的人，左边的邻人（心脏的左边）是一个匈牙利马术演员，他远不如右边的邻人强壮有力，但却要年轻得多。婴儿更喜欢这位马术演员，更喜欢这位年轻的骑手，因为他没有胡子。不过这婴儿也同样很喜欢那个威力无比的邻人，因为这个人的两只因近视而显得很轻信的眼睛之间闪耀着、晃动着一样很有名的东西，这东西在我的国家里叫做"夹鼻眼镜"。小家伙拧了拧这个委员的鼻子，又扯了扯那个匈牙利人的一绺美丽的长发。就这样，在这两个男保姆的身边，这个机灵的婴儿就有了两件喜爱做的事儿了。

　　可是，这会儿她的丈夫在干什么呢？要知道在我们这个故事里还有一个丈夫呢。丈夫总是销声匿迹了，他总是独自待在城市的另一头，在一座从前的伯爵索洛古勃一家①住的旧私邸门前的小草坪上，如今这座房子已变成"艺术之家"了。他在那里吟诗，说得确切些，是在反复咀嚼关于创作这些诗篇的思想：属于他自己的时刻何时能出现，灵感何时能降临等等等等，总之一句话，他希望能有这么美好的一天，"这一切都将完结"。可是，"这一切"并未结束，他依然乖乖地躲在城市的另一头，不露面，因为那个专心玩弄着戴

---

① 费·索洛古勃(1863-1927)：19世纪末20世纪初俄国象征主义诗人。

夹鼻眼镜和一绺长发的婴儿既无工夫，也无兴趣去玩弄尼娜丈夫脸上的棕色大胡子。尼娜的丈夫的胡子的确是棕色的，特别长，没有什么意义（它们都没有意义），他并不介意胡子越长越长，倒也是，上帝并不阻挠青草的生长，他又何必去阻止自己长胡子呢？可是，这胡子可要比青草长得快得多，长得多。于是，尼娜的丈夫开始幻想了。这个满脸棕色胡须的家伙坐在绿色的草地上，犹如一团火焰在绿宝石上燃烧。他幻想开了。他一边幻想一边直接对着瓶子喝酒——革命砸碎了所有的酒杯，而恢复还没有出现，这伟大的温柔的赔偿者和缝补创伤的女人还没有出现，他也只好真个儿直接"对着瓶子喝"了，就像一个婴儿就着奶瓶喝奶一样，甚至比婴儿喝的还要贪婪。仿佛这把胡子勾起了他的渴劲。后来，当酒瓶不出所料地被喝光了，这位棕色大胡子家伙[①]就像一个名副其实的俄罗斯富商的儿子一样，为喝空了的酒瓶而悲伤，当酒瓶真的空了的时候，他有一种悔恨的感觉，并开始低声絮语地祈祷起来。祈祷些什么？祈祷一切。甚至还祈祷了死亡。倘若太阳晒得太厉害了，他就离开草地，穿过小院子，来到过去的索洛古勃伯爵一家过去的家庭小教堂里，一连几个小时待在里面摆弄那些各式各样大大小小的圣像和十字架。如今这座家庭小教堂已变成了圣像博物馆，馆长和惟一的参观者便是他。

晚上，这个棕色大胡子家伙便无法再坐在自己的那块草坪地毯上晒太阳了，代替草坪和太阳的是一把普普通通的椅子和唯一的一支蜡烛，他坐在桌旁，在一只酒瓶前消磨时光。酒瓶刚一喝空便又倒满了，刚倒满不久便又喝空了，他边喝边找人聊天，谁愿意听他便对谁说，他总是翻来复去地讲述一个老掉牙的故事，这是他一生中唯一的故事：他当年是如何把美人儿尼娜抢到手的。

"朋友，你知道吗，克里木的夜晚那才叫黑呢。什么东西都看不见（咕嘟咕嘟喝了几口）。那路哇，你知道吗，都是往山下去的……（瓶里的酒也是愈来愈往下跑啦）……当然喽，也有往山上去的路，要是顺着这些路走，准会登到山顶的，而那山顶上什么也没有，除了可怕的悬崖，什么也没有，整个是一

[①] 此处原文为意大利文。

光秃秃的山顶，那里只有一只可以啄瞎人眼睛的山鹰。既然我们决定要到……嗨，我已经记不得那地方啦，那么显然必须选择那些下山的路走。反正既然我抢到了她，那我必须要到一个可以离开这里远走他乡的地方。啊！我猜到啦：那些下山的人，懂吗？正向海边走去，而那些上山的人，明白吗？是进山去。既然我们很快就决计坐船离开这里，那我们该怎么办呢？那当然是必须得找有水的地方喽……可司机完全醉了……彻底醉倒了……汽车奔驰起来，消失在远方……尼娜坐在车上……这么说尼娜也消失在远方，因为她为了我而抛弃了父母……（突然一阵感动，咕嘟咕嘟喝了好几口酒）就这样，汽车开跑啦，载着尼娜开跑啦，尼娜就这样离开家乡啦……你简直不敢相信，这辆车跑得有多快！夜黑漆漆的，你觉得是道路在奔驰，好像车轮还忙不过来，司机醉醺醺的，这夜黑得好可怕！"

他故事里的汽车跑得越快，这讲故事人的话也就说得越慢；这故事进展得越快，这说故事人把内容缩减得也越多。

"明白吗……尼娜就在车里……司机喝醉了……夜黑漆漆的……道路坎坷不平，像是有人挖了许多沟一样……汽车就这么开着……就这么开着……汽车开足了马力，跑得飞快。"（吐出最后一个音节"O"，讲故事的人便张着嘴睡着了。）

同一时刻，尼娜穿着华丽的盛装，美丽迷人，将一只因戴着戒指而五指张开的手握着那个威力无比的男人的手，又用另一只手将一朵小红花通过包厢的红色边界抛向那位匈牙利骑手，那位正在台上表演的匈牙利骑手又一次置身于荣耀、鲜花、微笑和汗水的包围之中。

而那个机灵的婴儿已经躺在包厢的深处睡着了。

每天早晨，我们这些流落到这个过去是达官显贵们出没的街区里的小人物们，都会带着惊叹的目光注视着尼娜像一轮冉冉升起的太阳一样坐在一辆黄色马车里从两行百年老椴树中间飘然驰过。这辆马车有两个巨大的车轮，像两个大太阳，由两匹同样也是黄色的马拉着奔驰而去。

诗人会说："这是司晨女神的马车。"

我们会说："快看呐,马戏团的女委员出来啦。"或者："快来看呀,这是棕色大胡子的老婆……"诗人也好,老百姓也罢,都说出了一个深刻的思想:"这人可真幸运:在这个年代里居然一个人就有十条腿伺候她……"

这并非是妒忌,因为我们——无论是粗鲁的西叙亚人,还是萨尔马特人①(囚犯、鞑靼人、蛮人)——总之,俄罗斯人,是从不去嫉妒别人的,当美好的东西从我们身旁闪过时,我们是善于自我宽慰的。

(难道说我在见识到这一情形后非得在自己真实的脑袋瓜里构想出一个也拥有两匹黄色的骏马,两个也是黄色的车轮,一个长着棕色大胡子的丈夫的女诗人吗?难道这女诗人也非得有一个戴"夹鼻眼镜"的委员和一位满头棕发的匈牙利骑手这两个相好吗?非得有一个还不知道到底是跟谁生的婴儿吗?不,还是让每人各得其所吧,我们就是我们,该怎样就怎样!)

就这样,每天早晨大厨房就仿佛变成了异教的天空,而尼娜则成为司晨女神。

不过,每天早晨,就在同一条街上,在那座为受难者鲍里斯和格列勃公爵兄弟建造的安详的、古老的圆形白色大教堂里,一位固执的老神父总要做一回礼拜。

同样,每天早晨,红军战士们就在这白色教堂的面前以整齐的列队行军和军乐演奏来回敬神父的礼拜。

阳光灿烂的5月里的一个星期天早晨。整个莫斯科都在饥饿中挣扎。走在大街上,你会情不自禁地想吸一口椴树的清香,饮一口天空中的碧蓝,尤其想吸一口那个军乐团演奏的音乐,这音乐必定会使人心境平和。整个莫斯科就像是那匹骏马,或者说像那两匹骏马,尤其是那种毛色的骏马,尤其是那两匹由人驾驭的马——倘若不是由它们的马主人的技术高超的手驾驭着,那便是由他的情人的手驾驭着。

可是,今天我们的这两匹黄马究竟是怎么啦?莫非是棕色大胡子先生的胡须使它们冲动起来啦?亦或是椴树的气息冲昏了它们的头脑?它们并没有

---

① 注:萨尔马特人是古代北高加索和伏尔加河流域的游牧民族。

按规定停在艺术之家的门前，没有停靠在那辆正在等候着那位威力无比的人出门造访的汽车旁，而是迅速驶到古德林斯基广场上，并在那里绕圈圈，围着广场一圈又一圈地飞跑，速度比往常要快得多，根本不顾尼娜那疯狂的叫唤，也不听从那双早已软弱无力的双手里握着的缰绳的约束了。

你就旋转吧，尽情地旋转吧，木马！可这两匹马并不是木头做的呀，它们应该直着跑才对呀。可此时它们好像都发了疯似的，最终都绕起圈来，像苦行僧，歪着脖子，飘着褐色马鬃，在古老的广场的古老的鹅卵石路面上疯狂地旋转，既不怜惜马车，也不心疼坐在上面的女骑手，尽管此刻她的双腿已麻木，两手伸开着，直打哆嗦，头发比马鬃还要凌乱。

看来，灾难是不可免了！看来，成为马戏团的女委员，向那个匈牙利骑手抛掷鲜花，抚养小婴儿——也许，这婴儿也是一个匈牙利人吧——这一切并不意味着你也是一个匈牙利女人，也是一个出色的女骑手。

艺术之家的诗人惊叹万分："这真是地狱般的奔驰！"同样来自艺术之家的艺术家直接道出了名字：法厄同[①]。无论何时，无论何地，老百姓都是一个样，闲着无聊，在一边冷眼旁观，做出判定：小心点儿，尼娜！你那个威力无比的男人看来没有什么威力啦……你那个匈牙利骑手也不知跑到哪里去啦……突然，发出了唯一的喊声："棕色大胡子丈夫来啦！"

是的，棕色大胡子来了，棕色大胡子家伙确实从自己的覆盖着青草的茔地里复活了，棕色大胡子家伙实实在在地出现了，看得见，摸得着，满脸胡须，像只袋鼠一样蹦跳着，双手攥着一个巨大的银色十字架，径直插在两匹马的面前。他在马的面前不停地挥动着十字架，两匹马果真停了下来。一点儿不假，马儿骤然停了下来。可还不止这些：马儿竟屈膝蹲了下来。没错，两匹马都蹲了下来，而且姿态像人一样优雅，可还不仅如此：它们居然还鞠躬了呢。它们像人一样优美地鞠躬行礼，同时，委员和棕色大胡子家伙将他们俩的业已联合起来的双手，其实确切地说是分道扬镳的双手伸向了那位惊魂未定的司晨女神的双手，她脸上还闪着泪花，但已经露出了微笑。

[①] 法厄同：古希腊神话中阿波罗之子，驾驶阿波罗的太阳车，从天上跌下。

而人群中发出了喊声,我们这些没有丝毫嫉妒心的,没有丝毫讽刺挖苦意图的人们在一旁喊道:"真是奇迹!既然连马儿都信上帝,难道还能说上帝不存在吗?"

　　我被眼前这事态的急骤发展,不,确切地说,是被马匹的事件①惊呆了。我竟然忘记告诉你们,马儿的突然停下与那并不太遥远的过去年代里每天都要进行的隆重庄严的队列的音乐的突然终止正好相吻合。在那个刚刚逝去的年代里,这些马儿还只是普普通通的教堂里的马,还不必去拉载着女委员的马车。

　　然而,如果说在过去的年代里它们是向公众鞠躬行礼的话,那么如今,难道它们就不能在非常形势中向上帝鞠躬了吗?

　　由于马儿仍在鞠躬,我们都开始鼓掌称颂了。

1934 年

---

① 原文中,"事态的骤变"与"马匹的事件"是两个词的位置互换,这是一种语言游戏。